W0276806

Hush Falls

TOME 1 LES FRÈRES DES TÉNÈBRES

HAVENDEAN

éditions EDI LIGNE

44 de Darvault, Candiac, Québec, Canada, J5R 6X5
Tél. : 514.990.6534

Catalogage avant publication de Bibliothèque et Archives nationales du Québec et Bibliothèque et Archives Canada

Titre: Hush Falls / Cynthia Havendean.
Noms: Havendean, Cynthia, 1987- auteur. | Havendean, Cynthia, 1987- Darkness Brothers.
Description: L'ouvrage complet comprendra 2 volumes. | Sommaire incomplet: tome 1. Les frères des ténèbres. | Texte en français seulement.
Identifiants: Canadiana (livre imprimé) 20190022485 | Canadiana (livre numérique) 20190022493 | ISBN 9782925009092 (couverture souple : vol. 1) | ISBN 9782925009108 (EPUB : vol. 1) | ISBN 9782925009115 (PDF : vol. 1)
Classification: LCC PS8615.A8 H87 2019 | CDD jC843/.6—dc23

Dépôt légal - Bibliothèque et Archives nationales du Québec, 2019
Dépôt légal - Bibliothèque et Archives Canada, 2019

D'après l'idée originale de Cynthia Havendean
Éditrice : Annie-Claude Larocque
Couverture : Pierre Rig Rodrigue
Image de début de chapitre : Erica Petit illustrations
Mise en pages : Annie-Claude Larocque
Révision et correction : Claire Barthel et Carine Paradis

Première impression : 3e trimestre 2019

Financé par le gouvernement du Canada | Canada | Québec Crédit d'impôt livres Gestion SODEC

Participation de la SODEC.
Nous reconnaissons l'aide financière du gouvernement du Canada par l'entremise du Fonds du livre du Canada (FLC) pour nos activités d'édition.
Gouvernement du Québec — Programme de crédit d'impôt pour l'édition de livres — Gestion SODEC.

MADISON

Chapitre 1

— Allez, c'est mon dernier, et ensuite j'appelle un taxi.

En disant cela, Penny cala son *shot* de vodka et essuya le coin de sa bouche du revers de sa main. Dans ce bar perdu dans l'immense forêt du village de Keeper et isolé par des montagnes se trouvait cet endroit où le propriétaire laissait deux jeunes femmes de seize ans venir prendre un verre. Il faut dire qu'il en profitait pour se rincer l'œil. Penny était super sexy, avec beaucoup de caractère et d'aplomb. Elle était unique en son genre. Elle avait pour habitude de changer de coupe et de couleur de cheveux toutes les semaines. Parfois c'était vert, parfois bleu, et ce soir, mon amie avait opté pour une teinte prune. C'était une gothique de la tête aux pieds. Elle ne portait que des vêtements noirs et ses accessoires l'étaient tout autant. Son oreille droite, recouverte de piercings, et son anneau à la narine lui allaient plutôt bien. Elle n'hésitait pas à mettre du vernis et du maquillage très foncés. Penny allumait tous les vieux camionneurs et motards de la place. Physiquement, on était très différentes : j'étais plus petite qu'elle et j'avais horreur de ça. J'aimais bien me contenter de porter des sweats ou encore une veste à carreaux noir et rouge comme ce soir, avec aucun maquillage et surtout, négliger mes cheveux avec un simple chignon déconstruit. Parce que je ne savais pas faire mieux. Je portais des Converse tâchées de boue et je n'avais rien qui puisse impressionner qui que ce soit, même si on me répétait à quel point j'étais mignonne – surtout si je faisais un petit effort. Mes grands yeux bleus presque indigo contrastaient avec ma tignasse noire et ma peau laiteuse. Penny était bisexuelle et déjà, elle accumulait les conquêtes, alors que moi je passais généralement mes soirées à dessiner des croquis pour mon futur roman graphique. La nuit, je posais sur mon nez d'horribles lunettes à monture noire pour éviter de fatiguer mes yeux. Je n'en avais pas vraiment besoin et Penny aimait bien m'appeler sa petite geek quand je les portais. Sinon, je passais le plus clair de mon temps à étudier, à lire ou à regarder des films d'horreur. On avait un truc en commun : notre fascination pour le surnaturel. Penny croyait aux démons, au Diable, aux esprits et moi j'avais un penchant pour la sorcellerie. Je lisais beaucoup sur le sujet. Peut-être cela avait-il commencé quand Penny avait remarqué des trucs étranges chez moi. Une fois, on avait vu la lumière d'une pièce s'éteindre avant même que mon doigt ne touchât l'interrupteur. Ou encore, au lycée, Penny disait m'avoir vue faire tourner brutalement l'aiguille de l'horloge et faire sonner la cloche de la pause avant son temps, tout cela parce que je fixais l'heure et que j'avais hâte que le cours finisse. C'était assez bizarre, ces petits trucs qui m'arrivaient. C'était la raison pour laquelle j'avais commencé à lire des bouquins qui pourraient m'expliquer si j'avais vraiment un don ou non, ou si je me faisais des illusions.

Ce soir, je ne buvais pas puisque je devais conduire pour revenir chez moi. De toute manière, ma mère m'aurait tuée si elle venait à savoir que je venais ici, et encore plus si je revenais saoule. Penny avait appelé le taxi et lorsqu'elle le vit apparaître par la fenêtre, elle enfila sa veste de cuir et je la suivis jusqu'à l'extérieur.

Le froid du mois d'octobre me saisit aussitôt. Le village

de Keeper se trouvait tout près de la frontière de l'Alaska. Le sol était recouvert de givre et d'une fine couche de glace qui tapissait le parking au complet.

— Tiens, c'est bizarre, j'étais sûre d'avoir vu le taxi, ronchonna Penny en s'avançant près de la route pour regarder aux alentours.

La rue était déserte ; pas une seule voiture et que des kilomètres de conifères qui nous entouraient.

Penny marcha jusqu'au centre de la chaussée et jura plusieurs fois avant de prendre son téléphone et de contacter à nouveau un taxi.

— C'est pas une bonne idée de te tenir là, en plein milieu de la rue. En plus, t'es saoule.

— Tu veux rire ? Il y a jamais personne sur cette route.

Quelque chose d'étrange attira mon attention : une épaisse brume s'éleva du sol dans la forêt de l'autre côté de la rue. La seconde suivante, je regardai mes Converse et vis cette brume effleurer l'asphalte. Elle s'accumula et rampa par terre d'une manière que je n'avais jamais vue.

— Hé, Penny, marmonnai-je en regardant toujours mes chaussures.

— Attends, Madison ! J'appelle ce sale con qui est parti !

— T'as vu ce brouillard comme il se déplace ? Pourtant il n'y a pas de vent ni d'humidité. Concrètement, c'est impossible de voir ça en ce moment…

Penny m'ignorait et parlait avec le type. Enfin, elle l'engueulait. À ce moment, j'entendis des pas derrière moi. Par réflexe, je me retournai. La situation devenait inquiétante. J'inspectai tous les coins sombres de la pénombre : près des marches du bar, entre les voitures et les camions dans le parking.

Rien, personne.

Je fronçai les sourcils puis me retournai vers Penny.

À présent j'étais figée. Où était-elle passée ?! Je n'entendais même plus sa voix qui parlait au téléphone il y a de cela à peine une fraction de seconde.

— Penny ?!

Je m'avançai au bord de la route et balayai des yeux les alentours en faisant un tour sur moi-même, tentant de voir où elle avait pu aller.

— T'es pas drôle.

À travers le brouillard qui recouvrait l'asphalte, je vis une sorte d'ombre. Je fis quelques pas et en observant bien, cela semblait avoir la forme… la forme de deux grandes ailes déployées. Rapidement, je compris que l'ombre était projetée par quelque chose juste au-dessus de moi ! En levant la tête avec prudence, cette chose disparut aussi vite qu'un battement de cils. Je sentis alors un courant d'air glacial me percuter.

— Bon sang ! hurlai-je, paniquée. C'est quoi cette chose ?! Penny ! Penny t'es où ?!

J'allai me faufiler entre deux voitures garées devant le bar pour m'éloigner le plus de la brume et de cette chose étrange qui venait de passer au-dessus de ma tête. Ce n'était ni un aigle ni un oiseau. C'était beaucoup plus grand. À l'extérieur, le silence planait. Seul mon souffle haletant commençait à se faire entendre.

La seconde suivante, je sursautai lorsque quelque chose heurta brutalement le véhicule sur ma droite, accompagné d'un bruit de froissement de tôle ! Les bris de vitres éclatées volèrent partout sur moi ! Pliée en deux, je me protégeai au mieux avec mes mains, mais c'est en osant jeter un œil à ce qui venait de se produire que je vis l'horreur… Quelque chose était tombé sur le toit de la voiture et l'avait enfoncé. Un corps.

Ahurie, j'essayai de me redresser, malgré mes genoux flageolants. Je ne voyais pas très bien dans la pénombre, seulement suffisamment pour constater que c'était Penny… Sa tête était fracassée, je voyais une partie de l'intérieur de son crâne… Des mèches de cheveux couleur prune étaient emmêlées et coincées dans des bouts de tôle pliée.

Mon corps se mit à sangloter. Mon souffle se bloqua. Je ne pouvais pas voir son visage, en revanche, ses membres inférieurs étaient déboîtés et désarticulés. Incapable de comprendre ce que j'avais sous les yeux, je relevai doucement la tête pour examiner le ciel. Que des nuages gris sous un ciel obscur. Était-ce cette chose que j'avais entrevue qui venait de tuer mon amie ?

Soudain, mon souffle se débloqua, je pris une grande inspiration et m'activai à aller chercher de l'aide. Je fis volte-face et courus jusqu'au porche du bar et frappai dans la porte comme si ma vie en dépendait. J'avais l'air d'une hystérique. Une chose n'allait pas, puisque sous mes yeux, derrière la porte vitrée, toutes les lumières étaient éteintes. Le bar était fermé. Personne. Pourtant, des voitures restaient dans le parking !

— À l'aide ! tambourinai-je une fois de plus dans la porte avant de tenter de l'ouvrir, mais elle était verrouillée.

Les gens ne se volatilisaient pas ainsi ! Je perdais la tête, assurément !

— Aidez-moi ! Je vous en prie ! Hé ! Il y a quelqu'un ?! À l'aide !

Puis, cette même chose qui rôdait passa derrière moi, ne laissant qu'un courant d'air !

Je ne vis que son ombre, pas assez pour détecter de quoi il s'agissait.

— Laisse-moi tranquille !

La seule solution qui me restait à présent était de courir dans le parking jusqu'au 4x4 de ma mère avec lequel j'étais venue ici. Bien sûr, c'était la dernière au fond de la cour, là où il faisait encore plus sombre. À l'abri de tout regard.

— Et merde…, marmonnai-je.

Je tâtai mon jean à la recherche des clefs ; en m'en emparant, je fis gaffe de ne pas faire de bruit. Je laissai passer une longue minute avant de me décider à détaler. J'inspirai et expirai profondément, souhaitant y arriver et partir d'ici en vitesse. J'évitai de regarder Penny. Ce massacre était abominable. Mes yeux se remplissaient d'eau et, avant de m'effondrer de douleur face à sa mort, j'essuyai mes joues et je ne pris pas le temps de descendre les quelques marches devant le bar : je sautai directement et commençai à foncer dans le parking jusqu'au véhicule ! L'ombre revint aussitôt sur ma gauche, volant au-dessus des voitures ! Mais je n'arrivais pas à la voir, puisque chaque fois que je tournais la tête, cette chose disparaissait.

J'accélérai ma course, mais ma Converse glissa contre une plaque de glace noire et ma cheville se tordit ! Je vacillai avant de perdre l'équilibre et de frapper mes genoux au sol !

Même si j'avais mal, je me relevai d'emblée, seulement, une fois sur pieds, prête à courir, je stoppai net. Il y avait quelqu'un. Un type, vêtu uniquement de noir, un sweat avec une capuche rabattue sur son crâne, ne me laissant pas voir son visage. Seule une tignasse noire de jais ressortait de sa capuche au niveau de son front. L'individu se trouvait juste devant le 4x4 rouge, comme s'il me bloquait le passage. Il était sorti de nulle part. Ses mains étaient dans les poches de son jean. Il portait des Timberland noires, style militaire.

— Il faudrait appeler les flics ! lui dis-je. Mon amie vient juste de se faire tuer !

Le type ne bougeait pas. Et c'est à ce moment précis que je compris que je m'adressais probablement à celui qui l'avait tuée. Il n'avait aucune réaction, il était inquiétant.

Pense vite, Madison, me dis-je. Je ne pouvais pas courir, ma cheville me faisait atrocement mal. Par contre, je pouvais le contourner et le frapper s'il tentait quoi que ce soit.

Le brouillard s'était élevé du sol. Il flottait autour de nous et avait pris de l'expansion.

— Si c'est toi qui as fait ça à mon amie, je te jure que je vais te le faire payer ! crachai-je avec colère.

Je ne voulais pas avoir l'air effrayée, même si c'était raté.

Je commençai à le contourner. Il ne bougeait pas. J'étais prête à le frapper s'il comptait me sauter dessus. Mon cœur n'avait jamais cogné aussi fort dans ma poitrine. Une sueur froide roula dans mon dos et sur mon front.

Dès que la distance se fit moindre avant d'atteindre le véhicule, je décidai de détaler, ralentie par ma cheville. Il se retrouva à mes côtés en une nanoseconde, telle la vitesse de la foudre. Son bras devant ma poitrine me bloquait le passage. Je déviai la tête pour voir son visage. Mais… il n'en avait pas. C'était noir. Sous sa capuche, il n'y avait rien…

En serrant les dents, je me préparai à me défendre, cependant, quelque chose s'enroula autour de mon cou. C'était un bras qui arrivait à me soulever de terre ! Je tentai de me libérer en me débattant, sans succès. Ils étaient deux. Je ne voyais pas celui derrière moi, mais celui se tenant devant moi chuchota quelque chose d'à peine audible :

— T'aurais jamais dû revenir à Keeper… J'espère que t'es prête à mourir ?

Chapitre 2

— MA-DI-SON !

J'ouvris les paupières et fus confrontée au visage de ma mère, perchée au-dessus de moi, dans mon lit. Ses mains sur mes épaules tentaient de me réveiller. Mon cœur se débattait, mon corps était recouvert de sueur et je cherchais mon air. Cela me prit une longue minute avant de comprendre que ce n'était qu'un rêve. Enfin, plutôt un cauchemar. Je tâtai mon cou alors que je me sentais encore étranglée et bougeai ma cheville qui allait bien. Le soleil filtrait à travers mes rideaux blancs poussiéreux et réchauffait mon corps qui grelottait.

— Tu t'agitais pendant ton sommeil, je me suis inquiétée, commenta-t-elle, l'air inquiet.

Ma mère s'écarta pour me laisser m'asseoir. Je passai mes mains sur mon visage comme si je tentais de chasser les images de ces deux malades qui cherchaient à m'assassiner et qui avaient tué Penny.

— Tu commences à me faire peur. Ça fait plusieurs fois cette semaine que tu essaies de te sortir d'un cauchemar, tu as presque roulé et es presque tombée en bas du lit. Tu ne regarderais pas trop de films d'horreur le soir quand je suis au travail, par hasard ?

— Je vais bien, arrête. Ça arrive à tout le monde.

Je fronçai les sourcils et, sans comprendre pourquoi j'étais de mauvaise humeur, elle me lança un regard découragé et bafouilla avant de sortir de ma chambre :

— Habille-toi et viens prendre le petit déjeuner. Tu vas au lycée aujourd'hui, je te rappelle.

Cela faisait huit jours que nous avions emménagé à Keeper, un village si reclus dans la forêt qu'il n'apparaissait même pas sur Google Map. Pourquoi cet endroit perdu? Parce que j'avais hérité de la réserve entière et de la demeure de mon défunt père, que je n'avais jamais connu d'ailleurs. Il avait vécu ici toute sa vie. Quand ma mère était enceinte de moi, elle avait quitté Mike, mon père, préférant partir vivre en ville, à Dawson City, à environ sept heures de route de Keeper. N'ayant que seize ans, il fallait que j'eusse dix-huit ans pour posséder légalement la maison, d'après les dires du notaire du testament. Ma mère prit donc la décision de s'occuper de la propriété, de l'entretenir, de la rénover pour qu'à l'âge atteint, je puisse la vendre et utiliser cet argent pour mes études. Mais franchement, cette baraque pourrie dans les bois ne valait rien du tout. À l'extérieur, elle arborait un look sinistre presque identique aux horreurs qu'on retrouve dans le film *The Blair Witch Project* : toiture noirâtre en décomposition et ensevelie de feuilles mortes. La devanture en bois foncé était rongée par les termites, le bois était devenu si mou à cause des nombreuses pluies, que j'avais peur que tout s'effondre. J'avais dû passer la semaine à nettoyer les vitres à carreaux pour y laisser entrer la lumière, tellement elles étaient sales. J'avais du mal à croire que mon père avait vécu ici et encore plus qu'il m'avait légué cet effroyable endroit alors que je ne savais même pas qui il était. Je n'avais pas assisté à son enterrement en arrivant ici, puisque son corps avait disparu dans les bois. Seuls des morceaux de chair avaient été trouvés, cheveux, crâne et un pied… Et je n'avais versé aucune larme en apprenant sa mort. Pour moi, il n'était rien de plus qu'un inconnu.

Ce qui me rebutait le plus dans tout cela, c'était que ma mère m'avait emmenée ici, m'arrachant à Dawson City. J'étais épanouie dans mon lycée avec mes amis et mon copain, Simon. D'ailleurs, ce dernier n'était même pas au courant que je partais pour Keeper. J'avais autour de deux cents textos de lui depuis mon départ. Pour tout dire, je n'avais pas encore trouvé le courage ni les mots pour lui dire que lui et moi, fallait que cela se termine. Donc je ne lui avais pas donné de nouvelles en quittant Dawson City et je ne voulais surtout pas retourner ses messages. Il m'aimait plus que moi je l'aimais. Il n'aurait jamais voulu que je parte aussi loin alors je n'avais pas pu lui annoncer. De mon côté, je le voyais plus comme un ami d'enfance et l'attirance que j'avais pour lui s'était évaporée avec le temps. Le déménagement m'avait, en quelque sorte, facilité la tâche de ma rupture avec lui.

Cela dit, je ne voulais pas pour autant être ici. De plus, ma relation avec ma mère se détériorait. Depuis la mort de Mike, le sujet de mon père était plus présent et du coup, elle évitait chacune de mes questions, détournait des conversations, répondait de manière évasive. Bref, elle semblait me cacher des choses et je détestais cela. À une époque, elle buvait beaucoup, et depuis qu'on était à Keeper, elle avait repris ses mauvaises habitudes. Et en à peine une semaine, elle s'était mise à brûler nos économies dans des bouteilles de vin, elle en faisait même des réserves dans les placards. Heureusement, comme elle avait trouvé un poste d'infirmière dans le petit hôpital à la frontière de l'Alaska, à environ trente minutes d'ici, on allait pouvoir avoir de quoi se nourrir et vivre. En revanche, elle ne bossait que la nuit aux urgences. Donc la plupart du temps, je ne la voyais pas beaucoup puisque le jour elle dormait.

Et sinon, pendant qu'elle bossait, moi je passais mes nuits à griffonner dans mon livre à croquis. J'adorais dessiner des corbeaux ou des sortes d'anges déchus avec de grandes ailes noires, celles qui sont assez puissantes pour soulever un homme. Je n'avais jamais compris pourquoi j'étais fascinée par les anges déchus ou démoniaques… et surtout pourquoi dans chacun de mes cauchemars, je voyais un individu avec des ailes cherchant chaque fois à me tuer. Le dernier rêve était différent, car cette fois, ils étaient deux. Le plus surprenant, c'est qu'avant d'arriver à Keeper, je n'étais pas du genre à faire des cauchemars. Là, c'était constant. J'en venais même à penser que ces bois, cette maison de l'horreur dans laquelle j'étais et où je me sentais comme une intruse, étaient hantés.

À l'instant même, je tressaillis en voyant les deux volets de ma fenêtre s'ouvrir brusquement! Une bourrasque glaciale pénétra dans la pièce et les feuilles de dessin qui étaient sur mon bureau volèrent dans tous les sens. J'allai aussitôt les récupérer avant d'en perdre quelques-unes. L'une d'elles glissa sous le lit. En me penchant et en étirant le bras, je pus la toucher du bout du doigt. Une fois récupérée, je vis que c'était l'image d'un mystérieux garçon, posant de dos avec de grandes ailes noires surdimensionnées. Ma préférée. En fait, c'était le personnage principal de mon livre graphique. Et plus je l'observais, plus il me faisait penser à celui de mes cauchemars…

Chapitre 3

Ma mère était en train de préparer le petit déjeuner. Je l'entendis jurer en se brûlant avec la poêle. Elle n'était pas très bonne cuisinière et il arrivait toujours quelque chose lorsqu'elle se mettait aux fourneaux. Je pris place au bout de la table et elle me tendit mon assiette : du bacon brûlé accompagné d'œufs brouillés dans lesquels il devait probablement rester un ou deux morceaux de coquille.

— Merci maman.

Je n'aimais pas cette cuisine immonde, avec ses vieilles armoires rustiques blanches jaunies, un peu moisies. Il en était de même pour cette grande table de bois avec son odeur d'humidité, comme si la pluie se déversait à l'occasion dans la maison. Cela dit, le salon à gauche de l'entrée principale était une pièce agréable. Un grand canapé bleu et poussiéreux en forme de « L » était au centre du séjour. Tous les murs étaient vitrés, de ce fait, on avait une vue imprenable sur la forêt. Un petit meuble et une télé se trouvaient dans la pièce, mais seulement quatre chaînes étaient disponibles. On devait se considérer chanceux d'avoir le courant et, l'hiver, il n'était pas rare que les villageois utilisent des génératrices lors de nombreuses coupures d'électricité. On avait été averties. À la lisière de l'Alaska, nous devions nous attendre au froid, au givre et à la neige. Comme on était à la fin du mois d'octobre, les températures pouvaient varier entre 5 et 0 degrés.

En commençant à manger, ma mère alluma la petite radio posée au-dessus du frigo. Les voix de deux hommes se firent entendre :

« Oui, tout à fait, il s'agissait bien des ossements de Mike Sawyer, âgé de seulement quarante-huit ans. Les autorités ont classé sa mort comme un suicide. D'après les preuves qu'ils détiennent, l'homme se serait suicidé dans les bois près de sa demeure, puis quelques heures plus tard, sa carcasse aurait été déplacée par les loups de la région. Le dossier est clos, l'enquêteur est déjà reparti en ville. Ce territoire et toute la forêt du côté Creet Est sont depuis longtemps une réserve défendue. Des terres ancestrales, mais inhabitables puisque parfois des gens qui s'y aventurent disparaissent. Alors, villageois de Keeper, n'allez pas faire une randonnée sur la réserve. Les autorités maintiennent que c'est un secteur à risque. »

Ma mère éteignit immédiatement la radio. En fourrant une fourchetée dans ma bouche, je relevai la tête et lui posai une question tout en mastiquant :

— Si nous sommes sur une réserve défendue, pourquoi Mike était le seul qui pouvait y avoir sa maison ?

— Je… je ne sais pas trop, Madison. À l'époque où j'ai rencontré ton père et qu'on s'est fréquentés brièvement, il semblait que cette réserve forestière appartenait à ses ancêtres depuis très longtemps. Mange, maintenant, ça va refroidir.

— Mais… tu trouves ça normal qu'on vienne là où il s'est suicidé et qu'on vive sur la réserve où les autorités suggèrent fortement de ne pas s'aventurer ? Le journaliste vient juste de dire qu'il y a des meutes de loups. J'ai pas envie de finir mes jours déchiquetée au fin fond de nulle part et qu'on ne trouve jamais mon corps, à moins de dépecer l'estomac d'une bête.

— Madison Sawyer, dit-elle d'un ton de reproche. T'as pas à avoir peur de quoi que ce soit. Oui, il y a des loups dans les montages un peu plus loin, mais ils ne reviendront plus par ici. J'ai payé une compagnie qui a installé des clôtures de barbelés qui délimitent toute la réserve. Toutes les bêtes provenant des montagnes ne pourront pas traverser sur notre territoire. Les types ont aussi mis quelques pièges. En somme, tu es totalement en sécurité ici. Le périmètre est protégé à 100 %, il n'y a aucune faille.

Tamara, ma mère, ramassa quelques trucs dans la cuisine et partit au sous-sol comme tous les matins pour allumer le foyer qui réchauffait la maison avant d'aller se mettre au lit pour ne se réveiller qu'en fin de soirée pour aller bosser toute la nuit.

Je pris quelques bouchées de mon repas et jetai le reste dans la poubelle. En voyant l'heure, je vis qu'il me restait encore beaucoup de temps devant moi. Je ne voyais pas pourquoi ma mère voulait que je me dépêche, je n'étais pas obligée d'arriver à l'ouverture du lycée, je n'avais pas de cours aujourd'hui, j'allais simplement faire mon inscription, à environ deux kilomètres d'ici. L'établissement, Iden Earl, était majestueux, j'avais pu le voir en arrivant ici. La statue d'un corbeau aux ailes déployées faisait office d'emblème, bien implanté au centre du chemin pavé qui menait aux six entrées du bâtiment à la façade de briques rouges. L'emplacement était superbe, le bâtiment était orné de bouleaux, de conifères et de noyers noirs : des arbres magnifiques qui avaient troqué leurs feuilles vertes pour du jaune d'automne et les troncs d'arbres étaient noircis par la pluie constante. L'établissement avait l'air d'avoir été bâti au milieu de la forêt, pourtant il était situé au village.

J'empilai mes papiers d'inscription, quelques crayons

et mes cahiers à dessins – qui m'accompagnaient partout où j'allais – avant de tout fourrer dans mon sac à dos. Mes doigts figèrent devant les clefs de la Nissan Pathfinder rouge garée à l'extérieur. Le 4x4 était neuf et je l'avais déjà abîmé deux jours plus tôt en circulant dans les étroits sentiers : une branche avait rayé la peinture sur la porte du côté passager et, du coup, ma mère m'avait avertie que j'étais punie et que je ne devais plus toucher au véhicule jusqu'à ce qu'elle en décide autrement.

Donc, je devais vraiment faire le chemin à pied ?!

Génial ! De mieux en mieux !

Je portais un vieux jean noir ajusté et un pull rouge en dessous d'un manteau noir à capuche de type trench, les cheveux remontés en chignon déconstruit et des Converse aux pieds.

Je savais parfaitement dans quelle direction aller, ce n'était pas compliqué, en ligne droite dans le sentier derrière la demeure jusqu'à ce que je passe sur un vieux pont des années 1880, où passait jadis un train, ensuite je débouchais sur une grande route principale, de l'autre côté, c'était le village de Keeper. Mais pas vraiment plus achalandé. La route était toujours déserte et les commerces peu fréquentés.

Mais quelque chose attira mon attention lorsque j'entrepris le trajet : au bout de quatre cents mètres environ, je vis un bâtiment dissimulé derrière quelques chênes blancs : une devanture blanche, des auvents noirs aux fenêtres, tout comme sur l'énorme porte de même couleur, décorée d'un heurtoir très ancien. La demeure était en piètre état. Il s'agissait là d'un manoir abandonné. Qui avait bien pu vivre ici ? Un de mes ancêtres ? Étant donné que la réserve avait toujours appartenu à ma famille paternelle, et que j'en étais la dernière héritière, je me demandais à qui en reviendrait la charge. Ni ma mère ni le notaire n'en avaient parlé.

Soudain, un corbeau croassa brusquement sur ma droite. Perché sur la branche d'un arbre, son bruit irritant glaçait le silence de la clairière. Il me suivit des yeux et semblait juger ma présence, comme si je ne devais pas passer ici. Peut-être que son butin était quelque part : une vieille carcasse d'animal qu'il comptait dévorer et il n'aimait pas me voir rôder tout près.

Le corbeau arborait des plumes noires lustrées ainsi que des pattes de même couleur. Son bec charbonneux était trapu et effilé, identique à mes dessins. Même si ma présence le dérangeait, j'observai à nouveau le manoir tout en continuant mon chemin, me promettant d'aller y jeter un œil en revenant. C'était étrange, parce que je ressentais une drôle d'énergie autour du manoir. Il y avait là quelque chose d'inexplicable. Je pouvais discerner une détresse, même une curieuse odeur de soufre flottait dans l'air. Cet endroit abandonné dégageait de la tristesse, comme s'il y était arrivé un drame. Et je n'avais aucune idée du pourquoi ni du comment je pouvais percevoir cela.

Le plus terrifiant à présent était qu'en toisant le manoir, le détaillant minutieusement ainsi que les alentours, j'avais l'impression d'être déjà venue ici. D'avoir déjà vu ce manoir. C'était ridicule, puisque Keeper m'était inconnu.

— Ouais, je suis en plein délire, me dis-je pour ensuite reprendre le sentier jusqu'au lycée.

Chapitre 4

— Veuillez vous asseoir, mademoiselle Sawyer.

La secrétaire du lycée me désigna les chaises près du mur. Après lui avoir donné tous mes papiers pour l'inscription, je devais attendre le proviseur. Les élèves étaient déjà en cours, alors je dirais qu'à mon arrivée ici, tout était tranquille. J'aurais pu entendre une mouche voler. Les couloirs sentaient le désinfectant et les casiers bleus contrastaient avec les murs et les planchers blancs.

Une porte au fond de la pièce s'ouvrit.

— Madison ?

Je me levai, balançai la bretelle de mon sac sur mon épaule et rejoignis le proviseur. Il me désigna le siège en face de son bureau. D'après la plaque sur son bureau, il s'appelait M. Daniel Torrance. Sur le coup, un sourire en coin apparut sur mon visage.

Cela me faisait penser à Jack Torrance, personnage dans le film *The Shining*. Physiquement, il lui ressemblait un peu. Daniel portait un complet bleu foncé, voire noirâtre, avec une cravate jaune moutarde. D'âge assez avancé, je dirais autour de soixante ans, peut-être plus, il avait le crâne dégarni avec, cependant, quelques mèches solitaires qui résistaient à la chute, sur le dessus de sa tête.

Le proviseur inspecta mes antécédents scolaires : notes, implications, etc.

— Bienvenue, Madison Sawyer. Prenez place et mettez-vous à l'aise…

— Merci.

Je déposai mon sac par terre et, avant de m'asseoir, il insista :

— Enlevez votre manteau, vous allez avoir chaud dans mon bureau.

— Euh… ouais…

Je retirai mon manteau et le déposai contre le dos de la chaise. Le proviseur n'avait pas détaché ses yeux de moi et cela commençait à m'intimider.

Il se racla la gorge et finit par regarder le dossier devant lui.

— Vous avez un parcours remarquable. Que de bons bulletins, comportement exemplaire, c'est plutôt rare ici. L'établissement comporte à ce jour cent douze élèves et le taux de réussite est relativement bas.

— Je suis assez studieuse. Je vise l'université. Je vais peut-être faire remonter le taux de réussite d'Iden Earl, dis-je avec un petit sourire.

Il m'offrit aussitôt un grand sourire ravi.

— Nos programmes ne sont assurément pas à la hauteur de votre niveau académique. J'ai vu que vous ne restiez parmi nous que pour une courte durée, alors sachez, mademoiselle que si vous voulez avoir des références pour l'université, je serai plus que ravi de contribuer à votre réussite…

Mon sourire se rétracta en voyant que la manière dont il me fixait était presque inappropriée. Il me détaillait du regard et son sourire semblait vouloir me laisser sous-entendre que nous avions tous les deux à y gagner si on faisait l'effort de s'entendre. Du moins… une nanoseconde, j'avais cru détecter un truc louche chez lui. Parler en ma faveur à une université en échange de quoi? Il s'attendait à ce que je couche avec lui?!

Il vit que je ne répondais pas et qu'un malaise s'installait, alors il baissa doucement les yeux et fit comme s'il n'avait rien dit pour changer de sujet, laissant néanmoins transparaître qu'il était devenu froid avec moi :

— Laurel Dickson, l'une de nos meilleures élèves, vous fera visiter les lieux et vous aidera à vous familiariser.

— Je ne crois pas que ce sera nécessaire ; à Dawson City, le lycée avait plus d'une centaine de locaux et ici, il n'y en a que le quart alors je saurai me débrouiller et…

— Vous allez faire ce que je vous dis, mademoiselle. Si vous voulez un bon dossier à Iden Earl, je vous suggère d'être exemplaire.

— Euh… oui. Je n'ai pas l'intention de causer de…

— Elle est déjà là, fit-il en me coupant, en entendant quelqu'un toquer à sa porte. Entrez !

Toutefois, ce n'était pas une fille qui entrait, mais un garçon de mon âge, avec des cheveux châtains ébouriffés, des yeux bleu pâle, une moue dégoûtée et un air dépité.

— Où est Laurel? demanda le proviseur, les sourcils froncés, à présent.

— La prof m'a envoyé à sa place, Laurel était trop occupée à la bibliothèque, elle prépare sa dissertation.

— Hum, bon, très bien. Madison, je vous présente Jackson, ce sera lui que vous allez suivre. Voici votre emploi du temps. Je vous souhaite une bonne première journée, termina-t-il sèchement en se relevant.

Mon cœur se crispa dans ma poitrine.

— Quoi?! Je… je commence aujourd'hui? Je… je croyais que je venais juste porter mes papiers et récupérer mes feuilles.

— Vous avez un empêchement ? Vous voulez sécher les cours ?

— Non, je…

— Alors, allez en classe.

J'entrouvris la bouche, prête à lui lancer une répartie cinglante comme j'avais l'habitude de le faire avec les gens qui me prenaient de haut, mais je ravalai mes mots pour éviter d'avoir des ennuis. C'était plus sage, mais surtout, je ne voulais pas entrer dans son jeu. Je commençais surtout à cerner son personnage. La seconde où je pris mon manteau et mon sac sans mot dire, je jetai un œil vers le proviseur et le surpris en flagrant délit de me reluquer les fesses. Je le toisai avec dédain et j'eus envie de lui balancer un truc par la tête, mais je suivis Jackson jusque dans le couloir alors que mes joues viraient au cramoisi.

Chapitre 5

Jackson traînait des pieds et soupirait bruyamment. Pas une fois il ne me jeta un regard. Clairement, il n'avait pas envie de s'occuper de moi. Cela tombait bien puisque je n'avais pas besoin d'un chaperon. Je n'étais pas inculte, le lycée n'était pas un labyrinthe non plus et je savais encore lire mon horaire et le plan des classes d'Iden Earl sur ma feuille. Alors je passai près de lui, sans me soucier de le laisser derrière et commençai à longer les couloirs à la recherche de mon premier cours. J'entendais les pas de Jackson qui me suivaient, puis il bafouilla un :

— Hé toi, la petite, tu vas pas dans la bonne direction.

Je me retournai :

— Si, j'ai cours au deuxième étage et d'après la feuille, les marches sont par là. Tu peux retourner à tes occupations, je vais me débrouiller.

Il s'arrêta au milieu du couloir et croisa les bras sur son torse. Je poursuivis mon chemin vers les portes battantes, censées me mener, d'après mes observations, au second niveau. Néanmoins, en ouvrant, je rencontrai un escalier qui menait au sous-sol et non vers l'étage au-dessus. Mes chaussures couinèrent contre le marbre lorsque je pivotai pour faire demi-tour. Arquant un sourcil, Jackson était toujours là, au loin, et me fixait.

— Très bien, dis-je en haussant les épaules, vaincue. Dis-moi.

— Pour commencer, donne-moi ta feuille, je veux voir un truc.

Je revins vers lui et lui tendis la feuille qu'il… déchira sous mes yeux ! Il balança en l'air les morceaux de papier.

— T'as pas besoin de ça, lança Jackson. Je connais le lycée par cœur, alors fie-toi à moi.

Il tourna les talons, fourra les mains dans ses poches et s'éloigna.

En le rejoignant, une fois à ses côtés, je lui demandai :

— C'est une coutume ici, d'être taré ?

Il rit.

— Tous. Et tu ne fais pas l'exception, la petite. Venir s'installer à Keeper, faut être taré.

Sur ce point, il avait raison. Qui voudrait venir vivre dans un endroit perdu ?

— Ça fait combien de temps que tu es ici ?

— Depuis toujours.

— Alors tu dois connaître tout le monde ?

— Tout le monde, sauf toi. Tu es la première, en fait, à débarquer ici. Généralement, les gens quittent Keeper. Ils ne viennent pas s'installer.

— Pourquoi ils partent ?

— Trop de meurtres. Enfin, à une époque. Maintenant, c'est tranquille.

— Des meurtres ? Il y aurait un tueur ici ?

— Des…

Jackson tourna la tête sur son épaule pour m'envoyer un clin d'œil accompagné d'un sourire.

Il s'arrêta devant une porte et en l'ouvrant, celle-ci laissa un horrible tintement. Jackson attendit que je passe devant lui.

— On va pas y passer la journée, allez !

De l'autre côté de la porte, il y avait l'escalier pour aller à l'étage.

C'était une autre chose dont le notaire n'avait pas fait mention, que Keeper avait eu des meurtres. À bien y penser, c'était un endroit plutôt idéal pour un tueur en série : des maisons en forêt à bonne distance les unes des autres, l'idéal pour tuer une famille sans qu'aucun voisin ne voie quoi que ce soit ou entende des cris. Et puis, tout le monde vivait vers le quartier Creet Ouest. J'étais la seule maison sur la réserve sur Creet Est… Bon, mis à part le manoir égaré qui avait attiré mon attention. Mais il n'était pas habité.

Je montai l'escalier, secondée par Jackson. Une fois là-haut, je vis à travers les petites fenêtres des portes de classes, des élèves à leurs cours et j'entendis les voix des professeurs jusque dans le couloir. Il ne restait que mon emploi du temps dans mes mains et en voyant que Jackson voulait me l'enlever, je l'écartai aussitôt.

— Relaxe, je vais pas la déchirer. Je veux juste voir quel est ton premier cours.

— Histoire.

— Génial, tu es avec le professeur Sharton. Avant dernière porte à droite. Quand la cloche sonnera après ton premier cours, on ira faire le tour du bâtiment pour que tu puisses voir combien c'est moche ici et j'aurai terminé de te guider.

— Peut-être que tu pourrais m'en dire plus au sujet des meurtres ?

Jackson ignora ma question, puisque quelque chose captait son attention : il remarqua qu'il restait un bout de papier déchiré, accroché à la manche de son pull et en regardant ce qui y était écrit, son expression se métamorphosa. Il resta figé sur place, le corps crispé. Je me demandais même s'il respirait encore.

— Euh, Jackson ? Je vais à mon cours. On se voit après ?

Il ne répondit pas.

En lui tournant le dos, tout en me demandant ce qu'il lui arrivait, je commençai à m'éloigner, cependant, en arrivant devant la porte de mon cours, il marmonna quelque chose que je ne compris pas.

— Quoi ?

Il bafouilla une fois de plus tout en levant les yeux sur moi. Son regard me fit froid dans le dos. Il répéta :

— T'es une Sawyer…

Ses yeux retombèrent sur le bout de papier entre ses doigts. Le proviseur avait dû écrire mon nom quelque part sur le plan du lycée que Jackson avait déchiré. Mais en quoi le fait que je sois une Sawyer le dérangeait ?

Je me mis à rire bêtement tout en haussant les épaules.

— Et c'est mal ?

— Tu peux pas rester ici.

Cette fois, mon sourire disparut.

— Pardon ?

— Nan, nan… tu peux pas rester ici, dit-il avec un regard mauvais rempli de reproches, et je dirais même une menace silencieuse.

Tout en fulminant, il glissa le bout de papier dans la poche de son jean et s'échappa par les portes battantes dans un fracas qui me laissa comprendre qu'il était en colère.

Chapitre 6

Au fur et à mesure que les heures s'écoulaient, l'ambiance dans le lycée devenait insoutenable. Des regards qui me jaugeaient, du mépris pour certains; d'autres semblaient avoir peur de moi, comme si j'avais la peste. Je me mis même à penser que Jackson avait raconté des trucs sur moi sans me connaître. Sinon, c'était peut-être l'impact de ma présence comme «nouvelle» dans le lycée qui générait toutes ces réactions. Super.

Moi, Madison Sawyer, j'étais un phénomène de foire, à présent.

À mon dernier cours, plus je me concentrais sur mon coup de crayon, plus la voix du professeur s'estompait. Je devais prendre des notes, mais c'était une matière que j'avais déjà vue et revue dans mon ancien lycée. J'étais déjà en avance sur eux. Alors je gribouillais dans mon livre à dessin, finissant celui du jeune homme de dos. Ce mec, qui était mon personnage principal, n'avait pas encore de visage. Je dessinais sans cesse sa silhouette, grand, svelte, mais découpé. Des épaules larges, des paumes de main robuste et forte. Aussi longtemps que je me souvenais, j'avais toujours voulu créer des romans avec des planches graphiques sombres. Ma mère trouvait que c'était une perte de temps, mes dessins surréels. Je voulais en faire carrière, et elle, son but était de me diriger vers une université pour faire des études dans le domaine médical. Elle me voyait déjà en radiologie, bossant aux urgences avec elle en revenant à Dawson City. C'était une option de vie, stable et payante, mais ce n'était pas vraiment… ce que je voulais. De plus, ses reproches ne faisaient que m'encourager à faire de ma passion un possible métier, pour lui montrer que ce n'était pas un rêve stupide que j'avais. J'étais douée pour mon âge, autant en littérature qu'en graphisme et en dessin. Et Keeper commençait doucement à m'inspirer, même si j'avais un peu de mal à le reconnaître.

Près de la fenêtre de la classe, j'observais les arbres sinistres et les feuilles danser sous une brise légère. Un tapis de feuilles recouvrait en entier la cour du lycée. Des oiseaux volaient dans le ciel, près des nuages gris et un brouillard constant planait près des arbres et dans le parking. Je recommençai à griffonner, mais quelque chose changea subitement : la lumière disparut. Je jetai un œil par la fenêtre, il faisait nuit à présent. En observant ensuite autour de moi et la classe, je fus médusée.

J'étais seule.

Complètement… seule.

Oh… bon… sang…

Au lieu d'accélérer à cause de la peur, les battements de mon cœur ralentissaient dangereusement et mon sang chuta dans mes veines. Les notes du professeur n'étaient plus inscrites au tableau. On aurait dit que j'étais soudainement plongée dans un de ces cauchemars dont j'avais l'habitude de faire depuis une semaine. À l'instant, je tournai la tête lentement vers les grandes fenêtres, elles se mirent à faire un étrange bruit. Une sorte de craquement, comme si un vent menaçant faisait une pression. Stupéfaite par ce qui était en train de se passer, je restais clouée sur la chaise, même si je voulais prendre mes jambes à mon cou.

Les arbres à l'extérieur m'effrayaient, ils se déchaînaient toujours un peu plus. Un crépitement provenant de la vitre tout près de moi me montra soudain la naissance d'une fissure.

Je me levai enfin, prudemment, ne comprenant pas du tout ce qui se passait. La seule chose qui restait dans la pièce était mon livre que je refermai immédiatement avant de le coincer sous mon bras. En reculant, mes fesses heurtèrent un pupitre derrière moi.

— Maaa-di-sooon, chuchota quelqu'un.

Il n'y avait vraiment pas d'autre explication : j'étais dans un cauchemar. Si ça se trouvait, je dormais à l'instant.

Je sursautai lorsque la porte de la classe se ferma dans un claquement brutal, suivi des fenêtres qui éclatèrent ! Des bris volèrent de toute part telle une pluie tranchante. Un vent torrentiel pénétra dans la classe, faisant virevolter mes cheveux dans tous les sens tout en me glaçant la peau du corps. Mes lèvres furent immédiatement gelées et une buée s'échappa d'entre celles-ci. La température venait de chuter comme si j'étais plongée dans les abysses d'un autre monde.

Je n'aimais pas ces cauchemars ! Je ne savais pas comment en sortir !

Un bruit attira mon attention, une craie flotta dans le vide, puis lentement, elle se mit à tracer des lettres au tableau. Je pouvais y lire :

« J'attacherai ton corps contre un arbre. Ta tête manquera. Je l'aurai donnée à manger à une meute de loups. »

Prise de peur, je fonçai immédiatement vers la porte, mais celle-ci se transforma en mur de brique dans lequel je percutai de plein fouet ! La porte avait disparu !

— Madisonnn…, remit cette voix masculine à la tonalité digne d'un esprit maléfique.

Je me retournai en appréhendant la suite et fus confrontée une fois de plus à ce type, vêtu de noir, capuche sur le crâne, ne voulant pas relever la tête pour que je puisse voir son visage. Même si je savais qu'il n'en avait pas.

Je n'arrivais jamais à voir les visages des gens dans mes rêves. Je tentai de reprendre mon sang-froid, je n'avais rien à craindre, ces images allaient s'en aller, ce n'était pas réel.

— Tu n'es pas réel, tu… n'es… pas… réel, répétai-je en fermant les yeux.

La seconde qui suivit, je sentis un courant d'air frais flotter autour. Jusqu'à ce que je sente une présence devant moi. En ouvrant les paupières, je vis qu'il n'était pas là, mais bien dans mon dos. Je pouvais sentir son parfum, maintenant qu'il était près, celui que j'avais senti à plusieurs reprises dans mes cauchemars : le magnolia. Une fleur blanche qui poussait normalement dans un arbre de la forêt. Son souffle effleura ma joue gauche. Je savais qu'il allait me tuer, c'était que de cette manière que je me réveillais.

— Qu'est-ce que t'attends?! dis-je hargneusement, le corps tremblant en essayant d'avoir l'air en contrôle de mon propre cauchemar. Vas-y, tue-moi!

— Ça viendra…, murmura-t-il à moins d'un centimètre de mon oreille.

Du coin de l'œil, je pouvais voir sa silhouette. Sa prestance me glaçait le sang. Il avait l'air puissant, sauvage, dangereux et même sa voix m'oppressait et faisait trembler mon corps.

— Mais avant de te tuer… Tu devras faire quelque chose pour moi, Madison…

Je me répétais que c'était qu'un stupide rêve et que je pouvais en faire ce que je voulais, alors je pris mon courage à deux mains et décidai que j'en avais assez : je me retournai pour frapper cette chose, sauf qu'il s'était évaporé laissant une brume noire sur son passage.

— Madison!

Cette voix qui m'appelait était différente, c'était celle d'une femme. Subitement, j'ouvris les paupières et la clarté me brûla les rétines! Je m'étais endormie, tête contre mon bureau, et toute la classe me regardait. Perturbée et confuse, je me levai subitement, titubai contre ma chaise et tombai contre celle-ci ! J'entendais des rires et la professeure répéter mon nom, me demandant si j'allais bien. J'avais du mal à faire la transition entre mon rêve et le retour dans cette classe. Tout ce que je vis, c'était le visage de la fille près de moi qui prit plaisir à me voir me ridiculiser.

À ce moment, je fus sauvée par la cloche qui invita tout le monde à sortir pour rentrer chez eux. Certains prirent leur sac à dos et passèrent à côté de moi qui étais toujours par terre, blessée au dos par la chaise dans laquelle j'avais trébuché, et ils ne se gênèrent pas pour me regarder d'un air narquois.

J'attendais que la classe se vide, puis je me relevai doucement. La professeure était maintenant juste en face de moi et s'inquiétait.

— Tu t'es fait mal ?

— Non, dis-je précipitamment. Ça va. Je m'excuse.

— Premier jour, et tu t'endors en cours. J'espère te revoir plus en forme la prochaine fois.

— Je ne dors pas beaucoup dernièrement. Je… je suis désolée. Vraiment.

— Si tu veux parler de quoi que ce soit avec moi, je suis disponible. Je sais qu'être dans un nouveau lycée peut être stressant et…

— Non, c'est bon, dis-je en prenant mon sac à dos et en passant devant elle en tenant bien mon livre à dessin. Je dois y aller ! Une autre fois peut-être.

Après avoir longé quelques couloirs, je tranchai la rangée de casiers jusqu'à celui qu'on m'avait attitré pour y laisser mon sac à dos, tout cela en gardant la tête renfoncée dans les épaules, essayant de ne pas trop attirer l'attention. Et surtout, je voulais éviter de revoir Jackson.

Chapitre 7

Pour compléter cette journée de merde, des gouttes commençaient à tomber à l'extérieur. J'étais une des dernières à évacuer le lycée. J'essayais de protéger au mieux mon livre en le fourrant dans la grande poche avant de mon pull rouge, sous les pans de mon trench noir. Mais la pluie devenait torrentielle, coulant rudement sur mes cheveux et mouillant aussitôt mes vêtements. Je courais afin de rejoindre la forêt le plus vite possible pour être un peu plus à l'abri de la pluie. En pleine course en traversant la rue principale, je ne vis pas la voiture qui freina brusquement pour m'éviter, faisant crisser ses pneus sur la chaussée inondée.

L'individu sortit de son véhicule, se faisant agresser par les intempéries.

— Je suis désolé ! Je ne t'avais pas vue, t'as surgi de nulle part et…

— Pardon…, dis-je, grelottant sous la pluie.

Je repris ma course pour rejoindre le sentier de l'autre côté, mais il me lança :

— Tu ne vas pas rester sous ce déluge ? Je peux te déposer ?!

Monter à bord de la voiture d'un inconnu ?! On m'avait toujours appris à me méfier.

— T'inquiète pas, je veux simplement t'aider… Tu ne seras pas en sécurité sous un arbre, avec l'orage, argumenta-t-il en protégeant au mieux son visage des trombes d'eau qui s'abattaient sur lui. Dis-moi où tu veux que je t'emmène !

Chanceuse comme je l'étais, il y avait de fortes chances que je finisse frappée par la foudre. Il ne faut jamais se balader sous les arbres quand il y a un orage. Le type avait un air sympathique, même si j'hésitais longtemps et que je me méfiais des étrangers, je hochai doucement la tête. Il avait probablement le chauffage dans sa voiture et cette dernière pensée me conforta dans ma décision : j'étais fatiguée et morte de froid et il voulait m'aider.

— Ouais, bon, d'accord, merci, c'est gentil, maugréai-je en acceptant son offre.

Il courut rapidement pour faire le tour de sa voiture et m'ouvrit la portière. Je me réfugiai à l'intérieur. C'était un 4x4 Chevrolet. Une fois assise, je regardai les essuie-glaces danser sur le pare-brise. On ne voyait rien du tout sous ce torrent de pluie.

— Liam, fit-il en me tendant la main une fois derrière le volant.

— Madison.

— Enchanté. Alors, où je te dépose ?

— Hum… la réserve, sur Creet Est. Le sentier est quelque part par-là, mais je ne le vois plus.

— Ah… d'accord. Et… le sentier, il est assez grand pour que mon 4x4 passe ?

— Oui, les véhicules peuvent passer sans problème. Il n'y a jamais vraiment de circulation, alors le chemin est un peu boueux et enseveli par les mauvaises herbes, mais t'auras pas de mal.

— Parfait, alors allons-y, on va le trouver.

Il commença à rouler sous la pluie battante et tenta de voir au mieux devant lui. Liam avait une allure de type universitaire, geek, sérieux et mature, probablement âgé d'une vingtaine d'années.

— Tu viens d'ici ? demandai-je.

— Oh non. Je ne connais pas du tout Keeper. Un vrai touriste. Je passais par ici, car un type à la pompe à essence m'a dit de suivre la route principale, elle mène en Alaska, là où j'ai un entretien d'embauche.

— D'accord.

— Moi et ma fiancée, on compte s'installer là-bas et je cours les entretiens d'embauche avant qu'on emménage officiellement. Sauf que là, je suis ici parce que je me suis trompé de route. Le panneau indique le village de Keeper, je n'en ai jamais entendu parler. D'ailleurs, il n'est même pas sur ma carte ni sur mon GPS.

Liam emprunta le bon sentier. Les pneus du 4x4 commencèrent à percuter la terre instable et le véhicule chahutait chaque fois qu'il rencontrait une crevasse. Les branches des arbres léchaient les côtés et les vitres de la Chevrolet. Lorsque la terre devint de l'asphalte, Liam accéléra. Je ne savais pas comment il faisait pour conduire, puisqu'honnêtement, moi, je ne voyais rien du tout. Il prit encore un peu plus de vitesse. Il semblait être un chouette type, mais il fallait que j'admette qu'il conduisait très mal.

— Il faut que tu ralentisses un peu.

— Le sentier est dégagé.

Il augmenta la cadence des essuie-glaces et c'est à ce moment que je vis quelqu'un au beau milieu du chemin !

— Liam ! Attention ! hurlai-je. Tu vas le frapper !

— Quoi ?! Il n'y a personne ! Je ne vois pas de…

Moi je le voyais ! Je donnai subitement un coup de volant, si brusque que le véhicule sortit de sa trajectoire et vint percuter un arbre !

Chapitre 8

L'impact fut violent. J'ouvris doucement les paupières. Il faisait sombre. On était le soir ou la nuit? Bon sang, combien de temps j'étais restée là? Comme je n'étais pas attachée, ma tête avait tamponné le pare-brise, jusqu'à le fissurer. Le visage de Liam avait sans doute frappé le volant, puisqu'il avait la tête collée dessus et une énorme coulée de sang coulait sur le tapis. Avec douleur, je me redressai sur mon siège, tirant ma jambe coincée contre la tôle pliée. Le capot était replié, littéralement embouti par le tronc d'arbre. Une fumée blanche s'en échappait.

— Liam…

Je me penchai vers lui pour examiner son pouls. Son corps était plutôt froid et raide.

Ça n'augurait rien de bon.

La panique grimpa en flèche. Mon cœur commençait à pomper plus vite en voyant qu'il était… mort.

— Fait chier! Non… non pas ça! Mais c'est quoi ce délire?! C'est un cauchemar, c'est sûr! Je ne vois pas d'autre explication!

Je serrai les dents tout en essayant d'ouvrir la portière pour ne pas rester une minute de plus dans le véhicule à côté d'un cadavre. La nausée s'emparait de moi juste à penser que cela ne soit pas un de ces fichus rêves.

Même en frappant de toutes mes forces contre la portière coincée, je n'arrivais pas à sortir de là.

— Allez ! Ouvre-toi ! Tu fais chier, merde !

Un frisson de terreur me parcourut l'échine lorsque je vis une ombre passer devant la lueur des phares qui illuminait les coins sombres de la forêt.

Puis, sans crier gare, la portière s'ouvrit et comme j'étais appuyée contre cette dernière, je me retrouvai à m'affaler contre le sol fangeux !

— Tout doux… tu vas te faire mal.

Ce n'était pas moi qui avais réussi à ouvrir la portière, mais lui. Genoux et mains enfoncés dans la terre humide, je levai les yeux et je fus aussitôt happée par des yeux ténébreux qui me contemplaient avec curiosité.

Ce n'était pas un rêve… Pas cette fois, puisque l'inconnu devant moi avait un visage. Il ressemblait drôlement à celui de mes cauchemars, du fait de ses vêtements noirs, sa capuche rabattue sur son crâne et cette tignasse dissimulée qui semblait négligée. Mais c'était impossible que ce soit la même personne. Dans mes cauchemars, c'était une créature qui possédait de grandes ailes noires et qui n'était pas humaine.

Tout en me tendant sa main, un rictus apparut à la commissure de ses lèvres, libérant une fossette.

— Relève-toi, tout va bien, Madie.

J'essuyai mes mains contre mon jean et acceptai son aide. À la seconde où mes doigts touchèrent la paume de sa main, une énergie traversa mon corps tout entier !

Qu'est-ce qui venait de se produire ?! Une chair de poule avait fait dresser tous les fins poils de ma peau et particulièrement ceux de ma nuque. Je n'avais jamais senti un truc pareil. À croire que je venais de toucher un extraterrestre ou à un type qui n'était pas humainement comme moi. Il y avait une énergie sépulcrale autour de lui, je pouvais la sentir.

Oh, bon sang. Ça recommençait, je délirais. Je lâchai sa main et, à vrai dire, à présent, je ne me sentais pas très bien. Des acouphènes parasitaient mon ouïe et un vertige commençait à faiblir ma vue. Comme si son énergie arrivait à affaiblir mes sens.

J'essayai de me défaire de cet étrange envoûtement pour lui, pour revenir à la source d'un problème urgent.

— Il… il est mort. On… on a eu un accident et là… il y avait quelqu'un sur la route. Je crois qu'on l'a évité. Je ne me souviens pas trop, tout est allé trop vite et je ne me sens pas trop bien.

J'avais l'impression de bégayer tellement le manque soudain d'air se faisait sentir, comme si l'angoisse commençait à m'oppresser. Mais brusquement, je compris qu'il connaissait mon nom.

— Madie ? T'as dit Madie ? Tu me connais d'où ? Du lycée ?

— Tu saignes, tu devrais rentrer chez toi.

— J'ai eu un choc à la tête, mais je vais bien. Mais lui, Liam… Mon téléphone est à la maison, il faudrait appeler les secours.

— Lui, qui lui ?

— Le type dans le 4x4.

— Mais… il n'y a que toi et moi ici.

Je me figeai. À cet instant précis, ma vue s'éclaircit, me laissant voir que tout… que tout avait disparu : aucun véhicule près de nous ni même aucune trace de roue et le corps de Liam nulle part.

Il n'y avait… rien du tout.

Comment un accident pouvait-il s'évaporer ?! J'entrouvris la bouche, incapable d'expliquer ce qui se passait. Ahurie, je cherchais Liam.

— Quoi ?! Je… je ne comprends pas ?! Il était là ! Le véhicule contre l'arbre ! Celui-là ! C'était cet arbre !

Je vis le jeune homme se retourner pour suivre des yeux l'endroit que je pointais du doigt.

— Je suis désolé, mais je ne vois rien du tout.

— Non, non, il était là. Je ne suis pas folle !

— Je t'ai trouvée toute seule comme ça, perdue dans les bois.

Je pouffai nerveusement. C'était clair, il y avait un truc qui clochait. Je perdais la tête. Schizophrène. Il n'y avait pas d'autre explication. Apparemment, je voyais des choses qui n'existaient pas. J'étais bonne pour l'asile ! Je commençai à rire, incapable de m'arrêter. En même temps, des larmes roulèrent sur mes joues. J'étais là, à grelotter et à faire une psychose devant lui. Je perdais le contact avec la réalité. S'il n'y avait pas eu d'accident, que je m'étais endormie dans les bois et que j'avais rêvé de tout cela, comment m'étais-je fait la blessure à la tête ? Il avait dit que je saignais. Il m'était bien arrivé quelque chose. Je ne pouvais pas avoir rêvé de Liam, j'avais vu son visage. Non… quelque chose m'échappait.

J'essayai de prendre sur moi, replaçai mes cheveux trempés et me raclai la gorge avant de décréter :

— Désolée. Je suis un peu perturbée. Je crois que… je crois que je me suis endormie dans la forêt. Je ne sais pas comment… c'est troublant, je l'avoue. Je n'ai même aucune idée de comment je me suis blessée.

— Laisse-moi te ramener. Il est près de vingt-trois heures et tu es au beau milieu de la forêt, désorientée, toute seule et trempée.

Le type retira son sweat noir, me laissant entrevoir ses abdos lorsque le t-shirt noir en-dessous s'était soulevé. Lorsqu'il me tendit le vêtement sec, je pus enfin observer tous les traits de son visage : il était à couper le souffle. Je n'avais jamais vu un garçon comme lui. Ses yeux foncés et intenses qui me brûlaient la peau. À cet instant, il m'intimidait par sa beauté.

Je jetai furtivement un œil au-dessus de son épaule,

cherchant d'où il pouvait sortir; pas de voiture au bord du sentier, rien.

— Prends-le, pour te réchauffer.

Sans protester, je retirai mon pull rouge détrempé et enfilai hâtivement son vêtement par-dessus mon débardeur. Il avait raison : la chaleur qui s'en dégageait me réchauffait. Il avait échappé au déluge, contrairement à moi. Maintenant, je ne voulais plus enlever ce vêtement. En plus, il sentait divinement bon. Mais un parfum que je connaissais bien, en fait, qui tentait de réanimer ma mémoire. Le tissu sentait le magnolia blanc. Cette… même fleur que je sentais dans mes cauchemars.

Alors qu'on marchait dans ce labyrinthe de bouleaux et de chênes, malgré la pénombre, je percevais un brouillard, totalement immobile, comme si le froid l'avait figé sur place. À la cime des arbres, la lune était belle, claire et offrait juste assez de lueurs pour qu'on puisse suivre le sentier. Elle avait l'air d'une boule de glace réfléchissante.

Je me répétais intérieurement qu'une fois chez moi et après avoir regagné mon lit, fermé les yeux et oublié cette journée, demain, tout redeviendrait normal. Je ne savais pas trop ce qui m'arrivait, mais il était hors de question que je m'endorme n'importe où et n'importe quand. C'était inquiétant et anormal. Tout ce dont j'avais besoin était d'une bonne nuit de sommeil. Si seulement mes nuits pouvaient arrêter d'être tourmentées de cauchemars…

L'inconnu qui me ramenait chez moi semblait très bien connaître le chemin. Je lui avais tout simplement dit que je vivais sur la réserve quelque part ici, mais de toute évidence, il savait où aller. Après tout, il n'y avait qu'une maison vivable ici, il se doutait bien que c'était la mienne. Il était peut-être déjà passé souvent dans le coin. Il n'avait pas peur d'être seul ? Et puis, comment se faisait-il qu'il se baladât comme ça tout seul, dans les bois, à une heure pareille ?

Il écarta une branche pour éviter qu'elle me passât au visage en le suivant. Étrangement, il semblait voir mieux que moi dans la pénombre. Je le talonnai presque et son parfum m'assaillait. Je humai la douce odeur de magnolia qu'il dégageait et qui ne me déplaisait pas, tout en contemplant sa démarche et ses mouvements.

Impossible qu'avec son simple t-shirt il ne fut pas frigorifié. La température devait frôler la barre du zéro. Pour ma part, je ne sentais plus mes doigts, ils étaient froids, et mon visage tout autant. J'étais même certaine que mes lèvres avaient un peu viré au bleu après que je fus restée aussi longtemps dans la forêt après la pluie. Je grelottais alors que lui était détendu. Ses épaules étaient larges et ses mains assez proéminentes. Il était à peine plus vieux que moi. Ce qui m'intriguait vraiment, c'était qu'il avait évité de me répondre lorsque je lui avais posé une question simple plus tôt, alors je la posai à nouveau :

— Euh, dis-moi, est-ce qu'on… on se connaît ?

Il se retourna pour me lancer un bref regard.

— Est-ce que tu me connais ?

Il évitait de répondre en me renvoyant la question. Pourquoi faisait-il cela ? De toute manière, si je connaissais un mec aussi beau et intimidant que lui, je m'en serais souvenue.

— Non, je t'ai jamais vu avant, lui dis-je alors qu'il continuait d'avancer.

— Bah, alors on ne se connaît pas.

— C'est marrant tout de même, lui lançai-je, dubitative. Même si moi, je ne t'ai jamais vu, n'empêche que tu m'as appelée Madie, il y a quelques minutes.

Il stoppa.

Sans même se tourner vers moi, il soupira doucement :

— Non, je ne crois pas.

— Euh, si, je t'assure. Tu vas à Iden Earl ? On s'est peut-être croisés.

— J'en doute fort.

— Hum..., fis-je en fronçant les sourcils. Bon, très bien, j'ai dû l'imaginer alors ! Je passe une sale journée. Sinon, comptes-tu au moins me dire ton nom ?

Il fourra les poings dans ses poches et reprit la marche. Il regardait souvent autour de lui, vérifiant au loin, quelque chose. Avait-il peur des loups ? Il ne savait peut-être pas que ma mère avait fait installer des clôtures de barbelés pour protéger la réserve.

On était arrivés au cimetière pas très loin du manoir. Tout ce que je voyais, c'était ces quelques pierres tombales grises en piètre état, certaines fissurées, d'autres détruites et le terrain enseveli de mauvaises herbes et de vigne vierge envahissante. Personne n'était venu en prendre soin depuis des années. Il était carrément à l'abandon et je trouvais ce lieu assez effrayant, surtout de le savoir tout près de la maison.

Une fois de plus, il ne disait rien et je doutais qu'il répondît à ma question. Les lueurs de la lune me firent apercevoir la peau de son visage une nanoseconde : il était blême et d'étranges veinules, qui semblaient de couleur noire, apparaissaient sous la peau de ses mains et disparurent dès qu'il tourna la tête vers moi et vit que je l'observais !

J'avais halluciné ou quoi ? Des veines, ça ne se voyait pas autant que ça, et ça ne bougeait pas sous la peau... Je détournai les yeux dès que j'entrevis le manoir non loin devant nous.

— Tout va bien ? me demanda-t-il en arrêtant de marcher alors que moi je continuais et passais devant lui.

— Oui. Je suis morte de fatigue, je commence à voir de drôles de trucs dans la noirceur. Il est temps que je regagne mon lit.

— Et... quel genre de trucs vois-tu ?

Il reprit la marche, et ce, juste derrière moi. Je sentais sa présence, mais je n'entendais pas ses pas. Il était silencieux comme son ombre.

Je décidai d'être sarcastique :

— Oh tu sais, j'étais en train de me demander si t'étais pas un vampire ou une autre créature qu'on retrouve parfois dans les bouquins, parce que tu as la peau pâle et que j'avais l'impression de voir tes veines bouger sous tes jointures.

Je l'entendis rire et c'est pourquoi je jetai un œil par-dessus mon épaule.

— Les vampires, ça n'existe pas, fit-il d'un ton amusé. Ne me dis pas que tu es ce genre de nana qui lit ce genre de truc ?

— Bah, je suis le genre de nana à lire beaucoup, oui, mais pas ce genre-là, non.

— Et tu lis quoi, exactement ?

Soudainement tracassé, il se tourna rapidement pour inspecter un peu partout et particulièrement vers les tréfonds de la forêt où il tendit l'oreille. Je ne voyais absolument rien et n'entendais rien du tout dont on devait se méfier.

— Viens..., dit-il sèchement, en reprenant le chemin et cette fois, en passant devant moi pour ouvrir la marche.

Quelques pas plus loin, on passait devant le manoir abandonné. Le type semblait intrigué par le fait que je contemple l'endroit avec curiosité. J'avais même l'impression qu'il cherchait à deviner à quoi je pensais. Tourné face à moi, il marchait à reculons pour mieux m'analyser, ce qui me mettait un peu mal à l'aise.

— Ça me donne la chair de poule.

— Le manoir ?

— Non... toi qui me fixes.

Il passa une main dans sa chevelure noire puis examina les alentours et murmura :

— River.

J'arquai un sourcil.

— Quoi ?

— Mon nom.

— River ? ai-je répété.

Il me considéra, comme s'il tentait de me décrypter ou de résoudre un problème mathématique. Je n'avais jamais vu des yeux aussi sombres que les siens. Je laissai les miens s'y perdre une seule seconde et un magnétisme fit frissonner mon corps en entier. À nouveau, River dévia le regard vers la forêt. On aurait dit que quelque chose avait à nouveau attiré son attention.

— Donc, dis-moi, tu as peur des loups, River?

Il pouffa. Et je vis ses dents blanches et presque trop parfaites. Son rire était adorable.

— Non. Non, Madison, j'ai pas peur des loups.

À cet instant, je plissai les yeux… il y avait un liquide qui fuyait d'une de ses narines. Inquiète, je me rapprochai de quelques pas et inspectai ce liquide. Ce n'était pas du sang, c'était noir et opaque.

— River? Ça ne va pas?

Il passa le revers de sa main sous son nez pour voir ce que je regardais et examina le liquide noir sur sa main. Quelques secondes s'écoulèrent avant qu'il ne changeât carrément d'attitude. Il essuya ce truc – qui ressemblait à de l'encre – sur son jean et me tourna le dos tout en se dirigeant vers chez moi. À partir d'ici, je pouvais rentrer seule, je savais où j'étais. Mais je ne voulais pas rentrer chez moi, tant que je ne savais pas ce qu'il avait.

— Hé, attends! Laisse-moi voir. Si tu as besoin de quelque chose, j'ai une trousse de soins chez moi.

River se faufila rapidement entre quelques arbres pour mettre un peu plus de distance et éviter que je l'attrape par le bras pour qu'il se retourne. Je le suivis avec mal, tentant de voir ce qui lui arrivait, et je ne le débusquai qu'une fois arrivée derrière ma maison. Mais mon attention fut détournée par les gyrophares d'une voiture de police qui s'agitaient à l'avant de la demeure.

Merde! Ma mère avait appelé les flics, voyant que je n'étais pas rentrée.

— Madison ?!

En me retournant pour voir qui arrivait en courant vers moi, je constatai que c'était…

— Jackson ?

Il saisit mon coude et me tira rapidement vers la voiture de flic.

En regardant derrière moi, je vis que River avait disparu.

— River ?!

— À qui tu parles ?

Je tirai sur mon bras pour me libérer de sa prise.

— C'est quoi ton problème ?! Tu fous quoi chez moi ?

En tournant le coin de la maison, je vis la voiture de police et ma mère sur le porche qui parlait à un homme en uniforme.

En me voyant, une colère anima son visage.

— Madison Sawyer ! Je peux savoir ce que tu fais dehors à une heure pareille ?! Je ne suis pas au travail ce soir parce que je m'inquiétais !

Elle avait l'air très énervée et semblait vouloir combler les quelques pas qui nous séparaient pour me réprimander, mais le policier la retint en plaçant un bras devant elle et tenta de la calmer.

Je montai les trois marches du porche et Jackson me suivit, ce qui m'agaçait.

— Pourquoi t'es là ?!

— Mon père est le shérif de Keeper.

Cela n'expliquait pas sa présence, il ne pouvait pas rester chez lui au lieu de venir chez moi pour se mêler de ce qui ne le regardait pas ?

— T'étais où ?! fulmina ma mère.

— Je… je me suis perdue dans les bois.

Je ne pouvais pas lui dire que je m'étais endormie, cela n'avait aucun sens, c'était trop bizarre.

Le policier prit la parole :

— Madison, est-ce que tu vas bien ? Tu as pris un coup

à la tête, qu'est-ce qui s'est passé exactement?

— Oh, ça... c'est...

Je ne pouvais pas dire que j'avais eu un accident de voiture avec Liam puisque rien de tout cela n'était arrivé. Cependant, je n'avais aucune idée de la façon dont je m'étais blessée.

— Ce n'est rien. Tu sais bien, je suis maladroite et on ne voit pas bien dans la clairière. J'avais pas mon téléphone, donc pas de lumière pour m'éclairer.

Du coin de l'œil, je voyais bien Jackson en bas des marches me fusiller du regard. Il sentait que je mentais. Qu'est-ce qu'il avait contre moi, ce mec? Il était ici pour voir ce que je trafiquais? Une chose était sûre, il me surveillait et me détestait, donc deux éléments dont j'allais devoir me méfier.

— Rentre, maintenant! grommela ma mère. Je vais régler ça avec la police.

Puis, elle se tourna vers le père de Jackson en uniforme.

— Je suis désolée pour le dérangement.

— Non, ce n'est rien, madame. On est là pour ça. Soyons simplement rassurés qu'elle soit revenue saine et sauve.

J'ouvris la porte et, en refermant derrière moi, j'écartai doucement le rideau à la fenêtre : Jackson m'épiait toujours.

Je refermai le rideau, m'adossai à la porte et fermai un moment les paupières. Keeper était un village rempli de mystère et j'allais assurément tout faire pour découvrir ce qui se passait ici. Après des cauchemars, des moments où je m'endormais n'importe où, il y avait Jackson, un type qui était devenu étrange avec moi en apprenant que j'étais une Sawyer et, pour finir, il y avait River, encore plus troublant celui-là. Il s'était évaporé sans que j'aie pu voir quoi que ce soit. Cependant, j'espérais vraiment le revoir pour savoir comment il allait et pour le remercier de m'avoir aidée. Je devais aussi lui rendre son sweat. Mais je n'avais pas envie de m'en départir tout de suite, il sentait divinement bon.

Pendant que ma mère et le policier discutaient derrière la porte, je regardai le pull rouge dans mes mains et cherchai mon livre à dessin dans la poche, mais… il avait disparu. Je secouai le vêtement et le tâtai : rien.

— Fait chier !

Chapitre 10

Il était sept heures du matin lorsque ma mère commença des rénovations. Elle n'avait pas bossé de la nuit et était déjà super matinale. Je l'entendais frapper du marteau quelque part sur la véranda dans la cour. Elle perdait son temps libre à réparer des trucs pour éventuellement vendre cette maison, ou devrais-je dire cette infecte cabane des horreurs. En revanche, tout ce mal qu'elle se donnait juste pour que je puisse avoir de quoi payer mes études lui valait tout mon respect.

J'étais prête pour le lycée même si je n'avais franchement pas l'énergie et l'envie d'y aller, mais on était vendredi, alors j'espérais que la journée allait passer vite. Je pris les clefs de la cabane des horreurs sur le crochet à l'entrée et écartai le rideau pour voir la météo à l'extérieur : nuageux, avec un petit givre qui recouvrait le sol. Je roulai une écharpe noire autour de mon cou et enfilai mon manteau de style trench noir.

— N'oublie pas ton bonnet et tes gants, marmonna ma mère au loin derrière la porte vitrée de la cuisine.

— T'es sérieuse ?

— Il fait moins cinq degrés aujourd'hui.

— C'est bon, je ne vais pas au lycée. J'ai deux kilomètres

à faire en forêt et je ne suis pas équipée pour ce froid. À moins que tu me prêtes ta bagnole.

Elle vint me joindre. Je déglutis. Bon, j'allais peut-être faire l'effort d'aller au lycée. Surtout si elle s'approchait avec son marteau dans la main.

— C'est pourquoi il y a deux jours j'ai pris soin d'aller t'acheter de quoi te tenir au chaud. Regarde dans le tiroir du meuble de l'entrée. Il y a des gants en cuir, un bonnet et, dans la penderie de ta chambre, j'ai ajouté des bottes très chaudes. Elles m'ont coûté cher.

Je préférais tout de même mes vieilles Converse. J'ouvris le tiroir et enfilai les gants en cuir noir, mais par la suite, je découvris un bonnet noir… avec un pompon en poils blancs au bout.

— Maman, je ne vais pas porter ça.

Elle se mit à rire tout en s'éloignant vers la cuisine, mais se ravisa, puis revint sur ses pas pour ajouter :

— Oh, et ne fais pas comme hier soir. Tu ne traînes pas dans les bois, n'oublie pas ton téléphone et prends une lampe torche dans le deuxième tiroir.

J'enfilai à contrecœur le bonnet avec ce gros pompon en poils et fourrai la petite lampe torche dans une poche intérieure de mon trench.

— T'es contente maintenant ?

— Ça te va très bien. Tu as un look de New-Yorkaise.

— C'est ça, je vais faire semblant de te croire.

Je me penchai et attrapai mon sac en bandoulière, puisque mon sac à dos était resté au lycée dans mon casier.

Une fois dehors, mes Converse écrasèrent le petit givre qui recouvrait les feuilles d'automne. La température était glaciale et s'empara de mon visage. Je retirai mon bonnet pour le glisser dans une des poches de mon sac, puis enlevai un de mes gants pour pouvoir prendre mon iPhone et profiter de la marche pour appeler Penny avant qu'elle ne soit en cours.

Il n'y avait pas de vent, mais le froid gelait déjà mes doigts.

Elle répondit après trois tonalités :

— Madieee !

— Salut, Penny, comment tu vas ?

— Sans toi ? Très mal. Franchement, quelle meilleure amie t'abandonne comme ça ?! Hein, dis-moi !

Elle était sarcastique. Triste que je sois partie et qu'on ne se voie plus, mais pas en colère. Entendre sa voix me rassurait. Son ton changea et devint plus sérieux :

— Comment tu prends ça, tout ce changement ? Comment ça se passe là-bas ? Tu vas bien ?

— Ça va. Enfin, Penny, je ne sais pas trop pour tout te dire.

— Oh, oh, s'inquiéta-t-elle à présent. Ouvre FaceTime, je veux te voir.

Je roulai des yeux, puis me résignai. J'appuyai sur le bouton vidéo et je vis aussitôt son visage. Elle était à un arrêt de bus. Ses traits étaient fatigués et ses cheveux, foncés, d'un noir intense avec les pointes bleues.

— Mon Dieu…, commenta Penny. Il y a de la neige par chez toi ?!

— Un peu de givre.

— Un peu ? Il y en a partout autour de toi, même sur les arbres. C'est vrai que tu dois marcher deux kilomètres en forêt chaque jour pour aller en cours ?

— Ça ne me dérange pas vraiment. Je ne croyais pas dire ça un jour, mais c'est magnifique ici. Par contre, j'aime pas vraiment la maison, elle est sinistre.

— Tu t'en fiches, tu vas la vendre quand tu auras dix-huit ans. Contente-toi d'empocher le fric et de revenir parmi nous ! Et sinon, tu te plais à Iden Creet ?

— Iden Earl. Eh bien, ce fut toute une première journée, hier…

Je mordillai ma lèvre et détournai les yeux avec gêne.

— Oh, bon sang, Madie, qu'est-ce que t'as fait ?

— Voyons voir… m'endormir durant mon cours, faire rire de moi, me faire détester sans raison par un drôle de type dénommé Jackson et ensuite n'avoir aucun souvenir de m'être endormie une seconde fois, mais dans la forêt, pour finalement revenir chez moi vers vingt-trois heures. À part ça, tout va bien. Tout va super bien !

— Quoi ? Mais… attends, d'abord, comment ça se fait que tu t'endors comme ça n'importe où ?

— En fait… depuis que je suis arrivée à Keeper, j'ai commencé à faire des cauchemars. Toujours le même scénario où je me fais pourchasser par une créature quelconque qui veut me tuer. Du coup, je pense que mon sommeil est perturbé et je suis probablement très fatiguée et je n'en suis pas très consciente. Sinon je ne vois pas d'où le problème peut venir. Mais il y a plus… je trouve Keeper étrange. Je ressens des choses ici, le village, la forêt, la maison, mais sans être capable d'expliquer ce que c'est.

En prenant le risque de regarder l'écran, je vis qu'elle fronçait les sourcils et cogitait.

— Tes dons te disent qu'il y a quelque chose de pas net à Keeper. Faut investiguer, Madie.

Je pouffai.

— Non, Penny ! Je croyais qu'on ne revenait pas sur ce sujet.

Je n'ai pas de dons.

— Mais tu n'as jamais trouvé d'explication sur les phénomènes qui se produisent autour de toi depuis longtemps. T'arrives à allumer une bougie juste en la regardant, à éteindre une lumière avant d'avoir touché un interrupteur et t'as même réussi à blesser Nath durant le cours de gym parce qu'il avait traité une fille de grosse vache. Tu l'as regardé et la seconde suivante, il est rentré dans le mur de briques en courant. Comment t'expliques ça ?

— C'est juste des coïncidences. Ça ne vient pas de moi.

— Et comment tu expliques le fait que tu peux déplacer un objet par la pensée ?

— Je ne peux pas faire ça, qu'est-ce que tu racontes ?

— Ah non ? Et un soir où je dormais chez toi, et que ta mère était saoule sur le canapé, on était sorties de la chambre pour aller se chercher des cookies, tu t'es arrêtée dans l'escalier, tu l'as observée prendre la bouteille de vin pour se verser un autre verre et j'ai très bien vu la bouteille bouger et tomber en bas de la table du salon et se renverser sur la moquette. Je t'ai observée, Madie.

C'est vrai qu'il y avait des trucs parfois inexplicables, mais je n'étais pas certaine que cela venait vraiment de moi. C'était trop surréaliste.

Je me souvins, une fois en cours, à Dawson City : un professeur était en train de réprimander un élève qui ne rapportait jamais sa dissertation et avait accumulé plusieurs retards. Le professeur ne savait pas que Dany, l'élève, venait de perdre sa mère d'un cancer du poumon et il avait passé des jours et des nuits à l'hôpital avant qu'elle mourût. Il restait secret sur ce qu'il vivait et n'en avait que peu parlé, à Simon, Penny et moi, car nous étions proches, lui et nous. Dany avait commencé à pleurer, ses notes chutaient, sa fatigue se sentait et je savais qu'il n'allait pas se défendre ou même expliquer à l'enseignant par quoi il passait. Quand j'eus entendu ce dernier lui dire qu'il n'était qu'un bon à rien à mépriser son cours ainsi, j'eus un réflexe : je me levai et je frappai sur mon bureau avec une telle force que les lumières de la pièce éclatèrent, laissant un horrible grésillement d'électricité dans le plafond. Ce phénomène ne fut jamais expliqué et personne ne voulut en reparler, même si on m'avait toujours regardée un peu de travers par la suite. Penny avait fait des milliers de recherches pour comprendre d'où provenaient mes dons. Elle était convaincue que j'avais un pouvoir qui sommeillait en moi. D'autant plus qu'elle avait déjà trouvé un vieux bouquin avec plusieurs légendes sur les Sawyer, une lignée de sang des plus puissants dans les gènes de sorcières satanistes. Elle n'avait pas réussi à me faire avaler toutes ces conneries.

À l'instant où je repensais à ce souvenir, je vis à nouveau ce corbeau aux ailes de couleur charbon et lustrées. Il était juste derrière moi, les pattes agrippées à la branche d'un arbre dépouillé. Il croassa dans ma direction deux fois de suite. Un cri percutant et presque agressif.

— Oust! Va-t'en!

— Tu dois être comblée à Keeper, toi qui aimes tant les corbeaux. Il doit y en avoir des tonnes, non?

— Oui, mais celui-ci est souvent après moi. Quand j'ai emménagé, le jour même il était au bord de ma fenêtre et observait tout ce que je faisais. Je n'arrêtais pas de le chasser et il revenait.

— Il attend peut-être que tu te mettes à poil. Il manque sûrement d'action dans cette forêt. S'il te suit, c'est que tu lui plais.

— Ha... Ha... très drôle, Penny.

— Oh, allez, souris un peu!

Je ne m'étais pas aperçue que j'avais déjà passé le manoir. J'arrivais près du cimetière, là où il y avait une dizaine de pierres tombales un peu éparpillées.

— Bon, plus sérieusement, reprit-elle. Pour ton problème de cauchemars et d'étrangetés à Keeper, selon moi, il faudrait que tu me laisses quelques jours pour faire des recherches plus approfondies.

Puisque Penny était une adepte d'histoires et de légendes, à elle seule, elle pouvait trouver des trucs anciens que même mes professeurs d'histoire n'auraient pas été en mesure de savoir. Un peu glauque, je sais. Mais c'est surtout dans sa personnalité unique que j'adorais cette fille. Ses valeurs étaient superbes, sa famille était riche et elle refusait tous les cadeaux hors de prix ou les meilleurs lycées que ses parents lui proposaient. Il n'y avait pas une autre personne sur cette terre en qui je pouvais avoir confiance. Alors, parler de mes rêves ou de présomption avec elle était plutôt naturel. Je pouvais en discuter sans qu'on me prenne pour une disjonctée. De plus, si elle pouvait trouver quelque chose d'intéressant sur Keeper, je n'allais pas refuser.

— D'accord. À part ça… comment va Simon ?

J'étais réticente à demander de ses nouvelles. Je me sentais coupable de l'avoir quitté ainsi sans avoir eu le courage de lui parler.

— Il… il a du mal depuis que t'es plus là. Il me demande souvent si j'ai des nouvelles de toi et pourquoi tu ne réponds pas à ses appels. Il comprend que tu aies déménagé, mais pas que tu aies rompu avec lui.

— Il est en colère ?

— Non. Juste… Madie, tu nous manques tellement. Sans toi, Dawson City, c'est pas pareil. Ton absence crée un vide tous les jours dont tu n'as pas idée. On ne t'en veut pas d'être partie. On comprend ton départ. Je serai là à ton retour. Et crois-moi, quand tu auras dix-huit ans, on va fêter ça en grand !

Je souriais. Je l'imaginais à nouveau dans mon rêve où elle était avec moi dans un bar près de la route principale où elle était complètement bourrée. Puis, mon sourire disparut en revoyant la scène où elle était morte, son corps enfoncé dans une bagnole, comme si quelqu'un l'avait tirée jusque dans le ciel pour la laisser retomber.

Le signal commença à défaillir. Je perdis la vidéoconférence. En soulevant le téléphone dans les airs, j'essayai de retrouver du réseau, en vain.

— Merde !

J'avais perdu le contact avec elle. Je me mis à pianoter sur l'écran pour lui envoyer un texto qu'elle allait recevoir une fois que le réseau serait revenu.

« Désolée, le signal est mort. ☹ Je t'appelle ce soir.
Bisous »

***

Contrairement à ce que je pensais, mon retour au lycée – après la petite scène étrange que j'avais faite devant toute la classe – n'était pas si mal. Bon, on m'ignorait totalement et on m'évitait dans les couloirs ou durant la pause dehors, mais j'aimais mieux cela plutôt qu'on m'injuriât. Parce qu'avouons-le, j'avais l'air de la petite nouvelle un peu barjo du lycée et assez solitaire.

Durant la pause, la plupart des élèves se regroupaient entre amis, d'autres jouaient à la crosse ou vaquaient à leurs occupations, alors que moi, je sortis du périmètre et marchai à environ quatre minutes pour me retrouver dans un parc. Oui, je sais, j'avais passé l'âge de traîner dans des modules pour enfants, mais ici, j'étais seule. L'endroit était calme, entouré d'arbres centenaires, et j'aimais bien m'asseoir sur la balançoire et faire défiler une playlist de musique dans mon iPhone. Le son défilait dans mes écouteurs et j'attendais que l'heure du déjeuner passe. Enfin, j'étais seule, jusqu'à ce que des ombrages apparaissent. Derrière un arbre, Jackson et une fille se dévoilèrent. Doucement, je fis glisser mon index sous une mèche de mes cheveux pour tirer sur le fil de mon écouteur.

— Tiens, tiens, salut, Madison, chantonna Jackson.

Il avait une gueule de mannequin avec ses cheveux châtains, parfaitement peignés aujourd'hui, sa mâchoire carrée, son sourire confiant et ses yeux bleu clair. La rouquine qui l'accompagnait avait une chevelure flamboyante, épaisse et qui tombait en cascade le long de ses courbes. Elle était très féminine avec ses lèvres d'un rouge rutilant. Elle portait un long trench vert impérial. Cela faisait ressortir la teinte de ses cheveux.

Je rangeai mon téléphone ainsi que mes écouteurs dans la poche de mon manteau et j'attendis de savoir ce qu'ils venaient faire ici. Même si, bien sûr, je me doutais que c'était pour venir m'embêter.

— Alors, c'est toi, Madison Sawyer ? déclara la rouquine.

— Peut-être, tu veux quoi ?

— Je suis Laurel Dickson, la copine de Jackson.

Je pinçai les lèvres et hochai une fois la tête, non surprise : ils avaient l'air d'un couple tellement cliché, les populaires du lycée, bien assortis ; il ne manquait plus que les couronnes du roi et de la reine du bal.

Quelle horreur !

Je restai assise sur la balançoire, les mains harponnées aux chaînes corrodées par la rouille.

Tous les deux étaient un peu plus vieux que moi. Laurel vint s'asseoir sur la balançoire juste à côté de la mienne, sans jamais arrêter de me regarder de travers, et Jackson marchait devant nous et sortit de sa veste en cuir une cigarette. Il me la tendit et je la refusai aussitôt. Il la coinça donc au coin de ses lèvres et l'alluma.

— Alors… crache le morceau, qu'est-ce que tu viens faire à Keeper ?

En me demandant cela, Laurel tira sur ma chaîne pour me rapprocher de sa balançoire. Je me levai aussitôt et tentai de m'écarter d'eux.

— Ça ne vous regarde pas, ripostai-je.

Ils se mirent à rire, presque en harmonie.

— Tu ne veux pas plutôt nous montrer ce que t'as ? reprit Laurel.

— J'ai pas d'argent sur moi, vous n'avez rien d'autre à faire que taxer les gens ?

Les deux reprirent leur rire. Mais la rouquine bondit sur ses pieds pour faire quelques pas dans ma direction. Je ne reculai pas. Non, je n'avais pas peur d'elle, alors j'attendis qu'elle vienne à ma rencontre.

— Ce que t'as dans le ventre, Madison. On ne veut pas d'argent !

— Je ne comprends pas. Qu'est-ce que vous voulez ?

Laurel me fixait droit dans le blanc des yeux. Derrière elle, Jackson, dos appuyé contre un module, les bras croisés, me dévisageait.

— Non, c'est pas vrai, pesta la rouquine. Tu ne sais pas ce que t'es ?

— Ce que je suis ?

— T'es la fille de Mikeol Sawyer ou pas ?!

— Mikeol? Mike.

— Non, Mikeol. Tu sais où tu es ici ? T'as une petite idée?

Je me mordis la lèvre, cherchant à comprendre et elle s'énerva, se retourna vers son copain et tonna :

— Non, mais elle débarque d'où celle-là?! C'est une blague?!

Laurel écarta une longue mèche de son épaule et reprit après avoir soupiré lourdement :

— Tu ne connais rien sur Keeper? Tes gènes, je ne sais pas, fais un effort!

— Bébé, intervint Jackson. Laissons-la, elle ne sait rien, ça se voit. On perd notre temps. Elle n'est clairement pas une menace pour nous.

Moi, une menace?

Une fois à côté de sa copine, Jackson attrapa le coude de cette dernière et l'éloigna doucement de moi. Elle continuait de me fixer, cherchant à savoir si je cachais mon jeu. Mais honnêtement, je n'avais aucune idée de ce dont elle parlait. Seulement, ma mère allait devoir se forcer un peu pour me donner des réponses sur mon père biologique. On me reprochait d'être une Sawyer et j'étais en droit de savoir pourquoi.

Avant de disparaître derrière les arbres, Jackson laissa Laurel rejoindre le lycée, il se retourna une dernière fois vers moi et me menaça :

— Je maintiens ce que je t'ai dit, Madison, tu dois partir, sinon tu te feras tuer. Et je ne rigole pas.

Chapitre 11

À la fin des cours, quand la dernière cloche sonna, tous les élèves déboulèrent dans les couloirs pour rejoindre le parking dehors ou encore l'un des deux bus orange qui attendaient sur l'avant de l'établissement. Lorsque je sortis du bâtiment, il restait encore quelques élèves qui flânaient çà et là. C'était le cas de Jackson, hanche appuyée contre sa Range Rover rutilante, accompagné de Laurel et d'une autre fille que je n'avais jamais vue. Ils discutaient. Tous les trois se retournèrent lorsqu'ils me virent passer sur le chemin en pavés. Je les ignorai et passai à côté du corbeau sculpté en pierre aux grandes ailes déployées. C'est en le contournant que je vis River de l'autre côté de la rue, à la sortie de la forêt.

Mon ventre se noua.

Il avait l'épaule appuyée contre un arbre, une main dans le dos, une posture rigide, les cheveux négligés et il était vêtu entièrement de noir. Aucune expression apparente sur son visage, mais je savais qu'il était là pour moi : il me lorgnait avec une telle intensité que sur le coup, cela me faisait un peu peur.

Je serrai mon sac en bandoulière et traversai la rue pour le rejoindre.

— Hé…, dis-je en lui offrant un sourire, mais aussi une mine inquiète de ne pas savoir où il était passé hier soir.

Ses iris étaient si ténébreux que j'aurais pu m'y perdre. Comme si je tombais dans un puits sans fond. J'avais du mal à cligner des paupières. Ce fut lui qui rompit le contact en baissant la tête et en dégageant une main cachée derrière son dos pour me tendre quelque chose.

Il s'agissait de mon livre à dessins.

— Je crois que ça t'appartient.

Je le pris rapidement, heureuse de le récupérer enfin ! Je croyais l'avoir perdu pour de bon !

— J'y crois pas ! Merci !

Je sentis mes joues devenir écarlates. Il avait encore cet effet sur moi, celui qui m'envahissait lorsque je me retrouvais à proximité de lui. Je savais qu'en faisant un pas de plus, je serais désemparée : ma respiration deviendrait défaillante, ma vue, troublée, et mes sens perturbés. Je n'étais pas idiote non plus, je savais bien qu'il y avait quelque chose de pas net avec lui… Je voulais le découvrir, tout comme ce qui se passait à Keeper avec la réaction de Jackson et mes cauchemars.

— T'as regardé dedans ? demandai-je en désignant l'objet dans mes mains.

— Non.

Il garda son sérieux. Je soutins son regard pour tenter de voir s'il me mentait. Un délicat sourire en coin naquit à la commissure de ses lèvres. Son sourire me déstabilisa.

— Oui, j'ai regardé. C'est comme ça que j'ai su qu'il était à toi, tu as signé tes œuvres. D'ailleurs, je tiens à dire qu'elles sont incroyables. Vraiment. Tu as beaucoup de talent.

— Ah non ! Pas tant que ça ! Ce sont juste de vieux croquis pour un roman graphique, sans importance.

— Un roman graphique sur les anges ?

Il semblait sincèrement intéressé. Il captait toutes mes réactions et contemplait souvent mes lèvres, attendant que des mots sortissent de ma bouche. Ou alors… il me trouvait attirante et il voulait m'embrasser ?

Je ris intérieurement.

Non, c'était absurde. Je ne voyais pas pourquoi j'avais pu penser cela, à côté de lui, je ne ressemblais à rien. Un mec aussi canon n'aurait jamais d'intérêt pour une fille comme moi.

— Hum… plutôt sur un ange déchu.

— Oh, déchu… Ça devient intéressant. Et comment il s'appelle ?

— Je… ne lui ai pas trouvé de nom, dis-je en riant bêtement. Je sais, c'est ridicule. Commencer un roman, avoir des personnages et ne pas avoir de nom pour mon personnage principal.

— Dis-moi, il a des pouvoirs au moins ?

— Oui, il est très puissant, il peut se métamorphoser. Il adore prendre l'apparence d'un corbeau pour épier une fille qui lui plaît. C'est plutôt pratique et… discret. En revanche, il aime faire du mal aux gens. Ce n'est pas quelqu'un de bien, il a déjà tué.

Je vis la pomme d'Adam de River monter et descendre doucement sur sa gorge. Il déglutit tout en serrant les dents. Je vis un muscle tiquer sur le côté de sa mâchoire. Il n'avait plus tout à fait le même regard à présent. Un peu comme si je l'avais surpris avec mes propos. Si ça se trouvait, il était comme ma mère, et me trouvait ridicule avec mes fictions.

— Et ton ange démoniaque, il va tuer cette fille qu'il épie ?

— Je ne crois pas.

— Pourquoi ?

— Parce qu'il ressent de…

— De l'attirance ?

Je ne pus m'empêcher de mordiller ma lèvre en contemplant les siennes. Un nœud se forma dans mon ventre.

— C'est ça.

— Donc, elle est la seule qu'il épargnera ?

— En fait… il lui veut du mal autant qu'il la désire. Je ne sais pas encore comment ça va se terminer. Quel sentiment le plus fort le guidera : le cœur ou le mal qui l'habite.

Embarrassée, je m'empressai de dissimuler le livre dans mon sac et, pour faire dériver un peu la conversation, je décidai de lui poser une question :

— Où l'as-tu trouvé ?

— Dans les bois.

— T'es tombé dessus, par hasard ?

— On peut dire ça…

C'était à son tour de mordre nerveusement sa lèvre, puis il fourra les poings dans les poches de son sweat. Il n'avait toujours pas décollé son épaule de l'arbre, gardant cette posture nonchalante. L'ombre dans ses yeux était inquiétante. Je sentis ma peau se glacer comme un iceberg. C'était déroutant qu'il pût avoir l'air gentil et que la seconde d'après, ses iris me transperçassent le corps tels des couteaux tranchants. Il semblait y avoir deux facettes chez lui. Que je ne discernais pas bien. Oui il semblait gentil et charmant, mais il y avait un truc qui émanait de lui, mon instinct me disait de garder mes distances.

De plus, je me demandais comment River avait pu trouver ce livre que j'avais perdu dans les bois. Il avait passé la journée à y rôder ?

Dans un élan, ses doigts voulurent toucher une mèche près de mon visage, mais ils s'arrêtèrent juste avant d'entrer en contact. Un froid soudain tétanisa le côté de mon visage. Il murmura :

— T'es encore plus belle que dans mon souvenir.

— Pardon ?

— Ta… Ta blessure, elle semble bien guérir.

— Oh, euh… Oui.

Il laissa retomber lentement sa main et aussitôt ma joue se réchauffa à nouveau. Je ne savais pas pourquoi j'étais déçue que son geste fût pour souligner ma blessure et non pour écarter une mèche rebelle près de mon visage. J'avais cru entendre qu'il avait dit que j'étais belle. Mais j'avais dû mal comprendre.

Sa beauté me perturbait tout comme son parfum. Je ne voulais pas lui dire que j'avais dormi avec son sweat, j'aurais eu l'air d'une psychopathe, parce que j'étais fan de son odeur.

Je me retournai pour voir ce que River observait. Je vis Laurel croiser les bras sur sa poitrine et Jackson me fusiller des yeux tout en beuglant :

— Hé, Sawyer! T'attends quoi pour foutre le camp de Keeper?! On ne veut pas de toi ici!

River fronça les sourcils et lui envoya un regard menaçant avant de me suggérer de partir.

— Ne restons pas ici.

Il attendit que je file dans la forêt pour me seconder.

J'avais envie d'en profiter pour lui poser d'autres questions, mais mon téléphone se mit à sonner. Main dans la poche, je le sortis pour voir qu'il s'agissait de Penny.

Je pris l'appel.

— Madison?!

— Salut, Penny. Je te rappelle dans quelques minutes.

— Madison! Il faut que je te dise…

Je n'eus pas le temps d'entendre ce qu'elle voulait dire que le signal était perdu.

— Eh merde. Y'a vraiment un truc qui ne va pas dans cette forêt.

River me jeta un regard du coin de l'œil et souffla :

— Pourquoi tu dis ça?

— J'ai toujours du réseau et quand je veux m'en servir, y a plus rien.

Je remis mon téléphone dans la poche de mon jean et lui fis part de ce qui me brûlait les lèvres :

— Tu es parti vite la dernière fois. Je voulais te remercier de m'avoir raccompagnée jusqu'à chez moi.

— Ce n'est rien.

Il refusait de me regarder, sentant probablement ma question venir.

— Qu'est-ce qui t'est arrivé ?

— Rien du tout.

Je fronçai les sourcils.

— C'est juste que tu as disparu si vite et que t'avais pas l'air bien. Et… je me demande encore comment ça se fait que t'étais là, toi, dans la forêt à une heure pareille, seul alors qu'il faisait super froid.

Il ne répondit pas, comme à son habitude. Il continuait de marcher et je restais derrière à faire gaffe à où je mettais les pieds. Il y avait des racines partout et je ne voulais pas me planter.

— Et avouons-le, personne ne vient jamais ici, c'est légitime que je me demande pourquoi tu te baladais sur la réserve la nuit dernière, alors qu'elle est défendue. C'est… comment dire ? Un territoire privé. Je ne pensais pas te revoir aujourd'hui sur la réserve.

— Tu vas me faire arrêter, Ma-di-son… ? fit-il d'une voix suave en détachant les syllabes de mon prénom.

Je le dépassai d'un pas plus rapide, puis, une fois devant, je me retournai et marchai à reculons, sourire aux lèvres.

— Je pourrais. Ce sont les terres de ma famille paternelle.

Je vis qu'un sourire en coin naissait sur son visage. Sa main se faufila à travers sa tignasse ébène et impressionnante. Il ne me laissait pas indifférente. Surtout lorsqu'il m'envoyait un sourire salace. Il portait des boots Mustang noires style militaire fuligineux, montant jusqu'au-dessus de ses chevilles, ornées de lacets noirâtres tous bien alignés. Tout était décidément parfait chez lui. Cependant, en relevant les yeux vers son visage, je remarquai qu'il avait une sale mine : cernes profonds avec des nuances presque mauves qui contrastaient avec sa peau lactescente, voire crayeuse.

Pourtant, dire qu'il était beau aurait été un euphémisme. Il était plus que cela. Beaucoup plus que cela.

— Mikeol Sawyer.

Je stoppai et il fit de même.

— Tu l'as connu ?

Il détourna le regard et fixa un point invisible quelque part près des arbres pour ensuite lâcher doucement :

— Je suis né à Keeper. Décidément, je connais tout le monde et… particulièrement ton père.

— C'est de là que tu connais mon nom ? Il a déjà parlé de moi ?

Cela aurait été l'occasion parfaite pour en apprendre plus sur mon père biologique et peut-être même sur cet endroit.

— Je… écoute… je ne crois pas que ce soit une bonne chose de parler de ton père. Pas maintenant. T'es… t'es pas encore prête.

— Prête ? Prête pour quoi ?

River continua de marcher et je le suivis en le talonnant presque. Dès qu'il accepta de parler, je sentis une curiosité m'envahir.

— Il disait qu'un jour, tu reviendrais, car tu serais en quête de réponses sur ton identité.

Je fronçai les sourcils et cogitai.

— Dis-m'en plus. Je peux gérer. Je suis prête à entendre, peu importe ce que c'est.

— Madison, ton… ton père, à la fin de sa vie, n'allait pas très bien. Une personne lui voulait du mal. Cette personne l'a tourmenté jusqu'à ce que Mikeol tombe en dépression et s'enlève la vie. Il n'en pouvait plus. Cette personne a fait de sa vie un vrai enfer durant des années. Avant de se suicider, il a rédigé une note dans son testament qui disait que tout ce qui lui appartenait te revenait. Il savait que si tu venais ici, cette chose… enfin… cette personne, dont il n'a jamais été capable de se débarrasser, s'en prendrait aussi à toi. Si je suis ici, ce n'est pas par pur hasard, c'est parce que, peu de temps avant de mourir, il m'a demandé de veiller sur sa fille quand elle arriverait à Keeper.

Nos regards convergèrent. Il y eut un long moment de silence, les secondes s'écoulèrent et, à un moment, je le rompis :

— T'as… t'as parlé d'une chose, avant de te reprendre et de dire une personne. Dis-moi… cette chose ressemble à quoi ?

River m'offrit un sourire démentiel. Je ne pouvais pas décrypter ce qu'il voulait dire exactement. Il semblait m'avertir que j'allais avoir des ennuis, mais cela semblait légèrement l'amuser ; mais pour éviter que je ne m'inquiète, il fit disparaître son sourire aussi vite qu'il était apparu et détourna la tête.

— Je ne vois pas ce qui te fait marrer, River.

— C'est que c'est tellement déstabilisant…

Je ne savais pas s'il était en train de se payer ma tête. Peut-être qu'il venait de tout inventer. Après tout, je savais quoi de lui à part qu'il était étrange, mystérieux et qu'il sortait de nulle part ? Qu'il ne semblait pas aller au lycée et qu'il traînait la nuit sur la réserve. Qu'il avait des yeux et un regard plus profonds et plus sombres que les ténèbres. Son attitude, toujours décontractée, l'air nonchalant. River était un cas à part et il éveillait en moi une curiosité qui me dépassait.

D'une main, je saisis son bras pour le retourner et pour qu'il arrête de me tourner le dos, mais en le touchant, le même phénomène qu'hier survint : une énergie statique pénétra le bout de mes doigts, longeant ensuite toutes les veines de mon corps. Mon cœur se mit à palpiter dangereusement. Un vertige s'empara de moi. Je le lâchai aussitôt, comme si j'avais touché la foudre, mais que miraculeusement, je tenais encore debout.

Surpris que je le touche sans prévenir, son expression changea radicalement pour laisser place à une inquiétude.

Il semblait autant que moi stupéfait par ce qui se produisait lorsqu'on se touchait. Cependant, ce n'était pas douloureux ni désagréable… Mais c'était assurément le truc le plus déconcertant auquel j'avais jamais assisté.

— T'as senti ça?! Ça fait deux fois, dis-je. C'est quoi ce truc qui émane de toi?!

Il serra la mâchoire, l'air choqué.

Je tendis à nouveau la main vers lui pour sentir cette énergie, mais il fit aussitôt un pas vers l'arrière.

— Ne fais pas ça!

— Mais attends, je veux savoir d'où ça vient! Tu l'as senti toi aussi.

Je tendis le bras juste assez près pour sentir cette énergie qui flottait autour de lui me picoter le bout de mes doigts. Il écarta vivement mon bras, et là je vis de l'agressivité traverser son regard.

— Arrête ça! Il n'y a rien du tout qui émane de moi! s'emporta-t-il en prenant ses distances.

— Donc je suis stupide?

— J'ai pas dit ça.

— J'en ai assez vu et entendu. Il y a un truc qui ne va pas chez toi. Je l'ai senti. Et tu me parles du suicide de mon père, d'une chose mystérieuse à Keeper qui en a probablement après moi et que tu dois me protéger, tout ça en débarquant dans ma vie et sans savoir d'où tu sors et qui tu es? Non… mais… t'es qui?! C'est tout ce que je cherche à comprendre.

Cette fois, j'étais énervée. Il y avait trop de choses que je ne comprenais pas et qui m'échappaient totalement.

Je décidai de rentrer chez moi.

Lorsqu'il vit que je me retournais pour partir, il entreprit:

— Ce qui me désole le plus, c'est que t'as complètement perdu la mémoire.

— Ouais c'est ça, j'ai perdu la mémoire… Continue de dire des trucs bizarres, ça me rassure. T'es pas flippant du tout, hein!

Je ne me sentais plus du tout en sécurité dans cette forêt, et ce, seule avec cet inconnu. Ses paroles étaient délirantes.

— Tu me prends vraiment pour un fou ? Comment expliques-tu que tu ne sais rien de ton monde ? C'est pas moi qui ai un problème, c'est toi.

— Oh bon sang !

Estomaquée d'entendre des trucs absurdes, je ne relevai pas, non, je préférai m'éloigner et, tout de suite ! En lui tournant le dos, j'accélérai le pas. Quelques pas plus loin, il lança sèchement :

— Je te l'avais dit que t'étais pas prête ! On t'a effacé la mémoire ! Tu ne peux pas entendre la vérité si tu ne te souviens plus de rien ! Tu sais même plus qui tu es !

— À partir de maintenant, tu restes loin de moi, River, dis-je tout en continuant mon chemin sans lui.

— Tu commets une erreur.

En colère, je me retournai et décrétai :

— Ma seule erreur est d'avoir cru que t'étais quelqu'un de bien. Du moins, plus que tous les gens stupides que j'ai croisés au lycée et à Keeper !

— Arrête. Ne dis pas ça. Écoute, je peux t'aider à retrouver tes souvenirs.

— Mais de quoi tu parles ?!

— Je te connais, Madison. Nos familles ont grandi ensemble, seulement, à onze ans tu as disparu. Ta mère a pris la fuite avec toi, loin d'ici. Maintenant que tu es là, ton père veut que je te protège d'une menace à Keeper, et c'est ce que je compte faire. Mais clairement le fait qu'on t'ait effacé la mémoire, ça pose un problème. On va avoir du mal à communiquer, je crois.

Je lui envoyai un regard méprisant.

— T'es complètement timbré !

— Ouais, c'est ça… Comme tu veux. Va, Madison, va retrouver ta chère maman et demande-lui la vérité.

— Reste.Loin.De.Moi, soufflai-je en détachant mes mots pour qu'il comprenne bien.

À ce moment, le ciel se recouvrit lentement de nuages de plus en plus sombres. Quelques gouttes de pluie tombèrent sur mon visage et en rebaissant la tête, je vis qu'à nouveau, un étrange saignement noir et opaque coulait délicatement de la narine droite de River.

Il était de mauvaise humeur, il me fusillait du regard. À croire que me voir le repousser le décourageait. Le liquide commença à couler sur sa lèvre supérieure, mais sa main ne l'essuyait pas. Non, son attention était entièrement rivée sur moi.

— Il commence à pleuvoir, tu es encore loin de chez toi… Si j'étais toi, je me dépêcherais de rentrer, ce n'est pas sûr dans les bois. Surtout quand nous savons toi et moi qu'une chose veut ta mort comme celle de ton père, et que tu n'as personne pour te venir en aide…

Son sarcasme venu d'un humour noir m'ébranlait. Était-ce une menace? De me dire que si je ne voulais plus qu'il m'approche, alors il allait m'arriver quelque chose. Il se prenait pour mon ange gardien?

Je passai une main sur mon visage pour enlever l'eau qui s'accumulait, et en ouvrant les paupières pour l'affronter et répliquer à sa menace et son air arrogant, je découvris qu'il avait disparu…

Chapitre 12

Sur la table de la cuisine, je découvris un mot :

«Je travaille plus tôt aujourd'hui, je dois remplacer l'infirmière de jour et faire mon boulot de nuit. Il reste de la soupe dans le frigo si tu as faim. La météo annonce beaucoup de pluie ce soir, s'il te plaît reste à la maison. En cas de coupure de courant, il y a la génératrice au sous-sol. Je reviens à six heures demain matin. Bisous»

Mon téléphone, qui se mit à sonner, me fit sursauter. Sur l'écran, je vis la photo de ma meilleure amie.

— Salut Penny, désolée pour tout à l'heure, le réseau est pas très fiable dans ce coin perdu.

— Madison, je dois vraiment te parler. J'ai pas arrêté de t'appeler.

Je récupérai mon cahier à dessins dans mon sac à bandoulière et m'installai sur le sofa bleu dans le séjour. Je commençai à feuilleter chaque page pour m'assurer qu'elles étaient toutes intactes. Le livre n'avait pas pris la pluie alors que le soir où je l'avais perdu, après m'être endormie dans la forêt, j'étais trempée. Si River l'avait trouvé dans les bois, les pages auraient été gondolées ou en piètre état, ce qui n'était pas le cas.

— Je t'écoute, ensuite je dois te parler d'un truc vraiment dingue, évoquai-je.

— OK, oui oui! Écoute, j'ai fait des recherches sur les Sawyer, mais comparé à la dernière fois, je suis allée beaucoup plus loin. J'ai cherché les liens avec Keeper. Ça n'a pas été facile puisque Keeper ne ressort nulle part, c'est presque un village fantôme! Sauf qu'avec acharnement, j'ai trouvé un truc, des photocopies de grimoire. Sur ces photocopies, il y a des photos et des textes plus ou moins lisibles. Attends, je te les montre.

Elle semblait tellement excitée qu'elle prenait à peine le temps de respirer entre chaque phrase. J'écartai le téléphone en entendant les sonneries qui indiquaient que je venais de recevoir des photos. Elles étaient en noir et blanc. Je jetai un œil rapide : je vis des femmes pendues à des arbres, des hommes brûlés vifs, des métamorphes ou polymorphes, je ne voyais pas bien, mais des hommes qui semblaient pouvoir prendre l'apparence de ce qu'ils voulaient : un cerf, un loup, un oiseau ou même l'identité d'un humain au choix. Puis, en bas de la page, un peu effacé, un œil entièrement noir, dont on aurait dit que de l'encre coulait sur sa joue. Je n'arrivais pas à lire, c'était beaucoup trop petit, même avec une loupe j'aurais eu du mal. On retrouvait aussi des symboles qui ressemblaient à de la sorcellerie. Il n'y avait qu'elle pour trouver des trucs bien glauques.

Je recollai le téléphone contre mon oreille.

— J'ai du mal à voir et pire, à lire. C'est quoi tout ça? Quel rapport avec moi?

— En gros, en 1692, Keeper a été créé par ton ancêtre, Hamélias Sawyer, après que celle-ci eut fui la Nouvelle-Angleterre, plus précisément Salem, au Massachusetts. C'est une sorcière. Et qui plus est : une partenaire de Satan ou concubine, ce n'est pas trop clair. Sa relation avec ce beau prince des ténèbres lui a valu des pouvoirs très puissants qui sont aujourd'hui transmis de génération en génération.

— C'est une blague? Je ne te crois pas.

— À Keeper subsiste une réserve où deux lignées ancestrales ont vécu, là où tu vis, Madison. La première lignée fut les Sawyer, sorcières satanistes qui vouaient un culte à Satan, et en 1729, les Bayerish ont fait leur apparition. Ce sont des métamorphes prédestinés secrètement à éliminer les sorcières. Plusieurs d'entre eux ont été tués. Sur les photos, on voit des sorcières pendues avec des cordes trempées dans l'essence de magnolia pour neutraliser leurs pouvoirs tout en les regardant mourir. En revanche, des sorcières s'attaquaient aussi aux métamorphes. Seuls les garçons naissaient avec le pouvoir de transformation, alors ce n'étaient que des hommes qui avaient été brûlés par leurs rivales. Et c'était la même chose du côté des sorcières, seules les descendantes de Hamélias Sawyer possédaient un don de magie. Donc, en gros, c'était devenu une guerre de pouvoir entre hommes et femmes. Bien que les sorcières aient toujours été puissantes, les métamorphes, eux, usaient de manipulation pour arriver à les détruire, parce qu'ils pouvaient prendre l'apparence de tout ce qu'ils voulaient, même de leurs proches. Ils avaient donc un avantage sur elles.

Je levai les yeux au ciel et continuai plutôt de regarder mon livre à dessins.

Ce n'était pas la première fois que je l'entendais divaguer et raconter des trucs pareils. Elle croyait dur comme fer que les esprits existaient, et encore plus en Lucifer et les démons. Faire des recherches sur un village fantôme devait incontestablement la passionner au point de partir dans une folie passagère.

— Alors, dis-moi, si je suis ton raisonnement farfelu, il n'y a plus de métamorphes et de Sawyer parce qu'ils se sont tous entretués ? Et tu vas me dire que je suis aujourd'hui la dernière Sawyer descendante d'Hamélias, et comme je suis une fille, alors je suis possiblement une sorcière sataniste.

— Je suis surprise que t'aies tout compris du premier coup. Je parlais tellement vite que j'étais pas certaine que tu comprendrais un traître mot de ce que je te disais.

Je me mis à rire. J'adorais cette fille et sa folie.

— Mais… tu as juste omis un léger détail…

— Lequel ? demandai-je, d'un ton amusé.

— Les… métamorphes sont pas tous morts… Ils ont vaincu les Sawyer, enfin, toutes les femmes qui étaient sur le territoire. Si tu es à Keeper, et incontestablement une descendante d'Hamélias, tu seras tuée si un métamorphe le découvre.

— C'est du délire. J'ai jamais eu une once de pouvoir et si je réfléchis bien à ta théorie débile, alors mon père m'aurait envoyée à Keeper sachant très bien que j'allais y laisser ma vie à cause de métamorphes toujours en vie ? Il m'aurait… condamnée, c'est ce que tu dis ?

— À vrai dire, je ne sais pas pourquoi ton père biologique t'a envoyée là-bas. C'est la partie qui me manque.

— Bon, et sinon, je peux te parler d'un truc ? Puisqu'on est dans les bizarreries ?

— Mon Dieu, j'ai intérêt à être gentille avec toi. Imagine, la dernière descendante des Sawyer. Tu as le plein pouvoir. J'en ai des frissons.

— Penny, tu m'écoutes ?

— Oui ! Oui, je t'écoute, allez vas-y, raconte-moi.

— J'ai rencontré un garçon.

— Oh Seigneur ! Et il est mignon ?! Tu vas lui dire pour tes gènes ?!

Je soupirai lâchement.

— D'accord, d'accord, je sais, je m'emporte facilement, admit-elle. Désolée de t'embêter avec toutes ces histoires, c'est simplement que j'espère au fond de moi que ce soit vrai, enfin, pour tes gènes, ce serait… incroyable. Majestueux ! J'ai pensé à ça toute la journée. J'ai envie de découvrir si toute cette légende est vraie.

— Alors t'as qu'à venir ici et on essaiera des trucs si ça peut t'amuser. Apporte des bougies et on va tenter d'invoquer Hamélias dans le monde des esprits. On va contacter Satan pour lui demander quand il prévoit de me refiler mes pouvoirs, parce que je les cherche.

— Oh, mais t'es géniale, Madison ! Je ne peux pas croire que je n'y ai pas pensé avant. Oh, mais par contre, c'est une très longue route ! Ma mère ne voudra jamais m'y conduire en voiture.

Clairement, elle n'avait pas compris que j'étais sarcastique. Mais elle me manquait, donc l'idée n'était pas si mauvaise, après tout.

— Prends l'avion jusqu'en Alaska, j'irai te chercher à l'aéroport.

Penny était riche ; prendre l'avion, pour elle, c'était comme prendre le bus. Et ses parents se fichaient de ce qu'elle faisait.

— Oui ! Une semaine chez toi, ça ira ?

— Comme tu veux. Ma mère ne pourra pas se plaindre, tu es ma seule amie.

— Parfait, je regarde tout ça avec la mienne dès qu'elle revient. Mais là, parle-moi donc de ce garçon ?

— Ne va pas t'imaginer des trucs.

— Mais non ! Tu me connais !

— C'est justement, beaucoup trop.

Elle rit.

— Il s'appelle River, il s'est mis à me sortir des trucs complètement insensés, un peu comme toi, voire surréels, et je t'avoue que… là en ce moment, ça me perturbe.

— Qu'est-ce qu'il t'a dit ?

— En marchant dans la forêt, il me balance qu'on m'a effacé la mémoire parce que je ne le reconnais pas ! Il a même dit que j'avais disparu de Keeper à l'âge de onze ans. Toi qui es habituée aux mecs bizarres, tu ferais quoi ? Je l'ai envoyé balader et j'étais prête à partir en courant. Il est tellement certain que j'ai déjà vécu à Keeper. Il se trompe de nana. J'ai vécu toute ma vie à Dawson.

— Euh… ouais, non. Pas tout à fait. T'es quand même arrivée à Dawson à l'âge de onze ans. C'est pas faux. C'est à cet âge qu'on est devenues amies.

— Mais non, pas du tout.

— Mais si.

— Je me souviens c'était, il y a…

En fait, j'avais un trou de mémoire. Je ne me souvenais plus du tout du moment où j'avais rencontré Penny. Je devinais qu'on était jeunes, mais… toute la partie avant était comme fragmentée. Je n'arrivais pas à savoir… Je n'arrivais même pas à me remémorer cette partie de mon enfance.

— Ma mère vient d'arriver du boulot, je vais aller lui parler pour mon séjour chez toi et dès que je suis près de toi, on pourra parler de ce River et de ces mystères. Je t'appelle plus tard, ma petite sorcière aux pouvoirs satanistes.

Elle raccrocha et je déposai lentement le téléphone sur la petite table du salon devant moi avant de reporter mes yeux sur mon livre à dessins. Je tournai une nouvelle page et mes sourcils inquisiteurs se froncèrent un peu plus. Je passai délicatement le bout de mon index sur une plume noire qui se trouvait entre deux pages.

Tiens, c'était étrange, comment elle s'était retrouvée là?

La nuit était tombée, les bois étaient plongés dans l'obscurité. Les seules lueurs qui filtraient par les grandes fenêtres étaient celles de la lune. Toutes les lumières étaient éteintes dans la cabane des horreurs qui me servait de maison temporaire. Je restais uniquement avec mon ordinateur portable sur moi, couchée sur le sofa à regarder une série Netflix. Lire un livre aurait été bien, mais il aurait fallu aller à la librairie du village pour remplir un peu mes étagères et je n'avais pas spécialement envie de sortir. Un, pour éviter de tomber sur River, et deux, parce que la température ne me le permettait pas.

J'avais passé la soirée à méditer sur les grandes questions de mon enfance. Il fallait demander à ma mère à quel âge j'étais arrivée à Dawson, et surtout, combien de temps nous avions vécu ici, si tel était le cas. Un doute planait. River mentait. J'en étais certaine, cela dit, je faisais entièrement confiance à Penny et elle n'était pas du genre à me mentir. Si elle disait vrai, que j'étais arrivée à Dawson à onze ans, alors il y avait des mystères à résoudre. Et le plus consternant était ma mémoire qui me faisait défaut. De plus, j'avais essayé de faire des recherches sur Keeper et les légendes des Sawyer, mais sans résultat. Je ne savais donc pas où Penny allait trouver ses sources. Il faut dire que je n'étais pas douée comme elle pour hacker des sites ou agile tout court sur le Web pour investiguer sur quoi que ce soit.

En enlevant mes écouteurs, j'entendis le vent continuer de souffler contre la toiture instable et la pluie crépiter contre les fenêtres. Mêlé aux bruits des intempéries, un son différent se démarquait. Je devais me concentrer pour l'entendre. Il semblait provenir de l'étage du haut. Un bruit identique à un robinet ouvert.

Je déposai mon portable sur la table du salon, me levai tranquillement sans faire de bruit et écoutai à nouveau. C'était vraiment un bruit d'eau qui coulait. J'approchai de l'escalier, main sur la rampe et montai jusqu'à ce que j'atteigne le couloir tout en haut. Je me dirigeai vers la porte de la salle de bain : elle était légèrement entrouverte. Un pas de plus fit craquer le plancher de bois sous mon pied. Même en poussant la porte, je ne voyais pas à l'intérieur de la pièce. Il faisait trop sombre. Ma main tâta le mur à la recherche de l'interrupteur. Une fois la lumière allumée, je vis le robinet qui coulait et l'évier qui débordait. Perchée sur mes orteils, j'essayai d'éviter de toucher l'eau qui s'étendait sur le carrelage vert lichen et marron, mais c'était peine perdue. Après avoir fermé le mitigeur, j'attrapai une serviette dans la petite penderie et la jetai au sol. J'essuyai les dégâts à l'aide de mon pied, cherchant à limiter l'eau qui s'étendait.

Je commençais à avoir froid. Dans un soupir, de la buée glissa entre mes lèvres. Je portais seulement un jogging gris et un débardeur blanc. Mes cheveux ondulés de couleur charbonneuse étaient remontés en chignon déconstruit. En me regardant dans le miroir de la pharmacie au-dessus du lavabo, j'observai mes yeux bleu presque indigo, mes lèvres rouges en forme de cœur et ourlées et les quelques petits points de pigmentation sur le bout de mon nez. Je croisai les bras, tentant de me réchauffer. La température chutait radicalement. En posant ma main contre le miroir, celui-ci se recouvrit entièrement de buée, à un tel point que je ne voyais plus mon reflet. On aurait dit que ma main était si ardente que j'avais engendré une condensation sur la vitre.

Pourtant, j'avais froid, la pièce était glaciale.

Je fis glisser ma paume pour essuyer le miroir et à ce moment, je vis une ombre derrière moi. Je n'eus pas le temps de me retourner qu'un bras s'enroula autour de mon cou ! La puissance et la violence de sa prise me soulevèrent du sol ! Je me débattis brusquement, tentant de me libérer ! Les pieds contre le meuble du lavabo, je poussai mon agresseur contre le mur derrière nous. En me tortillant de toutes mes forces, mon talon percuta le miroir, le fracassant, laissant des bris tomber dans l'évier et par terre. Mon visage commença à enfler, je manquais d'air. J'enfonçai mes ongles dans le bras qui compressait ma gorge. Sans crier gare, l'intrus me relâcha sauvagement. Je tombai à genoux. Je sentis ses doigts s'agripper à mes cheveux puis, de toutes ses forces, il frappa ma tête contre le coin du meuble !

Sonnée, je m'effondrai au sol, le corps paralysé par le choc à la tête et ce qui venait de se produire. Toujours consciente, je gardai les yeux ouverts. Dos contre le carrelage froid, je vis l'intrus qui fléchissait les genoux pour se pencher vers moi.

— Po… pourquoi ? réussis-je à articuler.

Le visage de River était au-dessus du mien. Mais il était différent, terrifiant. Une encre noire se déversait dans ses yeux, les rendant entièrement obscurs, encore plus que les ténèbres. Un liquide ébène coula dans ses veines qui ressortaient sous sa peau et dansait sous les pulsations de son pouls.

Prise de panique, même si j'étais figée par la stupeur de ce que j'avais sous les yeux, je frappai River au visage et la seconde suivante, je roulai hors de son emprise et agrippai le rebord de la baignoire pour m'aider à me relever au plus vite. Cependant, en pivotant pour lui faire face, ma peur devint plus grandissante encore : j'étais seule dans la pièce.

River avait disparu.

Je pivotai brusquement, cherchant à voir où il se cachait.

Rien. Ni même derrière le rideau de douche que je tirai violemment.

Je n'avais pas rêvé! Les bris du miroir traînaient un peu partout. River était là, dans la maison, mais ce type n'était pas humain. Je venais de voir et de comprendre qu'il pouvait apparaître et disparaître et que je n'avais pas halluciné. Mes dents claquaient les unes contre les autres. Je touchai ma gorge du bout des doigts, elle était endolorie et j'avais du mal à déglutir. L'attaque était bel et bien réelle : River venait de m'agresser. Exactement comme cette chose qui me voulait du mal dans mes cauchemars…

Des larmes roulèrent sur mes joues. J'étais obnubilée par la porte entrouverte, m'attendant à le voir surgir à nouveau. Je voyais les lumières du couloir clignoter. Je pouvais entendre le son des ampoules crépiter. Un froid glacial envahissait la pièce, allant jusqu'à faire fendre et craqueter le bois des murs. Bien que je ne puisse pas rester dans la salle de bain éternellement, je n'avais pas spécialement envie d'aller voir dans l'autre pièce. Je pris tout de même mon courage à deux mains et m'approchai avec hésitation. Les mains tremblantes, je poussai doucement la porte et regardai de l'autre côté.

Rien à l'horizon.

Je sortis de la salle de bain et atteignis la balustrade pour jeter un œil tout en bas : personne au pied de l'escalier ni près de l'entrée ni vers le salon. Je surveillai autour de moi, d'abord le couloir gauche et celui de droite.

Personne.

En fait, si, il y avait quelque chose au fond du couloir de droite, une sorte d'ombre, une silhouette qui ne bougeait pas…

Je déglutis. Je n'avais pas la moindre idée de ce qui se trouvait là-bas, mais ce n'était pas humain. Je commençai à croire que la cabane des horreurs était hantée, pire, les bois également. Des esprits qui s'amusaient à me faire voir River dans la maison? Je ne savais plus quoi penser.

La silhouette se mit à bouger et sortit de l'ombre en

bondissant vers moi ! C'était loin d'être les traits de River, mais ceux d'une abomination au visage déformé : yeux surdimensionnés blancs et une mâchoire tombante, avec une démarche digne d'un film d'horreur. Je pris mes jambes à mon cou, fuyant gauchement vers l'escalier.

Mes pieds étaient mouillés et, sans crier gare, mon talon glissa ! Ma main agrippa de justesse la rampe, pour éviter de dégringoler de quelques marches. En reprenant mon équilibre, je me précipitai dans la descente, le cœur déchaîné. Cette chose qui me pourchassait descendit l'escalier sans toucher le sol. Je regardai cette horreur charger vers moi puis me pousser brutalement ! Mon dos heurta le mur de l'entrée, faisant décrocher le cadre photo qui tomba sur le plancher.

Dans le séjour, les flammes du foyer se mirent à jaillir dangereusement. Sur ma droite, dans la salle à manger, des assiettes en porcelaine du vaisselier éclatèrent sur le parquet tandis que d'autres furent projetées contre les murs. L'une d'elles trancha l'air dans ma direction !

En m'inclinant avant qu'elle ne heurte mon visage de justesse, l'assiette alla se fracasser contre la porte d'entrée derrière moi.

— Hum… t'as bien grandi, Madison. Je sens que je vais prendre mon pied avec toi, fit River d'un ton railleur quelque part dans la demeure. On va bien s'amuser. Tu aimes quand j'accapare tes nuits ? Chaque fois que tu fermes les yeux, je t'offre un rêve qui te donne des sueurs froides… J'adore ça, tout comme te voir te tortiller et gémir de peur durant ton sommeil.

Des pas surgirent derrière moi, suivis d'un souffle qui effleura ma nuque.

Il n'y avait rien derrière moi mis à part la porte d'entrée.

— River ? Je ne trouve pas ça drôle ! Je t'en prie, arrête ! sommai-je d'une voix chevrotante.

Son rire facétieux résonna en écho à travers les murs. Dans le séjour, je pris le tisonnier près du foyer et pivotai sans cesse, essayant de le voir apparaître, prête à le marteler de coups. Les ampoules de la pièce continuaient de clignoter.

— Montre-toi!

Mon tisonnier trancha l'air, me préparant à l'assommer.

Soudain, on toqua aux fenêtres! Le bruit provenait d'abord de la petite vitre de la porte de l'entrée, puis on tambourinait à celle du séjour et la seconde suivante, celle de l'arrière de la maison, dans les portes-fenêtres. Quelqu'un cognait avec une telle force qu'il aurait pu défoncer les murs. Comment arrivait-il à faire cela?!

— Arrête! tonnai-je si puissamment que le son de ma voix fit grandir les flammes du foyer, me faisant sursauter par la même occasion.

Sur le coup, je me demandai si c'était moi qui avais fait augmenter la force du feu, mais c'était impossible. Cela venait assurément de lui.

Sur le qui-vive, tenant toujours la barre de fer à deux mains, je regardai soigneusement tous les coins sombres autour de moi.

C'est alors que je trébuchai au sol! Le derrière de ma tête cogna le parquet. On avait tiré sur le grand tapis ancestral du séjour pour me faire tomber.

— River! fulminai-je.

C'est dans un torrent violent que la porte d'entrée s'ouvrit! Mon attention fut projetée sur celle-ci, attendant de voir qui était là. C'est sa botte style militaire noire que je vis en premier, traverser le porche. Puis, après un second pas, sa silhouette s'afficha devant moi.

Mon sang se glaça.

River était au pas de ma porte, cependant, ce n'était pas moi qu'il regardait en entrant, mais quelque chose au-dessus de l'escalier devant lui. Son profil était inquiétant, une peau mate, des yeux entièrement noirs, et ce liquide obscur, comme de l'encre, coulant dans ses veines. La veinule de son front traversait son visage jusqu'à son menton et sa jugulaire découlait et pompait avec force. Même les vaisseaux sanguins de ses mains étaient gonflés par ce fluide inquiétant qui n'était pas du sang. Ses cernes étaient encore plus prononcés. Il ferma les poings et ses jointures devinrent blanches comme neige. Sans que je puisse le retenir, un léger son de nervosité s'échappa de mes lèvres, ce qui fit tourner vivement la tête de River dans ma direction. Son regard me fit froid dans le dos. À un point tel qu'il me buta sur place.

Ses yeux me transperçaient le corps. D'un seul regard, je sentais la chaleur me brûler presque la peau. Des iris noyés d'une substance noire qui avaient l'air sans vie et comminatoires à la fois. Comme s'il n'était pas entièrement connecté avec son âme. Comme se retrouver face à une personne possédée par un esprit maléfique. Comme si une chose obscure m'observait par le biais d'yeux humains.

Un bruit qui retentit à l'étage capta l'attention de River.

— Ayzen…, gronda-t-il d'une voix qui ne lui ressemblait pas.

Son timbre était passé par les ténèbres. Sa voix sonnait comme celle d'un démon et fit vibrer toutes les terminaisons nerveuses de mon corps.

Mes yeux suivirent ce que River observait avec tant d'hostilité. Un jeune homme se tenait là. Un intrus chez moi. Il arborait un sourire provocateur aux lèvres, défiant River. Les deux semblaient bien se connaître.

— Madison, sors d'ici, me dicta River sans jamais détacher son regard de celui qui se dénommait Ayzen.

Ce type en haut de l'escalier était grand, svelte, des épaules carrées, des cheveux vénitiens et un peu ondulés sur son crâne. Je ne savais pas pourquoi je ne bougeais toujours pas. Je continuais de toiser Ayzen qui me fixait avec une telle excitation que la peur me cloua sur place. Il avait l'air en état d'euphorie. Sa respiration était puissante, il serra les mâchoires et ses yeux brillèrent d'extase. Fuir dans la forêt, la nuit sous la pluie et ce froid intense, était-ce vraiment la meilleure façon d'éviter le danger ? Quelque chose me disait que s'il le voulait, il me rattraperait sans mal. J'étais pieds nus et en débardeur. Je ne survivrais pas longtemps face à ce froid.

— Va-t'en, râla River en me lançant son regard terrifiant. Tout de suite !

— N'écoute pas River, roucoula Ayzen dans ma direction. Il est rabat-joie. Si j'étais toi, je ne lui ferais pas confiance...

Dès que ce Ayzen posa un pied sur une marche pour descendre, River leva une main et, sans l'avoir touché, il fut projeté contre le mur du couloir ! Son dos défonça sans peine le mur, néanmoins, il trouvait matière à rire.

Moi, je n'avais d'yeux que pour River à présent. Je scrutais sa main et cherchais à comprendre comment il avait pu le pousser alors qu'il se trouvait en bas de l'escalier et qu'il ne l'avait pas touché.

Quand River comprit que je ne partais toujours pas, il me lança un regard de dernier avertissement. J'avais gardé le tisonnier dans ma main et commençai à me diriger vers l'entrée ; seulement, je n'eus pas le temps de m'y rendre : du coin de l'œil, je vis Ayzen, près de la balustrade. Je décelai l'espièglerie sur son visage et la riposte qui allait s'ensuivre. Il ne fit que lever sa main, exactement comme l'avait fait River, et je me retrouvai propulsée dos contre l'une des fenêtres du séjour ! Le coup fut si brutal qu'elle éclata en un torrent de bris de verre ! En tombant à l'extérieur de la maison, le corps dans l'herbe mouillée, assaillie par cette averse glaciale, je m'empressai de me relever. Seulement, mon souffle était bloqué. J'avais du mal à retrouver ma respiration après le coup porté contre mon dos. Une fois sur pied, avec peine et misère, je vis les arbres qui se déchaînaient contre le vent.

La douleur me fit grimacer encore et encore. Ma peau devait être striée de centaines d'écorchures dues aux débris de verre sur lesquels j'avais atterri. Je tentais d'omettre la souffrance qui m'assaillait pour enfin me relever et m'enfuir dans les bois. Il était hors de question que je retourne à l'intérieur.

Chapitre 14

Je filais dans les bois à toute allure, sans me retourner. J'avais du mal à reprendre mon souffle. Mes pieds nus s'enfonçaient dans la terre gorgée d'eau et les branches cornues agrippaient parfois mes cheveux. Je ne voulais pas faire de bruit, pour éviter que l'on me repère, mais c'était plus fort que moi, je sanglotais, haletais et jurais chaque fois que je me blessais. Je ne voyais pas grand-chose devant moi à cause du brouillard et, dans la pénombre, je m'égarais. Je n'avais pas la moindre idée de la direction à prendre. Dans l'affolement, je m'enfonçais toujours plus dans la forêt.

Tout à coup, je vis quelque chose voler à la cime des arbres. J'eus seulement le temps de percevoir une ombre passer à une vitesse fulgurante. La seconde suivante, on harponnait ma cheville et me tirait brusquement ! Je tombai face contre terre et de la boue éclaboussa mon visage. Je pris conscience que c'était une branche qui m'encerclait la jambe. Une seconde tige rampa près de moi et s'enroula autour de mon autre pied, me traînant dans la bourbe ! Le temps d'un souffle, je me retrouvai le dos cloué contre un chêne. D'énormes branches m'emmaillotaient de façon que je ne pusse plus m'échapper ou même bouger. Je hurlais, mais plus je me débattais, plus la prise se refermait et comprimait mon thorax. La douleur devenait insupportable.

— Ne résiste pas.

La voix de River se fit entendre. Il était là, quelque part derrière un arbre. Lorsque je le vis apparaître, la peur me submergea.

— Je ne te veux aucun mal, Madison.

Je serrais les dents en sentant les racines presser mon corps pour m'obliger à rester immobile. Les événements me dépassaient, j'avais la tête qui tournait. J'allais m'évanouir.

— Si tu ne me veux aucun mal, pourquoi me faire ça ?! crachai-je.

River se rapprochait en faisait des pas lents et calculés. J'étais attachée à l'arbre et mes pieds ne touchaient pas le sol. Il devait lever la tête pour me contempler. Sa posture était détendue. Il n'avait pas l'air choqué de la situation, comme si, pour lui, tout était normal, alors que pour moi, c'en était tout autre.

— Je te l'ai dit : si je suis là, c'est pour te protéger. Je ne te ferai aucun mal.

— C'est toi qui me maintiens… contre l'arbre ?

Ses yeux entièrement noirs qui reluisaient malgré la pénombre semblaient détailler mon corps de haut en bas. Ce n'est qu'après quelques secondes, qui s'écoulèrent trop lentement, qu'il releva la tête et répondit :

— Oui.

— Alors, libère-moi !

Je me tortillai, mais pas moyen de me décoincer. Depuis quand les arbres étaient-ils capables de se mouvoir ?! Comment arrivait-il à faire cela, à contrôler ainsi la nature… ?

— Seulement si tu me promets de ne pas fuir.

— Tu dis ne pas me vouloir de mal, mais dans la salle de bain, tu étais là, tu m'as agressée !

— Ce que tu as vu, ce n'était pas moi.

Mon corps tremblait de terreur. J'étais en train de perdre la tête.

— Ayzen adore prendre mon apparence… C'est même l'un de ses jeux favoris.

Je cessai doucement de gigoter, le temps de comprendre et d'analyser si oui ou non il se foutait de ma gueule.

— Quoi ? T'es en train de me dire que…

— Je suis sûr que depuis que t'es ici, tu as des cauchemars. C'est Ayzen ; il joue avec toi.

— Qu'est-ce qu'il est ?

River jeta un œil dans les profondeurs de la forêt. La pluie s'abattait toujours sur nous. Des gouttelettes tombaient des mèches sombres de sa tignasse pour ensuite rouler sur sa peau livide et ses lèvres exsangues. Il ne voulait pas répondre, il ne faisait que froncer les sourcils dans ma direction, maintenant, comme si j'étais stupide de lui demander une telle chose. Ou alors il supposait que je détenais déjà cette information.

— Ayzen est mon frère aîné. Et tout ce que tu dois savoir à son sujet, c'est que c'est un sociopathe qui a fait du mal à beaucoup de monde et qu'il ne s'arrêtera jamais. Depuis que tu es là, tu es son nouveau joujou. Lui et moi avons un lien atypique. Juste pour te dire que s'il venait à mourir, je serais plutôt ravi. De son côté, il pense la même chose, quoiqu'il souhaiterait me tuer de sa main. Mais il ne fera rien, je suis bien plus fort que lui.

— Vous êtes quoi exactement ?

Visiblement, il ne voulait pas répondre à cette question. Il détourna les yeux et un pli soucieux se dessina sur son front.

— Libère-moi, je t'en prie.

— Madison, je ne peux pas te forcer à rester auprès de moi, mais je suis le seul à pouvoir te protéger de lui. Si tu t'enfuis dans les bois et que tu te passes de ma présence, tu tomberas entre ses mains. Tu ne veux pas ça, crois-moi.

— Libère-moi. Je te promets, j'irai nulle part.

Les yeux de River reprirent doucement leur apparence naturelle. Ce qui me soulageait.

— Ne me défie pas ; si tu files, je te rattraperai en une fraction de seconde.

J'acquiesçai, même si la stupeur se lisait sur mon visage : il me faisait confiance. Lorsqu'il écarta ses bras, les branches de l'arbre suivirent son mouvement, me laissant retomber au sol. Mon chignon était défait, mes cheveux trempés me collaient à la peau et m'obstruaient les yeux. Mon débardeur blanc était mouillé et je devais croiser mes bras sur ma poitrine pour éviter qu'on ne voie mes seins à travers le tissu transparent. River remarqua ma piètre tentative pour me réchauffer et conserver ma pudeur et me proposa :

— Pour commencer, il faut te réchauffer. Je ne peux pas te prêter mon sweat, il est détrempé. Alors faut que tu retournes à l'intérieur pour te mettre au chaud.

— Ce Ayzen est dans ma maison.

— Non, il est parti. Quand il me voit, il ne reste pas dans le coin. Il ne t'approchera pas si je suis avec toi. C'est pourquoi je vais devoir me montrer plus souvent à tes côtés et moins être dans l'ombre.

— Tu m'épies depuis… combien de temps, River ? Depuis quand surveilles-tu ce type pour qu'il ne m'atteigne pas ?

— Depuis la seconde où tu es revenue à Keeper.

River fit un pas en avant et je reculai de deux. Il fut déçu de ma réticence, mais pas totalement surpris. Je ne savais pas vraiment ce qu'il était et quelles étaient ses réelles intentions. Mon instinct m'ordonnait de garder mes distances.

Il mordilla brusquement sa lèvre et m'offrit un air d'impatience.

— D'accord, Madison, concéda-t-il. Fais comme tu veux. J'en ai assez. Si t'as pas besoin de moi, t'as qu'un mot à dire et je disparais ; tu ne me reverras plus. Mais gare à toi : Ayzen te torturera physiquement et mentalement jusqu'à ce que tu te passes la corde au cou. Ou alors il te tuera de ses mains. Si tu ne veux pas de mon aide, je n'ai plus rien à faire ici.

Lèvres tremblantes, la pluie camouflant mes larmes, après le choc de tout ce que j'avais pu voir ce soir, j'eus du mal à parler. River rompit le contact visuel et fit demi-tour.

— Très bien ; voyons voir combien de temps tu survivras dans cette clairière.

Il s'éloigna.

Je resserrai mes bras et tentai de me réchauffer. Je regardais autour de moi, de peur que quelque chose, une fois de plus, ne surgisse et m'agresse. C'était devenu tellement silencieux ; seule la pluie qui se calmait se faisait entendre. Ce n'était plus qu'un léger crachin et l'eau qui dégoulinait des arbres tombait sur les feuilles mortes qui jonchaient le sol. Il y avait encore ce brouillard qui tapissait l'endroit et m'empêchait de voir. La brume créait des illusions et des formes dans la pénombre, et j'avais l'impression d'apercevoir des tas des silhouettes autour de moi.

River avait disparu, me laissant seule. J'entendis l'aboiement lointain d'un loup, suivi des hurlements de sa meute. J'étais effrayée et je me demandais si je n'avais pas commis une erreur en repoussant River. Malheureusement pour moi, il devait déjà être loin.

— River… ? dis-je d'un faible souffle tremblant.

Je ne savais pas où j'étais et encore moins dans quelle direction je devais prendre pour retrouver la maison.

En entendant un bruit de craquement devant moi, je décidai de partir en sens inverse. En me retournant, je fonçai droit sur quelque chose de dur ! Je relevai la tête et vis ses yeux dans lesquels je me perdis, comme happée dans un tourbillon qui m'aspirait vers les ténèbres. L'électricité percutait mon corps tout entier. Une douce énergie qui faisait vibrer mes terminaisons nerveuses.

— Tu m'as appelé ?

Je m'écartai sans plus attendre. Je ne m'étais pas aperçue que j'étais restée plaquée contre lui, les mains agrippées à son sweat noir. Son odeur m'avait envoûtée une seconde de trop. Mais c'était surtout ses lèvres près des miennes qui me rendaient timide. Je devais encore faire un pas de plus vers l'arrière puisque le vertige s'empara de moi à nouveau; à croire qu'il dégageait des vapeurs de soufre qui m'étourdissaient. Mais bien sûr, ce n'était pas cela qui me forçait à me tenir à distance. Il avait un truc qui m'affaiblissait et me privait de mes sens dès que je me retrouvais à proximité.

— J'ai… j'ai juste murmuré ton nom.

— C'est ça, tu m'as appelé. Dois-je comprendre que tu as besoin de moi, finalement?

— Disons que je crois que je n'ai pas vraiment le choix. Vas-tu me donner des réponses au moins? Que je puisse comprendre toute cette surréalité?

— Les réponses, tu les possèdes déjà. Elles sont dans ta tête. Seulement, une personne a joué avec tes souvenirs, avec un sort. On peut y remédier.

— T'es sérieux? Comment?

— Une intervention délicate, mais assez simple. Je vais enfoncer une aiguille d'acétone près de ta tempe, directement dans le lobe temporal de ton cerveau, là où se trouve ta mémoire endommagée. Je ne te cache pas que ça va faire mal. Très mal. La bonne nouvelle, c'est que tu retrouveras tes souvenirs et tu n'auras aucune séquelle à long terme. À court terme, il y a un risque de coma qui peut durer quelques heures, rien de bien méchant.

— Tu te fiches de moi?!

— T'as pas idée comme je suis très sérieux. Si tu veux que je te protège, tu vas devoir me laisser t'aider à récupérer tes souvenirs parce que je vais virer fou à te voir effrayée et ahurie chaque fois que tu vois un truc surnaturel. C'est pas toi, ça.

J'échappai un rire nerveux. Il avait un humour de potence. Je faillis croire à ce qu'il disait puisqu'il semblait vraiment sincère.

Tandis que la pluie avait cessé, il décida de se remettre en marche. Encore craintive, je le suivis tout de même.

— Oublions ces conneries sur un possible sort qui s'est

emparé de mes souvenirs et dis-moi plutôt, c'est quoi ce truc… que tu avais aux yeux ? Et tes veines qui ont un aspect noir ? Tu apparais et disparais aussi… c'est déconcertant. Les pouvoirs que tu as… manipuler la nature, c'est phénoménal. T'as même propulsé Ayzen dans ma maison.

— Je ne suis pas un monstre, Madison, si c'est ce que tu crois.

— C'est pas ce que je pense. Mais… je cherche à comprendre ce que tu es… C'est toi qui as volé à la cime des arbres en me pourchassant ? Parce que si c'est le cas, c'est vraiment exceptionnel, voire époustouflant, et à la fois, terrifiant d'imaginer que tu puisses faire un truc de cette ampleur. Je veux savoir ce que tu es : humain ou pas, créature ou pas. Tu es qui, River ?

Il stoppa si brusquement que je heurtai son dos. Son corps était ferme et chaque fois que je fonçais sur lui, il ne bougeait pas d'un centimètre, tel un rocher ancré dans la terre depuis un millénaire. On aurait dit qu'il faisait exprès que je lui fonce dessus chaque fois. Cela semblait l'amuser de me voir perdre mes moyens lorsque j'étais trop près de lui.

— Mon frère et moi étions deux gamins tout à fait normaux. Avec, certes, des dons dès la naissance. Et une chose nous distingue, c'est ce que nous faisons avec nos facultés : lui a toujours choisi de faire le mal, moi le bien. Je ne suis pas une créature maléfique. T'es rassurée maintenant ?

— Oui… un peu… mais ces facultés te permettent de faire quoi ? J'ai… j'ai vu quelques trucs, mais…

— Madison, on aura tout le temps de parler de ça, mais là avance, il faut que tu te mettes au chaud. Tu ne sens pas le froid à cause de l'adrénaline, mais moi je vois tes lèvres virer au bleu. Je sais que tu as des tas de questions sur tout, et pour être honnête, ça me déroute de te voir comme ça, parce qu'avant, ça faisait partie de ton quotidien et t'avais pas vraiment peur de quoi que ce soit. Aujourd'hui, je te regarde et j'ai l'impression de voir une version maladroite et faible de Madison Sawyer. Sans vouloir te vexer, tu n'es plus digne de ce nom. C'est pourquoi il faut y remédier, pour que tu redeviennes toi. Et les réponses que tu souhaites, tu les auras quand tu retrouveras tes souvenirs. Parce que là, ça ne me sert à rien de discuter avec toi alors que tu ne sais même pas qui tu es.

— Oh, désolée de t'embêter avec mes questions qui te paraissent si idiotes, River. Au cas où t'avais pas remarqué, c'est normal que je frôle un petit peu l'hystérie depuis que je suis à Keeper. Je viens à peine d'apprendre que j'ai déjà vécu ici, que ma mère, assurément, me cache tellement de choses sur mon identité, que la magie existe bel et bien. Je viens de me faire attaquer chez moi par une chose qui est, soit dit en passant, ton frère, mais qui prend ton apparence ! C'est pas rien ! Pour couronner le tout, il y a toi qui sors de nulle part, jamais gelé sous la pluie, pas de maison à l'horizon, qui erres la nuit dans la forêt et qui as des yeux qui virent aux couleurs de l'enfer tout comme tes veines, et tu es si puissant que je suis certaine que tu pourrais me tuer dans la seconde. Mais tu voudrais que je reste bien tranquille et que je ne t'agace pas avec mes angoisses. T'es marrant comme mec !

Le pire, c'est que je me mis à rire comme une dingue tout en marchant, mais c'était sardonique. La situation me dépassait. C'était normal que les questions ébouillantent ma cervelle. Mais il me demandait clairement d'arrêter de chercher des réponses jusqu'à ce que je retrouve mes souvenirs : c'était de la torture ! Moi je voulais savoir ce qu'il était et, par-dessus tout, savoir pourquoi ma mère m'avait menti sur tant de choses et comment elle avait bien pu bloquer ma mémoire sans même que je m'en aperçoive avec le temps ! C'est surréel.

— Tu trouves ça drôle ? fit River derrière moi.

— Eh bien, excuse-moi, mais au point où j'en suis ce soir, aussi bien prendre tout ça avec humour, sinon je perdrais la tête. J'ai toujours été saine d'esprit, mais là, tu…

Je soupirai et m'arrêtai de marcher un moment. En

me retournant vers lui avec hésitation, je l'observai dans la pénombre avec toute cette brume qui flottait tout autour de lui. Une chose sur laquelle je voulais absolument qu'il me répondît ce soir me brûlait les lèvres :

— River…

— Quoi ?

— Je t'en prie. J'ai mérité au moins une réponse en attendant qu'on récupère mes souvenirs.

Je vis qu'il soupirait lentement, il relâcha les épaules et fixa le sol quelques secondes avant d'accepter.

— Allez, pose ta question.

Il est vrai que chaque fois qu'il m'avait révélé quelque chose, je le prenais pour un fou et je le fuyais. Normal qu'il ne veuille plus me dire quoi que ce soit tant qu'on n'avait pas remédié à la situation avec mes souvenirs.

J'avais déjà oublié combien j'avais froid, ma peau était si glacée que je ne la sentais plus.

— Il… il y a eu quoi entre nous ?

— Nous ? rétorqua vivement River, visiblement pris au dépourvu.

J'acquiesçai et son expression se métamorphosa, comme si j'avais posé la seule question qu'il aurait souhaité que j'évitasse.

— Qu'est-ce qui te fait croire qu'il y a eu un truc ?!

— Ta… ta manière de me regarder. Dans tes yeux à l'instant. Je le vois bien maintenant que tu me connais et je perçois de la tristesse.

— Tu vois de la tristesse dans mes yeux ? Non, pas du tout.

— Si. Ça te blesse que je ne te connaisse pas. Donc ça me ramène à ma question : il y a eu quoi entre nous avant que je disparaisse ?

Il n'y avait plus aucun son. Mes vêtements horriblement trempés me collaient à la peau. Mes cheveux gouttaient sur mes épaules et mon dos. Mes larmes avaient séché, mais je ne me sentais pas mieux pour autant. J'avais envie de partir loin d'ici, peur de ce qui pouvait me tomber dessus, peur des prochains cauchemars, peur de ce Ayzen qui se permettait d'entrer chez moi et de me faire subir des tas de trucs terrifiants. Il avait la capacité de pénétrer mes esprits pour me jouer des tours durant la nuit et maintenant que je savais que cela venait de lui, j'allais être incapable de fermer l'œil pour le reste de ma vie.

— Tu peux sûrement me dire quelque chose sur ce que tu te souviens de moi ?

— Tu adorais dessiner. Particulièrement les corbeaux de la clairière et ceux qui se tenaient sur les pierres tombales, endroit où on passait nos journées parce que personne ne venait nous embêter. De ce que j'ai pu voir, tu dessines encore les mêmes choses aujourd'hui. Est-ce un fragment de ta mémoire brisée qui résiste ? Ou est-ce que tu as juste conservé ta passion ? Je ne peux pas dire. Il n'y avait pas une journée où je ne te trouvais pas quelque part en train de gribouiller dans ton livre, assise au pied d'un arbre. La forêt était ton havre de paix. Un endroit où tu t'es toujours sentie libre de faire tout ce dont tu avais envie. Surtout pour tester des sorts et ta puissance. Tout comme contrôler les éléments de la nature et même la météo. T'as tué des bêtes : loups, caribous, renards, lièvres, pour façonner des sorts avec parfois leur sang, parfois leur cœur. C'est la tradition des Sawyer de devenir l'ultime déesse du mal. L'asservie de Satan. À une certaine époque, seule la plus puissante des Sawyer avait ce titre et avait le droit d'offrir une descendance à l'âge adulte. Je pourrais aussi te dire que t'as toujours été la plus belle fille de Keeper, cependant tu n'avais pas le droit d'aller au village. Tu devais rester sur la réserve et te cacher. Personne au village ne savait que Mikeol Sawyer avait une fille. Tu aurais fait du mal à bien des gens si t'étais allée à l'école. Une simple querelle avec une fille et elle s'en serait pris plein la gueule. Et tu avais du mal à contrôler tes pouvoirs, alors tu aurais mis en danger ta famille si les gens normaux avaient vu ce que tu étais capable de faire.

— Il y a forcément une erreur, je… Et j'ai jamais tué d'animaux, j'ai même jamais fait de mal à…

— Et nos familles, me coupa River, étaient très proches et partageaient les mêmes secrets. Du moins, ma famille n'était pas comme la tienne, mais elle avait tout intérêt à rester dans l'ombre. Un jour, on était allés près du pont Hush Falls, celui qui surplombe un ancien ruisseau dans la forêt et où passait, jadis, un train. On adorait flâner à cet endroit. On passait des heures à rire, à se confier, à parler du futur et à souhaiter la mort de certaines personnes. Oui, et on faisait des jeux stupides. J'étais casse-cou, un vrai hardi. Mon tour préféré était celui où je marchais sur la rambarde et la seconde suivante, je me jetais dans le vide. Quand tu t'approchais du bord, je te faisais sursauter, car la seconde suivante j'étais juste derrière toi et non le crâne fracassé sur le rocher en bas. Tu détestais quand je te faisais peur comme ça. Tu m'aimais bien, alors l'idée que je puisse me faire mal ou mourir t'effrayait. Tu adorais mes dons et tu me demandais de faire plein de choses… Et moi, je prenais plaisir à te rendre heureuse et à te faire rire. Et… la dernière fois où je t'ai fait croire que j'étais tombé en bas du pont, après que tu m'as frappé et ordonné de plus faire ça, tes yeux se sont mis à briller. J'étais tout près de toi, si près, que… sans avoir réfléchi, je me suis avancé et… je t'ai embrassée. Merde, on était des gosses, Madison, j'avais douze ans, je ne savais pas ce que je faisais. Alors c'est pas comme s'il y avait vraiment eu un truc entre nous. Maintenant que je t'ai révélé ça, on reprend la marche ; ton visage est blême et je me demande si t'es pas en hypothermie.

Je ne savais pas pourquoi, mais mon cœur palpitait si fort que je me sentis étourdie. Il fallait que je pose ma main contre l'arbre près de moi pour éviter de m'évanouir. J'avais juste envie de me réveiller à Dawson City, dans mon ancien lit, dans mon ancienne vie où j'avais réellement grandi et où j'étais née, pour m'apercevoir que Keeper n'avait jamais existé et que je n'y étais jamais venue.

Mon pouls s'emballa de plus belle, ma vision devint troublée, mon souffle défaillant.

— Ça ne va pas ? s'inquiéta River.

Je ne me sentais vraiment pas bien. La seconde suivante, je sentis un picotement contre ma hanche, jusqu'à ce que je m'aperçoive que c'était River qui avait enroulé son bras autour de ma taille.

— Incline-toi et respire lentement.

— J'ai pas d'air !

— Hyperventilation. Je te l'avais dit que ça ne donnait rien de te donner des réponses quand t'es pas prête à les entendre.

— Je suis prête, soufflai-je.

— Oui, ça se voit.

Les mains posées sur mes genoux, posture inclinée vers l'avant, je reprenais peu à peu mon air. Seulement, j'avais envie de gerber.

— Il faut vraiment que je te ramène. La couleur de ta peau change de minute en minute.

Je me relevai rapidement, parce qu'il avait raison ; l'adrénaline dans mon sang se dissipait et maintenant je sentais le froid percuter mon corps tel des millions de couteaux tranchants. Mes pieds nus étaient extrêmement douloureux. Cependant, en me relevant trop vite, je n'avais pas prévu que ma tête allait encore plus tourner…

Je vacillai et marmonnai :

— On peut y aller…

Mais en une fraction de seconde, je perdis le contrôle de mon corps. Mes genoux flanchèrent. Je me vis tomber, perdant connaissance. Tout se passa vite. J'eus le temps de voir River se jeter vers moi. Sa main se glissa entre ma tête et la terre, la retenant juste à temps avant qu'elle ne heurte violemment le sol.

Chapitre 15

En ouvrant les paupières doucement, je vis qu'on était toujours la nuit. J'arrivais à distinguer les objets de ma chambre malgré la noirceur. Je fixai le cadre photo de Penny, Simon et moi sur ma table de chevet. Les lueurs de la lune qui traversait les pans de mes rideaux me permettaient de voir leur sourire. Le mien était plus radieux à cette époque. J'avais l'impression que cela faisait des années que je n'étais plus à Dawson City.

Je tirai mes draps pour m'emmailloter et soudain, je compris qu'un truc n'allait pas : qu'est-ce que je faisais dans ma chambre ?! La dernière fois que j'avais les yeux ouverts, j'étais dans la forêt avec River et… Oh, merde ! Je m'étais évanouie devant lui, le corps en compote comme une horrible limace !

Réticente, je relevai délicatement la couette pour regarder mon corps.

Oh bon sang ! Seigneur ! Fait chier ! Merde ! Saloperie ! Ce n'était pas vrai ! J'étais en culotte ! Et je portais un t-shirt noir qui n'était pas le mien ! Mon cœur fit un bond périlleux dans ma poitrine. En laissant retomber le drap, j'aperçus River au pied de mon lit, assis par terre, la tête tombante. Il s'était endormi dans ma chambre ?! Et il m'avait déshabillée.

Il m'avait déshabillée, me répétai-je. Il m'avait désa…

À ce moment, je vis qu'il redressait la tête, puis il jeta un œil dans ma direction. Je serrai les draps contre moi, à un tel point que je me fis mal aux mains. Il se leva lentement, ses lourdes bottes firent craquer le parquet de bois sous lui. Il avait l'air si grand dans ma chambre ! Je pouvais entendre mon cœur tambouriner dans mes oreilles. Alors qu'il s'approchait un peu plus, je sentis mon ventre se nouer et une adrénaline traverser mes veines. Houla… pourquoi il m'intimidait à ce point ?!

Peut-être parce que tu avais découvert ce soir qu'il n'était pas humain et qu'il était puissant. Très puissant, marmonna ma petite voix intérieure qui cherchait à me raisonner tout en poursuivant : et qu'il t'avait mis au chaud dans ton lit tout en prenant soin de retirer ton pantalon et ton débardeur détrempé. Il a même pris soin de t'enfiler son t-shirt sec qu'il portait sous son sweat mouillé. Et que là, il était dans ta chambre et marchait jusqu'à toi… normal qu'il t'intimide !

Les doigts de River harponnèrent un verre d'eau sur ma table de chevet et me le tendirent. Une condensation fit naître quelques gouttes d'eau au bord du verre.

— M… merci.

Je le pris tout en l'observant. Comment il savait que j'avais si soif ? Je calai aussitôt l'eau fraîche pour ensuite déposer le verre sur la table de chevet.

— Pour…

Je ne savais pas pourquoi, mais soudainement, j'avais du mal à parler.

— Pour… pourquoi… t… tu. T'as enlevé mes vêtements ?

Ouah… il se passait quoi là ? Ma langue était engourdie.

— Faut que tu dormes.

À cet instant, je compris qu'il avait mis quelque chose dans mon verre et je n'eus pas le temps de riposter que j'étais déjà partie dans un long et profond sommeil.

***

L'odeur de magnolia fut la première chose qui m'extirpa de ma sieste, enfin c'est ce que je croyais : j'avais dormi beaucoup plus longtemps que cela. Mon réveil matin affichait neuf heures quarante. Le soleil s'était levé malgré quelques nuages sombres toujours au rendez-vous. Encore somnolente, je roulai dans mon lit.

— Humm, réussis-je à marmonner, le nez enfoncé dans l'oreiller. Ce parfum va me tuer!

Le magnolia envahissait mes draps et j'adorais ça. Je m'emballottai un peu plus dans mes couvertures, m'enroulant dedans tout en continuant de humer cette odeur enivrante.

Je sentis un poids se déposer dans mon lit. J'étais sur le ventre, visage dans l'oreiller, tentant de me retourner pour voir ce que c'était. En réussissant à sortir ma tête de sous la couette, je vis deux magnifiques yeux ténébreux me contempler à même quelques centimètres de mon visage.

— T'as bien dormi?

J'écarquillai les yeux.

River était couché sur mon lit, la tête sur le deuxième oreiller et son sourire s'étirait sur son visage. Ses traits étaient toujours aussi inquiétants avec une peau mate et des yeux cernés. Ses lèvres étaient presque mauves. Il avait l'air d'un cadavre.

Mais d'un beau cadavre.

Euh... je venais vraiment de penser ça?! Ça, c'était le truc le plus morbide auquel j'avais pu penser. Je ne savais pas pourquoi j'avais imaginé que toute la soirée d'hier et River dans la chambre cette nuit avaient été un rêve. Non, c'était la réalité. Je portais toujours son t-shirt et je compris d'où venait ce parfum de magnolia. Cela venait de lui. Et pire encore, je n'avais pas oublié qu'il m'avait droguée avec ce verre d'eau!

Cela me prit plusieurs longues secondes avant que je réagisse enfin comme il se devait. Je tentai de sortir de mon lit. J'essayai de repousser ma couette, néanmoins, j'étais enroulée dedans. Je me débattais comme une conne pour m'en dépêtrer. Moi qui me préparais à lui déverser ma colère, c'était plutôt raté. J'avais l'air d'un saucisson qui se tortillait dans mon drap. J'étais plutôt embarrassée.

Pour en ajouter une couche, il se racla la gorge et, de son ton railleur habituel, il commenta la situation :

— T'as besoin d'aide? Oh… mais oui, je suis bête, j'écrase la couette, c'est pourquoi tu n'arrives pas à sortir du lit.

Il se leva, sourire moqueur au visage. Je pus enfin me libérer et, tout en sautant sur mes pieds, je fronçai les sourcils, prête à l'engueuler.

— Non, mais ça ne va pas la tête!? Qu'est-ce que tu fiches dans mon lit?! Quand t'as dit vouloir te montrer plus souvent avec moi pour me protéger, ça ne te donne pas le droit d'aller et venir dans ma chambre! Et… tu m'as droguée?! Et t'as… t'as retiré mes vêtements!?

— Tu me remercieras dans moins d'une minute…

— Hein?!

— T'as crié trop fort, ta mère arrive…

Je sursautai en entendant la porte de ma chambre s'ouvrir!

— Madison?

— Oui?!

Mon cœur se débattait dans ma poitrine. C'est à ce moment que je vis que River n'était nulle part dans ma chambre. Ma mère ne pouvait donc pas le voir. C'était un soulagement en soi.

— Pourquoi tu cries?

— Euh… Non… je ne criais pas. Oh et euh… je suis tellement désolée pour la fenêtre, la vaisselle et tout ce que j'ai cassé en bas. En fait, c'était… c'était le vent, une branche a percuté la fenêtre et elle s'est fracassée. Et…

— Mais de quoi tu parles?

— Mais de… hein ? Quand t'es rentrée ce matin, t'as pas eu un choc de voir…

— Que la maison était bien rangée, oui. C'était très propre, merci pour ton ménage.

Je fronçai les sourcils et entrouvris la bouche, ne sachant pas de quoi elle parlait.

— Ce soir, je dois aller à l'épicerie au village, tu m'accompagnes ?

— Euh… ouais. D'accord. Il y a une petite librairie juste à côté, je vais aller y jeter un œil pendant que tu feras les courses.

— D'accord.

Ses yeux balayèrent la pièce, cherchant encore à savoir pourquoi je criais toute seule, puis elle referma ma porte et c'est là que je vis River. Il s'était caché derrière la porte, à quelques centimètres de ma mère qui aurait pu le voir. Elle aurait fait une attaque. Disons que River avait un look… assez… inquiétant et pas du tout le style que ma mère aurait accepté dans la maison. Elle qui vénérait tant Simon, le geek si parfait pour moi selon elle.

Je tirai sur le t-shirt pour cacher au mieux ma culotte, même s'il était assez long.

— Ne te presse pas pour me remercier.

En disant cela, River m'offrit un sourire salace.

— Ouais, bon, merci. Comment t'as fait ça ? T'as passé la nuit à faire du ménage ?

— Ça m'a pris que quelques secondes pour réparer la fenêtre, la vaisselle et remettre tout en ordre.

— Ah ouais… bon… très bien. Je ne suis pas sûre que j'ai envie de te demander comment tu arrives à faire ça. Mais on s'égare, tu oublies que tu m'as droguée ?!

— T'es trop mignonne quand tu te fâches.

Ses yeux tombèrent pour reluquer mes cuisses et son sourire grandit.

— T'avais grand besoin d'une bonne nuit de sommeil.

T'étais à la masse.

— Dis-moi que tu plaisantes? Parce que sinon, bien sûr, quand les gens sont fatigués, on les drogue, c'est tout à fait naturel! C'est tellement galant de ta part, merci de te soucier de moi comme ça!

— Il n'y a pas de quoi.

J'allai prendre le verre sur la table de chevet. Après avoir dévisagé River, j'examinai le fond d'eau sous la lumière du jour. Il y avait effectivement des résidus blancs, comme une sorte de poudre.

— Seigneur.

— Le Seigneur n'a rien à y voir. Tu devrais arrêter de constamment implorer les ô Seigneur et ô mon Dieu. Sortant de la bouche d'une sataniste, c'est plutôt inédit. Ou pathétique…

— Tu peux être sérieux un peu? Où est-ce que t'as trouvé ces cachets, exactement?

— Dans la chambre de ta mère, cette nuit. Elle cache tellement de flacons d'analgésiques, de somnifères et autres.

— Oh… donc, toi tu rentres chez moi, tu me déshabilles, tu fouilles la chambre de ma mère, tu lui piques des somnifères puissants, tu me drogues et tu vas me dire que pendant que j'étais inconsciente tu as voulu être gentil et tu as remis la maison en ordre.

— Exact. Mais comme nettoyer ne m'a pris que quelques minutes, le reste du temps, j'ai passé la nuit au pied de ton lit.

Je déglutis.

— OK…

Je ne savais même pas quoi répondre.

— Écoute, ne le prends pas mal : Ayzen fait de tes nuits un enfer depuis plusieurs jours, t'avais besoin de dormir, sincèrement, d'où les trois cachets dans le verre d'eau. Ensuite, pour éviter que ta mère t'engueule, j'ai tout remis en ordre, et si je suis resté près de ton lit, c'est uniquement pour m'assurer qu'Ayzen ne t'approche pas. Oui… j'ai retiré tes vêtements, Madie…

Il prit une grande respiration langoureuse qui m'intimidait, comme s'il se remémorait la vue qu'il avait de mon corps dénudé sous ses yeux.

— Mais t'étais toute bleue avec ta peau frigorifiée. J'avais pas le choix.

Je sentis mes joues virer au cramoisi. Je ne trouvais plus les mots. Était-il un mec bien, ou un mec complètement taré ?

Pour mettre fin à cette tension entre nous, River pointa le cadre qui dévoilait la photo de Penny, Simon et moi sur la table de chevet à mes côtés.

— Il était pas fait pour toi.

— Hein ? Qui ?

— Ce mec, là. Celui que tu enlaces sur la photo.

— Et comment tu sais qui est fait pour moi et qui ne l'est pas ?

— Ça se voit sur son visage qu'il est trop gentil et sensible. T'es pas une sainte, Madison, ce type n'a rien en commun avec quelqu'un comme toi.

— Tu dis n'importe quoi. Et puis bien joué, la tentative de changer de sujet. Tu m'as droguée et déshabillée. Donne-moi une bonne raison de ne pas appeler les flics.

— Ma-di-son, fit-il en détachant les syllabes de mon nom tout en penchant la tête sur le côté. Ne fais pas semblant d'être choquée pour des somnifères administrés à ton insu. Le mal coule dans tes veines. Contrairement à toi, je suis un ange. T'es bien pire. Je suis même surpris : tu caches bien ce côté de ta personnalité, même si tu n'as plus de mémoire. Parce que moi je sais que le danger t'attire. Tu ne seras jamais du genre à appeler les flics pour quoi que ce soit. T'as passé trop de temps avec les humains barbants et ennuyeux. On dirait que t'es devenue comme eux. Pauvre Satan, il serait déçu de toi…

— Toi qui penses me connaître, tu te trompes… Et…

quoi ? Qu'est-ce que t'as dit ? Satan ?

— Yep.

River mordilla sa lèvre de manière aguicheuse tout en retenant un sourire mesquin. Définitivement, cela lui plaisait de m'énerver.

— Ma copine aussi m'a dit la même chose, elle croit que je suis de la lignée du sang d'une certaine Hamélias Sawyer, une sorcière sataniste et concubine du diable, je ne sais pas trop. Tu t'entendrais drôlement bien avec elle, vous êtes tous les deux un peu fêlés. Ou sinon, vous me connaissez mieux que moi, faut croire.

— C'est quoi le nom de ta copine ?

— Penny Veneck. Mais finalement, on va éviter que tu la rencontres, sinon elle va s'emballer, surtout que t'as…

— Que j'ai quoi, Madison ?

— Eh bien, t'as un truc de pas normal. Je ne sais pas encore ce que tu es, mais je ne vais pas tarder à le découvrir. Avec ce qui se passe ici et ce que j'ai vu de toi, je pourrais penser que tu es… Hum… non, je ne sais pas encore !

Je plissai des yeux en le regardant.

— Ce qui est marrant, c'est que t'as pas encore compris que je peux être tellement de choses à la fois…, roucoula River en passant une main sur mon bureau poussiéreux. Je peux être une abomination comme je peux me montrer sous la forme que tu veux, Madison…

En le regardant, je pris le temps nécessaire pour comprendre.

— Hum… Si… si je te dis de… me montrer tes yeux noirs, là, tout de suite. Pourrais-tu le faire ?

Il ne fit que cligner des paupières, et la seconde d'après, une encre noire avait englouti la totalité de ses yeux. Un frisson qui ressemblait à de l'excitation traversa mon corps tout entier. Pourquoi je ressentais ça ?!

De petites veines commençaient à bouger lentement autour de ses yeux, puis une seule sur son front et une autre naquit dans son cou, suivant les pulsations de son cœur. C'était de même pour ses mains, des milliers de veinules parcouraient ses doigts et ses jointures blanchies.

— OK… OK… tu peux…

Il était troublant comme ça et à la fois tellement beau… Qu'est-ce qui m'arrivait?! Il avait l'air possédé par un esprit maléfique, ce n'était pas censé être excitant.

Tout à coup, la voix de Penny me revint à l'esprit comme un flash-back :

« Les… métamorphes ne sont pas tous morts… Ils ont vaincu les Sawyer, enfin, toutes les femmes qui étaient une menace pour eux. Si tu es à Keeper, et incontestablement une descendante d'Hamélias, tu seras tuée si un métamorphe le découvre. »

Je fixai River avec une telle intensité. Soudainement, je compris qu'Ayzen était un métamorphe. Sinon pourquoi chercher à me tuer? Il pouvait prendre l'apparence de River. C'était un métamorphe… Et comme River était son frère… je savais ce qu'il était lui aussi et je ne voulais pas lui dire que je le savais. Parce que si tout ceci était vrai : que les métamorphes tuaient les Sawyer, alors River était tout autant une menace pour moi?

— Qu'est-ce qu'il y a? fit-il en reprenant son apparence.

Il scruta les traits de mon visage qui devenaient de plus en plus froids et mon attitude plus distante.

— Rien.

— Comment ça, rien, je t'ai fait peur?

— Non.

En fait si, il me faisait carrément peur. Mais il me protégeait. Donc à moi de voir si je devais lui faire confiance ou non. Est-ce possible qu'un métamorphe ici à Keeper ne souhaite pas la mort d'une Sawyer?

Je déglutis lentement en voyant son expression devenir suspicieuse. Il avait l'air de tenter de résoudre un problème mathématique juste en contemplant mes yeux. Je décidai de lui faire confiance jusqu'à preuve du contraire, principalement parce que depuis mon arrivée, il veillait sur moi. S'il voulait me tuer, il ne le montrait pas du tout. Dans ses yeux, il n'avait pas l'air de me vouloir du mal. Mais Penny m'avait dit que les métamorphes étaient de grands manipulateurs.

— Madison ?

Je relevai la tête pour le contempler et lui offrit un sourire nerveux.

— C'est fou tout ce que tu peux faire avec tes dons.

Il sourit en retour.

— T'as pas idée…

Chapitre 16

La seule chose que j'entendais en boucle dans ma tête en regardant le paysage défiler en voiture était les anciennes paroles de River, plus tôt dans la journée :

«Ce qui est marrant, c'est que t'as pas encore compris que je peux être tellement de choses à la fois… Je peux être une abomination comme je peux me montrer sous la forme que tu veux, Madison…»

Il n'y avait aucun doute, River était un métamorphe, ce qui voulait dire qu'autant Penny que lui m'avaient dit la vérité sur certaines existences à Keeper. Ce n'était pas que des légendes. Ce qui voulait aussi dire que ma mère me devait des explications. Pendant le repas, je devais lui demander de me parler de mon enfance, de Mikeol et de Keeper. Allait-elle me mentir? Éviter le sujet? Me prendre pour une folle? J'anticipais sa réaction, et j'avais peur aussi de la mienne. Je ne voulais pas être cette chose dont River parlait : une sataniste qui semblait ne montrer aucun état d'âme.

On était samedi soir, ma mère conduisait son 4x4 Nissan Pathfinder rouge jusqu'au village. La chanson *Myself* de Neffex jouait en boucle. J'avais mis toutes les musiques du groupe Neffex dans le véhicule et ma mère en avait marre de les entendre.

Dès qu'on déboucha sur la rue principale, des commerces très peu fréquentés s'affichaient devant nous : une épicerie déserte, un restaurant-bar style vieille baraque en bois rond et une pharmacie. Quand ma mère se gara sur le parking de l'épicerie, j'attrapai mon sac en bandoulière et me faufilai à l'extérieur du véhicule.

— Tu as assez d'argent ? me demanda-t-elle.

— Oui, il me reste quelques billets. Ça devrait suffire.

— Bien, garde ton téléphone près de toi, je t'appelle quand j'ai terminé.

Cela se voyait qu'aujourd'hui était le 1er novembre. Une glace fine recouvrait le parking et je devais faire attention pour ne pas tituber. Un vent léger faisait tournoyer une bruine délicate dans l'air. Bien sûr, cela aurait pu être féerique si le décor n'avait pas cette ambiance de film d'horreur : aucun réverbère, alors le village dans la pénombre semblait presque à l'abandon. Personne en vue.

Je me dirigeai vers la petite cabane au coin de la rue, avec sa grande véranda. Il y avait des tables où les gens pouvaient boire un café et lire lorsque la saison le permettait. La librairie était entourée d'arbres dépouillés aux troncs sinistres avec leurs branches noires et gelées par le froid. La brise faisait tinter les chaînes de la pancarte suspendue à l'avancée du toit. Dans le bois on pouvait y lire une gravure : Umber Wood Books & Coffee.

Il y avait une jolie empreinte de loup sur le logo de l'affiche. La façade de la bouquinerie était vitrée et à l'intérieur, la lumière était tamisée. Je montai les marches de la véranda pour ensuite ouvrir la porte et m'engouffrer à l'intérieur. Je sentis un délicieux mélange d'odeurs de muffin, de chocolat chaud et de café. Sur ma droite, il y avait un grand comptoir avec des machines à expresso et un présentoir à pâtisseries. Un délicieux fumet de croissants tout juste sortis du four emplissait même la pièce. Une fille à la tignasse brune, coupée à la mâchoire, et aux grands yeux bleus se trouvait derrière l'une des machines à café et préparait un latté. Son oreille droite était recouverte de piercings.

Sur ma gauche, il y avait de nombreuses tables près des grandes fenêtres. Toutes, sans surprise, étaient vides.

Je continuai tout droit, suivant l'allée qui menait directement à une pièce beaucoup plus grande : la librairie. Il y avait environ six rangées de livres devant moi et un petit escalier en colimaçon menait à une mezzanine où se trouvaient d'autres bouquins.

J'avais la nette sensation qu'on m'observait. Mais cela devait être River, il m'avait avertie qu'il ne serait pas loin pendant que je serais au village.

Mais je ne voulais pas le voir, donc j'étais contente qu'il reste discret. Ce soir, j'avais besoin de me poser et de penser à ce que j'allais aborder avec ma mère durant le dîner. J'étais stressée. S'il s'avérait que j'avais de possibles dons et que notre famille cachait des secrets, je voulais le savoir. Et surtout, je voulais ces pouvoirs… Parce que River ne le savait peut-être pas, mais je n'avais pas l'intention de me cacher longtemps derrière lui pour éviter Ayzen. J'avais de plus en plus l'intention de le confronter. Même s'il passait son temps à se cacher et à me suivre furtivement, je voulais lui faire savoir que je n'avais pas peur de lui et que je n'allais pas me laisser faire. Étais-je bête ? Assurément. Je ne savais pas du tout pourquoi je raisonnais ainsi. Une jeune fille un tant soit peu intelligente fuirait. Loin. Très loin de Keeper. À la minute où j'avais vu l'étendue des pouvoirs d'Ayzen et River, j'aurais dû détaler. Mais je voulais rester. Était-ce une bonne idée de laisser River m'aider à récupérer ma mémoire ? Qu'allais-je découvrir de moi ? De mon passé ?

Je crois que River avait un peu raison en déclarant que j'étais programmée génétiquement à être attirée par le mal. Parce que même si je n'étais clairement pas la bienvenue ici, qu'on m'agressait et me menaçait, je restais et je ressentais le besoin de tous les confronter, y compris Jackson. Je voulais aller là où était le danger. Et je n'avais aucune idée du pourquoi.

Un peu plus loin, en me faufilant dans les rangées, je trouvai celle destinée au paranormal.

Je baladais ma main sur le dos des livres jusqu'à ce que mes doigts tombent sur un titre : Malicious Witches.

Un hardback noir avec un titre rouge en relief. Il était magnifique et unique en son genre. En même temps que j'ouvris la première page, les lumières du Umber Wood s'éteignirent d'un coup !

Un frisson déroutant traversa lentement mon échine. Les fins poils sur mes bras se redressèrent sous une chair de poule qui s'empara de mon corps tout entier. Une ampoule quelque part dans la pièce crépita. Le son de l'électricité parcourut les fils jusqu'au plafond, tout juste au-dessus de moi.

— Hé, oh ?

Je ne voyais absolument rien et il n'y avait plus aucun bruit provenant du coin à café, là où la fille se trouvait il y avait moins de trois minutes. Je refermai lentement le livre dans mes mains.

Bordel ! Il n'y avait pas de génératrice dans cet endroit pour les pannes de courant ?

Loin de moi l'idée de faire ma froussarde, mais j'avouerai qu'une petite peur commençait à s'immiscer au fond de moi. Je me disais que c'était probablement encore Ayzen. Cela ressemblait vraiment à ce qu'il avait fait chez moi. Je devais reprendre le dessus et surtout, ne pas avoir peur.

Je projetai la lumière de mon téléphone dans la rangée devant moi. À ce moment précis, j'aurais juré qu'un souffle avait effleuré ma nuque. Je ne voulais pas me retourner. Même si ma respiration se bloquait et que je n'osais pas bouger d'un centimètre, je gardais mon sang-froid.

Je restai figée ainsi avec mon téléphone, éclairant devant moi, durant une longue minute jusqu'à ce que les lumières reviennent à la normale. En me retournant, je vis qu'il n'y avait rien derrière moi. Peut-être qu'Ayzen était vraiment là, dehors quelque part et que River l'avait fait partir à l'instant ?

Je marchai vers l'entrée pour retrouver la fille au comptoir. Elle plaçait des cupcakes dans le présentoir comme si de rien n'était. À croire que j'étais la seule à avoir été dans le noir à l'instant. Je ne voulais pas en faire tout un plat, alors que je savais que les villageois étaient probablement habitués aux brèves pannes de courant dans le secteur.

Je rejoignis la fille près de la caisse pour payer mon livre et, tout en me fixant, elle soupira et tapa sur sa caisse enregistreuse. Cependant, avant qu'elle ne veuille m'encaisser, je demandai :

— Je vais aussi prendre un moka. S'il te plaît.

Elle fixa longuement le livre sur le comptoir, puis finit par être mal à l'aise. Cela lui prit du temps pour enfin s'activer et préparer mon breuvage. Maintenant dos à moi, à quelques reprises elle jeta un œil par-dessus son épaule. Pendant que la machine fonctionnait toute seule, la fille sortit discrètement son téléphone et pianota un message en deux temps trois mouvements. Au bout d'une longue minute, elle lança enfin :

— T'es pas du coin, toi.

— Je viens d'emménager, il y a un peu plus d'une semaine.

— Je m'appelle Mery Saul.

Elle se retourna et posa mon moka sur le comptoir.

— Madison.

— C'est pas commun de voir des gens débarquer ici. Tu viens d'où ?

— Dawson City.

— Oh, quand même, c'est pas la porte d'à côté, hein. Et la raison de ta présence ?

Elle était un peu trop curieuse.

— Héritage…

Elle releva les yeux lentement sur moi, puis me détailla avant de froncer les sourcils.

— La seule personne de morte récemment c'est le fou atteint de démence ou de schizophrénie qui vivait seul dans la réserve.

C'était de mon père qu'elle parlait ?

— Un fou ?

— Ouais, il n'allait pas bien. Chaque fois qu'on le voyait passer au village faire ses courses ou, plus particulièrement pour acheter des bouteilles d'alcool, il faisait des scènes. Il parlait tout seul, il hurlait après des gens invisibles. On disait qu'il ne dormait pas beaucoup. Son corps était mutilé, ses yeux fatigués. Il était atteint de démence, c'est sûr.

Mon cœur cessa de battre.

Avec réticence, perdue dans mes pensées, je plongeai ma main dans ma poche pour tendre ensuite un billet à Mery. Elle encaissa l'argent et m'envoya sèchement :

— Allez, bonne lecture…

Puis, elle retourna à ses cupcakes dans le présentoir.

En coinçant le livre sous mon bras et en prenant mon moka, je fis demi-tour pour aller vers une table tout près de la grande fenêtre. Je me retournais souvent vers Mery, non pour la dévisager, mais j'essayais de réfléchir à ce qu'elle venait de me dire. Je m'installai et bus une gorgée de mon breuvage brûlant. Livre sur la table, j'ouvris la première page. En voyant les innombrables symboles, je décidai de chercher mon livre à dessins dans mon sac. Avec un crayon, je commençai à reproduire les différents caractères sur une page vierge. Il y avait la triple lune, le pentagramme à cinq branches, le pentacle et bien d'autres. Sur une des pages suivantes, il y avait des sorts pour provoquer la maladie ou même la mort. Il y avait également des herbes vénéneuses à utiliser. L'une d'elles sortait du lot avec une mise en garde particulière : la fleur du magnolia. Apparemment, elle bloquait les pouvoirs d'une sorcière lorsque l'essence de cette fleur était en contact avec la peau , ingérée ou à proximité.

Il ne fallait pas que je croie tout ce qu'il y avait dans ces pages : probablement de la fiction, destinée aux adeptes de sorcellerie, et aucun sort là-dedans ne devait fonctionner. Mais c'était le genre de lecture qui me plaisait et en y repensant bien, ça ne datait pas d'hier. Tout commençait à prendre forme, maintenant.

Des rires attirèrent mon attention à travers la grande vitrine. J'eus du mal à avaler ma gorgée en voyant de qui il s'agissait. Je ne m'attendais pas à cela : Jackson, Laurel et plusieurs autres personnes qui les accompagnaient avaient décidé de camper devant le Umber Wood.

Génial…

Mery enfila les écouteurs de son iPhone et chantonna doucement tout en ne se concentrant que sur son travail. Elle retira des pains du four. Je pris aussitôt mon téléphone pour laisser un texto à ma mère :

«J'ai terminé. Tu en as encore pour longtemps?»

En fourrant le téléphone dans la poche de mon jean, je pris le risque de regarder à l'extérieur. La bande de connards dehors savait que j'étais là. Ils cherchaient tous à attirer mon attention. Jackson, lui, gardait les bras croisés sur son torse, la hanche appuyée contre le devant de sa Range Rover neuve, probablement payée par son père, le shérif. Les phares de sa caisse étaient allumés et formaient un halo bleuté. Son regard me confirmait que j'allais avoir des ennuis.

Je croyais qu'ils allaient me laisser tranquille. La dernière fois, Jackson avait dit de laisser tomber. Tout le monde semblait savoir qui j'étais, plus que moi-même. Et ils semblaient tous penser que j'étais une menace alors qu'en fait, ce n'était pas du tout mon genre de faire du mal à qui que ce fût.

— Je ferme dans cinq minutes, m'indiqua Mery en retirant un écouteur et en me pointant l'horloge qui affichait 19 h 55.

Mais bien sûr… il ne manquait plus que cela, que je sois obligée de sortir maintenant. À contrecœur, je refermai mes deux livres brusquement, les glissant sous mon bras, et pris mon moka. Il ne fallait pas avoir peur d'une bande de cons. Mis à part me menacer de partir, ils n'allaient pas faire grand-chose.

Chapitre 17

Une fois à l'extérieur, je cherchai à éviter le groupe en accélérant le pas et en les ignorant. Je longeai le mur, et n'avais qu'une idée en tête : me rendre jusqu'à l'épicerie. Or, sans crier gare, une personne me poussa dans le dos si férocement que je tombai à genoux et mains contre le sol! Mon moka se renversa partout et mes deux livres glissèrent sur la glace noire autour de moi. En me relevant et en me retournant, je vis Laurel et son regard haineux.

— Ça va pas?! C'est quoi ton problème?!

Je m'étais fait mal au genou en tombant et j'eus du mal à me pencher pour récupérer mes livres. C'est Jackson qui les ramassa avec empressement.

— Mery nous a dit que tu t'es procuré quelque chose d'intéressant. Voyons ça de plus près.

Jackson examina le hardback *Malicious Witches* et serra les dents. Je pouvais voir les muscles de sa mâchoire tiquer.

— Tiens, regarde ça et dis-moi ce que tu en penses, fit-il en lançant le livre à Laurel.

Elle l'inspecta à son tour.

Jackson ouvrit ensuite mon livre à dessins et, par réflexe, je fis un pas en avant pour le lui enlever, mais il recula vivement tout en levant les mains dans les airs.

— Han, han ! Laisse-moi voir ça !

Il commença à déchirer une feuille au hasard pour la montrer à un mec. Je comptai rapidement huit types derrière lui et trois filles, y compris Laurel. Celui qui analysa le bout de papier avait une tignasse blonde sur le dessus de son crâne et les côtés rasés. Sa longue mèche était coincée dans un élastique et formait un chignon. Il portait un sweat noir épais. Ses épaules étaient très larges, tout comme ses mains proéminentes. Il avait un regard menaçant, sans oublier sa barbe brune qui lui donnait des traits sauvages. De plus, je remarquai que son visage était barré un peu partout d'affreuses cicatrices. C'est à ce moment que je vis qu'en fait, tous les mecs devant moi étaient assez baraqués. Même les filles avaient l'air en forme et jouaient les dures. Tous sauf Laurel, qui était la plus féminine et gracieuse du lot. Son rouge à lèvres de couleur prune contrastait sous cette pénombre. Sa chevelure rousse éclatante était si parfaite qu'on aurait dit un top modèle du magazine *Playboy* prêt pour un shooting photo.

— Après ça tu essaies de nous faire croire que tu ne sais pas ce que t'es ! poursuivit Jackson, le ton hargneux. Tu joues l'innocente pour qu'on te laisse tranquille. C'est quoi tes plans pour Keeper ? Pourquoi t'es là ?! Ta famille en a assez fait !

Jackson lança mon livre à dessin. Je suivis sa chute des yeux pour m'assurer qu'il ne soit pas abîmé. Il s'étala sur la glace et de la neige en poudre décora les pages ouvertes.

Jackson se rapprocha dangereusement de mon visage et c'est d'une voix menaçante, claire et précise, qu'il signala :

— Ça empeste les ténèbres à plein nez autour de toi. Tu sais comment je le sais ?

Il huma un coup dans ma direction et ajouta :

— Les ténèbres ont une odeur de soufre, ce que tu dégages. Je vais être bien clair, Sawyer, t'as vingt-quatre heures pour disparaître. Sans quoi, au délai dépassé, on entoure ta charmante demeure dans les bois durant la nuit et on la fait brûler. De préférence, avec toi à l'intérieur. On ne fait pas de bûcher sans sorcière à flamber.

Le gang se mit à rire à l'unisson et c'était assez effrayant.

Cela dit, je ne le montrai pas. Je plissai les yeux sans jamais détourner le regard. Je le défiais. Voilà que lui aussi croyait que les Sawyer étaient des sorcières. Mes doutes s'estompaient encore plus.

Il venait de me menacer de mort. C'était ma famille les méchants ou bien eux ? Parce qu'en toute franchise, ils avaient l'air bien plus remontés et dangereux que moi.

Dans l'obscurité, je vis ses iris qui reluisaient, alors qu'il n'y avait aucune lumière ou clarté pour refléter en eux. Un grognement roula le long de sa gorge. En surveillant sa jugulaire, je pouvais voir ses veines gonfler et son pouls s'accélérer.

Je voyais du coin de l'œil Laurel me scruter et en détournant le regard pour la confronter, j'entrevis une morsure sur sa clavicule. Une morsure qui ressemblait presque à celle de la gueule d'un loup. On aurait dit qu'il lui avait arraché toute la peau. C'était assez frais, puisque la peau était rouge vif et semblait douloureuse. Laurel vit ce qui attirait mon attention et referma le pan de sa veste en jean qui tombait de son épaule. Il lui était arrivé quelque chose dernièrement. Elle semblait avoir morflé. Bien qu'elle soit toujours aussi belle et bien maquillée, ses yeux étaient cernés contrairement à la dernière fois que je l'avais vue. Est-ce qu'elle avait été attaquée par une bête ? Ou alors ces brutes devant moi l'avaient malmenée ? De plus, elle ne portait pas de manteau cette fois-ci. Elle était seulement vêtue d'une légère veste en jean et, en dessous, un haut très court noir. Elle portait aussi un jean taille basse qui ne cachait rien de sa taille de guêpe. Pourtant, elle n'avait pas du tout l'air d'avoir froid.

— Pourquoi on n'en finirait pas tout de suite avec cette

abomination ? proposa un imbécile derrière Jackson.

— Ouais, on n'a qu'à lui tordre le cou et on jette son corps dans un puits, proposa une fille que Jackson me cachait de sa haute posture dressée devant moi.

Sentant la tension qui commençait à monter en même temps que leur haine à mon égard, mon seul réflexe fut de chercher à me défendre et le plus tôt était le mieux :

— Hé ! Je ne sais pas ce que ma famille vous a fait, d'accord ?! Mais moi je ne suis pas une menace !

Même s'il était déjà tout près de moi, Jackson arriva à faire un pas de plus dans ma direction. Dans son mouvement, le bout de sa Timberland cogna ma Converse. Son haleine contre mon visage, il siffla :

— Vingt-quatre heures.

En pinçant les lèvres, je relevai la tête pour mieux le fixer dans le blanc des yeux. Je n'avais jamais aimé me faire dire quoi faire et encore moins laisser une brute me dominer en usant de la peur. Alors, d'un simple regard, je lui fis comprendre que cela n'allait pas se produire, je n'allais pas partir d'ici.

— T'es la première Sawyer à oser venir au village et même au lycée. Jamais elles ne dépassaient la limite de la réserve. Elles ont toujours vécu à l'écart des autres. En plus, elles ont toutes été tuées. Comment ça se fait que t'aies survécu ?

— À toi de me le dire, rétorquai-je, tu sembles en savoir plus sur ma propre vie que moi-même, sale con.

Il inspira bruyamment avant de venir planter son visage tout près du mien.

— Tu ne tiens pas à la vie, hein, rétorqua-t-il. Ça tombe bien, j'attends ce moment depuis que je suis petit, d'avoir ma vengeance.

— Jack… susurra Laurel, peut-être que c'est vrai qu'elle ne sait pas pour sa famille.

La seule chose que je vis franchir l'air devant moi fut le bras de Jackson et sa main qui percuta la joue de Laurel ! Le bruit sourd de la violence du coup me fit tressaillir quand je compris qu'il venait de la frapper.

— Ne va pas me dire que t'as pitié d'elle ?! Souviens-toi de ce que ma famille a subi par la faute des Sawyer. Je lui fais une fleur en lui laissant un délai, parce que sinon, elle n'aurait pas survécu un jour ici. T'es des nôtres ou pas ?!

— Oui…, balbutia faiblement Laurel.

J'étais choquée d'assister à cela. À un tel point que lorsque Jackson se tourna à nouveau vers moi, sans contrôler mes mouvements, je fus guidée par une colère qui m'obligea à réagir. De toutes mes forces, mon poing heurta brutalement son nez ! Je sentis le cartilage septal sous mes jointures suivi d'une explosion de gouttelettes de sang qui décora son visage !

À cet instant, le silence s'imposa. Jackson tapota ses lèvres pour voir que du sang coulait de ses narines. Tous les autres, derrière, me fixaient avec curiosité. Comme si j'avais été la première à oser le frapper ou à lui tenir tête. Après avoir essuyé ses doigts sur son jean, Jackson releva la tête lentement, de manière presque anormale. Quelque chose changea sur son visage. Je plissai les paupières et, intriguée, j'examinai ce qui se passait. Ses yeux se mirent à rouler lentement dans leur orbite…

Oh… bon… sang… !

Médusée, je cessai de respirer.

Voir le blanc de l'œil et les veinules rouges me fit reculer de plusieurs pas. Mes mouvements étaient lents et prudents. La mâchoire de Jackson craqueta, ses dents claquèrent ensemble et une écume s'échappa de sa bouche. Ses épaules se mirent à se déboîter et se désarticuler. Son corps entier était en transe. Les muscles dans son cou dansaient sous sa peau. Ses doigts se brisèrent les uns après les autres. Son nez se déforma suivi de son visage en entier.

Sous mes yeux, il se transformait en une bête monstrueuse. J'échappai un cri de surprise en voyant ses dents devenir démesurées ! Ses amis tentaient de le calmer et l'un d'eux chuchota quelque chose à l'oreille de Jackson et celui-ci se calma peu à peu. Mais lorsque ses yeux roulèrent dans leur orbite pour reprendre leur position, ce dernier me lorgna avec un regard de meurtrier juste avant d'échapper un rire glauque accompagné du reste de sa bande qui gloussait.

Cette fois, je cessai de réfléchir et filai à toutes jambes vers le parking de l'épicerie ! Je courais très vite en regardant plusieurs fois derrière moi pour vérifier que personne ne me suivait. Arrivée aux portes du commerce, je regardai droit devant moi sans avoir vu que je fonçais sur ma mère qui s'apprêtait à sortir ! Ses deux gros sacs en papier tombèrent au sol ! J'entendis une canne rouler contre le ciment et la glace, puis je vis qu'une bouteille de vin avait éclaté par terre.

— Madison ! s'écria-t-elle.

— Maman ! hurlai-je à plein poumon.

Essoufflée, je n'allais plus y aller par quatre chemins, je lançai brusquement :

— Je suis au courant pour tout ! Les secrets de famille, tes mensonges sur Keeper, mon père et mes gènes ! Des gens me veulent du mal pour des choses que vous avez faites !

Ma mère me fixait avec ses iris bleus pétillants d'inquiétude. Elle ne cherchait même pas à ramasser ses courses étalées autour de nous. Ses épaules se relâchèrent puis je l'entendis soupirer doucement.

— Seigneur, Madison… Par pitié, c'est… impossible que ta mémoire soit revenue…, marmonna-t-elle faiblement pour que je n'entende pas, mais j'avais compris.

Je reçus sa réponse comme une énorme gifle au visage. Ces simples mots venaient de changer ma vie en confirmant tant de choses en si peu de temps.

Chapitre 18

En entrant dans la cabane des horreurs, la tension était palpable. Ma mère n'avait pas prononcé un seul mot sur le trajet du retour. Elle était froide et soucieuse. Je l'avais aidée à récupérer ses courses devant l'épicerie. Excepté sa bouteille de vin rouge qui était fichue. Elle posa ses sacs sur le comptoir de la cuisine et s'activa à tout déballer. Elle n'avait pas retiré son écharpe, ni son manteau, ni même ses bottes qui avaient laissé égoutter de l'eau sur le parquet jusqu'à la cuisine. Dans l'entrée, j'ôtai mon sac en bandoulière, mon manteau et mes Converse. Je m'approchai d'elle lentement et la regardai faire. J'attendais qu'elle dise quelque chose. Cependant, quand elle daigna enfin ouvrir la bouche, ce ne fut pas pour parler de ce à quoi je m'attendais.

— Il est trop tard, je vais préparer quelque chose de rapide. J'ai acheté un potage au chou. On mangera ça comme entrée et j'ai pris de quoi faire des pâtes au pesto. Je te fais signe quand ce sera prêt.

Pas une seule fois elle n'avait relevé les yeux sur moi. Elle se sentait mal. Ce suspense m'angoissait, il me tuait à petit feu. Je voulais tout savoir.

Cela dit, je préférais faire tout ce qu'elle me demandait

pour éviter qu'elle ne se fâche et refuse de me parler. Alors je m'éloignais. Le seul son que l'on entendait était celui des craquements du parquet sous mes pas lorsque je me dirigeai vers l'escalier. Je grimpai là-haut et une fois dans ma chambre, en refermant derrière moi, je pris mon téléphone dans la poche de mon jean et appelai Penny. Je restai dos contre la porte et, pendant que j'attendais qu'elle répondît, je vis que ma fenêtre était ouverte. Le vent? Je m'en approchai et une fois au bord, je jetai un œil à l'extérieur, puis, je la refermai pour ensuite la verrouiller.

— Coucou Madison!

…

— Madison?

— Oh! Euh, hum… Penny, ça va? dis-je en sortant de mes songes.

— Euh ouais, ça va et toi?!

— Oui, si on veut… Dis-moi que t'arrives bientôt.

— Ouais, à ce propos, figure-toi que je serai à l'aéroport que vendredi soir prochain et chez toi que pour le week-end. Avec le boulot de ma mère, c'est un peu compliqué, elle préfère que je ne reste pas une semaine chez toi.

— Ça fait une éternité qu'on ne s'est pas vues, le week-end prochain, c'est mieux que rien.

— L'autre jour, en faisant mes recherches sur Iden Earl, je suis tombée sur une affiche qui annonce un bal traditionnel de l'hiver, qui sera vendredi soir prochain. Apparemment, d'après leur tradition, il neige toujours la première semaine de novembre et c'est comme s'ils fêtaient ce petit côté féerique. Ils sont choux ces petits villageois.

— J'ai pas vu ça, mais où tu veux en venir?

— On aurait pu y aller ensemble! Ça aurait été une occasion pour moi de voir tes nouveaux amis et ton lycée et prendre une cuite après. Bon… c'est surtout pour la cuite. Mais malheureusement, je vais arriver beaucoup trop tard à l'aéroport. Mon avion atterrit à vingt-trois heures.

— C'est pas grave, de toute façon, les bals… c'est vraiment nul ! Et j'ai aucun ami à te présenter. J'en ai pas ici.

— Ah non ? Et le petit séducteur, lui ? Tu ne vas pas me le présenter ?

— Séducteur ?

— Et bien, tu m'as parlé d'un mec l'autre jour, alors c'est clair qu'il t'a tapé dans l'œil. Donc, ce mec est un séducteur, parce que t'es assez dure à aguicher. T'es toujours froide et farouche.

— Mais pas du tout !

— Mais oui, voyons. Alors dans une semaine, tu me le présentes. Je vais te dire s'il est bien ou pas pour toi. J'ai le flair.

Je ris intérieurement. Voyons voir si elle avait assez de flair pour savoir si River n'était pas humain.

— Simon a su que j'allais te voir et il a demandé à venir, mais je lui ai dit que je verrais avec toi. Il t'a encore appelée ce week-end, il dit que tu ne décroches pas.

— Non, je ne décroche pas. Je vois bien ses messages. Comment il sait que tu viens me voir ?

— Oh euh… je ne sais pas. Quelqu'un lui en a parlé, je crois.

Je levai les yeux au ciel.

— Surtout qu'il n'y avait que toi et moi qui le savions, alors si c'est pas moi, c'est toi. T'es bête ou quoi ?

— Oui ! Non ! En fait, je lui ai dit parce que tu devrais le voir, il n'arrête pas de me harceler pour avoir de tes nouvelles. Il a changé depuis ton départ. Il est plus déprimé, plus arrogant. Il s'est même battu avec le type, tu te souviens de celui qui s'amusait toujours à lui retirer ses lunettes et à les jeter dans les toilettes du lycée. Eh bien, à la cafèt' devant tout le monde, il lui a collé un pain et a été renvoyé trois jours. Je crois vraiment qu'il a besoin d'avoir des réponses, de te parler.

— On parle vraiment de mon ex, Simon ? Le Simon

geek qui passe son temps à l'informatique pour devenir concepteur de jeux vidéo ? Simon qui ne ferait jamais de mal à personne et qui est toujours nonchalant ?

— Exact, ce Simon, maintenant dépressif. Tu es la première fille avec qui il a eu des rapports sexuels, c'est normal qu'il soit perdu, le pauvre…

Par réflexe, je baissai le téléphone et regardai autour de moi par peur que quelqu'un ait entendu, mais évidemment, ma mère n'avait pas une ouïe surnaturelle pour entendre jusqu'à ma chambre et dans le téléphone, qui plus est. Je n'étais pas… spécialement fière d'avoir connu mes premières expériences à quinze ans. Quand j'en avais parlé avec ma mère, elle n'était pas fâchée, mais déçue de moi. Elle trouvait que j'étais trop jeune. Simon était un garçon gentil et de confiance. J'étais surtout curieuse et j'en avais envie. Seulement, Simon était plus comme… mon meilleur ami. J'aurais aimé attendre d'être amoureuse avant de le faire.

Penny commença à me raconter sa vie au lycée sans moi, le fait qu'elle ne m'ait pas remplacée. À quel point le professeur d'anglais était toujours plus sexy de jour en jour et elle finit par changer de sujet et me dire qu'elle avait plusieurs théories sur ma famille et des trucs pour le week-end prochain pour voir si j'avais réellement des pouvoirs cachés. Je lui expliquai que ce soir j'allais avoir une discussion avec ma mère et que si tout se passait bien, j'aurais enfin des réponses. Je lui parlai du gang avec Jackson, Laurel et tous les autres qui me tournaient autour et me menaçaient et les étranges yeux de Jackson et les craquements d'os partout sur son corps. En revanche, je ne lui dis rien sur River, ses pouvoirs et tout le reste. Je devais éviter, tout simplement parce qu'elle m'avait dit que les métamorphes voulaient ma mort. Donc je n'allais pas lui avouer que le mec qui me plaisait bien était possiblement cette chose.

Ce n'est qu'après une conversation de plus de vingt minutes que j'entendis ma mère crier mon nom. Penny voulait absolument que je l'appelle après mon repas pour que je lui révèle tout ce que j'avais appris.

Je rompis la communication, laissai tomber mon portable sur mon lit et descendis jusqu'à la salle à manger…

Je pris ma place habituelle, celle au bout de la table, et ma mère s'installa à l'autre extrémité. Je contemplai mon potage au chou et trempai ma cuillère dedans. Je n'avais pas très faim, mon estomac était noué. C'était aussi le cas de ma mère : en la regardant, je vis qu'elle avait les yeux rivés sur la bougie au centre de la table. La minuscule flamme dansait et se reflétait dans l'ombre de ses iris.

Visiblement, elle ne savait pas comment commencer cette conversation, alors j'allai droit au but.

— Je crois que c'est le moment d'être honnête avec moi.

Elle releva les yeux de la bougie et me contempla. Puis, elle finit par hocher la tête, l'air mal à l'aise, et s'activa à prendre une cuillerée.

— Raconte-moi depuis le début…

— La vaste forêt et les montagnes font partie de la réserve, qui est un endroit sacré depuis 1692. Le village, en revanche, est accessible à tous, mais pas la forêt. J'ai emménagé au village quand j'avais dix-huit ans. Mes parents, en fait, tes grands-parents, Madison, adoraient la nature et sont tombés sous le charme de Keeper en passant par là pour les vacances de Noël en Alaska. L'année suivante, ils ont acheté une toute petite maison. Mais leur bonheur n'a pas duré, parce qu'au bout de six mois à peine, ils ont disparu. Personne ne savait ce qui leur était arrivé. La seule chose que les villageois qui avaient grandi ici m'avaient dite, c'était que tous ceux qui se risquaient à se balader dans la clairière ou les montagnes n'en ressortaient pas vivants. On soupçonnait que les meurtres en série depuis plusieurs années venaient d'une personne ou de bêtes sauvages. Des indices montraient que mes parents étaient allés faire de la raquette dans un sentier et ils n'en étaient jamais ressortis. Je voulais des réponses, je voulais partir à leur recherche. Alors j'ai emprunté ce sentier, je me suis perdue et j'ai finalement débarqué devant cette petite maison ici, après avoir maintes fois changé de direction. C'est ici que j'ai rencontré ton père, Mikeol Sawyer. Il était en train de désamorcer un piège à loups. Il avait vingt ans, il était beau, il m'a aidée à chercher dans les bois, armé d'une carabine pour nous protéger et on a beaucoup discuté. Mike, enfin… ton père avait vraiment le cœur sur la main. Ç'a été le coup de foudre, autant pour lui que pour moi. Sa famille ainsi que les Bayerish dans le manoir pas trop loin sur la réserve étaient les seuls à vivre dans la forêt. C'était dû à des droits ancestraux sur les terres.

Un frisson me parcourut l'échine. La cuillère de ma mère tremblait chaque fois qu'elle l'approchait de sa bouche.

Après avoir avalé deux ou trois cuillerées, elle reprit :

— Avec le temps, j'ai fini par comprendre, par voir et par faire semblant de ne pas voir certaines choses. Mikeol était en apparence un garçon comme tous les autres. Mais en fait, sa famille n'avait rien de bon. Cependant, quand je m'en suis rendu compte, j'étais déjà enceinte de toi. Je vivais avec lui, ici. Pas une seconde j'ai pensé à avorter. Il m'avait expliqué ce qu'il adviendrait avec les gènes des Sawyer. J'ai prié très fort pour que tu ne sois pas une fille. Non, parce que, si t'avais été un garçon, tu aurais pu vivre une vie normale. Mais quand tu es née, et que j'ai découvert que tu allais être touchée par cette malédiction, j'ai eu peur.

— Pourquoi avoir peur ? De qui dois-je avoir peur ?

Son regard s'assombrit. Un pli d'angoisse apparut sur son front.

— De toi…

— Qu'est-ce que ça veut dire ?

Elle lâcha doucement sa cuillère, posa les coudes sur la table et enlaça ses doigts tout en pinçant ses lèvres avec ses dents.

— Tu étais dangereuse.

— Étais ? Tu veux dire, avant que tu n'effaces ma mémoire.

— Ce n'est pas moi. Je n'ai aucune capacité. Ton père vivait uniquement avec sa sœur aînée, ta tante, Ludivine. C'est elle qui s'était occupée de Mikeol et qui l'avait élevé. Quand tu as eu onze ans, Ludivine a tout fait pour que tu oublies cette partie de ta vie.

— Si… si je comprends bien, elle était la seule en dehors de moi, à avoir des… pouvoirs ?

— Oui, seules les femmes Sawyer ont un don.

— Un… Un don ? Tu appelles ça un don ? Tuer des cerfs, des lièvres, des loups, jouer avec leur cœur, convoquer Satan, c'était ça ma jeunesse dans cette forêt ? Et tu appelles ça un don ?! En plus, tu as attendu que j'aie onze ans avant de fuir cet endroit avec moi ?!

— Madison, ne m'en veux pas…

— Pourquoi Ludivine m'a effacé la mémoire et bloqué mes facultés ?!

— Durant des années, la paix a duré entre les deux familles sur la réserve. Parfois, un conflit éclatait. Tout le monde s'entretuait jusqu'à ce qu'une autre paix soit déclarée pour préserver les générations à venir. Il n'y avait pas eu de guerre depuis plus de cent ans. Ton père n'avait connu que l'harmonie entre les Sawyer et les Bayerish. Mais un jour, tout ça a pris fin. Les Bayerish menaçaient ta vie, parce que tu étais très différente, trop… puissante et que la mère des fils Bayerish te détestait, mais d'une haine meurtrière. Tu étais jeune, alors ils ont voulu s'en prendre à toi avant que tu maîtrises tous tes pouvoirs. Dès ta naissance, cette famille t'a détestée. On t'a enlevée durant la nuit. Ludivine, ton père et moi, on t'a retrouvée inconsciente huit jours plus tard, dans la cave du manoir. Quelqu'un là-bas t'avait aspergée d'essence de magnolia : une fleur qui neutralise les facultés des Sawyer. Tu ne pouvais pas te défendre ni fuir le manoir. Quand Ludivine t'a sortie de là, elle m'a demandé de partir loin d'ici avec toi et elle t'a immédiatement effacé la mémoire. Visiblement, elle savait des choses que j'ignorais... J'ai jamais su ce que les Bayerish avaient fait de toi dans cette cave, mais ils voulaient ta mort. Ludivine ne voulait pas tout me dire. Elle et ton père nous ont ordonné de ne pas revenir ici. Si un jour tel était le cas, ce serait parce que tous les métamorphes auraient péri. Pour ce qu'ils comptaient faire de toi, Ludivine voulait tous les tuer. Ils étaient plus nombreux que nous. Quatre jours après notre départ, j'ai reçu un mot de ton père qui disait que Ludivine avait été tuée, pendue et brûlée, et qu'il allait se battre pour qu'un jour, on puisse revenir. Je n'ai jamais eu de nouvelles après ça. Il était complètement seul avec aucun pouvoir. J'ai cru qu'il était mort. Et...

La voix de ma mère trembla et je vis ses yeux devenir vitreux.

— Et... j'ai cru bon de t'offrir une autre vie. De ne plus penser à Mikeol. Ça m'a pris des années pour que la douleur commence à diminuer. Quand j'ai eu l'acte de notaire, qui disait qu'il voulait que tu reviennes à Keeper et que tu prennes la maison familiale des Sawyer, je me suis dit qu'il avait enfin réussi. Il avait tenu sa promesse, tous les Bayerish étaient enfin morts. Mais pourquoi se suicider par la suite ?! Ça, je ne le comprends pas, et je ne l'accepte pas... Excuse-moi une minute.

Ma mère recula sa chaise et essuya les deux larmes qui roulaient sur ses joues avant d'aller s'enfermer dans sa chambre.

Chapitre 19

J'ouvrais les paupières, le lendemain matin, couchée dans mon lit. J'avais entendu ce fichu corbeau se percher au rebord de ma fenêtre au beau milieu de la nuit, mais trop lâche pour le chasser et trop la flemme pour aller refermer cette fenêtre qui était toujours ouverte, même quand je la verrouillais.

Cela dit, cela faisait deux nuits que je n'avais pas fait de cauchemars. La nuit dernière, avec la présence de River, tout s'était bien passé, et cette nuit aussi. Mais quelque chose m'échappait : si River me protégeait, pourquoi il avait laissé Ayzen faire de mes nuits un enfer durant une semaine ? Peut-être qu'il ne savait pas que son frère rentrait dans mes rêves ? Et dès qu'il l'avait su, il m'avait donné un somnifère et il était resté près de moi la nuit ?

Malgré les révélations de ma mère, je me sentais… bien. Comme si un énorme poids venait de se retirer de mes épaules. J'étais la fille de Mikeol Sawyer, et j'apprenais un peu plus à le connaître à travers les jours ici. Ma mère faisait-elle le bon choix en vendant ce lieu pour m'offrir des études ? Évidemment, c'était une décision réfléchie et la meilleure pour mon avenir. Mais qu'arriverait-il si… moi je ne voulais plus vendre ? Si je ne voulais plus partir ? Il y avait encore des réponses pour moi ici. Mon histoire était dans ces lieux. J'étais la dernière Sawyer à pouvoir garder ces terres. Soit, à dix-huit, je retournais à Dawson faire des études, vivre une vie respectable tout en travaillant dans un hôpital comme ma mère, soit je restais ici pour conserver mon héritage et être réellement moi… Je me voyais parfaitement écrire des tas de romans dans un lieu comme celui-ci et dessiner à plus d'heures. Si je trouvais une façon de vérifier si j'avais vraiment des pouvoirs, jamais plus je ne voudrais retourner à une vie normale à Dawson. De plus, je voulais découvrir cette admiration pour Satan que ma famille semblait chérir. Enfin, ma famille paternelle. Je voulais tout savoir. Connaître chacune des légendes de Keeper. Sans oublier que je voulais tout découvrir sur Jackson… ainsi que son gang… particulier.

Mais avant, il y avait une chose qui m'intriguait plus que tout : le manoir. Je voulais aller sur les lieux. Je comprenais pourquoi je ressentais de l'angoisse quand je passais devant et qu'il semblait y avoir eu des événements malheureux. Je n'avais absolument aucun souvenir d'y être déjà allée, et précisément que l'on m'y ait retrouvée à la cave.

Un frisson de dégoût me traversa le corps.

Ne pas savoir était la chose la plus horrible qu'on puisse ressentir. J'essayais d'imaginer ce qu'on avait bien pu me faire. Les Bayerish voulaient ma mort, mais pourquoi ne m'avaient-ils pas tuée durant tous ces jours où j'avais disparu ? Que s'était-il passé ?

Je ne savais pas encore ce que j'allais trouver, mais il fallait que j'aille sur les lieux. Nos ennemis les métamorphes avaient vécu là et quelque chose me disait que je pouvais y trouver des réponses. Peut-être qu'en entrant et en allant à la cave, cela m'aiderait à retrouver un peu la mémoire ? Je préférais tenter de voir des souvenirs peut-être me ramener la mémoire que de passer par les mains de River et qu'il m'insère de l'acétone dans le crâne. D'ailleurs, encore aujourd'hui, j'étais certaine qu'il m'avait menti. Il me faisait marcher. C'était sûr. Sinon c'était du pur délire.

Après avoir pris une douche et m'être habillée, je descendis. Il y avait quelque chose d'inhabituel. Normalement, ma mère bossait de nuit, rentrait à l'aube et allait se coucher quelques heures pour reprendre des forces, et ce, sans jamais laisser la maison sale. Ce qui était justement étrange, puisqu'en marchant dans la cuisine, je vis que rien n'était rangé. La casserole de la veille – toujours pleine – traînait sur le comptoir. Son assiette sur la table n'avait pas bougé. Je décidai donc de ramasser vite fait et de nettoyer les comptoirs. Même quelques courses de la veille; le lait, les légumes, le fromage traînaient encore à côté de l'évier. Cela ne lui ressemblait pas. On aurait dit qu'elle n'avait pas été bosser. Qu'après m'avoir parlé durant le repas et s'être enfermée dans sa chambre, elle n'en était jamais ressortie.

Inquiète, je fronçai les sourcils tout en me dirigeant vers sa chambre d'un pas rapide.

Je poussai doucement la porte qui grinça et vis ma mère ronfler. Bonne nouvelle, elle est bien en vie. La moins bonne nouvelle était qu'un flacon de pilules reposait sur sa table de chevet et qu'une bouteille de vin vide traînait sur la moquette. Elle n'avait pas l'uniforme d'infirmière, mais bien les vêtements de la veille. Ce qui me confirmait qu'elle n'avait pas été bosser…

— Oh non, maman…, susurrai-je.

J'espérais qu'elle ne cherche pas à se punir ou à fuir sa vie de cette manière. Elle m'avait souvent fait le coup, mais cela ne durait jamais bien longtemps. Je ne pouvais pas lui en vouloir, seulement… quand elle se mettait à boire et à prendre des somnifères, elle ne bossait plus durant des semaines. Et son boulot était assez récent ici, elle ne pouvait risquer de le perdre. On ne pouvait pas se permettre de ne plus avoir de revenu.

Je retournai dans la cuisine, remplis un grand verre d'eau à même le robinet, puis retournai dans sa chambre. Je le déposai sur la table de chevet, pris son flacon de médoc où il en restait et le fourrai dans la poche de mon jean. Je tournai ma mère sur le côté, pour éviter que si elle gerbe, elle s'étouffe. J'enlevai doucement une mèche humide de son visage et en pliant les genoux pour être à sa hauteur, je lui lançai quelque chose que j'aurais dû lui dire la veille :

— Tu fais tant de choses pour moi et je n'ai jamais pris le temps de te remercier. Je suis désolée… Je comprends mieux maintenant. Tu aimais Mikeol et tu l'as perdu. Peut-être même que tu l'aimes encore et qu'il te manque, ça se voit… Revenir ici, c'est dur pour toi. Je ne t'en voudrai jamais pour tout ce que tu m'as caché. Jamais. Tu as toujours fait ce qui était le mieux pour nous. Mais je t'en prie, prends soin de toi. J'ai encore besoin de toi, moi. Ne rechute pas, s'il te plaît…

Je me penchai et laissai un baiser sur son front. Évidemment, elle n'avait probablement rien entendu de ce que je lui avais marmonné, mais je sentais le besoin de lui dire maintenant, dans l'espoir qu'elle m'entendît.

***

Une fois à l'extérieur, je ne vis aucune neige, aucun givre, rien. Le soleil réchauffait la clairière même si la température était sous la barre du zéro degré. J'avais enfilé mon manteau, un bonnet, mon sac en bandoulière, des gants et mes fidèles Converse. Je marchais en direction du manoir abandonné et, tout en regardant souvent autour et derrière moi, je souhaitais que River ne surgisse pas. S'il était un métamorphe, j'allais sans doute dans son ancien manoir trouver des réponses. Il avait aussi sans doute été témoin de ce que sa famille m'avait fait… Par contre, je me demandais où il vivait maintenant… C'était un vrai mystère.

Au bout d'un petit moment, je me rapprochai de ce fameux manoir. Grand, plusieurs fenêtres, quelques-unes brisées, calfeutrées par des planches pour en masquer l'ouverture. Les portes et les auvents noirs contrastaient avec la devanture blanche. L'angoisse revenait. Mon cœur palpitait un peu plus fort à chaque pas que je faisais pour m'en approcher. Les vignes grimpantes recouvraient des parties de la façade. Les mauvaises herbes étaient hautes sur le terrain et tout autour de la propriété. Je me faufilai à travers pour me frayer un chemin jusqu'à l'immense porte d'entrée. Le heurtoir était de travers. La structure du manoir était en piètre état. Le bois rongé par les termites semblait s'être effondré à un endroit précis, ce qui laissait la pluie et la neige tomber à l'intérieur dans certaines pièces. Je voulus ouvrir la porte, mais celle-ci était coincée ou verrouillée. Alors je commençai à faire le tour de l'endroit. Je longeai les murs extérieurs et en allant sur le côté de la propriété, j'en profitai pour jeter un œil furtif à l'intérieur. La vitre était poussiéreuse, je devais plisser des paupières pour bien voir. C'était une horreur, les tapis hideux, les murs défoncés, des débris partout au sol et un piano à queue qui se trouvait dans un coin sombre du séjour. Je continuai jusqu'à l'arrière, où je trouvai une porte fissurée. Elle était bloquée également, mais comme elle ne tenait presque plus, je donnai un bon coup de pied de toutes mes forces et le bois céda aussitôt.

Sous mes yeux se trouvait un couloir qui, une fois emprunté, menait dans une ancienne cuisine. Les armoires arrachées encombraient la pièce. Le four, défoncé, le frigo n'avait plus de porte. En continuant de suivre le couloir, j'arrivai au séjour où il y avait le piano à queue. Il manquait des touches. Ici, je pouvais entrevoir les rayons du soleil par le toit qui était défoncé. Des bris de toiture jonchaient le sol qui était décoré d'un hideux tapis rouge. Le manoir avait une allure des années 1690 et 1700. Je ne pouvais pas le nier, jadis, cette demeure avait assurément été majestueuse.

En me dirigeant vers le grand escalier, digne d'un palais, je stoppai. J'avais peur d'aller faire un tour en haut sans savoir si les marches allaient céder sous mon poids. Il semblait y avoir eu beaucoup d'eau et d'humidité. J'agrippai fermement la rampe branlante et mis le pied sur la première marche. Pas de craquement, rien.

Je montai lentement et prudemment.

Une fois là-haut, j'inspectai les pièces en poussant sur chacune des portes. Il y en avait des tas. Mais rien d'intéressant : salle de bain, bureau, salle de rangement, chambre principale avec du sang séché sur les murs…

Et merde…

En voyant cela, je n'avais qu'une envie : sortir au plus vite. Même si je n'avais pas encore inspecté la cave, je ne me sentais pas bien. L'endroit m'oppressait de minute en minute. L'air était chargé d'humidité et de moisissure. Je ressentais de mauvaises énergies ici. Nul doute qu'il s'était passé des choses dans cet endroit, plus atroces les unes que les autres. Il y avait eu des meurtres, je pouvais le certifier. Comment ? Je ne savais pas, mais je le ressentais simplement en posant une main sur le mur.

Avant de redescendre, je fus attirée par une pièce tout au fond du couloir. Une brise passa sous la fente de la porte et fit glisser une feuille morte. Je n'avais pas envie d'aller voir, cela dit j'étais là pour motiver ma mémoire à surgir. Il suffisait que je voie un seul truc qui me rappellerait être venue ici, alors cela en aurait valu la peine.

Une fois devant la porte qui était à peine entrouverte, je donnai un petit coup de pied dans le bas pour l'ouvrir. De l'autre côté se trouvait une chambre avec une fenêtre grande ouverte, d'où venait la brise. Les murs étaient rouges, le sol recouvert d'une vieille moquette marron. Deux énormes lits munis de couette noire se trouvaient là. Le plus inquiétant était que sur un des lits, se trouvait un bouquin. Les pages remuaient au gré du vent. Chaque fois que la brise soufflait, une page se tournait. Et c'est en me rapprochant que je constatai qu'il s'agissait… de mon livre à dessin…

— Comment c'est possible ? susurrai-je, estomaquée.

Je m'en emparai et examinai chacune des pages. Tout y était, sauf la feuille que Jackson avait déchirée la veille. Si c'était une mauvaise blague, je ne la trouvais vraiment pas drôle ! Quelqu'un était venu ici. Jackson ? Laurel ? Un membre de leur clan ? Ce serait bizarre. La dernière fois que j'avais vu mon livre, Jackson l'avait lancé à bout de bras et celui-ci s'était échoué près de la route principale.

Je mis le livre dans mon sac et c'est avec une nouvelle préoccupation que je sortis de la pièce. Il y avait tellement de choses bizarres et difficilement explicables. Je ne voulais plus rester ici. On se fichait de moi. Ou alors quelqu'un voulait que je vinsse dans le manoir et je n'avais pas spécialement envie de savoir qui. Peut-être qu'on me tendait un piège.

En accélérant le pas un peu trop vite dans le grand escalier, la dernière marche céda ! Ma cheville resta coincée dans la fente et je dus tirer plusieurs fois pour me libérer. J'étais près de l'entrée principale, mais comme la porte était bloquée, je devais ressortir par-derrière. Mais en relevant les yeux vers le séjour, quelque chose attira mon attention. Je n'avais pas vu sous cet angle le grand portrait au-dessus de la cheminée. C'était celui d'une femme à la longue chevelure foncée et ondulée. Un portrait qui ressemblait à celui que les peintres créaient à une certaine époque. Elle avait les épaules droites, le dos raide, un regard fade, sans sourire, et des iris foncés remplis de sévérité. Était-ce la femme dont ma mère avait parlé ? La mère de famille qui me détestait depuis le jour où j'étais née ?

En me rapprochant, je vis une écriture minuscule :

« Marissa Marshall, épouse d'Antony Bayerish et mère de… »

Je ne voyais pas les noms à côté de mère, ils étaient arrachés sur la toile. Mais il semblait y avoir eu deux noms d'après l'emplacement manquant.

Bon sang… si River et Ayzen étaient deux métamorphes

et vivaient ici, dans la famille Bayerish, alors cette femme… celle qui souhaitait ma mort, était la mère de…

Soudain, j'entendis un bruit de craquement qui provenait d'une porte loin derrière moi.

Intriguée, j'allai voir.

C'était une énorme porte noire en métal, et lorsque je tirai dessus pour jeter un œil derrière, je vis un escalier.

C'était la fameuse cave…

J'y étais. Je n'étais pas certaine de vouloir y aller. Il faisait sombre. Je n'y voyais rien. Mais je pris mon courage à deux mains et si je voulais vite en ressortir, il fallait vite y jeter un œil. En descendant doucement, une odeur fétide flotta dans l'air.

Une fois tout en bas, une fenêtre à moitié obstruée laissait entrer une légère clarté, cependant, pas assez pour que je visse la pièce. Je resserrai mon sac en bandoulière et en profitai pour sortir mon téléphone afin de mettre un peu de lumière devant moi.

— Oh, bah ça alors…, commentai-je en entrouvrant la bouche. Tout ce qu'il y a de plus normal ici. Non d'un chien… Riv…

Je mis une main sur ma bouche. J'avais envie de prononcer le nom de River en lui demandant quel était le putain de problème de sa famille ! Mais si j'échappais son nom, haut et fort, il allait apparaître. Je ne savais pas encore comment il m'entendait et où il était en ce moment, mais juste imaginer qu'il surgisse de nulle part après que j'eus appelé, pendant que j'étais ici dans cette pièce, aurait été suffisant pour me faire faire une crise cardiaque. Mais avant, je me serais uriné dessus. Alors il fallait que je me retienne de dire son nom.

J'étais encerclée d'étagères pestilentielles aux multiples odeurs nauséabondes. En me rapprochant de l'une d'elles avec la lumière de mon téléphone, je vis des centaines de récipients en verre. Il y avait des tas de choses répugnantes à l'intérieur : des grenouilles baignant dans un liquide ressemblant à du formol, de vieux organes vitaux, d'animaux je dirais, à première vue. Comme ce cœur trop petit pour être humain.

Ouf, c'était déjà rassurant.

Il y avait également des globes oculaires, des herbes et surtout des algues, beaucoup d'algues. La tête d'un loup reposait sur une étagère, du sang avait coulé jusqu'au sol. C'était une vraie…

En parcourant les autres étagères de bocaux, mon pied heurta quelque chose par terre. Ma lumière éclaira l'objet. C'était un vase différent des autres, il n'était pas en verre, mais en cuir ou du moins, d'une drôle de texture qui s'y apparentait. Je déposai mon téléphone sur une étagère pour m'éclairer le temps que j'ouvre celui-ci.

Je n'y arrivais pas. En retournant le pot, je vis une inscription «CENDRES de protection. À utiliser contre un être malveillant. Délimiter un endroit qu'il ne pourra pas franchir».

Aussitôt, je pensai à Jackson et son clan. Ces cendres pourraient m'être utiles pour les empêcher d'approcher ma maison… Il était assez débile pour se pointer réellement autour de chez moi ce soir. Je planquai sans attendre ce vase dans mon sac et en reprenant mon téléphone, je cherchai s'il n'y avait pas d'autres trucs qui puissent m'être utiles. Comment un manoir de métamorphes pouvait posséder un repère contenant des objets de sorcellerie? Encore un mystère qui m'embrouillait la tête. De plus, il n'y avait rien qui me rappelait avoir été ici par le passé.

Soudain, j'entendis le tonnerre gronder doucement et une pluie s'abattre à l'étage du dessus, là où le toit du manoir était effondré. Je n'aimais pas du tout les bruits qui surgissaient d'un peu partout à présent. Les auvents à l'extérieur frappaient contre la devanture à cause du vent et le bois de la charpente craquait sous les intempéries. On ne pouvait pas avoir une seule journée entière avec du soleil. Impossible.

Je n'avais plus du tout envie de rester une minute de plus

ici.

En remontant là-haut, je repris le même chemin que j'avais emprunté. Je longeai le couloir jusqu'à la porte arrière et la poussai ensuite. Une fois à l'extérieur, sous la pluie, je restai de marbre. Un parfum m'attira. Et celui-ci me rappelait River. C'était son parfum. Ce que je ne comprenais pas, c'était pourquoi son odeur se concentrait autour de moi. Hésitante, je me retournai, et je fus surprise de voir cet arbre de magnolia, arborer ses magnifiques fleurs blanches, sous la pluie. Ce n'était pas un arbre qui avait poussé par hasard. Non, quelqu'un l'avait planté là, jadis. Et il fleurissait de manière plutôt surnaturel. Autrement, les conditions météorologiques ne lui permettait pas de fleurir. Je venais même à me demander si cette arbre n'avait pas eu un quelconque sort pour qu'il ne meurt jamais.

Je me rapprochai, un peu plus, pour voir que des fleurs avaient été arrachés ou coupés. Je voulais comprendre qui venait ici pour utiliser du magnolia. Il n'y avait que River qui passait sur la réserve. Il revenait parfois au manoir ?

Tout à coup, je compris aussitôt que mon livre à dessin qui était sur un lit à l'étage, probablement l'ancien lit de River, avait été récupéré par lui… Alors il était là aussi quand j'avais eu l'altercation avec Jackson ? Pourquoi il ne m'avait pas rendu ce livre ?

En m'éloignant de l'arbre pour revenir chez moi, je découvris des traces de pas qui n'étaient pas les miennes, mais plutôt celles d'un homme, d'après la taille.

En relevant les yeux et en tournant le coin du manoir, je le vis… lui et son sourire diabolique au visage.

Ayzen…

Chapitre 20

Il avait des fossettes et un sourire enjôleur. Des cheveux en bataille brun vénitien, pas dorés ou châtains comme la dernière fois. La pluie les rendait plus obscurs. Il avait de superbes yeux bleus perçants. Grand, svelte, un t-shirt noir malgré le froid de novembre et un jean. Il était incroyablement beau, même si c'était un connard.

Je le contemplai avec prudence et mépris. Mon cœur battait à cent mille à l'heure. Mon pouls faisait des siennes et ma tête hurlait de prendre mes jambes à mon cou. Mais je restais là, à le fusiller du regard.

— Je dois dire que… maintenant que je suis tout près de toi, je confirme que River ne mentait pas, c'est vrai que t'es à croquer, fit-il tout en me détaillant de bas en haut. La petite Sawyer a bien grandi… Et elle est devenue une magnifique femme à ce que je vois.

Chaque seconde qui passait, j'avais l'impression qu'il était toujours plus près. Un simple cillement et il était plus près de quelques millimètres encore. Pourtant, je ne le voyais pas bouger.

Il tourna la tête en direction du manoir. Tout en l'examinant avec un air inquisiteur, il finit par ajouter :

— Pourquoi je te trouve ici ? Qu'est-ce que tu es venue faire ? Oh… serait-ce parce que tu cherches des réponses ? C'est vrai alors que ta mémoire fait défaut ? Ça veut dire que tu ne me reconnais pas, malgré que j'aie grandi… Et si je te faisais visiter moi-même les lieux ?

Je fronçai un peu plus les sourcils. À l'instant où il bougea juste un peu, je me préparai à prendre la fuite.

— On a qu'à revenir dans le temps et je te montre des souvenirs. Il suffit que je te les projette.

— N'entre pas dans ma tête ! Ne me montre rien ! dis-je avec hargne.

Trop tard ! Le décor tout autour de moi dégringola violemment telle une peinture qui dégoulinait pour laisser apparaître un nouveau paysage. Comment il arrivait à faire cela ?!

On était soudainement la nuit et il ne pleuvait pas. Le ciel était rempli d'étoiles, la lune scintillait dans le jardin du manoir. Ayzen était toujours là, mais c'était un ado d'environ treize ou quatorze ans. Il était agenouillé devant un loup à la fourrure blanche. La bête, étendue contre l'herbe, semblait morte. En me rapprochant d'un peu plus près, pour voir ce qu'Ayzen faisait à l'animal, je découvris avec horreur ses mains plongées dans l'abdomen du loup. Du sang jaillissait sur ses avant-bras. Il tira sauvagement et j'entendis le bruit d'un os se briser. La seconde suivante Ayzen sortait le cœur de la bête entre ses mains.

Je portai une main contre ma bouche pour éviter de vomir en voyant qu'il en prenait une bouchée ! Ayzen dévorait ce cœur avec avidité ! Pourquoi il me montrait cela ?!

Je détournai les yeux pour ne plus voir cette abomination.

En me retournant, je fis face au manoir qui était complètement différent. Il était beau, majestueux et les arbres étaient magnifiques et les haies bien taillées. Il y avait de la lumière qui émanait des fenêtres. Je jetai un coup d'œil à travers l'une d'elles, et cette femme apparut dans la cuisine, celle du portrait, Marissa Marshall. Elle semblait ordonner à une femme de finir de préparer le dîner. Elle avait l'air stricte et méchante. Ses cheveux parfaitement coiffés et bouclés, sa posture droite et rigide, sa robe sobre et vert sauge de style tailleur lui donnaient un style militaire. Elle avait une délicate et petite ceinture noire à sa taille qui affinait sa robe.

Soudain, un garçon sortit du manoir et passa tout près d'Ayzen. Âgé d'environ douze ans, il s'agissait sans aucun doute de River. La même tignasse sombre et ce même regard ténébreux. Cela dit, il était amaigri et sa santé déclinait dangereusement, il avait l'air faible.

— Tu en veux ? fit Ayzen en mastiquant sa nourriture et en tendant la moitié du cœur vers son frère.

— Non, garde-le. J'ai pas faim.

— T'as pas faim ?! River, arrête de te laisser mourir de faim. Tu dois manger.

— J'en veux pas je te dis, arrête !

— Que tu le veuilles ou non, depuis ta naissance, t'es un métamorphe. La seule chose que tu peux avaler, c'est des cœurs. Tu ne pourras pas renier ce que tu es toute ta vie ! Tu te détestes juste parce que maman déteste ce qu'on est. Et elle ne veut pas nous nourrir. Tout ce que je chasse je le partage avec toi. Tu as mangé quoi depuis deux semaines ? Deux cœurs de lièvre ? C'est pas assez ! Le cœur d'un lycanthrope peut te garder rassasié durant des jours. Allez, prends !

— Ça provient d'un humain. Je ne peux pas.

River entendit du bruit provenant de quelque part dans les bois. Ayzen soupira, sachant déjà de quoi il en retournait.

— C'est ça, va voir Madison, pour qu'elle te donne des cœurs de lièvre en les tuant sans douleur pour soulager ta conscience !

Je fronçai les sourcils. Curieuse, je suivis River qui marchait dans la forêt, tout en restant discret. Il s'arrêta après un moment et se cacha derrière un arbre pour observer… pour m'observer, moi.

Oh mon dieu! C'était moi, gamine! Je devais avoir onze ans. Je marchais dans un sentier avec un livre à dessin dans les mains et je marmonnais des trucs, un peu comme si je répétais un discours.

C'était assez stupéfiant d'être tout juste à côté de River dans cette illusion alors que c'était un ado et qu'il était en train de m'espionner à cette époque, tout en restant caché derrière un arbre. De plus, la manière dont il me fixait révélait tellement de choses… J'avais l'air d'être… tout pour lui. Il était triste, comme s'il voulait venir me voir, mais qu'il hésitait. Mais cela ne durera pas longtemps. Sans que je m'y attende, les os de River se contractèrent, craquèrent violemment, et puis soudain, il disparut! Tout ce que je vis était un corbeau qui volait entre les arbres pour aller rejoindre la jeune fille qui était moi et qui s'éloignait.

River n'eut pas le temps de rejoindre la fille dans le sentier, car un cri horrifiant lui redonna immédiatement son apparence humaine! Il s'était retransformé si vite que le choc lui fut brutal, son dos avait heurté un arbre et il jura de douleur. C'était la voix de Marissa. River semblait effrayé, et il se mit à courir vers le manoir comme si sa vie en dépendait. Je regardais une dernière fois la petite fille que j'étais, qui n'avait même pas remarqué que River s'en venait la rejoindre sous la forme d'un corbeau.

Soudain, je repensai à ma fenêtre de chambre toujours ouverte, la plume noire, le corbeau la nuit et celui qui me suivait dans les bois depuis mon arrivée.

C'était lui…

— Saleté de bâtard! cracha Marissa en agrippant River par le coude et en le tirant à l'intérieur.

D'emblée, je les rejoignis pour voir ce qui se passait! Ayzen, toujours dans le jardin, regarda la scène en étant anxieux, comme s'il savait ce qui allait se passer. Son visage était couvert de sang, tout comme son pull blanc.

Je suivis cette femme et River jusqu'à l'intérieur du

manoir, là où elle le poussa au sol et le gamin trébucha.

— Encore en train d'épier cette Madison ! Je te l'avais interdit ! Monte !

River obéit aussitôt sans discuter. Il monta les marches rapidement jusqu'en haut, suivi de sa mère et moi. À l'étage, il fila directement dans une pièce, celle où j'avais trouvé mon livre plus tôt. C'était sa chambre…

En les suivant jusque dans la pièce, je manquai de m'étouffer ! La fenêtre était placardée avec plusieurs planches de bois. Il faisait sombre.

J'observais Marissa et les horreurs qui s'en suivaient… Une chaîne était soudée dans le sol, là où elle attacha la cheville de River. Il était si maigre, si triste, si… j'étais sans mot. Les larmes me montèrent aussitôt aux yeux. Ma gorge était serrée.

— Tu crois que je ne sais pas que tu t'es transformé dans la forêt ?! Et ça, pour elle ! Pour l'épier comme un sale pervers ! T'as pas le droit de te transformer, je te l'ai toujours interdit ! J'aurais dû vous noyer quand vous étiez petits, toi et ton frère ! Et cette petite sataniste de Madison n'en a rien à faire d'un bâtard comme toi ! On ne fricote pas avec l'ennemi ! Tu vois ce que je dois faire, encore ?! T'attacher comme un animal ! Parce que c'est ce que t'es !

Sans que je l'aie vu venir, Marissa avait défait sa ceinture et en comprenant ce qui allait suivre, je sortis immédiatement de la chambre, incapable de regarder cette scène une minute de plus.

Dès que je posai le pied hors de la pièce, le décor changea brutalement, comme si Ayzen voulait me montrer une autre journée…

À présent, on était un autre jour. C'était le matin. Je descendis d'un pas pressé jusqu'en bas, là où je vis une servante occupée à sortir des croissants du four. Elle avait les traits de Marissa, je pensais bien que cette bonniche était possiblement sa sœur. Marissa était assise à la table à siroter un thé tout en s'indignant de propos haineux :

— Monia, va me chercher les garçons.

Elle s'exécuta aussitôt et partit à l'étage, j'entendais ses pas dans l'escalier et dans le couloir au-dessus de moi. Pendant ce temps, Marissa se leva et alla prendre une bouchée d'un des croissants. Je m'approchai d'elle et l'observai avec mépris. J'aurais presque pu la toucher et j'avais envie qu'elle voie que j'étais là et que je la fixais droit dans les yeux…

Mais elle ne me voyait pas et même qu'elle fonça dans ma direction et passa à travers moi comme si elle n'était qu'une brume. Elle se plaça près de la table, essuya le coin de sa bouche et regarda Monia descendre avec River et Ayzen.

Mon cœur se brisa en deux. River était encore plus mal en point que dans l'autre vision que m'avait montrée Ayzen.

Monia avait un réflexe de protection envers ses neveux. Elle les tenait près d'elle et s'arrêtait à une bonne distance sans trop approcher de sa sœur. Je crois que Monia avait aussi des enfants, puisque j'entrevoyais trois jeunes enfants dans le séjour qui regardaient la télévision et un bébé dans les bras de l'un d'eux. Ils ressemblaient beaucoup à Monia. Ce n'était pas des métamorphes, de toute évidence, ils ne semblaient pas être traités comme des bêtes comme Ayzen et River.

— Si les Sawyer vous demandent où est passée Madison, vous leur répondrez que vous ne savez pas et que vous ne l'avez pas vue depuis des jours.

— Tu l'as finalement enlevée ? demanda Ayzen.

— La nuit dernière, oui. Et comme elle va bientôt se réveiller après le somnifère que je lui ai injecté, ce sera à River de l'asperger d'essence de magnolia pour l'affaiblir et s'assurer qu'elle n'opère pas de magie ici. Je sais que vous vous voyez en cachette depuis très longtemps et qu'elle t'aime bien. On sait tous qu'elle serait incapable de s'en prendre à toi. Alors que si c'est moi qui y vais, elle va m'attaquer.

River secoua la tête, ne voulant pas y aller. Ses yeux

étaient cernés et tristes.

— Tu iras. Si tu ne m'obéis pas, tu retourneras dans ta chambre, sans voir la lumière du jour, ni demain ni après-demain, jusqu'à ce que tu fasses ce que je te dis. Tu es au courant qu'elle peut faire brûler le manoir si on ne l'affaiblit pas avec du magnolia?

— Oui.

— Bien. Alors vas-y…

Dès que River alla dans le jardin pour utiliser un puits et un seau pour récolter l'eau qui contenait des pétales à l'intérieur, Marissa en profita pour murmurer quelque chose à son autre fils :

— Trouve-moi quatre kilos d'acide pour dissoudre le corps de Madison une fois que j'en aurai terminé avec elle.

Ayzen hocha vite la tête et disparut dans le jardin, courant vers une vieille grange. Bien que sa mère le maltraite, il semblait néanmoins lui obéir. Il tenait à la vie.

— Marissa, Antony Bayerish n'aurait jamais voulu que tu…

— Et toi, Monia, la coupa Marissa en serrant les dents, ne te mêle pas de ça! Mon mari est mort. Il n'a plus rien à dire. C'est à cause de lui que j'ai des enfants bâtards, mi-humains, mi-métamorphes! Et il n'est pas question que je partage mes terres qui me reviennent de droit avec celles des Sawyer. Les terres ont été léguées à Antony, mon mari, quand il est devenu maire de Keeper. Aujourd'hui, elles me reviennent entièrement. Et je ne veux pas de Sawyer! J'élimine Madison et Ludivine.

— Madison n'est qu'une enfant, Marissa.

— Une enfant qui est en voie de devenir puissante au point de pouvoir nous détruire si un jour elle le souhaite. En plus, elle va à l'encontre de mes valeurs! Elle nourrit River! Elle lui trouve des cœurs de cerf! Elle le maintient en vie! Elle l'encourage à se transformer alors que je l'interdis à mon fils!

— Il aime bien Madison. Elle lui donne goût à la vie. Elle est tellement gentille. River veut se laisser mourir de faim et elle le sauve. Toi, tu laisserais ton fils mourir.

— Mes fils auraient dû mourir dès la naissance, Monia ! Mais si je tue Madison, River n'aura plus de raison de vivre.

Marissa éclata de rire.

— Nous ne sommes pas en 1692, sœurette. Les Sawyer sont bons avec nous. Madison n'est pas du tout une menace pour notre famille. Laisse ton fils la fréquenter.

— Regarde les tombes dans le cimetière ! Chaque mort a été causée par une Sawyer !

— C'est le passé et c'était il y a si longtemps. Tu es simplement jalouse de la petite. Depuis qu'elle est née et qu'on a tous découvert qu'elle possédait autant de puissance que l'unique Hamélias Sawyer, tu ne peux pas la supporter. Tu la crains et tu l'envies. Tu voudrais avoir ses pouvoirs parce qu'en dehors de moi, tu es la seule femme sur la réserve à n'avoir aucun don. Tu es jalouse.

— J'ai déjà empoisonné Antony avec son verre de cognac. Il a souffert durant de longues minutes en s'étouffant dans son vomi. Tu te souviens, tu étais là. Attention à ce que je ne sois pas tentée de faire la même chose avec toi, sœurette.

Chapitre 21

Je me retrouvais à nouveau sous la pluie et restais en silence, laissant l'eau couler sur mon visage. Les visions étaient terminées… Je sentais qu'Ayzen était derrière moi. Il me fallut une longue minute pour me retourner et lui faire face en marmonnant et en grelottant :

— Je ne me rappelle rien de tout ça… Pour… pourquoi tu te venges sur moi ? Pourquoi tu ne supportes pas de me voir ici ?

Il pencha la tête et regarda le sol en se marrant. Ses fossettes ressortaient et ses dents blanches étaient parfaites. Il fourra les mains dans les poches de son jean avant de poursuivre :

— Pour ce que tu nous as fait…

Ma lèvre trembla. J'avais froid. Ayzen fit un seul pas en avant pour que j'entende bien ce qu'il allait me dire :

— Je veux te faire souffrir. Je veux que tu paies pour ce que tu as fait à ma famille et à moi. Je vais hanter tes nuits, jouer dans ta tête jusqu'à ce que tu me supplies d'en finir. Et quand je te tuerai, ce sera la plus lente des tortures…

— Qu'est-ce que je vous ai fait… ? Dis-moi.

Mes yeux se remplirent de larmes, qui roulèrent sur

mes joues. On ne le voyait pas à cause de la pluie, mais lui détectait sans mal que je pleurais.

— Va voir le cimetière. Et regarde… regarde bien.

Je tournai la tête en direction du cimetière et lorsque je me retournai vers Ayzen, il avait disparu… Je serrai alors mon sac en bandoulière et passai une main sur mon visage pour enlever un peu d'eau et des mèches collées sur mes joues. Je courus vers le cimetière en quête de réponses. En zigzaguant entre les arbres et en titubant contre les racines qui jonchaient le sol, je débouchai sur le cimetière des Bayerish. J'observais partout. Le ciel gris, les arbres, les tombes, un indice, n'importe quoi. Je parcourus les tombes et regardai de tous les côtés. Je ne voyais rien.

Qu'est-ce que j'avais fait ?

Que s'était-il passé ?!

Je n'avais aucun souvenir ! Et cela allait me rendre folle !

J'avais beau faire les cent pas et observer chacune des tombes, aucune ne me disait quelque chose. Je continuai de faire le tour, d'inspecter chaque chose, chaque détail. Puis en m'appuyant sur une pierre tombale pour reprendre mon souffle et calmer les battements de mon cœur, je relevai les yeux sur les inscriptions.

Je m'écartai d'un pas… puis de deux…

Il était inscrit dans la pierre :

River Bayerish

Enfant de Marissa Marshall et Antony Bayerish.

Repose en paix

Je sentis mon sang chuter dans mon corps. Ma main qui voulut se poser sur ma poitrine tremblait.

— Quoi ? Non…

Je détournai les yeux, incapable d'y croire, attendant de me réveiller de ce cauchemar, mais rien ne se produisait… C'était réel. La tombe juste à côté de celle de River était celle d'Ayzen.

— Non… non… C'est impossible. Ils ne peuvent pas

être morts… Comment je les vois ? C'est moi qui les ai tués ?

Paniquée et complètement désemparée, je tombai à genoux devant la tombe de River, pour écarter en vitesse les mauvaises herbes qui cachaient les dates. Celle-ci indiquait qu'il était mort à l'âge de 12 ans, quand moi j'avais onze ans. Quand ma mère m'avait emmenée loin d'ici. Quand elle avait fui Keeper, c'était parce que je les avais tués ?! C'était aussi pour cela que Ludivine avait préféré effacer mes souvenirs ?

Je sanglotais en m'asseyant devant la tombe de River et en repassant en boucle l'idée que j'aurais pu tuer des gens. De plus, il avait l'air quelqu'un de bien. Sa mère le torturait et, pour finir, la seule fille avec qui il aimait passer du temps l'avait tué ?

J'essuyais sans cesse mes joues, même si la pluie m'ensevelissait. Je tremblotai et après un long moment, je ne voulus plus rester ici. Je ne pouvais pas rester là. Je me relevai faiblement, la respiration qui s'entrechoquait et le cœur douloureux dans la poitrine, et je repris le chemin du retour à la maison.

***

Je verrouillai la porte derrière moi, ôtai mes Converse détrempées et montai à la course dans ma chambre. Une fois là-haut, je retirais mon sac et mes vêtements mouillés. J'enfilai un jean et un débardeur et remontai mes cheveux humides en chignon déconstruit. Je sortis le vase de cendres que j'allais utiliser pour ce soir, autour de la maison, pour empêcher Jackson et sa bande de rentrer chez moi. J'espérais vraiment que cela fonctionnerait.

Je ne savais pas si ma mère s'était levée, mais j'en doutais fort. Et je ne voulais surtout pas la réveiller et l'inquiéter avec tout cela et la bombarder de questions. Elle n'allait déjà pas très bien, je voulais qu'elle récupère, pas qu'elle prenne peur et replonge encore plus dans l'alcool.

Je voulus appeler Penny, mais en regardant mon

téléphone, je vis qu'il n'y avait pas de réseau.

Je faisais les cent pas dans ma chambre et normalement quand j'angoissais, je me mettais à dessiner. Alors, c'est en essuyant une nouvelle larme que je sortis mon cahier à dessin et l'ouvris à la page où j'étais rendue. Je pris place à mon bureau et allumai la petite lampe. Mes coups de crayon étaient violents et rapides. Je ne voulais pas être un monstre. Je ne voulais plus retrouver la mémoire pour finalement découvrir que j'avais fait des tas de choses mauvaises. Et je ne voulais pas faire connaissance avec l'ancienne moi. J'étais en train de perdre mon identité. Je ne savais plus qui j'étais : la Madison aux bonnes notes et au cœur pur ou la Madison d'autrefois qui me semblait être si abominable et sans état d'âme ?

Je repassais en rafale les images de ma venue ici et les apparitions de River. Tout prenait son sens. Il disparaissait et réapparaissait parce qu'il était un esprit errant dans la forêt ? Cela expliquait aussi pourquoi il semblait ne pas avoir de chez lui. À moins qu'il vagabonde encore dans le manoir. C'était pourquoi j'avais trouvé mon livre. D'après les images du passé qu'Ayzen m'avait montrées, River m'aimait bien, mais pourquoi il continuait à être attaché à moi ou à me protéger après ce que je lui avais fait ?! Je le comprenais mieux aussi, quand il disait que cela lui avait fait un choc quand il avait remarqué que je ne le connaissais pas. Mais… il avait fait comment pour trouver la force de me pardonner une telle chose ?!

J'avais tellement de questions. Je ne pouvais plus attendre, je voulais voir River.

Chapitre 22

Le bruit du tonnerre me réveilla en sursaut. Je ne m'étais pas rendu compte que je m'étais endormie, la tête contre mon bureau. Je dus tirer un peu pour me décoller la joue de ma feuille à dessin. Par la fenêtre, une pluie délicate laissait des gouttes cascader contre celle-ci. En allumant l'écran de mon téléphone, je vis qu'il était plus de vingt-trois heures trente. J'avais deux appels manqués de Penny et un texto de ma mère. En l'ouvrant, je découvris qu'elle me disait être partie au boulot et qu'elle s'excusait pour ce matin. Elle savait que je l'avais vue dans cet état puisque je lui avais apporté un verre d'eau et donc j'avais bien vu sa bouteille et son flacon de pilules. Elle s'était donc reposée toute la journée pour récupérer assez pour pouvoir aller bosser cette nuit, ce qui était une bonne nouvelle en soi.

Après avoir refermé mon livre et éteint la lumière sur ma table à dessin, je jetai un coup d'œil dans mon grand miroir. J'enlevai l'élastique qui retenait mes cheveux en affreux chignon rendu humide par la pluie de ce matin. Mes yeux bleus, presque indigo, avaient l'air ternes ce soir. Je n'avais pas l'habitude de pleurer. Je crois même que je pouvais encore compter sur mes doigts le nombre de fois où j'avais pleuré dans ma vie. Enfin, du plus loin que je m'en souvienne. On aurait dit que mes yeux n'étaient pas habitués à ce chagrin, ils étaient un peu rouges et cernés. Je n'avais pas mangé de la journée, pourtant, je ne ressentais pas la faim. La seule chose que je décelais était ce nœud douloureux dans mon ventre quand je pensais à tout ce que j'avais découvert en une semaine ici. Je sentais néanmoins que le pire était encore à venir…

J'ôtai mes vêtements pour enfiler un truc un peu plus chaud, mais en farfouillant dans mon bureau et ma penderie, je ne trouvai rien. Le seul sweat qui n'était pas au lavage était celui de River qui reposait sur le dos de ma chaise. Du bout des doigts, je touchai le tissu, doux, épais et son odeur n'avait pas disparu. Je m'en emparai et pris une inspiration, juste pour humer le magnolia qui s'en dégageait.

Pourquoi je pouvais voir River ? Pourquoi je pouvais le toucher ? Comment est-il mort exactement ? Était-ce un accident ? Voulu ? Avait-il souffert ? Pourquoi semblait-il m'avoir pardonné ?

J'enfilai le sweat noir et attrapai le premier jean skinny qui traînait dans ma penderie pour ensuite ouvrir mon sac en bandoulière. J'avais presque oublié que Jackson m'avait laissé vingt-quatre heures pour quitter Keeper. Il n'était toujours pas là, alors je me demandais s'il allait vraiment venir, ou si ce n'était que des menaces encore. Mais je ne voulais absolument pas prendre le risque, alors je m'emparai du bocal qui contenait des cendres. Que ça fonctionne ou non, je devais au moins essayer.

Je descendis jusqu'à l'entrée, mis mes Converse et mon manteau rapidement. La cabane des horreurs était plongée dans l'obscurité. Seuls les reflets de la lune filtraient au travers des fenêtres et laissaient une lueur bleutée à l'intérieur.

Une fois dehors, je foulai en quatrième vitesse les marches du perron et examinai les alentours. Une buée s'échappa de mes lèvres. La température avait radicalement chuté.

Personne en vue…

Pas de bruit, non plus. C'était le calme plat. Trop… D'emblée, sentant déjà mes mains refroidir, je dévissai l'énorme bouchon du vase et plongeai ma main à l'intérieur. La texture de la cendre était mille fois plus douce que du sable. Aussi délicate que de la cendre de cigarette. Je calculai rapidement la quantité et le cercle à délimiter. Pour être certaine de ne pas en manquer, je commençai à tracer le cercle tout près de la maison, près des marches et je continuai à faire le tour jusqu'en arrière. Je traçai cette ligne en me dépêchant.

Dès que j'arrivai à l'autre bout, je versai une dernière poignée de cendre pour fermer le cercle. Quelque chose d'inattendu se produisit au moment où la cendre boucla et sécurisa la maison : la poudre se mit à scintiller doucement. On aurait dit des milliers de petits cristaux noirs qui reflétaient contre les lueurs de la lune.

Alors c'était vraiment magique ? Il y avait vraiment de l'espoir que cela fonctionnât ?

J'étais émerveillée, stupéfaite et fascinée.

Le cercle ne comptait aucune brèche, mais je ne savais pas combien de temps cela allait tenir. Il n'y avait aucune notice sur le vase, pas d'autre instruction, rien.

Si Jackson comptait vraiment venir ici ce soir ou même durant la nuit, je voulais lui certifier une chose : que je n'avais pas l'intention d'être cette Madison, cette fille horrible qu'il avait dû connaître ou du moins ce qu'il savait d'elle. J'allais lui expliquer pour ma mémoire et que je n'avais plus rien en commun avec cette Madison, l'enfant sataniste.

Restant au froid sous le porche, les bras croisés, tentant de me réchauffer, j'inspectai les alentours en balayant des yeux tous les coins sombres de la forêt. Je percevais une mauvaise énergie dans l'air. Je sentais qu'il fallait que je reste là pour découvrir ce que c'était. J'en venais à croire que je m'étais réveillée au bon moment parce que mon instinct me dictait que quelque chose allait arriver. Et tout se confirma lorsque je ne vis non pas un, ni deux, ni trois, mais un total de huit silhouettes sortir lentement d'entre les arbres. Ils étaient tous à bonne distance les uns des autres, comme s'ils voulaient encercler le périmètre.

J'espérais vraiment que Jackson ne viendrait pas. Mais il ne faisait pas que menacer, il passait aussi à l'acte. Et là, j'avais peur. Il n'allait quand même pas réellement faire brûler ma maison tout en souhaitant ma mort cette nuit ?! Son père n'était pas le shérif ? Il connaissait les lois, les crimes, non ?

Jackson était celui qui devançait les autres. Un pas devant l'autre, de manière très calculée, il se rapprocha sans jamais détourner ses yeux des miens. Il avait un air dangereux, ses cernes étaient rouges, les muscles sous sa peau saillants, tout comme sur son cou et ses avant-bras, là où il avait relevé les manches de son pull.

Je ne bougeai pas d'un centimètre, lui montrant que j'étais sans défense et loin de vouloir faire du mal à qui que ce soit.

Cependant, il flaira une odeur en humant l'air et dès qu'il décela ce que c'était, il stoppa.

Les autres firent de même. Jackson scruta le sol devant lui et découvrit la cendre. Sa colère laissa place à un sourire mauvais.

— Je savais bien que tu allais tenter un minable sort.

— Je ne vous veux aucun mal. J'ai… j'ai perdu la mémoire et j'ai appris ce que j'étais avant. Je te promets que je ne suis plus cette personne.

— Tu ne nous veux aucun mal ?

— Non, aucun !

— Pourtant, si tu as utilisé cette cendre, tu sais parfaitement que si quelqu'un la franchit, il meurt.

— Quoi ? Non, c'est pour vous empêcher de vous en prendre à moi. Je ne veux pas vous tuer !

Il fit claquer sa langue contre son palais en guise de

négation et croisa les bras.

— Tu sais, Madison, je vais te croire.

— Ah oui? soufflai-je, soulagée.

— Mais oui, fit-il en haussant les épaules de manière ironique. Je te crois quand tu dis que tu ne te souviens plus de qui tu es. Parce que si tu avais encore tes pouvoirs et ta mémoire, tu aurais su que cette cendre sert uniquement contre les démons. Et…

Avec le sourire, Jackson leva lentement son pied et vint le déposer de l'autre côté du cercle… J'entrouvris la bouche. Il ne se passait rien… Le cercle ne le bloquait pas!

— Ça tombe plutôt bien, je ne suis pas… un… démon.

La peur s'empara de moi. D'emblée, je me retournai et me jetai à l'intérieur de la maison tout en agrippant la porte pour la refermer violemment sur mon passage! Or, Jackson m'avait rattrapée et avait réussi à mettre son pied dans l'embrasure pour éviter que je la ferme! Je poussai de toutes mes forces pour la refermer! J'écrasai sa chaussure et lorsqu'il la retira, c'est sa main qui prit la relève en harponnant le cadre de la porte! C'est avec tout mon corps que je pressai la porte contre ses doigts, cherchant à les fracturer. Il ne devait pas entrer ici!

Toutefois, d'un coup brusque avec son épaule, il réussit à me repousser de l'autre côté de la porte, en l'ouvrant férocement! Le coup fut si percutant que je me retrouvai projetée au sol!

Jackson traversa le seuil d'entrée…

Chapitre 23

En me retournant pour fuir vers la salle à manger, Jackson attrapa ma cheville! Je me débattis si fort qu'en m'écartant, tout ce qu'il réussit à avoir fut ma Converse dans ses mains. Je détalai jusque dans la cuisine où je m'emparai d'un couteau sale dans l'évier. En pivotant, je le brandis devant moi et Jackson arrêta net. Par les fenêtres, je vis ses acolytes faire le tour de ma maison, pour s'assurer que je ne me sauve pas par aucune fenêtre ou porte, que je reste là, avec Jackson.

— Ne t'approche pas! hurlai-je, effrayée.

— Sinon, quoi?

Il fit un pas en avant et sans maîtriser mes mains, je tranchai l'air devant moi et le couteau lui écorcha le bras! Je sentis que la lacération était très profonde! Un sang dense s'échappa de la plaie et coula le long de son bras jusqu'à ce qu'il décore ses doigts d'un rouge vif avant de s'égoutter sur le parquet de la cuisine.

— Je… je suis désolée! Mais tu t'es jeté sur moi!

Sans crier gare, Jackson frappa si fort mon bras que le couteau virevolta contre le mur, puis il saisit ma gorge à deux mains!

Il me souleva du sol, appuyant mon dos contre le placard à manger. Je me débattais avec mes jambes, le frappais, mais cela ne menait à rien ! Ses yeux étaient devenus tout blancs et sa force était surnaturelle. Je manquais de plus en plus d'air, mon visage enflait et mes yeux se gorgeaient de sang.

Quelques secondes s'écoulèrent, puis les murs de la demeure se mirent à trembler. Les cadres tombèrent. Le plancher et les plafonds craquèrent. Les fenêtres, une à une, s'ouvrirent, suivies des armoires autour de moi ! La vaisselle se retrouva à voler dans tous les sens ! Les assiettes éclataient autour de nous et les bris coupants attaquèrent Jackson au dos, au visage, au ventre, le blessant si gravement qu'il fut obligé de relâcher sa prise autour de mon cou. Le tiroir contenant tous les couteaux de cuisine s'ouvrit dans un fracas et toutes les lames se projetèrent dans la direction de Jackson, l'incitant à prendre la fuite !

Je tombai à genoux, regardant ce qui se passait. Jackson se tortillait de douleur et hurlait au martyr, mais il rejoignit en vitesse la porte d'entrée. En le voyant sortir, ses acolytes entrèrent à leur tour dans la maison pour s'en prendre à moi, mais ils furent attaqués de la même manière. Il y avait des bris partout qui se déchaînaient telle une tornade mortelle. Plusieurs d'entre eux recevaient des coups de couteau, les obligeant à fuir comme Jackson.

Je ne comprenais pas ce qui se passait, mais cela fonctionnait, Jackson et les autres se précipitant vers l'extérieur, courant vers la forêt comme si leur vie en dépendait. Il y avait des traces de sang partout. Des gouttes sur le plancher, des éclaboussures sur les murs. Mais tout s'était arrêté. Les bris jonchaient le sol et les couteaux étaient inertes.

J'avais du mal à déglutir. Il avait pressé si fort ma gorge que quand je toussais, je ne reconnaissais pas le son de ma voix.

La maison était dans un silence absolu. Je restai sur place

à contempler les dégâts. Il me manquait une chaussure, alors lentement, tout en caressant ma gorge, j'allai reprendre ma Converse un peu plus loin pour la remettre. Puis, je me dirigeai vers la porte d'entrée, encore grande ouverte.

Campé devant la porte, en bas des marches du perron, River était là, et m'observait avec un regard impénétrable. Un regard qui me fit froid dans le dos. Ses épaules étaient carrées, son dos, rigide, ses mains, cachées dans les poches de son jean noir. Ses yeux, engloutis d'encre noire, ses veines, la couleur des ténèbres tout en ressortant sous sa peau si livide. Il restait là, sans ciller. Cependant, plus aucune trace de Jackson et les autres.

J'étais terrorisée de le voir devant moi, maintenant que je savais qu'il était mort, mais il y avait plus que cela. Il me cachait bien des choses. Malgré toute ma peur et les questions qui se multipliaient, je susurrai ce mot que je savais qu'il entendrait sans mal :

— Merci.

Ses yeux reprirent leur aspect naturel, tout comme le reste de sa peau. Ses veines se résorbèrent prestement. En voyant enfin son vrai regard, je décelai un truc quand il me lorgnait : je compris qu'il savait… que je savais pour lui… Comment? Ayzen, assurément. Il devait s'être empressé de dire à River qu'il avait réussi à m'approcher sans qu'il le sache, et qu'il m'avait plongée dans des visions du passé.

C'est d'une voix tremblante que je prononçai :

— Je suis tellement… désolée, pour ce que je t'ai fait.

Je fus surprise, car à voir son expression se liquéfier en entendant ces mots – qu'il ne s'attendait pas du tout à entendre, bizarrement –, River détourna vivement les yeux. Évitant que je devine son opinion à ce sujet. Ou du moins, que je ne puisse pas voir les émotions qui en découlaient.

Néanmoins, je vis que cela l'ébranlait.

Après un moment, River passa une main dans sa tignasse et tenta de retrouver un semblant de sourire, juste pour me rassurer. Il se racla la gorge, un peu mal à l'aise :

— Tu veux bien venir faire une brèche ?

Je fronçai aussitôt les sourcils et considérai la cendre devant lui. Lui faire une brèche ? Ces cendres fonctionnaient contre les êtres malveillants. C'était ridicule. Jackson confirmait que les êtres malveillants étaient des démons…

Je pris une grande inspiration, descendit les marches lentement et, une fois en face de lui, je le regardai droit dans les yeux.

— Tu… es… quoi ? River Bayerish ?

Il pencha la tête sur son épaule, m'offrant un malicieux sourire en coin. Il souffla d'une voix tendre :

— Un métamorphe.

Mon regard descendit sur son torse, incapable de le voir me mentir directement en face.

Il était plus que cela et je ne voulais pas qu'il me mente.

À nouveau, à proximité de lui, seule la cendre s'opposait en nous divisant chacun de notre côté, je ressentais ce mirage autour de lui qui m'affaiblissait et me donnait le vertige. Il y avait vraiment quelque chose qui émanait de lui. Cette énergie statique m'attirait tel un aimant, mais me repoussait à la fois, car elle affaiblissait presque tous mes sens : l'ouïe, la vue, mon corps devenait engourdi…

— Que se passe-t-il ? murmura River.

— Tu ne me dis pas tout. Les métamorphes ne font pas trembler les murs ou voler des couteaux…

Je devais relever les yeux pour voir sa réaction. Mon regard plongea dans le sien. Un frisson enveloppa mon corps tout entier. Je n'avais ressenti autant d'effet sur mon corps en étant si proche de quelqu'un. Même mes terminaisons nerveuses étaient en alerte. Mon cœur tambourinait dans ma tête. J'étais littéralement en train de tomber sous le charme. Et… il le voyait parfaitement. Et cela semblait ne pas lui déplaire du tout.

Il mordilla sa lèvre inférieure pour ensuite serrer la

mâchoire, cherchant à savoir si c'était oui ou non une bonne idée de m'en dire plus, là, tout de suite.

Mais il opta pour fermer les paupières quelques secondes.

— River…, dis-je d'une voix endolorie. Je t'en prie. Dis-moi.

Il ouvrit les yeux, examina mon visage, comme s'il voulait imprégner mes traits pour toujours, s'attardant particulièrement sur mes lèvres entrouvertes et pour finir sur mes yeux le suppliant.

— Ouvre une brèche, Madison. Si tu me fais entrer chez toi, je te dis tout.

— Je ne sais pas si je peux te faire confiance. Vois-tu… Cette cendre… semble me protéger de toi.

— Ouvre… une brèche…, insista-t-il d'un ton plus dur.

— Seulement si tu me jures que je peux avoir entièrement confiance en toi.

Son torse se souleva puissamment, prenant une grande respiration. Je sentis son souffle délicat caresser mon visage.

— Écoute bien ce que je vais te dire, Madison, commença-t-il. J'attends ton retour depuis si longtemps. Jamais, au grand jamais, je ne te ferai du mal. T'as toujours été tout pour moi… et… ce qui me tue jour après jour, c'est que tu doutes encore de moi.

— Mais… je t'ai fait du mal. Et…

— Tu ne m'as pas tué, me coupa sèchement River en serrant les dents. Je dirais plutôt que tu m'as sauvé… de… ma vie misérable. Tu m'as libéré, t'entends ?

— Mourir c'est une liberté pour toi ? T'es quoi ? T'es devenu un mauvais esprit ? D'où tu sors tous tes pouvoirs ? Pourquoi je te vois ?!

Je sentais mes larmes remonter et je les ravalai aussitôt en entendant son impatience et son ton monter en décibel.

— Ouvre une brèche !

Je tressaillis et fermai les paupières pour qu'il ne voie pas mes yeux vitreux.

Mon cœur était si serré que j'avais du mal à respirer. Je ne voulais pas douter de lui. Déjà que les cendres s'étaient trompées d'ennemi et ne m'avaient pas protégée de Jackson. Et les démons, ça n'existait pas. Alors je ne devais pas faire confiance à ce stupide sort. Avec ma chaussure, je balayai la cendre entre nous. En relevant prudemment les yeux sur lui, j'analysai sa réaction.

Qu'allait-il faire maintenant?

Sans que je m'y attende, tout se passa très vite : River traversa la brèche, la seconde suivante je sentis sa main se poser en coupe contre ma joue, et ses lèvres rencontrèrent les miennes avec délicatesse et agilité; elles se fondaient parfaitement sur les miennes. Mon cœur s'emballa de plus belle, mon souffle s'arrêta. Maintenant, il prenait mon visage entre ses deux mains. Je m'agrippai doucement à son t-shirt pour ne pas perdre pied. Mes étourdissements devenaient de plus en plus forts. Ma tête tournait, mes genoux flageolaient. C'était comme se tenir près d'une émanation d'essence toxique, si je restais là, j'allais m'évanouir. Le champ chimique qui l'entourait ne voulait pas que je reste contre lui.

River continuait de m'embrasser, longuement et langoureusement, comme jamais on ne m'avait embrassée. J'en voulais encore et pour tout dire, j'aurais pu passer la nuit à être dans ses bras et à savourer ses lèvres. Seulement, décelant que je m'affaiblissais, il préféra me libérer et s'écarter juste assez pour que je reprenne mes esprits.

Mon Dieu…

Chapitre 24

Comme convenu, j'avais fait entrer River chez moi, pour la nuit… Pour discuter bien sûr… Quelle ado ne rêvait pas de passer une nuit avec un mec qui la faisait craquer, pendant que la maison était vide et sans adulte ?

Dans la cuisine, il insista pour se charger des dégâts. Même si j'étais déjà agenouillée en train de ramasser des morceaux de vitre par terre, River s'entêtait :

— Tu vas te couper. Laisse-moi ranger ce désordre. Pourquoi tu n'irais pas sous la douche pendant ce temps ? Ça pourrait te détendre, et dès que tu sortiras de la salle de bain, la maison sera comme neuve. Ta mère n'y verra que du feu.

Je le fixai.

— Pas sûr que ma mère voudrait y voir du feu en revenant à l'aube.

Il rit et appuya son épaule contre le coin du mur tout en croisant les bras, l'air amusé.

— C'est une expression, tu ne connais pas ?

— Non.

— Tout le monde connaît.

— Tout le monde, sauf moi.

— T'es comme Frankenstein.

Sous ma mine penaude, un sourire en coin s'afficha.

— Pourquoi tu dis ça?

— J'ai dit le mot feu, et aussitôt t'as eu les jetons. Je crois que Frankenstein aussi avait peur du feu.

— Comment tu pourrais le savoir? T'as pas l'air du genre à…

Je me retournai vers lui avec un sac de déchets dans les mains et ne me gênai pas pour l'insulter. Avec une pointe de tendresse, bien entendu.

— J'ai pas l'air du genre à quoi?

— Et bien, à lire des bouquins.

— C'était en 1818, livre publié anonymement au tout début, même si on a fini par savoir que l'auteur était Mary Shelley. J'ai lu ce bouquin des milliers de fois. Désolé de te surprendre, mais les morts peuvent lire pendant leurs temps morts…

River s'approcha, l'air satisfait, et m'enleva le sac de poubelle des mains.

— Les morts peuvent lire pendant leurs temps morts? T'as pas essayé de faire un jeu de mots, là?

Il rit.

— Arrête, il est excellent mon jeu de mots. Mais sinon, je peux te demander quelque chose?

River ramassa quelques assiettes brisées sur le comptoir et jeta les morceaux dans le sac. Pendant ce temps, je me penchai pour attraper un verre coupant qui restait au sol, et avant même que j'y touchasse, le verre glissa sur le plancher, hors de ma portée. Je me redressai aussitôt pour jeter un œil à River, mais il me tournait le dos. Il ne voulait pas que je me blesse, alors il avait fait glisser le verre.

Je soupirai en replaçant une mèche de mes cheveux tombée sur mes yeux.

— Vas-y, je t'écoute.

— J'aimerais bien ravoir mon sweat.

Je baissai les yeux sur mon corps. Et merde, je portais

son sweat noir. Mes joues devinrent rosâtres, je les sentis devenir ardentes. Je ne voulais pas qu'il s'imagine que je le portais quand il n'était pas là parce que j'étais une de ces filles tarées qui fantasmaient jour et nuit sur lui. Je n'avais même pas pensé lui remettre et ça, j'aurais dû.

Gênée, je tirai rapidement sur les manches un peu trop longues et passai le vêtement par la tête. River se retourna ensuite et je vis son expression changer radicalement. Il avait l'air… ébahi… enivré… séduit… et de seconde en seconde, excité.

Oh non… merde… qu'est-ce que j'avais fait?

Il se mordilla la lèvre et je sentis mon cœur s'arrêter de battre. Pourquoi je lui donnais soudainement des sueurs froides?!

Je pris le risque de baisser les yeux vers ma poitrine pour finalement voir que j'avais retiré mon débardeur que je portais en dessous, en même temps que le sweat. Et pourquoi je n'avais pas pensé à mettre une brassière?! Ça ne m'arrivait jamais, pourquoi aujourd'hui?!

Je pressai aussitôt le sweat contre mes seins et filai maladroitement vers l'escalier pour disparaître à l'étage.

Mais une fois dans l'escalier, je jetai un œil furtif à River dans la cuisine sans qu'il me voie. Je le vis esquisser l'un de ses plus beaux sourires. Il passa ensuite une main sur son visage et inspira lourdement de manière enfiévrée par ce qu'il venait de voir. Je décidai de filer vite là-haut et à ce moment j'entendis River se racler la gorge pour ensuite déclarer en jubilant :

— Au fait… c'était… hum… une blague, Madison. Tu peux le garder, mon sweat. Quoique… maintenant que j'ai l'image, ouf, je te préfère sans…

J'étais arrivée à la salle de bain quand il avait dit sa dernière phrase en chuchotant presque, mais j'avais bien entendu. Je refermai la porte derrière moi et m'adossai contre celle-ci.

J'étais bête, maladroite, mais là, c'était le comble.

En m'approchant de la baignoire, j'ouvris la robinetterie du jet de douche, jetai le sweat et mon débardeur par terre, retirai mon jean, ma culotte et mes chaussettes et dès que l'eau fut assez chaude, je me faufilai sous la douche. Je pris soin de bien tirer le rideau, je ne faisais pas confiance à River. En fait, si, mais… il avait la capacité de pouvoir apparaître partout quand il le voulait. Et peut-être même être dans une pièce et être invisible à la fois ? Je ne voulais pas le voir surgir ici.

J'avais si chaud. La vapeur s'échappa partout dans l'air de la pièce. River ne voulait pas que je l'aide dans la cuisine alors c'était une bonne idée que j'allasse sous la douche de toute façon. J'en avais grand besoin. Et puis j'étais trop gênée là, tout de suite, pour lui faire face.

***

— Tout est rangé en bas, m'indiqua River lorsque j'entrai dans ma chambre. En revanche, ta mère risque de se demander où est passée toute sa vaisselle. J'ai rien pu réparer, mais tout faire disparaître en quelques secondes, oui. Même les taches de sang ne sont plus là.

Il prenait ses aises, assis au bord de mon lit. Le dos légèrement incliné, les coudes appuyés sur ses genoux et la tête penchée, contemplant le sol. Je traversai ma chambre en serviette jusqu'à ma penderie pour trouver quoi porter, mais je n'avais plus rien. Mes cheveux, encore mouillés, dégoulinaient sur mes épaules.

Je fis défiler les cintres brusquement, me dépêchant de trouver un truc.

Mais toujours rien. Alors je me souvins qu'il me restait un tiroir où je pouvais dégoter des vêtements, seulement, en me retournant, je heurtai le torse de River !

Je ne l'avais pas entendu se déplacer aussi vite.

— Oh ! Préviens quand tu…

— J'ai quelque chose pour toi.

— Ah oui?

Il était trop près, tellement que ma vision se brouillait et je fus prise d'un vertige. Les sons devenaient lointains tout comme sa voix, elle n'était plus qu'un murmure comme lorsqu'on va sous l'eau et qu'une personne nous parle. Je posai une main sur son torse et le repoussai gentiment.

— Un jour, va falloir que tu me dises c'est quoi ce truc qui émane de toi et qui m'affaiblit, déclarai-je en roulant hors de lui cette fois.

J'allai près de la fenêtre légèrement entrouverte, là où je sentis un courant d'air frais passer. Les étourdissements s'évaporèrent en moins de deux.

— Justement, tu vas le savoir bientôt. J'ai trouvé un truc dans les vieilles affaires de ma mère, à la cave du manoir.

Il sortit un compartiment en métal de la poche arrière de son jean. En l'ouvrant, il en ressortit une petite seringue.

Je resserrai la serviette autour de ma taille.

Merde! Il était vraiment sérieux avec son acétone?!

— River...

— Tu veux des réponses ou pas?

— C'est dangereux.

— Pas pour quelqu'un comme toi. Une chose bloque ta mémoire. Depuis les temps anciens, l'acétone neutralise des sortilèges.

— Si tu insères cette aiguille d'acétone liquide dans mon crâne, je vais mourir, River.

— Le pire qui peut arriver, c'est que tu tombes dans un coma qui peut durer jusqu'à deux heures, le temps que ton sang détruise l'acétone.

— Euh... ouais. Je...

— Tu ne me fais pas confiance?

— C'est pas une question de confiance, River, c'est juste que...

— Si, c'est une question de confiance. Je te le propose. C'est à toi de décider. T'as tellement de questions, l'acétone te donnera toutes les réponses.

— Si mes souvenirs reviennent, alors je… je me souviendrai aussi de toi.

Il lécha doucement sa lèvre inférieure avant de la pincer entre ses dents tout en espérant que l'acétone puisse lui rendre ce service.

— J'aimerais surtout que tu voies que tu n'étais pas un monstre. Tu étais exceptionnelle, Madison. Et encore, le mot est faible.

— Je vais être inconsciente combien de temps avec ce truc ?

— Si tes souvenirs reviennent, tu ouvriras les yeux en moins de dix minutes, et tu te souviendras de tout en te réveillant. Par contre, si ça ne fonctionne pas, tu vas simplement tomber dans un coma, ce sera la même chose que si tu dormais normalement.

— Et… tu… vas faire quoi pendant que je serai inconsciente ?

— Je vais veiller sur toi.

Je ris doucement et il arqua un sourcil.

— Tu veux faire ça, maintenant ?!

— Oui, idéalement.

— Idéalement ? Tu crois que je vais te laisser seul avec mon corps vêtu uniquement d'une serviette pendant que je serai inconsciente ? T'es un petit malin, toi. Ma mère m'a mieux élevée que ça. Tu vas me laisser aller m'habiller avant de m'insérer ce truc, j'espère ?

— Si tu crois que des vêtements peuvent t'apporter plus de sécurité et de confort, je ne t'en empêche pas, dit-il ironiquement tout en me faisant signe d'aller vers mon bureau. Mais avec ou sans vêtement, ça ne change rien…

Il m'envoya un clin d'œil aguicheur pendant que je passais devant lui pour aller vers mon bureau. Je fronçai les sourcils.

— T'as vraiment dit : ça ne change rien ?! Qu'est-ce que tu veux dire par là ? Que même si je mets un manteau d'hiver, tu vas me le retirer pendant que je dors ?!

Je souriais, je ne saisissais pas encore bien son humour grotesque.

— Non, petite idiote, rit River, vraiment amusé cette fois alors que je gardais mon air niais qui le défiait. Je veux dire que ça ne change rien dans la mesure que même si t'étais entièrement nue… sur le lit… et inconsciente, tu pourrais me faire totalement confiance.

— Tu ne materais même pas un peu ?

Il entrouvrit la bouche, mais aucun mot ne sortit. Il voulait dire oui, mais pour que je me sente en confiance, il préférait ne pas aller sur ce terrain glissant.

Il tira un peu sur l'encolure de son t-shirt, comme s'il avait soudainement chaud, à cause des images dans sa tête de moi, entièrement nue, étendue sur mon lit.

Je secouai la tête, retenant mon rire, en me délectant du fait que j'avais réussi à le gêner et à le rendre mal à l'aise. Le pauvre, il était tout excité à l'instant, même qu'il dut aller à la fenêtre pour me tourner le dos, pour que j'arrête de lui sourire comme cela. Ou alors il avait besoin de se rafraîchir. Mais s'il était mort, il n'avait pas besoin de cela, non ?

Je trouvai un legging noir et un débardeur de même couleur au fond d'un de mes tiroirs et après m'être vêtue dans la salle de bain, je revins à la chambre. River était déjà prêt pour l'acétone, assis sur ma couette, le dos appuyé contre la tête de lit. Il me fit signe de prendre place à ses côtés.

Le trac me gagna.

— Ça va bien se passer, Madison, je te promets que quand tu fermeras les yeux, tu détiendras des réponses. Tu as le droit de savoir d'où tu viens, qui tu es et ce qui s'est passé le jour où tu as disparu, et aussi pourquoi je tiens à toi.

Je pris une grande inspiration et soufflai :

— Et savoir ce que tu es et ce qui t'est arrivé, ripostai-je.

Il hocha doucement la tête.

— Je suis prête, dans ce cas.

J'allai sur mon lit, il écarta un peu ses jambes pour que je me place juste devant lui. Avant même qu'il fasse un premier geste, je lui sommai :

— Attends ! Ça va faire vraiment mal ?

— Oui, c'est le genre de truc qui fait atrocement mal. Mais je sais comment y remédier.

— Vraiment ?

River me fit signe de me rapprocher, mais je savais que si je restais un peu trop près, j'allais avoir un vertige et j'avais peur de perdre connaissance. Mais en voyant l'expression dans ses yeux, je compris que c'était exactement ce qu'il cherchait à faire…

— Si tu restes assez longtemps près de moi, tu vas finir par t'évanouir, et à ce moment, je vais insérer l'acétone. D'accord ?

Il vit que je n'étais pas totalement en confiance. Tout cela n'avait rien de naturel pour moi alors que pour lui, ça semblait sans risque. Il détenait des réponses alors que moi j'étais une novice dans ce genre de choses : neutraliser un possible sort qui bloquait ma mémoire, c'était assez troublant de mon point de vue.

Alors, il trouva le seul et unique moyen pour me détendre et me changer les idées. J'étais assise devant lui, il se rapprocha sans hésitation et je devinai qu'il voulait m'embrasser, mais mon réflexe fut plus rapidement que le sien : c'est moi qui rompis la dernière distance qui séparait nos lèvres et je l'embrassai…

Son souffle s'accéléra et mon cœur palpita dangereusement. Plus le baiser durait, plus je me sentais faible et mes muscles devenaient léthargiques.

Puis, on y fut, je n'arrivais plus à l'embrasser. Mes lèvres étaient comme paralysées. Ma tête se mit à vaciller. Voyant que j'allais tomber doucement sur le lit, River me rattrapa, enroula ses bras autour de moi et me colla contre lui. J'avais la tête dans le creux de son épaule et le corps blotti contre le sien. J'entrouvris une dernière fois les paupières, juste assez pour voir qu'il tenait la seringue. Le liquide à l'intérieur était bleu. La seconde suivante, je sentis un léger picotement sur ma tempe, il l'insérait… Mais je n'avais aucune douleur. Le dernier truc sur lequel je me concentrai était les battements de cœur de River… comment était-ce possible qu'il batte ? Le son était irrégulier, pas humain, plutôt rapide et extrêmement fort.

Un froid intense paralysa ma tête, mon cerveau et toutes mes fonctions vitales. C'était l'acétone. À ce moment, il n'y avait plus rien, ma vision plongea dans l'obscurité et ce fut le néant total…

Chapitre 25

J'étais bombardée de flashs lumineux qui agressaient ma vision tout en laissant un horrible cillement dans mes oreilles. Mais aucune image ne s'arrêtait suffisamment longtemps pour que je puisse attraper des bris de ma mémoire. Tout allait trop vite. Et je commençais à paniquer. Mon pouls s'accéléra, et mon corps devenait si glacial que j'eus du mal à respirer.

Puis, tout s'arrêta… Le silence absolu, plus aucun flash, rien. Le noir. Toujours le noir. Le vide.

— Madison ?

En pivotant sur moi-même, le décor changea brusquement. J'étais sur le petit pont Hush Falls qui surplombait une minuscule rivière presque asséchée. Je me rapprochai de la rambarde pour observer les énormes rochers tout en bas. Je ne ressentais plus le froid ni le vent qui faisait bouger les feuilles d'automne des arbres. C'était l'aube, je pouvais voir le lever du soleil loin à l'horizon à la cime des arbres. Je sentais le magnolia, c'est comme ça que je savais que River était tout juste derrière moi.

— Ça n'a pas marché, c'est ça ? murmurai-je tout en regardant au loin.

Je le vis se poser à côté de moi, coude sur la rambarde qui était instable.

— Non…, fit-il, déçu. Là, tu es dans le coma. Je te demande pardon.

Je hochai doucement la tête sans le regarder.

— Et tout ça, tout ce que je vois ici, c'est un rêve?

— Ouais… Je t'avais promis qu'à ton réveil tu aurais des réponses. Je tiens ma promesse. Alors j'interviens en m'immisçant dans ton rêve, et… comme tu ne peux pas retrouver la mémoire, et je ne sais toujours pas pourquoi ça n'a pas fonctionné, je vais essayer de répondre à toutes tes questions.

Ce qui était bien dans ce rêve, c'était qu'il pouvait se tenir près de moi sans que j'aie un vertige. Je n'aimais pas vraiment l'idée qu'il puisse manipuler mon esprit ainsi, pendant que je dormais, mais j'approuvais tout de même sa démarche. Je voulais des réponses. Et ici, on pouvait tout se dire.

— On y est, River. Avant toute chose, je voudrais que tu me racontes ton histoire. Je veux savoir ce qui t'est arrivé. Je veux te connaître mieux.

Je me tournai vers lui et il fit de même, mais il semblait un peu angoissé à l'idée de repenser à cette époque qui devait être un moment de sa vie qu'il voulait sans doute effacer de son esprit. Mais après avoir passé une main dans ses cheveux et sur son visage, comme s'il voulait chasser ses émotions, il entreprit :

— Marissa Marshall, ma mère, était considérablement jalouse de tous ceux qui avaient des dons. Pour se sentir mieux, elle exigeait qu'il n'y ait aucune magie. Elle a commencé à agir ainsi avant ma naissance, avec Antony, mon père, qui était un métamorphe. Ma mère le forçait à ne jamais au grand jamais utiliser ses dons. Ç'a été de même avec Ayzen et moi quand on est venus au monde. Mais on était des gamins, alors chaque fois qu'on le pouvait, on se transformait et on prenait l'apparence de tout ce qu'on voulait. Mon père était le maire de Keeper, un homme bon et respectable. Grâce à lui, tous les secrets des Sawyer et des Bayerish étaient bien gardés dans le village. Quand j'étais jeune, mon père, la nuit, venait nous réveiller pour qu'on aille dans les bois. Il nous apprenait à manier nos dons sans que ma mère le sache. Il aimait aussi nous raconter les légendes de nos ancêtres, nous donner des conseils sur la vie. Il était fier de ses fils. Mais un matin quand je me suis levé, mon père n'était plus là. Ma mère disait qu'il avait quitté la maison familiale et que c'était mieux comme ça, pour tout le monde. Mais je savais qu'elle lui avait fait du mal, qu'elle avait découvert ce qu'il faisait avec nous la nuit. Qu'il nous encourageait. J'étais vraiment jeune quand elle l'a tué.

River entreprit de marcher vers la forêt et je le suivis. Pendant que j'avançai, il me montrait des flash-back de ses souvenirs à lui. À l'instant, je voyais le manoir, sa mère qui hurlait après lui. La seconde suivante, je le voyais dans sa chambre en train de hurler qu'il voulait mourir. Mais cette fois, dans la forêt devant moi, je voyais deux enfants adorables courir l'un à côté de l'autre. Une petite fille qui tenait la main d'un garçon. Ils avaient autour de huit et dix ans. Le garçon, qui était sans aucun doute River, avait des marques sur le corps, des bleus sur le visage, il était sale et très maigre. Il passa juste entre nous. Pendant que j'observais les enfants, River me contemplait, cherchant à déceler mes émotions, voir si j'allais me souvenir de nous, enfant. River s'écarta, pour me laisser regarder la scène sans me déranger.

Les deux enfants étaient sur le pont Hush Falls et marchaient en funambules sur les anciens rails de train.

Affaibli, le garçon chancela et manqua de trébucher.

— River, je peux faire partir ta douleur. J'ai qu'à poser ma main là où tu as mal et faire le sort que tante Ludivine m'a appris, c'est facile et…

— Non, ça va, dit-il avec empressement.

— Faut qu'elle arrête de te frapper. T'es couvert de bleus. Un jour, quand je serai assez forte, je te libérerai de l'emprise qu'elle a sur toi. Je te le promets.

— Non, c'est pas la douleur des coups cette fois.

Le jeune garçon plaqua une main contre son ventre et se plia en deux.

— C'est quoi, dans ce cas ? River, t'as pas mangé depuis quand ?

— Je ne sais pas. Je sais plus. C'est pas grave. On avait dit qu'on venait ici pour jouer, faut se dépêcher, je dois rentrer bientôt.

— Non, je ne veux plus jouer.

La petite fille courut rapidement vers les bois, passant si vite près de moi. Elle revint une minute plus tard, tenant un corbeau en écrasant les ailes pour éviter qu'il ne prenne la fuite. Une fois au côté du garçon, elle tordit le cou de l'oiseau et ouvrit son abdomen pour en ressortir son cœur. Elle le tendit à son ami, qui refusa.

— River… Fais-le pour moi.

— Non.

— La semaine dernière, t'avais les mêmes douleurs au ventre, ce qui veut dire que cela doit faire une semaine que t'as rien avalé.

— J'en veux pas.

Le jeune garçon lui tourna le dos.

— River… si tu meurs… je me retrouve seule. T'es mon âme sœur. On se l'est toujours dit. On surmonte tout ensemble, tu te souviens ?

— J'en peux plus, Madison…

La petite fille tira le pull du garçon pour qu'il se retourne. Elle prit sa main et posa le cœur dans cette dernière.

— C'est ça qu'elle attend, ta mère ! Que tu te laisses mourir par toi-même ! Ne lui donne pas ce plaisir ! Et si tu me fais ça, je ne te le pardonnerai jamais.

— Il faut que je rentre, il se fait tard, elle va bientôt

rentrer à la maison. Si elle voit que je ne suis pas là, elle sera en colère.

Le garçon s'éloigna à contrecœur de la petite fille et disparut dans la forêt.

Je ne voyais plus les enfants. Juste River qui se rapprocha de moi et reprit :

— T'as toujours pris soin de moi. Tu m'as aussi toujours vu comme un être parfait et magnifique alors que je ne voyais rien de bon en moi. À force de me faire répéter tous les jours que j'étais ignoble et un monstre, par ma mère, j'avais fini par y croire. Mais tu sais quoi ? Elle avait beau nous interdire d'user de nos dons de naissance, mais secrètement, elle était avide de pouvoir… Elle avait fini par avoir une collection d'objets de sorcellerie qui appartenaient aux Sawyer. Des trucs qu'elle volait à ta famille quand elle leur rendait visite hypocritement. Elle était du genre à penser que si elle ne pouvait pas maîtriser elle aussi la magie, alors personne autour d'elle ne devait en utiliser. Je l'ai souvent espionnée en ouvrant la porte en haut de l'escalier de la cave, parce que je l'entendais murmurer des choses. Elle essayait des sorts qui fonctionnaient parfaitement chez une Sawyer, mais pas avec elle. Quand rien ne fonctionnait, Marissa commençait à lancer des objets et sa mauvaise humeur rendait le manoir austère et froid.

— Il s'est passé quoi ce… fameux jour ? Où j'ai disparu et… que t'es mort ?

— Ç'a commencé avec une idée qui a germé dans la tête de ma mère. Plus le temps passait, plus elle délirait. Je crois même qu'elle était schizophrène, car elle se parlait seule et voyait des choses. Elle ne voyait rien en fait, elle était juste folle. À un moment, Marissa a conclu que pour obtenir des dons, elle devait carrément convoquer Satan, puisqu'il était la source principale des pouvoirs des Sawyer et des métamorphes. C'est lui seul qui les transmet. Et c'est là que tout a basculé. Tout est allé si vite. Elle savait que tu aimais bien te balader le soir dans la forêt pour dessiner dans tes livres au clair de lune. Sans que tu t'en aperçoives, cachée derrière l'arbre contre lequel tu étais assise, elle a enfoncé une seringue dans ton cou, le somnifère t'a assommée. Elle t'a traînée dans la terre jusqu'au manoir et t'a enchaînée à la cave. Ce qu'elle voulait ? Que tu lui dises comment convoquer Satan. Parce que les Sawyer ont un lien de sang direct avec lui. Ma mère s'est dit qu'elle n'aurait qu'à marchander avec lui, n'importe quoi, tant qu'elle obtenait les pouvoirs des Sawyer elle aussi. Elle voulait que je t'arrose d'essence de magnolia, avant que tu te réveilles, pour que tu ne puisses pas utiliser de magie dans le manoir contre nous, contre elle…

— Et tu l'as fait ?

River secoua la tête et continuait de marcher dans la forêt.

— Mon refus ne lui a pas plu, c'est pourquoi elle m'a injecté presque tous les jours des seringues de sédatif et qu'elle m'enfermait dans la chambre en verrouillant la porte après m'avoir enchaîné la cheville. Ayzen était présent, chaque moment. Il a assisté ma mère. Alors il m'a tout raconté. Durant cinq jours, ma mère t'a fait souffrir jusqu'à ce que tu lui dises comment le contacter. Tu refusais. Le sixième jour, tu étais si mal en point et si peu nourrie que tu as fini par accepter en disant que tous ceux qui n'étaient pas dignes de convoquer Satan le paieraient du prix du sang. Que les conséquences s'en suivraient. Tu as répété ça quatre fois d'après Ayzen juste avant de dire à ma mère comment on peut convoquer les ténèbres.

— Ç'a marché ? Elle l'a convoqué, ta mère ? Il existe vraiment, Satan ?!

River tourna légèrement la tête dans ma direction, et m'offrit un sourire salace.

— Faut croire… Car ç'a fonctionné. Ma mère est allée à l'arrière du manoir, durant la nuit, et l'a convoqué. Satan a accepté sa demande d'avoir des pouvoirs. À une seule condition.

— Laquelle ?

Les traits sur son visage changèrent. Je voyais bien que ce passage de sa vie avait été un point de non-retour et marquant pour lui.

— Satan voulait avoir ses deux fils. C'était sa requête. Il voulait créer ses premiers hybrides. Du moment où notre âme a été vendue à Satan, on n'avait plus rien d'humain.

Je le fixai, ahurie et à la fois choquée.

— Ta mère vous a échangés contre des pouvoirs ?! Elle vous a sacrifiés ?

— Les ténèbres ne donnent que des cadeaux empoisonnés, Madison. Cette nuit-là, je m'en souviens comme si c'était hier. J'entends encore la porte de ma chambre s'ouvrir, je suis à demi conscient à cause des sédatifs qu'elle me donnait tous les jours, elle me tire et me traîne dans les marches, puis dehors et jusqu'au cimetière… Je revois son visage même s'il était flou. Je n'avais pas la force de me défendre. Même si je le voulais, je ne pouvais pas. Tout ce que j'ai senti par la suite est une lame dans sa main qui a tranché ma gorge. Mes yeux étaient restés ouverts alors que j'étais à plat ventre contre la terre humide. Il pleuvait cette nuit-là. Elle m'a laissé mourir. Elle devait me tuer pour m'offrir aux ténèbres. Je la revois s'éloigner pour rejoindre le manoir, son couteau ensanglanté à la main. Elle n'avait rien dit… pas même un : je suis désolée… ou un au revoir, rien. J'avais douze ans quand elle m'a assassiné froidement.

J'avais envie de gerber. Je n'arrivais pas à croire ce que j'entendais !

— Du point de vue d'Ayzen, il dit que tout ceci ne se serait jamais passé si tu n'avais pas dit à notre mère comment convoquer les ténèbres. Mais ce n'était pas ta faute si ma mère était dingue et c'est elle qui a posé le geste. Mais d'un côté, moi je dirais que ton implication m'a sauvé. Tu m'as libéré d'elle, comme tu me l'avais promis sur le pont Hush Falls.

— C'est horrible! Je... je ne peux pas imaginer qu'il y ait quelque chose de positif là-dedans. Ta mère méritait de mourir, pas toi. J'aurais dû me laisser mourir, elle n'aurait rien obtenu et t'aurais jamais vécu ça!

— Ne dis pas de connerie, Madison. C'était la meilleure chose à faire, parce que grâce aux ténèbres, je suis revenu à la vie. Parce que oui, quelques heures plus tard, mon cœur s'est remis à battre. Ce n'était plus du sang que j'avais dans les veines. Je n'étais plus humain, certes, je n'avais plus d'âme et ma vie était destinée à faire le mal, car les démons ne sont conçus que pour ça, pour tuer. Mais j'étais à nouveau en vie.

— Les... démons?

Mon cœur rata un bond. Je compris tout de suite pourquoi River ne voulait pas traverser le cercle de cendre autour de la maison.

— Ç'a été douloureux, je ne le cache pas. Je m'étais vidé de mon sang et puis quelques minutes plus tard, en me réveillant, le corps dans la boue du cimetière, je sentais ce truc visqueux, opaque et noir remplir mes veines et quand il a fait rebattre mon cœur, ça a été aussi douloureux que d'être frappé par la foudre. Je me sentais vide sans mon âme. Cette chose en moi, qui avait pris la place de mon identité, était, cela dit, puissante. Je me sentais en pleine forme et, mieux qu'avant. J'avais des pouvoirs au même titre que les Sawyer. Plus encore. Je me sentais invincible, et la seule chose à laquelle je pensais à ce moment, était que plus jamais ma mère n'allait me faire du mal... Elle n'avait aucune idée qu'elle nous avait rendus, mon frère et moi, bien plus dangereux qu'elle. Comme je suis revenu à la vie et plus puissant que jamais, mon corps continue d'évoluer. C'est pourquoi j'ai l'âge que j'ai, et que je ne suis pas resté enfant. De toute manière, je peux et j'ai toujours pu choisir mon apparence. Si j'ai envie d'avoir l'air d'un homme de quarante ans, je peux.

— Ça explique beaucoup de choses, susurrai-je en regardant le bout de mes chaussures en marchant.

River n'était plus un métamorphe, aujourd'hui, il était un démon, et un démon assurément plus puissant qu'une Sawyer ne l'avait jamais été. Cela faisait quand même assez peur… Fallait pas le mettre en colère…

— Ça va te paraître bizarre, mais le plus grand bonheur que j'ai ressenti de ma vie, c'est quand le jour s'est levé et que je pouvais me remettre sur pieds et que j'ai marché jusqu'au manoir… Une fois sur les lieux, j'ai découvert ma mère baignant dans son sang dans le séjour. Il y avait du sang partout ! Sur les murs, le plafond, c'était euphorique pour moi. Ma liberté était dessinée sur les éclaboussures de sang. Ayzen, âgé de quatorze ans, était assis sur le sofa et l'avait regardée mourir. Il avait commis un meurtre sans pitié qui me réjouissait. Il était couvert de sang et tenait un couteau dans sa main. Le même avec lequel elle nous avait assassinés la veille. Mon frère était comme moi, les yeux noirs, les veines qui ressortaient sous sa peau. La seule différence, c'est qu'Ayzen était devenu fou. Je m'étais vite rendu compte qu'il avait tué tout le monde.

— Quoi ?!

J'arrêtai de marcher, mais River continua.

— River ?

Il se retourna lentement.

— Ouais… il a tué Monia et les enfants. Il n'a épargné personne. Il voulait que tout le monde périsse dans son malheur.

Je repensai au sang que j'avais vu sur les murs du manoir quand je l'avais visité et un frisson déroutant traversa mon échine.

— J'ai vu le bébé poignardé dans son berceau. C'était l'horreur. La relation entre lui et moi a été rompue à ce moment. Il n'y avait plus aucun lien possible. Il est allé au village, il a tué des gens, il perdait les pédales. Deux jours plus tard, la série de meurtres au village a alerté l'attention de Ludivine, ta tante, qui te cherchait depuis des jours. Elle était même venue plusieurs fois au manoir, mais ma mère disait ne pas t'avoir vue. Cette fois, elle ne se contenta plus de juste toquer à la porte du manoir pour savoir où tu étais. Elle savait qu'il y avait urgence d'agir. Urgence de te trouver. Elle avait senti que les Bayerish mentaient. Elle a défoncé la porte, suivie de ton père et ta mère, elle a vu tout le sang partout dans la maison. Elle t'a cherchée, jusqu'à ce qu'elle te trouve à la cave.

— Tu n'avais pas pensé à me ramener chez moi ? Ta mère était morte et tu m'avais laissée deux jours de plus à la cave ?

River soupira et détourna le regard.

— Madison… je n'avais pas toute ma tête. J'étais… j'avais même plus conscience que tu étais toujours enchaînée à la cave. J'étais plus vraiment moi. Ludivine, elle, l'a bien vu. Mes yeux, mes veines, elle a su ce que j'étais, tout comme Ayzen. Ludivine t'a libérée et ensuite… elle s'est chargée de nous.

— Qu'est-ce que tu veux dire ?

— Bah, forcément, elle a cru que c'était nous qui t'avions enchaînée. Et en voyant tous les meurtres au village et dans le manoir, les enfants poignardés, Monia dans l'escalier, la tête disloquée, elle s'est arrangée pour que plus jamais on ne puisse tuer. Que personne ne puisse nous voir. En gros, elle nous a renvoyés en enfer. Ayzen et moi, on est toujours coincés là, avec les mauvais esprits.

— Seigneur, t'es sérieux ?! Comment j'arrive à te voir ?

— Personne ne peut nous voir. Toi tu y arrives parce que t'es une Sawyer et que tu peux voir les ténèbres. Donc tu peux voir l'enfer. Tu as accès à tout. Ce qui nous ramène à ta première question : pourquoi tu ne te sens pas bien lorsque tu m'approches ? C'est simple, le monde des vivants et le monde des morts ne peuvent pas être en contact, dans la logique des choses. Tes dons sont un peu l'anomalie qui permet qu'on puisse se voir. Nos deux univers, lorsqu'ils se retrouvent en contact, ça crée une défaillance, c'est contre nature. C'est pourquoi parfois je saigne du nez et que toi tu ressens un vertige. On a chacun nos petits effets secondaires. Pour les humains normaux, je suis comme… un mauvais esprit. Je peux faire bouger des objets, leur faire peur, mais ils ne me voient pas et je ne peux pas les toucher. Alors que toi, oui.

River retrouvait enfin le sourire, comme s'il était heureux de pouvoir enfin avoir un contact physique avec une personne. Une fille du moins. Une fille qui lui plaisait bien en plus… Je sentais qu'il n'allait plus me lâcher… Cela tombait bien puisque j'étais irrésistiblement attirée par lui : plus les jours passaient et plus j'en apprenais sur lui. Il n'avait qu'à dire qu'il était le mal incarné et étrangement, ça me plaisait, même si c'était insensé et que j'avais un peu la chair de poule en sa présence.

— Comment tu pourrais sortir de là ? Il y aurait un moyen tu crois ?

— On se réveille… Madison…

J'entendais cette voix sortir de nulle part. River me fit un clin d'œil. Ce n'était pas lui qui avait parlé. La nuit était déjà terminée ? On aurait dit que le rêve n'avait duré que dix petites minutes…

— Madison ?

J'ouvris les paupières rapidement et vis ma mère dans le cadre de porte.

— Voilà, elle est parmi nous. Faut t'habiller si tu ne veux pas être en retard en cours ! On est lundi.

Je m'assis dans mon lit et vis que River était parti. Mon corps était tout en sueur et mon cœur palpitait dans ma poitrine. Je compris à ce moment précis que je tombais amoureuse d'un démon.

Cela annonçait assurément que les ennuis ne faisaient que commencer. Et comment j'allais le présenter à Penny si elle ne pouvait pas le voir ?! Comment ma meilleure amie allait réagir si je lui disais : « Hé, devine quoi ? Le mec qui me plaît est mort, et c'est un démon ressuscité, mais oh, il a été vilain, du coup, ma tante l'a envoyé en enfer. »

Mais j'étais une Sawyer, je pouvais assurément le faire sortir de là…

Chapitre 26

Je m'étais empressée de sortir de la maison avant que ma mère prépare le petit déjeuner et qu'elle découvre ses armoires complètement vides. Je n'allais pas y échapper en revenant du lycée. En revanche, je pouvais remercier la pluie d'avoir effacé le cercle autour de la maison. Je n'osais pas imaginer sa réaction si elle avait vu des traces de cendre partout. Elle se serait dit que j'essayais sans doute de pratiquer des sorts et je me doutais bien que cela allait à l'encontre de ce qu'elle voulait pour moi.

Dehors, je marchais d'un pas pressé dans le sentier jusqu'à ce que j'arrive au lycée.

Une fois sur place, j'étais un peu en avance, alors je fis un arrêt aux toilettes et une fois que je sortis de la cabine, une personne entra. Il s'agissait de Laurel. Devant le lavabo, je me lavai les mains sans la regarder. Mais je savais que c'était elle par le son de ses talons.

— Tu t'es faite belle aujourd'hui, me lança-t-elle tout en s'approchant devant un des miroirs, près de moi.

Elle prit son sac à main et en ressortit son rouge à lèvres rouge sang qu'elle étendit sur ses lèvres pulpeuses.

— Pas plus que d'habitude, ripostai-je en essuyant mes mains sur mon jean noir.

Elle esquissa un rire.

Je portais un pull gris moulant avec mon jean noir, et au lieu d'avoir une queue-de-cheval comme à mon habitude, j'avais décidé de les laisser libres. Ils étaient un peu ondulés et noir de jais, mais ce n'est qu'après avoir regardé mon visage dans la glace que je vis que j'avais l'air plus resplendissante. Mes grands yeux bleu indigo étaient radieux et éclatants. Étonnant après la nuit que j'avais passée. Je m'étais réveillée avec une sale migraine intense à cause de l'acétone, sans doute, mais cela n'avait pas duré. Je me sentais bien et comme si j'avais dormi durant douze heures. J'étais en forme.

Comme elle me faisait son air habituel de la snob arrogante et prétentieuse, j'eus envie de la piquer un peu. Juste un peu.

— Alors, comment va ton chéri ce matin ?

Contrariée, elle m'envoya un regard méprisant par le biais du miroir devant elle tout en pinçant les lèvres pour bien étaler son rouge à lèvres. Ses talons pivotèrent pour qu'elle puisse me regarder en face.

— Si tu crois t'en sortir aussi facilement, tu te trompes, Sawyer. On n'en a pas terminé avec toi.

Elle ancra son regard rempli de mépris dans le mien. Mais je ne me laissai pas intimider. J'entrevis à cet instant la plaie à sa clavicule, des lacérations assez profondes qui me laissaient perplexe. Je voulus l'interroger.

— C'est lui qui t'a fait ça ?

Elle tira un peu sur sa chemise pour cacher la partie visible.

— Il a l'air violent.

— Je t'interdis de dire des saletés sur lui.

— Ah bon, sinon quoi ? Je te signale que toi et lui vous me menacez depuis que j'ai mis les pieds ici et qu'il est entré dans ma maison en pleine nuit dans l'intention de s'en prendre à moi.

— Et la source du problème, tu y as pensé ?

— Quelle source ?

— Toi. Ta famille. Tes gènes. Vous devez disparaître, et ce, jusqu'au dernier. Tu n'es pas la bienvenue à Keeper.

— Entre toi et moi, le plus dangereux, c'est la bande de connards qui a entouré ma maison la nuit dernière. C'est eux qu'on devrait éradiquer de Keeper.

Sans que j'aie vu venir son geste, Laurel plaqua son bras sur mon torse et me recula contre le mur!

— Si ta putain de famille de merde n'avait pas fait des tests sur des humains ni créé de lycanthropes, cette bande de connards comme tu dis vivrait une existence bien différente! Loin de la souffrance quotidienne!

— Quoi?

La porte derrière Laurel s'ouvrit comme un coup de vent et une fille entra en pleurs. Elle alla se faufiler dans un des cabinets. À cause de cette arrivée soudaine qui l'avait interrompue, Laurel me relâcha sans pour autant effacer ce regard menaçant sur moi.

— On n'en a pas fini avec toi, Sawyer, susurra-t-elle d'un ton agressif.

Je la regardai s'en aller tout en étant sous le choc. Je ne savais pas que ma famille avait utilisé des cobayes humains pour… Pour quoi exactement? Est-ce que les horreurs que j'avais vues de Jackson étaient vraiment une création des Sawyer? Je me souvenais encore de ses yeux qui roulaient dans leur orbite, pour rester entièrement blancs. De ses os qui craquaient violemment et de ses membres inférieurs qui se désarticulaient. Il était un lycanthrope?! Sans déconner?! Keeper était rempli de mystères. J'en apprenais chaque jour, mais surtout que ma famille était loin d'être admirable.

J'entendis la fille dans la cabine pleurer et la seconde suivante, elle gerba dans la cuvette. Sur le comptoir, je vis que Laurel avait oublié son rouge à lèvres sur le lavabo. Je le pris sans gêne et en l'ouvrant pour voir la couleur rouge bordeaux, aussi brute que le sang, je me plaçai devant le miroir et décidai de l'étendre sur mes lèvres. Cela me changeait et je n'avais jamais pensé cela du maquillage. Je n'aimais pas ces trucs que les filles mettaient sur leur visage. Cependant, je devais avouer que cela me donnait un physique plus présomptueux avec plus d'assurance. Derrière moi, la fille sortit du cabinet après avoir tiré la chasse d'eau et vint à côté de moi. Elle ouvrit le robinet, remplit sa main d'eau et arrosa son visage. Ses yeux étaient bouffis et tout rouges.

— Tu es nouvelle?

— Euh, oui.

— Un conseil : ne reste jamais seule dans le bureau du proviseur. C'est un malade.

Elle tremblait.

— Pourquoi qu'est-ce qui se passe?

— Vendredi dernier, il m'avait dit qu'il voulait me voir ce matin, avant que les cours commencent pour discuter de ma dissertation qu'il aimerait envoyer à une personne bien placée à l'université de Fairbanks en Alaska, pour ensuite parler de mes compétences et mon avenir. Assis dans son bureau, il est allé derrière moi et j'ai vu sa main se poser sur mon épaule; la seconde suivante, il l'a glissée sous mon pull, et il m'a tripoté les seins! Il m'a demandé de rester sage si je voulais avoir des faveurs et un avenir prometteur! Il ne va pas rester impuni! Je compte porter plainte! Et je sais que je ne suis pas la première à qui il fait ce genre de choses. Mais aucune fille n'a trouvé le courage de porter plainte ou d'amener ces agressions plus loin. Les gens finissent par dire que ce ne sont que des rumeurs, parce que tout le monde aime Daniel Torrance. Il est si vénéré à Iden Earl. Il obtient tout pour le monde. Mais moi, moi j'ai rien à perdre! Quand je l'ai repoussé, il a été furieux. Il sait que je vais appeler les flics.

— Wow! C'est un porc! Je suis désolée pour ce qui t'est arrivé. J'avais remarqué dès mon premier jour ici qu'il avait une attitude déplacée et un regard pervers. Tu as tout mon soutien et mon respect. Ne le laisse pas s'en tirer comme ça.

— Merci! J'y compte bien!

Elle essuya ses larmes et s'en alla en entendant la cloche

sonner. Il fallait que j'aille à mon premier cours. Je plaçai donc un peu mes cheveux, vérifiai que le rouge à lèvres ne dépassait nulle part et me faufilai dans les couloirs du lycée. Il commençait à y avoir beaucoup de monde lorsque j'arrivai à mon casier. Je pris quelques cahiers et en refermant la porte, je sursautai !

— Eh merde ! Qu'est-ce que tu fais là ?! Tu peux pas…

Je regardai autour de moi pour m'assurer que personne ne me voie parler seule. Mais en fait, River était juste là, le dos appuyé contre un casier, accompagné d'un demi-sourire. Bordel qu'il était beau. En plus ici, comme ça, au lycée, il aurait fait chavirer le cœur de bien des gens. Il était sans conteste le plus canon. Il détonnait dans un endroit pareil.

— Hum… Ce rouge à lèvres te va bien.

— Arrête ça, chuchotai-je en faisant semblant de fouiller à nouveau dans mon casier.

Je pris soin de mettre la porte de façon à ne pas le voir.

— Personne me voit, ce qui me laisse la chance de pouvoir te murmurer des tas de trucs à l'oreille…

Cette fois, il était juste derrière moi, sa bouche effleura mon oreille et son souffle me fit frissonner.

— River, il va falloir qu'on parle.

— Vas-y.

— Non, pas maintenant.

Une personne me regarda en venant ouvrir son casier juste à côté du mien. M'ayant entendue marmonner, elle arqua un sourcil inquisiteur.

Je sentis le bout des doigts de River se poser sur ma nuque, électrisant mon corps tout entier. Puis, sa main se glissa sur ma gorge presque en entier. Oh, Seigneur, à quoi il jouait ?! Son souffle revint caresser la base de mon oreille et je sentis qu'il se préparait à laisser une traînée de baisers sur ma clavicule. Sentant un vertige m'envahir, parce qu'il était trop près, ainsi qu'une soudaine excitation s'emparer de mon corps, je réagis plus brutalement que je ne l'aurais voulu : je claquai mon casier et lançai brusquement un :

— Stop !

Tous les gens dans le corridor, occupés à leur casier ou à discuter entre eux, se retournèrent et me fixèrent.

Je mis mon sac en bandoulière et ignorai ces regards en allant vite rejoindre mon cours.

— Ça te plaît pas ? fit River en me suivant toujours.

Je jetai un œil aux alentours : je pouvais parler.

— Si… si ça me plaît.

— Pourquoi tu m'as dit stop ?

En pivotant, mes Converse couinèrent contre le marbre.

— C'est juste que, tu… tu peux pas m'embrasser ou me toucher ici, les gens vont penser que je suis débile. Et ce vertige… c'est insupportable. De toute manière, tu peux pas rester ici. En plus, tu vas me déconcentrer.

— Je sais être discret. C'est juste que… excuse-moi. Quand je t'ai vue… j'ai… j'ai tout de suite eu envie de t'embrasser.

— Ah oui, mais là c'était mon cou et ma nuque que tu allais presque lécher et je suis au lycée, ne l'oublie pas.

Je me retournai pour lui tourner le dos et poursuivre mon chemin. J'empruntai l'escalier pour aller à l'étage du dessus.

— Oh, excuse-moi, c'était à un endroit qui t'a excitée et là t'es toute déboussolée.

— Ça ne m'a pas excitée du tout. Tu m'as touchée que trente secondes, rétorquai-je en riant.

— C'est pas ce que j'ai senti… Mais bon, j'attends de pouvoir me rattraper et m'occuper de toi plus de trente secondes.

Il avait dit cela avec tellement d'amusement dans sa voix que mes joues virèrent au pourpre. Je continuai de monter sans me retourner. Mais bien sûr, en levant les yeux au palier suivant, River était déjà là-haut et m'attendait.

— River, dis-je en souriant de manière timide. Je vais faire mes cours et je te retrouve tout de suite après. J'ai vraiment besoin de te dire quelque chose.

Il s'écarta de la porte qui me permettait de sortir de la cage d'escalier, seulement, en passant près de lui, il décida de tendre son bras devant moi pour me bloquer le passage. Je remontai les yeux jusqu'à lui. Il m'offrit un sublime sourire et murmura avec affection :

— Passe une bonne journée, Madison.

Je ne fis que cligner une fois des yeux et il disparut. Néanmoins, quelque chose m'alerta. Un bruit venant de l'étage en bas. Je retournai en bas et suivis les cris dans un couloir. Les derniers élèves regagnaient leur cours, mais quelques-uns s'étaient postés près du bureau du proviseur pour assouvir leur curiosité comme moi. Entre autres personnes, je vis la fille qui était dans les toilettes plus tôt. Elle s'énerva et cria après le père de Jackson, le shérif, accompagné d'un autre flic. Tous deux la prirent par les coudes pour l'emmener à l'extérieur de l'établissement.

— Oh mon Dieu, je peux pas croire qu'elle ait fait ça, gronda une fille près de moi en parlant à un type à côté d'elle.

— Allez, circulez ! Il n'y a rien à voir ! s'écria le proviseur.

Les élèves s'éclipsèrent, mais je réussis à en attraper un au passage.

— Excuse-moi, mais il vient de se passer quoi ?

— Le proviseur a contacté les flics après que Regina a tenté de soudoyer le proviseur avec des faveurs sexuelles, en échange de bonnes notes. Apparemment, elle l'attendait dans son bureau avant l'ouverture du lycée. C'est une vraie garce. Et là elle joue les victimes.

La nana s'en alla et en me retournant, je vis par les portes-fenêtres la fille se faire embarquer dans la voiture de police pour être interrogée au poste. Daniel Torrance allait sans doute y aller lui aussi pour sa plainte.

Ce vieux porc de Daniel Torrance avait appelé les flics avant elle pour être sûr de gérer la situation ? Et comme il était en position d'autorité et respecté à Keeper, tout le monde l'avait cru ? Personne n'avait écouté Regina, non, elle pleurait et hurlait, alors elle avait l'air instable. Et on n'écoutait jamais les gens qui étaient en perte de contrôle et qui ne géraient pas leur émotion. Saleté de société de merde ! C'était justifié dans son cas, après un coup pareil ! Moi aussi j'aurais pété un câble et bousculé les flics si j'avais été dans sa situation et dans un tel revirement : la victime accusée ! Le proviseur avait été plus rapide qu'elle. Il n'était pas qu'un gros porc, mais aussi un malade qui méritait de souffrir. Enfin, c'était ce que je ressentais en le regardant. J'avais envie de l'étouffer avec sa rate.

J'observai le proviseur s'asseoir derrière son bureau et essuyer son front reluisant de sueur avec un mouchoir. Une rage, une haine pure naquit en moi, je sentis mes points se resserrer, mes jointures devenir blanches et mon cœur marteler ma poitrine.

— Madison ? Vous n'êtes pas en cours ?! me lança avec véhémence le proviseur en me voyant de l'autre côté de son bureau.

Je restai campée sur place, incapable de bouger. On aurait dit que j'allais commettre un geste atroce, mais ma tête me bloquait. Parce que mon cœur, lui, me dictait d'agir et de réparer cette injustice.

— Mademoiselle, je vous ai posé une question !

— Oui..., sifflai-je entre mes dents.

Je finis par arriver à me retourner. Mon corps était raide et rempli d'adrénaline, mais il fallait que je m'éloigne de cet homme, sans quoi j'allais faire une bêtise irréversible. Je connaissais son secret à ce vieux pervers. Et j'allais le garder à l'œil. Il fallait qu'il paie pour ce qu'il avait fait...

Chapitre 27

Durant chaque pause ou temps libre, j'avançais mon roman graphique. Je mêlais sans mal les textes et les illustrations. Le tout prenait forme et j'étais vraiment confiante du résultat final. J'avais remarqué que la bande de Jackson n'était pas venue au lycée à cause de la veille. Laurel m'avait évitée du regard toute la journée, ce qui était génial. Mais j'avais remarqué à la cafèt' qu'elle était très bonne amie avec Mery Saul, la fille qui m'avait préparé un moka à la librairie le week-end dernier et qui avait averti Jackson de ma présence sur les lieux. Il avait rappliqué dans le temps de le dire.

Vers le dernier cours, je jetai un œil par la fenêtre et je vis River. Il m'attendait de l'autre côté de la rue. Je souris, car il était encore plus beau. Beau était un euphémisme. Je ne savais pas qu'il pouvait être encore plus canon qu'il ne l'était déjà ce matin. Il avait rejeté la longue mèche noire de jais sur le dessus de son crâne vers l'arrière, m'offrant ses yeux ténébreux et un sourire malicieux.

Dès que la dernière cloche se fit entendre, je fermai mon livre, attrapai mon sac et fonçai sur mon casier pour enfiler mon manteau et aller vers la sortie. La température avait chuté radicalement durant la journée. Dès que je mis le pied dehors, je sentis mes joues devenir rouges et se figer par le froid. Une buée s'échappa de mes lèvres à chaque respiration. Même si je ne l'aimais pas, j'enfilai au dernier moment mon bonnet noir et ridicule pour me réchauffer.

Je rejoignis River à l'orée des bois.

— Je peux le voir ?

Je passai à côté de lui en le regardant de bas en haut.

— C'est déconcertant de te voir en t-shirt alors que j'ai mis à peine le bout du nez dehors depuis trois minutes, et que je suis frigorifiée.

— Je peux mettre un manteau si tu veux et faire semblant d'avoir froid pour avoir l'air d'un petit humain sensible au froid.

— Ça va, je te préfère sans.

— Alors, je peux voir ?

Tout en marchant, je me retournai pour l'observer sans arrêter de faire des pas à reculons.

— Voir quoi ?

— Ton bouquin. C'est pas ce que tu faisais en cours juste avant que la cloche sonne ?

— Si, mais je préfère te le montrer qu'une fois que j'aurai terminé.

— Est-ce que tu sais finalement si ton ange déchu super sexy va tuer la fille parce que le mal coule dans ses veines, ou l'épargner par la force de son amour pour elle ?

— Je vais pas te le spoiler. Tu le sauras à la fin.

— Eh merde, et je vais attendre combien de temps avant de le savoir ?

— J'ai presque terminé.

— Tu comptes le publier ?

— Hum… non. C'est un de mes rêves d'être publiée chez un grand éditeur. Que mes dessins soient reconnus et peut-être même vivre de ma plume. Mais revenons sur terre, je n'ai aucune chance. Alors non, je ne compte pas le publier. De toute manière, ma mère ne serait pas d'accord que je perde mon temps là-dedans. Elle me voit faire des études et bosser là où la société en a le plus besoin et où je serai vraiment utile et ne manquerai jamais d'ouvrage. C'est à dire, en santé, plus précisément aux urgences.

— Elle sait que t'as des dons, peut-être qu'en venant ici elle savait un peu que tu découvrirais ton identité. Elle te voit peut-être même sauver des vies discrètement dans un hôpital avec tes dons. Ce qui ne serait pas mauvais en soi. Mais je crois pas que c'est ce que tu veux et que c'est ce dont tu as besoin…

— T'as raison, les hôpitaux, c'est pas mon truc.

Je ne vis pas ce que je heurtai en marchant à reculons, mais avant que je tombe vers l'arrière, River attrapa ma main juste à temps et me tira contre lui.

Me retrouvant collée contre son torse, je relevai les yeux. Il était vraiment grand. Sa main électrisait la mienne, où il avait enlacé ses doigts aux miens. J'aurais pu rester là des heures à rester dans cette proximité et à humer ce parfum. River chuchota :

— Quand j'ai dit que c'était pas ce que tu voulais, je parlais pas de l'hôpital, mais plutôt du fait de sauver des vies… c'est pas ce dont tu as besoin.

Je m'écartai de lui lorsque le vertige revint me rappeler qu'on ne pouvait pas se toucher trop longtemps. À ce moment, je jetai un œil derrière moi : c'était une énorme branche qui jonchait le sol, dans laquelle j'avais presque trébuché.

— Pourquoi tu dis que j'ai pas besoin de sauver des vies ? Que c'est pas fait pour moi ou quoi ?

— Nan. C'est pas du tout dans ton code génétique.

— Ah bon, et toi qui sais tout de moi jusque dans la moindre parcelle de mon sang, je suis destinée à faire quoi, River Bayerish ?

Il esquissa un sourire tout en fermant les paupières et, en

avançant de quelques pas pour vouloir passer à côté de moi, il s'arrêta, approcha son visage contre mon oreille et souffla froidement deux mots :

— À tuer.

Chapitre 28

River avait complètement disparu après m'avoir envoyé cela à la figure. Moi ? J'étais faite pour tuer ? C'était ridicule. Je fis le trajet jusqu'à chez moi sans lui, même si j'avais répété son nom à plusieurs reprises pour savoir pourquoi il disait cela, mais il n'était pas réapparu. Il faut dire que je jurais après lui et j'étais certaine qu'il m'entendait. River ne voulait pas se montrer uniquement pour se foutre de moi. Je ne le revis qu'une fois que j'arrivai à mon porche, en ouvrant la porte. Il était assis sur le canapé bleu du séjour et m'envoya un sourire fendu jusqu'aux oreilles.

— River, t'es pas drôle. Du haut de mon un mètre soixante, j'ai l'air d'une machine à tuer ?

— C'est comme ça, tu n'y peux rien, rétorqua-t-il.

Je retirai mon manteau, mon bonnet et laissai tomber mon sac à mes pieds pour ensuite aller voir sur la table, une note de ma mère qui disait qu'elle était sortie faire des courses, et aussi acheter de la vaisselle, car toutes les assiettes avaient disparu mystérieusement de ses armoires et qu'elle voulait avoir une explication et vite. J'allai dans la cuisine, me pris une des dernières tasses qui restaient et la remplis d'eau à même le robinet. C'est en portant l'eau à mes lèvres que mes yeux dérivèrent vers lui. Il était là, sans que je l'aie entendu arriver, hanche appuyée contre le comptoir.

— Tu te fous de ma gueule, pas vrai ?

— Pas du tout. Te révéler des choses commence finalement à me plaire. Tes réactions sont de plus en plus adorables.

Son sourire devint enjôleur, ce qui fit augmenter mon pouls considérablement.

— Arrête, je vais commencer à penser que ça t'allume d'imaginer que je puisse tuer.

Je vidai ma tasse et voyant que je n'avais pas de réponse, j'ancrai mon regard dans le sien. Oh bon sang… dans ses yeux je vis une excitation grandissante. Il ne clignait même pas des paupières, il me fixa avec intensité avec ce fidèle sourire en coin.

— T'es tordu…

— J'ai hâte que… ta vraie nature sorte de ce petit corps de sataniste…

— Arrête, tu plaisantes c'est sûr.

— Pas du tout…

— T'es du côté des gentils ou des méchants ?

— Tu viens pas de me poser cette question ? me relança abruptement River.

Il s'écarta du comptoir tout en s'esclaffant comme si je lui avais sorti une bonne blague. Je déposai ma tasse dans l'évier, me retournai, et cette fois je repris mon sérieux en croisant les bras sur mon torse et là il se figea.

— Ah ! Parce que ta question était sérieuse en plus ?! Madison… voyons. T'es pas bête à ce point.

— Laisse tomber.

— Encore heureux. J'allais faire une crise cardiaque. Je tiens à mon nouveau cœur, il est puissant. Quoi que même si t'es une Sawyer, tu ne seras jamais plus puissante que moi, et donc incapable de me tuer, même si t'essayais bien fort. Mais fais-y tout de même attention, mon cœur t'aime bien.

Il me fit un clin d'œil et en contrepartie, moi je plissai les yeux pour l'affronter.

— Plus puissant que moi ? Incapable de te tuer ?

— C'est exact.

— Oh… et la cendre que j'avais autour de la maison. Elle t'a fait un peu peur quand même… non ?

— Pas du tout.

— Alors pourquoi t'arrivais pas à traverser ? Parce que cette cendre élimine le mal ? Tu serais devenu poussière ? Même en enfer ?

Je lui souriais, mais lui, son expression changea.

— Cette cendre aurait réduit à néant mes pouvoirs temporairement et m'aurait rendu vulnérable. Mais rien ne peux me tuer, même si tu essais.

— Je n'en ai pas l'intention de toute manière. Et arrête d'agir comme si tu étais supérieur. Les mecs métamorphes veulent être plus fort que les femmes Sawyer. Tu ne devrais pas chercher à faire concurrence comme ça. À la base, c'était pas cette quête de pouvoir qui a fait que nos familles depuis des générations s'entretuent ? Les mecs métamorphes veulent être plus fort que les femmes Sawyer et vice-versa. J'aime pas ça… De toute évidence, tu es bien plus fort que moi, River, alors, s'il te plaît, toi, fais attention à mon cœur, parce qu'il commence à tenir à toi beaucoup…

Il avait repris son sérieux et je pus voir qu'il déglutissait lentement tout en serrant la mâchoire.

— T'as raison… euh…

Il se rapprocha de l'îlot au centre de la cuisine et me regarda me préparer un sandwich.

— Ce matin, tu m'as fait savoir que tu voulais qu'on parle. C'était à propos de quoi ?

— Oui, c'est vrai. J'ai une question qui me taraude la tête, depuis que je me suis réveillée. Je voulais te demander, si je suis la seule qui peut te voir, comment mon père a pu te demander de veiller sur moi ?

— Par une note qu'il a laissée dans le manoir avant de se suicider. Sur la note, il me demandait de veiller sur toi, car il était possible que tu reviennes à Keeper après qu'il t'a légué la réserve et la maison ancestrale. Et Mikeol savait que je verrais la note d'où je suis.

— Comment c'est possible ?

— Ludivine avait beau s'être débarrassée de nous en nous envoyant en enfer, là où les humains sans âme vont, mais elle ne savait pas qu'on pouvait encore se manifester, elle n'arrivait pas à empêcher ça. Alors j'en ai profité un peu, disons… pour la tourmenter chaque jour, pour qu'elle me libère. Elle avait dit à Mikeol qu'on la hantait. Surtout la nuit. C'est assurément pourquoi il s'est dit qu'il pouvait me laisser une note quelque part et qu'il y avait une chance que je la voie. Et lui il a toujours cru que j'étais bon, pas avec Ludivine pour ce qu'elle m'avait fait, mais avec toi, que j'ai toujours voulu ton bien et que jamais je t'aurais fait du mal, peu importe ce que j'étais devenu. Ton père, Madison, a toujours eu confiance en moi et en l'amour que j'avais pour sa fille. C'est Ludivine qui me détestait. Elle croyait vraiment que c'était Ayzen et moi qui avions fait ce massacre dans le manoir et une série de meurtres au village. C'était l'œuvre uniquement de mon frère. Ton père me défendait beaucoup et finalement, avant de mourir, il n'y avait personne pour te protéger d'Ayzen qui était dangereux, alors la seule personne sur qui il pouvait compter, c'était moi. Il savait que Ludivine nous voyait, alors il savait que tu serais en mesure, toi aussi, de nous voir.

— D'accord. Et sinon, j'ai une autre question, mais je suis pas certaine que tu connaisses la réponse. Sinon, je pense que tu me l'aurais déjà dit.

— Je t'écoute.

— Tu sais comment je peux récupérer mes pouvoirs ?

Un sourire se dessina lentement sur son visage. C'était la question, celle qu'il devait se demander pourquoi je ne l'avais pas posée plus tôt.

— Avant de te répondre, je voudrais connaître tes intentions… Tu veux faire quoi de tes pouvoirs ?

Il fit le tour très lentement de l'îlot pour se rapprocher de moi. Mon cœur se remit à palpiter dangereusement. Je tenais une tranche de pain dans une main, que je déposai aussitôt, et de l'autre, j'avais un couteau pour couper mon sandwich, mais il me l'enleva doucement des mains et le déposa sur le comptoir pour ensuite entrer à nouveau dans mon espace vital. Il y avait une impatience chez lui, je sentais vraiment qu'il avait besoin de plus… Était-il en manque ? Assurément. Il était de l'autre côté depuis l'âge de douze ans. J'étais la seule fille avec qui il pouvait avoir un contact physique, enfin, oui avec des inconvénients, mais on aurait dit qu'il avait des pulsions. Je n'allais quand même pas l'emmener dans mon pieu ! Il était mort. Enfin, revenu à la vie, mais pas tout à fait parmi nous. Et puis, j'avais fait l'amour qu'avec une seule personne, et c'était Simon. Je ne savais pas du tout quoi ou comment faire avec un autre et River qui arrivait à me faire perdre tous mes moyens. J'arrivais plus à y voir clair. Le vertige s'empara de moi, sans m'épargner. Mes mains agrippèrent le comptoir derrière moi. River plaqua doucement son corps contre le mien et avec sa main qui électrisa ma mâchoire, il me fit relever le visage pour que je le regardasse dans le blanc des yeux.

— À quoi est-ce que tu joues, River ?

— Tu veux faire souffrir qui ?

Bordel, cela l'allumait vraiment !

— Quoi ? Qui ? Je… personne. Je veux juste savoir s'il existe une façon de les récupérer.

Un liquide noir et opaque commença à couler de sa narine, mais il ne s'écarta toujours pas de moi. À l'instant, une chose capta toute mon attention, c'était sur son corps contre le mien, car sous son jean, je sentis clairement un début d'érection qu'il appuya contre ma cuisse. J'allais vraiment m'évanouir de désir. Est-ce que c'était possible?! Mon visage devint écarlate. J'avais chaud. Trop chaud. Son regard ne se concentrait que sur le mien, il attendait vraiment ma réponse même si j'étais légèrement déconcentrée. Il vit que j'étais incapable de dire quoi que ce soit alors il répéta :

— Qui?

— Euh…

Ses doigts me relâchèrent et son visage vient se faufiler dans le creux de mon cou, là où il embrassa ma jugulaire et mon épaule pour ensuite faire la ligne de ma mâchoire. Chaque fois qu'il me touchait, il se produisait un truc, une énergie statique qui figeait mon sang.

— J'ai…

— Oui, souffla-t-il.

— J'ai un certain Daniel Torrance. J'aimerais qu'il paie pour un truc qu'il a fait.

— D'accord, tu veux le tuer.

— Non! Bien sûr que non! Juste m'assurer qu'il ne bosse plus à Iden Earl et qu'il ne puisse plus s'approcher des étudiantes.

River s'écarta juste assez pour pouvoir essuyer son nez et laisser mon vertige disparaître. Il avait laissé une goutte noire sur mon pull gris.

— C'est juste pour lui que tu veux récupérer tes pouvoirs?

— Non, pour moi aussi et pour Ayzen.

— Je ne te suffis pas contre Ayzen?

— Si. Mais j'aimerais bien pouvoir me défendre toute seule parfois et ne pas dépendre que de toi. Alors, si tu sais quelque chose, s'il te plaît, dis-le-moi.

Il mit un long moment avant de rajouter quelque chose. Il restait silencieux, fixait un point invisible. Définitivement, il avait la réponse que je voulais.

— Je t'en prie.

Il soupira lourdement, puis leva un regard froid et presque austère vers moi et déclara :

— Tu ne les as pas perdus.

Je le toisai.

— Le fait que t'aies pas de mémoire t'empêche de renouer avec qui tu es vraiment… Donc tu n'as aucun lien qui te connecte avec tes dons directement. Mais ils sont là… ils ne t'ont pas quittée. Ils sommeillent paisiblement tout au fond de toi… Et moi je sais comment tu peux rebrancher cette petite machine puissante…

Chapitre 29

Pour obtenir des réponses, River m'avait traînée dehors, ainsi on pouvait aller discuter avant que ma mère revienne à la maison après ses courses. Il était à peine dix-sept heures et c'était déjà la pénombre. Il faisait sombre dans la forêt, mais le ciel vacillait entre la clarté et la nuit, laissant une teinte bleu foncé. Je pouvais déjà distinguer quelques étoiles. La température frôlait le moins un degré. Ce qui n'était pas si mal étant donné qu'on était bientôt le soir et que je m'attendais à pire.

On se baladait en direction d'Iden Earl, mais River avait dévié sa trajectoire en allant vers Creet Ouest, une clairière au bord du village, là où la plupart des villageois résidaient. Je pouvais voir toutes ces maisons éloignées du sentier et munies d'un portail. Toutes cachées par des arbres matures. On ne voyait pas très bien les devantures, seulement de la clarté provenant des lumières par les fenêtres. La terre sous mes Converse était gelée et dure comme la pierre.

River, à mes côtés, marchait les mains dans les poches et regardait souvent autour de lui. Il y avait un petit moment que son frère ne s'était pas manifesté et je craignais qu'il fût en train de préparer quelque chose contre moi, et je pensais que c'était exactement ce qui inquiétait River. Je pouvais ressentir qu'il était préoccupé, même s'il me montrait le contraire sur son visage et qu'il m'offrait des sourires sécurisants. Lorsqu'il vit que j'observais derrière nous après l'avoir vu faire, il décida d'attirer plutôt mon attention sur un sujet :

— Tu te doutais bien que c'était moi qui avais mis ton livre à dessin sur mon lit au manoir ?

— Oui. Au fait, tu l'avais récupéré devant la librairie ? Après que Jackson l'a lancé au bord de la route ?

— Yep. D'ailleurs, bien que je te surveille dans l'ombre, j'ai trouvé que tu t'étais bien défendue, étant donné que tu étais seule face à eux. T'avais pas besoin d'être secourue ; le coup de poing était magistral, en passant.

— Ce n'est pas assez, il mérite pire.

— Je te l'accorde. Et sinon, tu sais, quand j'ai récupéré ton livre à dessin après qu'ils étaient tous partis, une page était ouverte, et j'ai vu les symboles de magie noire que tu avais décalqués.

— Oui, les symboles viennent du livre que j'avais acheté, *Malicious Whitches*. Je les trouvais beaux et je voulais les intégrer à mon histoire et à mes personnages.

— Tu sais, pour un humain normal, la magie noire ne fonctionne pas. Alors on s'en fiche quand ils mettent la main sur ce genre de documentation, on ne sera jamais inquiet. Parce que ça ne fonctionne réellement qu'avec une personne comme toi. C'est tout un langage créé et conçu spécialement pour les descendants de Satan. Si tu veux apprivoiser tes pouvoirs, ce qu'on va faire dès ce soir, je te suggère de commencer par récupérer ce livre. Il contient beaucoup de choses dont tu peux t'instruire. Je connais bien ce *Malicious Witches*, c'est un bouquin authentique, le seul exemplaire qui était dans ta lignée. Je comprends mal qu'il se soit retrouvé à la librairie de vente de livres d'occasion. Je pense que ton père, qui manquait d'argent, avait vendu des cartons remplis de biens personnels au village. De toute manière, c'était le genre de choses dont il n'avait pas besoin et qu'il ne voulait surtout pas revoir chez lui.

— J'aimerais bien le récupérer, mais je ne sais pas où il est, maintenant.

— Moi si.

— Ah oui ?!

— Figure-toi que, devant la librairie avant que Jackson s'éclipse avec sa bande, il avait glissé un livre noir sous le pan de sa veste. Je l'ai vu. Il a gardé ton livre.

— Alors je ne pourrai jamais le récupérer. C'est peine perdue !

Encore quelques pas et je commençai à voir un immense champ de maïs. Les feuilles étaient sèches et jaunes et nous dépassaient largement. Il y avait un horrible épouvantail au centre du champ et une petite grange rouge qui tombait en ruine. Un peu plus loin, je vis une magnifique maison à la devanture blanche et ornée d'une toiture vert sauge. Mais cet endroit me fichait la trouille.

— J'aime pas cet endroit. Pourquoi on va par là ? Je le sens pas.

Je sentais des mauvaises intentions ici. Quelque chose me disait que ce n'était pas un endroit que je pouvais franchir.

— Qu'est-ce que t'as ? Pourquoi ?

— T'as vu la maison et ce champ de maïs ? On dirait Hershel's Farm dans la série *The Walking Dead.*

Il arqua un sourcil et se tourna vers la maison pour l'observer.

— C'est quoi The Warrrkineee Dead ?

— Tu plaisantes ? Tout le monde connaît cette série. En plus t'as plein d'amis là-dedans.

— Pourquoi tu dis ça ?

— C'est plein de morts vivants.

— Ah… Ah…, fait-il sarcastiquement. Oh… et, t'es en train de me traiter de zombie ?!

— Bah, c'est quand même un peu ça quand on y pense. T'es mort et à l'aube tu t'es relevé et t'as marché jusqu'à chez toi. J'aurais été effarée à te voir sur mon porche comme ça. La première pensée qui me serait venue à l'esprit, c'était que t'étais un zombie.

Il plissa les paupières pour me toiser avec un rictus au coin de ses lèvres.

— Alors, dis-moi, pour un mort, me trouves-tu séduisant ?

— Euh… oui. Évidemment. Tu sembles pas te décomposer, ce qui est une bonne nouvelle. À ce que je sache, tu n'as pas d'asticots qui bouffent ta chair, dis-je en riant avant de me raviser rapidement en voyant son expression. Enfin… c'est pas ce que je voulais dire… je…

Je mordillai ma lèvre. Bordel, je ne venais pas de dire cela ?

River sourit et secoua doucement la tête, comme si j'étais idiote, mais à la fois adorable, ce qui l'obligeait à pardonner mes maladresses. Je n'étais pas très doué pour draguer un mec et c'était encore plus gênant quand il s'en rendait compte. Aucune fille ne pouvait draguer avec une phrase du genre : t'es séduisant pour un cadavre, parce que tu ne te décomposes pas et qu'il n'y a pas de larves qui rampent contre les parois de tes intestins ou tes globes oculaires.

Je me figeai en voyant qu'il avançait vers le champ.

— Hé, où vas-tu ? C'est un terrain privé, je peux pas te suivre.

— Mais oui tu peux.

Je ne le voyais plus, le champ l'avait littéralement avalé.

— Pourquoi on vient ici ? Réponds-moi au moins.

— On va récupérer ton livre ! dit-il en laissant l'écho de sa voix se perdre tout autour de moi. Tu vas t'introduire chez Jackson, le trouver et on s'en va. Ce sera très facile, tu verras. Allez, fais pas ta froussarde, ce sera même marrant.

— Il habite ici ?!

Il ne répondit pas, alors j'entrepris à mon tour de me faufiler entre les rangées de maïs. Je comprenais mieux pourquoi je n'aimais pas cet endroit. Et puis, aller chez Jackson… ce n'était pas sans danger. Et je n'allais tout de même pas m'introduire dans sa maison ?!

La chair de poule m'enveloppa juste à y penser.

Chapitre 30

Le trac s'empara de moi lorsque je vis une petite fenêtre sur le côté de la maison qui m'indiqua que Jackson était là, et avec sa bande. Dans le salon, ils buvaient de la bière et parlaient fort tout en écoutant de la musique rock. On aurait dit qu'ils faisaient une petite fête. Je n'étais pas vraiment surprise puisque son père, le shérif, bossait au poste de police de soir, d'après River. Il m'avait aussi confirmé que plusieurs fois par semaine, Jackson se réunissait avec ses acolytes pour passer du bon temps. Ce qui était bien, c'était que vu que la maison n'était pas déserte, on reviendrait une autre fois. Je commençai à m'éloigner pour partir, mais River m'interpella :

— Hé, tu vas où ?

— Bah, ça se voit, je m'en vais. Je vais pas entrer dans la maison alors qu'il y a plein de monde.

— Si.

Je restai de marbre, puis au bout de quelques secondes, je commençai à rire.

— Tu me fais marcher ?

— Non, je suis sérieux. Tu vas monter là, grimper jusqu'au toit, aller à la fenêtre de Jackson et récupérer ce qu'il t'a pris.

— Je vais pas monter la gouttière, River! Je vais pas… mais non! Hors de question. On s'en va.

— Madison, fit-il en croisant les bras sur son torse cette fois, tout en m'affichant un air stoïque. Tu vas monter et sortir de là avec ce qui t'appartient. Arrête de faire la froussarde. C'est facile à faire.

— Pourquoi tu n'irais pas toi, personne va te voir?

— Parce que je veux que tu réapprennes à être audacieuse. Un trait de caractère que tu as perdu et que tu dois absolument retrouver. Tes manières de fille parfaite qui ne commet pas de crime ou d'infraction s'arrêtent ce soir. Allez, secoue-toi un peu, va chercher ton livre. Je couvre tes arrières.

— J'ai pas peur de commettre une infraction, mais de me faire prendre par Jackson.

— Arrête avec ça, tu es mille fois plus forte que lui, c'est juste que tu le sais pas encore parce que tu renies qui tu es.

— Je ne renie pas qui je suis, je ne sais pas qui je suis. Nuance.

— Eh bien, ce soir tu sauras qui tu es. Monte là-haut, prends ce fichu livre, et je te montrerai comment renouer avec tes gènes.

— OK, mais si…

— Non, chut, fait-il en plaquant le bout de ses doigts contre mes lèvres. Monte.

Une douce électricité picota mes lèvres, juste avant qu'il retire sa main.

Grincheuse, je hochai tout de même la tête de manière décidée.

Il y avait une clôture de bois peinte en blanc qui recouvrait entièrement le mur du côté de la maison. Elle était recouverte de plantes grimpantes. Je devais faufiler mes mains à travers les feuilles pour m'accrocher et escalader jusqu'au palier du toit au-dessus de moi. Les épines m'écorchaient les mains, mais je continuais de grimper.

Une fois le premier palier atteint, il y avait une fenêtre devant moi. La lumière était éteinte. À voir les murs bleu foncé, décorés des nombreuses affiches de femmes nues, je me doutais bien que c'était la chambre de Jackson. La fenêtre était ouverte, seule la moustiquaire restait à ouvrir. Il fallait que je force un peu parce qu'elle était coincée, mais je ne voulais pas faire de bruit alors j'y allais aussi discrètement que possible. Derrière moi, il faisait de plus en plus noir alors je voyais moins bien.

Après avoir réussi à l'ouvrir, je me faufilai à l'intérieur de la pièce. Une moquette beige se retrouva tâchée d'un peu de terre, mais je n'y portai pas attention, je ne devais pas traîner.

Je commençai par vérifier sur son bureau, là où se trouvaient ses cahiers d'études et son ordinateur portable. Je soulevai une tonne de papier et je ne trouvai rien. Pas de livre. Je vérifiai dans sa poubelle sous le bureau : rien, à part quelques papiers de chewing-gum. En me retournant, je me dirigeai vers la table de chevet, puis j'ouvris son tiroir. Ce que je n'aurais jamais dû faire. Il y avait une vieille capote usagée à l'intérieur…

Répugnant!

Je refermai le tiroir plus brusquement que je ne l'aurais voulu. Je me figeai et écoutai les bruits venant d'en bas, vers la cuisine et le salon. Personne ne semblait avoir entendu. Mon cœur commençait à pomper de plus en plus fort, sachant très bien que je devais faire vite et ne pas m'éterniser. L'adrénaline coulait dans mes veines et le trac faisait trembler mes mains.

Genoux contre la moquette, je jetai un œil sous le lit. Toujours pas de trace de mon livre. En relevant uniquement la tête pour regarder vers la porte, j'entendis des pas dans l'escalier.

Sans faire le moindre bruit, je bondis sur mes pieds et commençai à chercher un endroit où me cacher. Sous le lit, c'était trop serré et la penderie était pleine à craquer. Les pas se rapprochèrent dans le couloir. À la dernière minute, la seule issue qui me restait était de me glisser derrière la porte de la chambre ouverte. Mon cœur se déchaînait comme jamais. Tellement que je portai mes deux mains contre ma poitrine pour tenter de calmer les coups. Dans la fente de la porte sur ma gauche, je pouvais entrevoir le couloir, et c'est nul autre que Jackson qui apparut. Il entra dans la pièce juste en face de sa chambre et alluma. C'était la salle de bain. Sans refermer la porte derrière lui, je vis qu'il tenait une bouteille de bière dans la main et la minute suivante, tout en perdant légèrement pied, il arriva avec mal à défaire sa braguette. Il déposa sa bouteille sur le comptoir et la seconde suivante, dos à moi, je l'entendis uriner dans la cuvette. Étant cachée ici, j'avais l'impression que ce moment durait une éternité. Je ne voulais qu'une chose, qu'il retourne en bas et surtout qu'il ne me voie pas par la fente en se retournant.

Je ne sais pas dans quoi tu m'as embarquée, River, mais c'est loin d'être aussi facile que tu le prétendais ! marmonnai-je à moi-même dans ma tête en fermant les paupières et en pinçant les lèvres.

Lorsque je l'entendis tirer la chasse d'eau et reprendre sa bouteille, j'ouvris les yeux. Il marcha lentement vers la sortie et je me rétractai. Mon souffle était coupé, mon corps, crispé, ma tête, presque rentrée dans mes épaules. Je pouvais sentir une sueur froide naître sur mon front et sous ma nuque en voyant qu'il restait devant la porte de sa chambre. Il ne disait rien, il ne bougeait pas d'un centimètre. Jackson semblait fixer sa fenêtre, droit devant lui, tout au fond de la pièce, mais je n'étais pas certaine, je n'osais plus regarder dans la fente. Un bruit, un seul tout petit bruit et c'était fichu.

Il avança d'un pas, pour se retrouver sous le cadre de porte et à cet instant, je l'entendis humer puissamment.

« Ça empeste les ténèbres à plein nez autour de toi », avait-il dit une fois. Alors c'était vrai ? Il pouvait détecter ma présence uniquement avec mon odeur ? Bien sûr que oui, si c'était un lycanthrope, c'était une évidence. Je mordillai si fort ma lèvre, espérant qu'il ne regarde pas derrière la porte et qu'il ne tombe pas sur moi.

Malheur, Jackson entra dans sa chambre.

À présent, près de son bureau sur ma droite, il n'avait qu'à regarder derrière lui pour me voir cachée au dos de porte. Mais son attention était portée sur le bureau, là où il y avait son ordinateur portable. Il fit glisser ses doigts sur la surface comme s'il analysait tous les endroits que j'avais touchés. Ensuite, il alla vers sa fenêtre et prit un long moment pour observer dehors. Il prit également le temps d'avaler quelques gorgées de bière.

Je fus soulagée lorsqu'il se retourna en ayant les yeux fermés et se jeta sur son lit. Il ne m'avait pas vue et, d'où il était, il ne pouvait plus me voir.

Je tressaillis en voyant une ombre dans le couloir via la fente. Je découvris que c'était Laurel qui entra à son tour dans la chambre et je priai si fort qu'elle ne refermât pas la porte, sinon… surprise ! Mais elle resta dans l'embrasure.

— Tu te dégonfles ?

— Nan…, râla Jackson.

— Mery attend en bas.

— Tu crois que je le sais pas ?! Laisse-moi une minute, putain !

Elle soupira.

— Mery est-elle la dernière, Jackson ? Quand tu t'arrêtes enfin ?

— Je m'arrêterai quand je l'aurai décidé.

— C'est juste que je m'inquiète. Au départ, tu voulais que tes potes goûtent à la vie que tu as, qu'ils deviennent comme toi, ensuite, tu m'as convaincue moi de te suivre là-dedans. Tu m'as dit que j'aurais une vie meilleure. Et là, tu ne t'arrêtes plus ! Tu veux quoi de plus ? Tu vas en transformer encore combien, Jackson ? À combien tu seras satisfait ? Tu devais t'arrêter après moi. Et là, tu as promis à

Mery une vie meilleure en étant comme nous. Et tu prévois de recruter encore d'autres mecs. C'est à cause de Madison, c'est ça ? Elle te fait peur à ce point ? Alors quoi, tu décides de te créer une armée de lycanthropes pour arriver à la tuer ou à protéger Keeper ?

— Pourquoi tu poses la question si tu connais très bien la réponse ?

— Écoute, on est déjà huit mecs et trois filles au total. Avec toi, on est douze. Avec Mery, treize. Madison n'a aucune chance contre treize loups en furie. Elle se fera déchiqueter, broyer en un clin d'œil. On n'attend que tes ordres.

— Elle a retrouvé ses pouvoirs. Sinon qui aurait pu faire voler des couteaux dans sa maison et faire trembler les murs ?! Il m'en faut plus… Tu vas devoir continuer à me trouver des recrues potentielles.

— C'est une novice qui ne sait même pas qui elle est, Jackson ! Pour un alpha, je te pensais bien plus brave. Mais en fait, t'as peur d'une minable Sawyer.

Le seul bruit que je fus capable d'entendre était que Jackson avait poussé Laurel contre le mur. Le coup me fit sursauter. Je n'étais pas certaine de ce que j'entendais à cet instant, mais on aurait dit un bruit de strangulation…

— Un bon alpha est prudent. Il réfléchit. Il planifie. Ne jamais sous-estimer une Sawyer. Tu sais ce que j'ai vécu ! Et tes commentaires suffisent pour me donner envie de t'étrangler pour mettre fin à tes jours une bonne fois pour toutes ! Souviens-toi, Laurel ! Souviens-toi ce que je t'ai dit ! Que Ludivine Sawyer détestait ma mère, la faisait souffrir et s'est servie d'elle pour faire des tests pour qu'une fois qu'elle l'aurait tuée, ma mère se transforme en louve, ainsi les flics ne retrouveraient jamais des ossements humains, mais ceux d'une louve. Elle pensait pouvoir commettre des meurtres aussi facilement. Mais cela n'a pas fonctionné ! Alors elle a abandonné lâchement le corps de ma mère sur Creet Ouest, et lorsqu'on l'a trouvé, j'étais dans son ventre !

On m'a réanimé. Et regarde ce que je suis aujourd'hui! Une fois par semaine, je subis la douleur atroce et insupportable de la transformation. Je suis un monstre, une bête! Mes os se brisent les uns après les autres. Mon père entend mes cris de souffrance, il sait ce que je vis, sans pouvoir m'aider! Et lui, il n'a aucune haine contre Madison et sa mère! J'arrive pas à le croire! Il ne m'a même jamais cru quand j'étais petit et que je lui disais que celle qui avait tué ma mère était Ludivine. Il n'avait aucune preuve contre elle. Mais moi, je suis né avec des images de Ludivine qui tue ma mère, même si j'étais dans son ventre! Je vois les images! Je sais ce qui s'est passé! Mon père, il ne sait pas à quel point je souffre et que je réclame vengeance! La douleur de la transformation du visage et des fractures d'os est la pire. Tu le sais, tu l'as connue maintenant que t'es comme moi! Et tu connais ce réflexe d'utiliser tes ongles pour tailler, écorcher et arracher la peau de ton visage dès que tu sens qu'il brûle comme les flammes de l'enfer. C'est une malédiction que Ludivine a jetée sur ma mère et qui finalement est tombée sur moi! Et personne n'a été puni pour tout ça. Si aujourd'hui, une putain de Sawyer pense mettre les pieds à Keeper, elle devra faire face à une armée de loups tueurs de sorcières satanistes. Madison aurait été un bébé de deux ans que je serais allé la chercher dans son berceau pour lui arracher le cœur! Alors ne t'avise plus jamais de t'adresser à moi de cette manière!

Je pouvais entendre les dents serrées de Jackson. Je l'entendis relâcher Laurel, lorsque le bruit de son corps tomba au sol et qu'elle toussa avec difficulté.

Chapitre 31

J'avais attendu que les deux retournent en bas avant de sortir de l'ombre. J'avais inspecté la chambre de Jackson et je n'avais rien trouvé. Alors j'avais pris le risque d'aller dans le couloir, de le longer silencieusement jusqu'à l'escalier. J'entendais toujours les voix en bas, mais il fallait que j'aille voir. Il devait bien traîner quelque part. River m'avait convaincue de ne pas repartir sans. N'empêche que j'étais littéralement stressée. Avec tout ce que j'avais découvert sur Jackson et sa rage meurtrière contre moi, qui le poussait à faire grossir sa meute – si je pouvais dire le vrai terme – dans le but de m'assassiner de la plus horrible des manières. Et moi… je me retrouvais dans la tanière de cette meute…

J'avais vraiment très envie de fuir à présent. Mais d'un côté, je faisais confiance à River. De toute manière, il ne laisserait personne me faire du mal. Après tout, il était toujours près de moi parce qu'il disait me protéger, donc je n'avais pas à m'en faire. J'avais juste à lui prouver que je pouvais y arriver. Ce n'était pas une mission impossible, selon lui, c'était même facile.

Je descendis les marches en retenant mon souffle. Dans ma tête, j'avais du mal à me concentrer, parce que je me disais que Ludivine, cette tante dont je n'avais aucun souvenir, avait tué une femme enceinte. Ce n'était pas rien. Elle était même allée chercher un moyen de la faire muter en une bête, du moins, en un loup, pour la tuer en ne laissant aucune preuve pour que jamais on ne retrouve ses os humains. Son mari était chez les flics, c'était risqué pour Ludivine. Mais comme cela n'avait pas fonctionné comme elle le voulait, elle avait tout de même tué cette femme enceinte et l'avait jetée au village. Elle avait été chanceuse de n'avoir jamais été suspectée dans cette affaire. C'était surprenant que Jackson, une fois réanimé après avoir été extirpé du ventre de sa mère, ait eu les images de ce drame gravées dans sa mémoire sans le vouloir. Il fallait dire que Jackson était touché par les pouvoirs de Ludivine, alors il avait des capacités inexplicables. Quand il était enfant, il avait sûrement rêvé d'aller jusqu'à la réserve pour la tuer. Mais Ludivine est morte quand j'étais jeune. Donc Jackson aussi devait avoir autour de douze ans. Il s'était assurément préparé toute sa vie à se venger. À attendre le bon moment. À attendre d'être plus grand, et il avait perdu cette chance de se faire justice lui-même. À présent, c'était à moi qu'il en voulait. À ses yeux, j'étais celle qui allait payer et surtout mettre un terme à ma lignée. D'une part, Jackson ne faisait pas que créer une meute, je pensais qu'il adorait aussi transmettre sa souffrance. Il ne voulait pas être le seul à vivre ainsi, avec ce supplice toutes les semaines, il voulait aussi que les autres autour de lui souffrent. Mais peut-être qu'il commençait à apprécier un peu trop son rôle d'alpha. La manière dont il traitait sa copine, Laurel, les bleus sur son visage, les marques au cou, sa morsure sur la clavicule, me laissaient croire qu'il était sincèrement capable de la tuer. Et… malgré moi, j'avais peur pour elle. Même si c'était une garce, je pensais que si elle avait la possibilité de partir loin de lui, elle le ferait. Mais de toute évidence, elle lui appartenait et il ne semblait pas prêt à la laisser filer.

J'arrivai en bas sans avoir attiré l'attention. J'étais non loin de la cuisine qui se trouvait sur ma droite. Un peu plus loin à gauche, il y avait le grand salon, et tout le monde y était. Il y avait de la bière un peu partout dans la cuisine et la chanson *Crawling* de Linkin Park jouait à tue-tête. C'était assez agressif, surtout que d'après ce que j'entendais, l'un d'eux avait une guitare électrique et tentait de reproduire la musique. Mais il était nul.

Je ne pouvais pas rester là puisque quelqu'un allait surgir à tout moment. Le seul problème était qu'en marchant sur la pointe des pieds jusqu'à la pièce suivante, j'entrevis le salon et quelques personnes et… mon livre. La reliure noire avec le titre rouge en relief. Il servait de sous-verre à un mec assis dans un fauteuil.

Génial, il manquait plus que cela ! Il fallait que la seule chose que je cherche se trouve dans la seule pièce inaccessible. J'étais certaine que River se marrait bien. Il devait être quelque part, à rire. Il me mettait au défi. Il savait que j'allais devoir me surpasser pour obtenir ce que je voulais. Mais je n'avais aucune idée de comment m'y prendre. Heureusement, River ne me laissa pas longtemps dans la panade, il fit une distraction en faisant un bruit à l'étage, dans la chambre de Jackson. Assez fort pour que quelqu'un baisse le volume de la musique. Je me faufilai derrière la porte d'une autre pièce, qui semblait être la chambre du père de Jackson.

— T'as entendu ? murmura un type.

— Ouais, ça venait de là-haut, répondit un autre.

Un moment de silence perdura. Jusqu'à ce que River refasse du bruit en claquant une porte, ce qui fit monter tout le monde. Dans la fente, je vis trois mecs, Laurel et Mery. Accompagnés de Jackson, ils allèrent jeter un œil là-haut, déjà prêts à se battre contre un ennemi. Dès que la voie fut libre, je me précipitai vers le salon, je m'emparai du livre et remarquai aussitôt qu'ils avaient tous arraché des pages pour les jeter dans le feu. Heureusement, il n'en manquait pas tant que cela, alors il m'était toujours utile. En reculant, mon pied frôla la guitare qui traînait, provoquant un bruit phénoménal.

À cet instant, mon cœur arrêta de battre. La bande de

Jackson qui cherchait l'intrus en haut entendit la guitare et, en ayant la trouille de ma vie, je me jetai sur la première porte qui s'offrait à moi tout en entendant des pas pressés redescendre l'escalier. Jackson jura et hurla dans la maison, ordonnant aux autres de me trouver! À la seconde où je vis une première personne arriver à la cuisine, je fermai de justesse la porte. Je me retrouvai dans l'obscurité totale. Je fis un pas vers l'arrière, manquant de tomber brutalement. Ce n'était pas une chambre, c'était un escalier qui menait à une cave. Les marches de bois craquèrent et pour moi qui voulais être silencieuse et me dépêcher, c'était l'horreur. Une sueur froide dégoulina dans mon dos. Mon cœur bourdonnait dans mes oreilles. Ma gorge et ma respiration étaient souffrantes.

Une fois les pieds sur le béton de la cave, je repérai une toute petite fenêtre en hauteur, juste assez pour pouvoir m'y glisser. River avait même prévu le coup, il l'avait ouverte. Je fourrai le livre dans le pan de ma veste chaude, la zippai jusqu'à mon cou et attrapai en vitesse deux cartons pour les empiler. L'un d'eux tomba : il était rempli de journaux.

Et merde! Allez!

Je la refermai en quatrième vitesse tout en entendant l'agitation dans la maison. La porte en haut des marches de la cave s'ouvrit et même si les cartons étaient de travers, je ne pris pas le temps de me soucier si cela allait tenir ou non, je grimpai rapidement et dès que ma main saisit le bord de la fenêtre, je me hissai de toutes mes forces et commençai à ramper jusqu'à l'extérieur!

Une fois sur pied, je ne pris pas le temps de vérifier mes arrières que je détalai déjà vers le champ de maïs tout en planquant ma main contre mon ventre pour m'assurer de ne pas perdre le livre. Je courais si vite que mon corps frappait les feuilles qui me bloquaient la vue dans le champ. Sans maîtriser mes émotions, je me mis à rire, je riais de Jackson et sa bande, je riais en étant essoufflée, mais en fait, je m'étais bien amusée, même si c'était déroutant.

Sans le voir venir, je fonçai droit sur River – qui avait eu la merveilleuse idée de rester planté au beau milieu du champ de maïs pendant que je courais –. Il me rattrapa avant que je ne tombe brutalement et me blesse.

— Arrête de faire ça! dis-je en riant, n'ayant plus de souffle.

— Faire quoi?

— De camper ou de faire le mur quand tu sais que je fonce à toute allure sur toi.

— Regarde où tu vas, se marra River.

— Je l'ai! lui dis-je en montrant la forme du livre caché sous ma veste.

— Je sais. Et lui aussi, il le sait!

À ce moment, on entendit Jackson hurler mon nom et du haut des feuilles de maïs, on vit que plusieurs personnes couraient dans notre direction, les branches suivant un chemin précis.

— Allez, on file!

River attrapa ma main et tout de suite je sentis l'électricité me transpercer la peau, traversant la paume de ma main et mes veines dans le bras. Il me tira et je le suivis.

Au lieu d'avoir peur de Jackson, on trouvait cela bien drôle. River était craquant avec ce sourire et pour ma part, il y a longtemps que je n'avais pas souri comme cela. Était-ce l'adrénaline? La fierté d'avoir réussi? Peu importe ce que c'était, je m'amusais bien.

Au bout d'un moment à courir, on arriva en face du lycée. Il faisait noir, personne aux alentours. Seuls les lampadaires offraient une fine lueur sur la rue principale. Au lieu d'aller vers chez moi, dans la réserve, River me dirigea vers Iden Earl.

Sans lui demander pourquoi, je me contentai que de le suivre. Cela faisait étrange de me retrouver au lycée alors qu'il faisait noir et qu'il n'y avait personne. En passant à côté de l'emblème, ce corbeau aux ailes déployées sculpté dans la pierre, River le toucha vaguement et déclara :

— Si t'es autant fascinée par les corbeaux, c'est à cause de celui-ci. Enfant, tu venais à la lisière et le seul lycée que tu voyais était celui-ci, rêvant d'y aller un jour, mais t'avais pas le droit de sortir de la réserve, alors t'avais commencé à dessiner ce corbeau. Disons qu'il te faisait rêver. Le fait que tu les dessines encore aujourd'hui donne de l'espoir à retrouver un jour tes souvenirs. Parce que tes passions ont traversé la barrière que Ludivine a créée dans ton esprit.

River longea le côté du bâtiment. Une fois à l'arrière, je ne comprenais toujours pas ce qu'on venait faire. Dans la noirceur, il me montra une échelle collée contre la brique, qui montait jusqu'au toit. Mais il y avait bien un panneau d'interdiction de l'utiliser. Cela était uniquement réservé au personnel d'entretien pour aller voir les trappes d'aération des cuisines ou pour aller retirer la neige l'hiver qui devait menacer le toit de s'effondrer.

— Les femmes d'abord, fit-il en s'écartant pour me laisser passer la première.

— Si j'y vais, je vais y trouver quoi ?

Il se rapprocha, juste assez pour que je sente ses lèvres électriser mon oreille et qu'un vertige vienne doucement embrumer ma vision. Il murmura délicatement :

— La dernière Sawyer ; mais je vais faire de toi la première qui fera de l'ombre à Satan…

Un frisson parcourut mon corps en entier. Et lorsque je déviai lentement mon visage pour affronter le sien à quelques centimètres près du mien – où ses lèvres frôlaient presque les miennes –, le liquide noir à la narine de River se manifesta une fois encore. On était trop près l'un de l'autre. Mais… j'adorais cela et je ne voulais pas qu'il s'écarte.

Chapitre 32

C'était plus haut que je le pensais. Arrivée à la dernière marche de l'échelle, je ne voulais pas regarder en bas. River avait de la chance de ne pas utiliser le même parcours que moi, il était déjà sur le toit, et ce, en une fraction de seconde. Je l'enviai presque. Il me tendit la main pour m'aider à grimper et une fois sur pieds, je fus estomaquée de la vue qui se présentait devant moi. D'abord, le toit était immense, le sol recouvert de cailloux noirs qui faisaient du bruit lorsque mes Converse les écrasaient. Mais le panorama en hauteur était à couper le souffle. Je ne savais pas à quel point Keeper était magnifique. Le bâtiment était aussi élevé que la cime des arbres, nous offrant une vue en surplomb sur le village et les vastes forêts qui s'étendaient sur des kilomètres. Très au loin, derrière des nuages sombres, je pouvais entrevoir les énormes montagnes sur le territoire de l'Alaska. Un peu sur ma gauche, à environ six cents mètres, s'affichaient quelques lumières provenant des commerces.

Je m'avançai jusqu'au bord et la rue principale qui passait devant était déserte. Je jetai un œil en bas et aussitôt, le vertige s'empara de moi. Je ne croyais pas que le bâtiment était si haut.

— T'as toujours le bouquin ?

J'ouvris le pan de veste et, après avoir sorti le livre, un peu en mauvais état, je le lui tendis.

Il le prit comme s'il le connaissait bien, parcourut quelques pages et, à ce moment, j'avais perdu complètement le sourire. Quelque chose me tracassait. Et c'est au bout d'un long silence que je décidai de lui partager une chose à laquelle je pensais souvent.

— River…

— Yep ?

Concentré, il feuilletait les pages.

Finalement, je ne savais pas si c'était une bonne idée d'entamer le sujet. C'était une chose qui allait assurément demander de la magie noire et je n'étais pas certaine qu'il faille que j'aille dans cette direction. Que je commence à jouer avec des sorts possiblement dangereux.

— Qu'est-ce qu'il y a ? T'es toute blême, ça va pas ? demanda River en voyant que j'hésitais à parler.

Je le fixai, un peu mal à l'aise.

— Madison ?

Avant de lui faire part de ce qui me tracassait, il fallait que je lui posasse une question, pour en savoir un peu plus avant de prendre ma décision et de lui affirmer ce que je comptais faire dès que je retrouverais pleine possession de mes pouvoirs.

— Hum… dis-moi, c'est comment… c'est comment l'enfer ?

Il ferma lentement le livre puis me contempla. Au bout de quelques longues secondes, il dévia le regard et marcha jusqu'au bord du toit, il était si près qu'il pouvait tomber.

— C'est… froid. On est seul. Complètement seul. J'arrive à voir et à entendre tous les autres, mais je ne les vois pas. Ils sont autour de moi, j'entends leurs murmures. Leurs cris. Leurs délires. Je n'arrive pas toujours à voir mon frère. Il est comme une ombre qui flotte et je suis la même chose pour lui. Mais parfois, quand on arrive à être très proches, j'arrive à le voir. Comme quand je suis allé chez toi et que tu as dit mon nom, je suis venu, et Ayzen était au même endroit, alors il était flou, je pouvais le voir. En plus, de l'autre côté, les images de notre mort tournent en boucle dans notre tête. Ce qui veut dire que je revois et que je ressens régulièrement le moment où j'ai perdu la vie. Quand ça se produit, je fais une sorte de crise d'épilepsie. En plus, on souffre de faim. On ressent très bien le besoin de boire et de manger et pourtant, c'est comme si tous les jours on mourait déshydraté ou de faim sans pouvoir étancher cette soif. C'est comme être vivant, mais enfermé dans une forêt glaciale à mourir jour après jour. À entendre tous les autres à s'en rendre fou. Mais se sentir complètement seul. Seul pour toute l'éternité. Mais depuis t'es là… je peux te toucher, je peux discuter, je peux te voir et tu me vois… c'est indescriptible. Tu as le don de pouvoir voir tous les morts autour de toi. Mais ils ne t'approchent pas alors tu ne portes pas attention à eux. Si tu t'immerges complètement dans mon monde, tu verras tout… Mais je ne te suggère pas de le faire… tu pourrais être bouleversée.

Maintenant je sentais que je pouvais lui en parler… Je mordillai ma lèvre, très fort puis, me lançai sans craindre les conséquences :

— Dès que je peux reprendre pleine possession de mes dons, je te fais sortir de là.

— Oh…. Madison, paniqua River en reculant d'un pas comme si j'avais dit une bêtise qui le choquait.

— Je suis très sérieuse ! Je suis consciente que c'est pas de la petite magie et….

— C'est pas ça, Madison ! Tu ne penses pas ce que tu dis. Tu… nan, tu peux pas.

— Quoi ? Mais je suis sûre que oui. Ludivine t'a envoyé là, moi, je vais renverser ça. Si elle l'a fait, je peux le faire.

Il soupira et secoua la tête voyant que ce n'était pas du

tout une bonne idée. Il ouvrit le livre et aussitôt, il se mit à la recherche de quelque chose. Dès qu'il le trouva, il me montra une phrase :

« Tous ceux qui ne sont pas dignes de convoquer Satan le paieront du prix du sang. Que les conséquences s'en suivent. »

Je relevai les yeux sur lui. Je ne voyais pas le rapport.

— C'était pas une phrase que tu racontais que j'avais dite à ta mère quand j'avais onze ans ?

— Oui.

— Mais… je vois pas le rapport avec Satan et le fait que je veux te sortir de l'enfer.

— Le seul qui peut sortir un démon de l'enfer est Satan. Personne d'autre ne le peut.

Je fronçai les sourcils.

— Attends, t'es sérieux ?

— Très sérieux. Le seul moyen est de le contacter et une fois que c'est fait, on ne peut pas faire marche arrière. Tu dois conclure une entente avec lui. Il te donne ce que tu veux, mais tu lui dois quelque chose en échange. *Bad idea*, Madison. Surtout si tu es pure et gentille comme tu l'es, il ne va faire qu'une bouchée de toi. Et de toute manière, si t'es pas digne de le contacter, il ne viendra pas. S'il se présente, c'est que tu l'intéresses. Mais marchander avec le Prince des ténèbres, c'est la pire chose que tu puisses faire. S'il y a bien un conseil que je peux te donner, c'est celui-là.

— Ça ne me dérange pas de lui donner quelque chose en échange de ta liberté.

Il pouffa.

— Madison, je crois que tu ne saisis pas la gravité de la chose. Si tu le contactes et qu'il se présente à toi et accepte de me libérer, ce qu'il veut en échange, tu n'auras pas d'autre choix que d'accepter. C'est lui qui décide. Alors, admettons qu'il voit que tu es trop gentille pour une Sawyer, il voudra te corrompre. Je suis même certain qu'il adorerait te voir te métamorphoser en sataniste. Alors il pourrait très bien t'obliger à tuer ta mère, ou à commettre des actes abominables. Et si tu ne le fais pas dans les vingt-quatre heures, il te tuera ainsi que tous ceux que tu aimes. Alors oublie l'idée de le contacter, c'est commencer un jeu avec lui et le seul vainqueur sera toujours lui.

— Mais si moi je ne le fais pas, personne d'autre au monde ne pourra le faire... tu seras coincé là pour l'éternité. Un jour, je vais mourir, et il y aura plus de Sawyer pour demander une faveur aux ténèbres. Je suis techniquement la seule qui peut...

— Madison, laisse-moi où je suis. Je tiens plus à toi qu'à mon propre sort.

Il reposa son attention sur le livre, toujours à la recherche de quelque chose, mais au bout d'un moment, il me regarda du coin de l'œil et vit que j'étais triste qu'il ait refusé catégoriquement mon aide. Il referma à nouveau le livre, se rapprocha de moi et posa ses mains en soucoupe sur mes joues pour pouvoir ancrer ses yeux dans les yeux. Il avait un regard doux. La douce électricité picotait ma peau et des étourdissements commençaient à m'envahir. Mon cœur accéléra dangereusement.

— Je comprends parfaitement le désir que tu as. Il n'y a pas un seul instant où je ne rêve pas de pouvoir te toucher sans conséquence. Pouvoir t'embrasser toute la nuit sans que tu ne t'évanouisses ou que j'aie une migraine si puissante qu'elle me fasse saigner du nez. Sortir d'ici serait la plus belle chose qui soit, la plus belle seconde chance qu'on puisse m'offrir. Et tu sais quoi? Je pourrais même te faire l'amour... Et ça me tue de savoir que je ne pourrai jamais être avec toi.

Un frisson parcourut mon corps entier. Il posa ses lèvres contre les miennes et murmura ensuite :

— Tu dois oublier l'idée que je te plais, Madison. Et moi aussi. Même si c'est dur, depuis qu'on est jeune et que je suis fou de toi. Mais quand tu vendras la maison, tu repartiras, et je resterai ici. Je suis coincé. Tu dois l'accepter. Et ce soir je viens de comprendre les risques que tu es prête à prendre pour moi. Je t'en supplie, ne tombe pas amoureuse de moi, Madison. Ça te conduira à ta perte.

Je fermai les paupières et juste avant qu'il s'écarte pour mettre de la distance entre nous, j'ouvris les yeux et lui dévoilai l'inévitable :

— Trop tard, River.

Chapitre 33

— Je t'ai dit que j'allais te montrer les dons que tu avais, alors on s'y met.

River me tendit le livre, ouvert à une page précise. Il y avait des symboles et des écritures que je ne comprenais pas.

— C'est quoi cette langue?

— C'est du Serbair. La langue des ténèbres.

— Tu veux dire Cerbère comme le chien de l'enfer à trois têtes?

— Non, c'est pas la même chose, ici c'est un langage et c'est du Serbair.

— Bon, très bien. Je suis pas très douée pour apprendre de nouvelles langues, et j'avoue que celle-ci semble assez compliquée. Je vais devoir tout apprendre?

River me poussa un peu dans le dos pour que j'arrête de parler et que j'approche du bord du toit avec mon livre en main.

— T'auras rien à apprendre, Madison. Tu n'as qu'à dire cette petite phrase, la répéter jusqu'à ce que tu sentes les battements de ton cœur devenir irréguliers.

— Euh, OK, mais ça sert à quoi au juste?

Je regardai mes pieds et en voyant le vide sous moi, un frisson de terreur m'envahit aussitôt. Il y avait une brise qui faisait doucement danser mes cheveux, allant même jusqu'à me fouetter le visage. J'avais peur de tomber. Un faux pas et j'allais m'écraser comme un œuf sur le béton du chemin en pavés.

— Cette phrase augmente considérablement les pulsations de ton cœur.

— Et pourquoi j'ai besoin de frôler la crise cardiaque ?

Derrière moi, je pouvais entendre son rire.

— Parce que, vois-tu, les dons des Sawyer se transmettent de génération en génération et se logent dans le cœur. Si tu n'as pas la moindre idée de combien tu es forte, c'est principalement parce que tu n'utilises que ta tête. Tu ne penses jamais avec le cœur. Si tu veux maîtriser tes pouvoirs, tu vas devoir te reconnecter avec ton cœur. Celui-ci n'obéit qu'à tes volontés. Si tu penses trop avec ta tête, rien ne fonctionnera, alors tu dois débrancher ton cerveau, c'est pas lui qui dirige tes dons. Alors tu vas dire cette phrase en Serbair, la murmurer jusqu'à ce que tu sentes les battements de ton cœur augmenter, ainsi tu pourras renouer avec lui et ensuite, quand tu sentiras l'énergie traverser ton corps, c'est que ton cœur est prêt à entendre tes ordres.

— D'accord, très bien, mon cœur est le maître et pas ma tête. C'est rassurant. Et ensuite, il va se passer quoi ?

— On va commencer doucement, vu que tu ne maîtrises rien encore. Tu vas ordonner à ton cœur de propulser la puissance dont tu as besoin pour faire bouger un objet. Trouve un truc autour de toi, et aie la volonté de le faire bouger.

— OK… alors… je choisis… tiens, ce minable caillou, dis-je en prenant l'un d'eux à mes pieds.

Je levai les yeux au ciel, sachant pertinemment que cela n'allait pas marcher.

— C'est parti…, lança-t-il.

Je l'entendis faire un, puis deux pas derrière pour s'éloigner de moi. Je n'étais pas une torpille prête à exploser, il avait l'air d'avoir un peu les jetons.

Près du gouffre, je fermai les yeux et soupirai un coup. Gardant ma paume en l'air, je tenais ce fichu caillou couleur charbon.

— Les mots, Madison, me renvoya River.

— Ah oui, c'est vrai…

Je jetai un œil vite fait au livre ouvert dans mon autre main et refermai les paupières pour répéter ce truc bizarre :

— At'eve Inapre's Valetioz.

— Encore, fit River d'une voix autoritaire.

Je pris une grande respiration pour le redire, mais déjà, après l'avoir dit une seule fois, je sentais ma gorge se serrer et une sueur froide naître sur ma peau.

— At'eve… Inapre's…

J'avais si chaud et mon cœur pompait si fort que je me sentis étourdie. Je ne voulais pas tomber. J'avais du mal à respirer.

— Il se passe quelque chose, River, je me sens pas très bien…

— Ne t'arrête pas !

Je rouvris les paupières et passai proche de tomber en vacillant. Je repris mon équilibre, fermai les yeux et repris :

— At'eve Inapre's Valetioz…

Mon sang me brûlait, mon cœur tambourinait si fort que je n'entendais plus rien autour de moi, mis à part ces battements. J'essayai de faire ce qu'il m'avait dit : déconnecter ma tête, arrêter de penser et ne me connecter qu'à mon cœur et lui dicter ce que je voulais. Je n'écoutais que le son irrégulier de mon cœur. Je sentais une adrénaline traverser mon corps tel de la lave qui remplaçait mon sang. Puis… j'arrêtai de penser et le silence plana…

Au bout d'une longue minute en ayant déconnecté ma tête et mes pensées, je fis un pas vers l'arrière, car j'avais peur qu'en ouvrant les yeux, j'aie le vertige et tombe en bas.

— Retourne-toi et garde les yeux fermés.

Tout mon corps était engourdi, je ne sentais même plus mes mains ni si je tenais encore le livre ou le caillou. En me retournant vers lui, il dicta d'une voix rassurante :

— Tu peux ouvrir les yeux maintenant.

Sur le coup, je n'arrivais même pas décrire ce que je voyais… River regardait autour de lui et souriait fièrement. Tout autour de nous flottaient des milliers de cailloux noirs. C'était à la fois inquiétant et sublime. Mon corps entier était recouvert de frisson.

— C'est… c'est toi?

C'était lui qui me jouait un tour, assurément.

— Non, c'est toi qui as fait ça.

Je commençai à me faufiler entre ces trucs de la grosseur de ma paume de main et examinai comment ils pouvaient flotter sans bouger.

— Comment je fais pour les faire tomber?

— Il suffit de le vouloir. Et n'oublie pas, c'est pas avec ta tête que tu ordonnes un truc.

Je fermai les yeux et la seconde suivante, j'entendis les milliers de cailloux tomber sur le toit. Plusieurs d'entre eux me tombèrent sur la tête!

— Aïe!

— Euh… ouais, t'es pas encore très douée, mais ça va venir.

Je restai figée d'un coup, à le fixer.

— Qu'est-ce qu'il y a?

Puis, la seconde suivante, je bondis de joie et de fierté. Il ne s'attendait pas à cela, pas même moi, mais je lui sautai au cou et l'embrassai; il referma ses bras autour de moi pour me rendre ce baiser. La seconde suivante, je m'écartai, souris bêtement et jurai :

— Oh bordel de merde! Putain! T'as vu ça?! T'as vu?! C'est moi qui ai fait ça?! C'est grâce à toi! Oh merde! Regarde! J'ai les mains qui tremblent! Je suis une Sawyer! C'est affirmatif! T'as vu ce que j'ai fait?!

— Euh… oui, j'ai vu, j'étais là… t'as déjà oublié ? fit-il avec un rictus, s'inquiétant un peu pour moi et ma joie qui débordait.

À ce moment, son attention fut attirée par quelque chose sur la rue principale, devant Iden Earl. Dès qu'il découvrit ce que c'était et qu'il m'entendit me réjouir, il vint aussitôt plaquer mon dos contre son torse et pressa sa main contre ma bouche.

— Chuuut… c'est Jackson et sa bande. Ils t'ont entendue…

J'espérai qu'il me relâche sous peu, parce que là, ma tête tournait et plus les secondes passaient, plus je sentais mes paupières se refermer.

Chapitre 34

Quelqu'un cognait violemment contre une porte et c'est ce qui me réveilla. En ouvrant les paupières, je constatai que j'étais dans mon lit.

Merde.

J'avais perdu connaissance et, sans me réveiller, River m'avait ramenée dans mon lit ? Comment il pouvait faire cela ? Ses dons semblaient sans limites.

Les coups provenaient de la porte d'entrée de la maison. Cette personne qui toquait semblait en détresse ou alors c'était urgent. Prudente, je me levai et sortis de ma chambre doucement. Du haut de l'escalier, j'essayai de voir à travers la fenêtre de la porte, mais il y avait un rideau blanc devant. Je ne voyais qu'une silhouette. Fort possible, celle d'un homme. Sur l'horloge dans le salon, l'heure indiquait trois heures du matin.

Le type cogna une fois encore contre la porte, me faisant sursauter. Je descendis les marches sans faire de bruit et allai vers la fenêtre du salon pour voir s'il y avait un véhicule qui pourrait m'indiquer de qui il s'agissait. J'avais peur que ce soit Jackson. En écartant le rideau, je ne vis nulle autre que la voiture de…

Oh merde…

J'hésitai sur le coup à ouvrir, mais maintenant qu'il était là, à trois heures du matin, je ne pouvais pas le laisser sur le porche. Je déverrouillai la porte et ouvris. Il avait ses lunettes noires sur le bout de son nez, ses cheveux bruns et ondulés collés sur le crâne à cause de la pluie. Il entra sans même me dire bonjour. Il empestait l'alcool. Sérieux? Il avait bu et conduit la voiture de sa mère jusqu'ici?!

— Simon?! Mais... qu'est-ce que tu fais ici? Et à une heure pareille. Et t'as bu?!

Il fit les cent pas devant le foyer. Ses vêtements étaient tout détrempés.

— Ta mère est là?

— Non... tu sais, elle a toujours travaillé de nuit.

— Génial.

Il se rongeait les ongles, il semblait agité et inquiet.

— Je peux savoir pourquoi tu es ici ?

— Ouais, ouais, cache ta joie de me voir, Madison! C'est Penny qui m'a donné ton adresse. Enfin, j'ai fouillé dans son agenda et j'ai trouvé ton adresse écrite dedans. J'ai fait la route toute la journée. Je me suis perdu plusieurs fois. Mais maintenant je suis là!

— Euh oui... je vois bien, mais...

— Tu me manques.

— Ah non! râlai-je. Simon! Pas ça! Non! T'es pas venu ici pour ça, j'espère?!

Simon se laissa tomber à genoux devant moi, l'air désespéré.

— Madison, j'arrête pas de penser à toi, fit-il en prenant mes mains. Même si on est loin, on peut encore être ensemble. Je... je vais t'attendre. Je sais pas ce que j'ai pu faire pour que tu partes sans rien me dire. Mais je te pardonne. Je t'en supplie, je dors plus, je mange plus. Je pense qu'à toi.

— T'es complètement saoul. Il est hors de question que tu reprennes la route. Je vais te préparer un coin pour la nuit.

Je dégageai mes mains et allai dans la penderie pour trouver une grande couverture en laine. Je la jetai sur le sofa et ensuite je lui remplis un grand verre d'eau que je déposai sur la table du salon.

— Il est tard pour discuter. Bois l'eau, dors un peu et on discutera demain, quand tu ne seras plus ivre.

— D'accord, oui, d'accord, je me couche, je vais dormir un peu, et quand… quand je me réveille, on discute. Comme tu voudras.

Je fronçai les sourcils. Il semblait vraiment désespéré et j'avais un peu de peine pour lui.

— Va… va…, fit-il d'une main, va dormir, c'est vrai qu'il est tard. Je suis désolé.

— Ouais…, dis-je, inquiète, en le regardant.

Je me dirigeai vers l'escalier tout en le regardant plusieurs fois derrière moi. Simon plaçait la couverture sur lui et se coucha sur le sofa bleu. Il allait tomber dans le coma dans moins de deux minutes. Il était défoncé.

Je regagnai ma chambre et refermai la porte derrière moi. En me remettant au lit, je ne pus pas m'empêcher d'angoisser à l'idée que Simon ait fait tout ce trajet pour venir ici. Ça ne lui ressemblait pas du tout. Simon ne buvait jamais et il n'avait aucun sens de l'orientation, c'était étonnant qu'il ait atterri ici en pleine nuit.

Au bout d'un moment, je finis par me rendormir.

***

En ouvrant les yeux à peine quelques minutes plus tard, je fis un saut en voyant le visage de Simon perché au-dessus de moi ! Dès qu'il vit que j'allais le repousser, il harponna mes poignets et les cloua contre mon oreiller ! Je le frappai avec mes jambes, me débattis et hurlai ! Lorsqu'il approcha son visage du mien, il ouvrit la bouche et une armée de mouches bleues s'échappa de sa gorge !

C'était quoi ce bordel ?!

Il y avait des mouches à cadavre partout dans ma chambre ! Le bruit du bourdonnement était pénible et terrifiant. La mâchoire de Simon se décrocha et pendit ! L'os ne retenait que par la peau! Je hurlai à nouveau et tentai de me libérer!

Son visage se transforma sous mes yeux. La peau commença à fondre comme de la cire trop près du feu. Je pouvais voir ses os! Prise de frayeur, je réussis à me dégager et à rouler hors du lit, tombant à plat ventre! Je voulus me relever, mais Simon sortit tout droit de sous mon lit! Il rampa et agrippa ma cheville! Mes cris se succédaient et j'avais beau tirer sur ma jambe, il ne voulait pas la lâcher! Il grimpa sur moi et tira sur mon débardeur laissant entendre le bruit du tissu se déchirer. Je le frappai au visage, sans succès!

— Lâche-moi! hurlai-je. Lâche-moi!

Je libérai ma jambe et en une seconde, je bondis sur mes pieds en direction de la porte, qui se referma brutalement dans un claquement! Malgré mes mains agrippées à la poignée, celle-ci restait bloquée!

Alors que je me retournais, Simon plaqua mon dos contre la porte. Il avait à présent un visage de cadavre, puant et infect. Il n'avait plus d'yeux, mais une peau grise et pourrie, rongée par des larves vivantes. Je savais que c'était Ayzen. Il n'en avait pas terminé avec moi. Il avait dû voir la photo de Simon sur mon bureau et ceci était sa brillante idée. Simon n'était jamais venu à Keeper.

Je déconnectai mon cerveau, pour cesser de réfléchir et d'avoir peur. Je plaquai mes mains contre son torse et alors que je hurlais de toutes mes forces, Ayzen fut propulsé contre ma fenêtre, la fracassant sous l'impact! Il était tombé dehors, tout en bas de la maison. J'accourus vers la fenêtre et jetai un œil en bas.

Il avait disparu!

Soudain, la porte d'entrée en bas claqua. Je me retournai et courus d'emblée hors de ma chambre, longeant le couloir jusqu'à l'escalier. Il était là, juste devant la porte d'entrée. Cette fois, il affichait son vrai visage. Il lui suffit de lever son bras droit pour que je sente mon corps se faire traîner jusqu'au bord de la première marche! Il me fit descendre les marches sans que mes pieds touchent à l'une d'elles ! Une fois près de lui, il envoya mon corps contre le mur du salon ! La douleur fut atroce. En percutant le mur, j'avais fait tomber un cadre, et en tombant au sol, le clou du cadre s'était planté dans ma paume de main. Le sang affluait et commençait à colorer ma main.

— C'est tout ce que t'as pour moi, Sawyer ?!

Pendant que je grimaçais face au martyr de ma main et que j'essayais de retirer le bout de métal, Ayzen se rapprocha. Il se pencha vers moi, enroula ses doigts autour de ma gorge et parvint à me soulever en tenant mon cou fermement.

Comme avec son frère, le fait qu'on soit proche l'un de l'autre m'affaiblissait. Je sentais ma tête vaciller. Si je m'évanouissais, il allait pouvoir me tuer, et je ne voulais pas lui offrir ce plaisir. Je serrai les dents même si ma vision devenait floue et d'un coup, en lâchant un cri et en souhaitant fort qu'il me lâche, je vis le cou d'Ayzen se tordre et faire presque un tour de trois cent soixante degrés. Un bruit de craquement résonna et la seconde suivante, il tomba lourdement au sol !

Je ne l'avais même pas touché ! Je ne lui avais tordu le cou que par la pensée ! Effrayée et satisfaite à la fois, je regardai le corps d'Ayzen sur le parquet du salon. Je lui donnai un coup de pied dans les côtes et il ne bougea pas d'un centimètre.

— Tu fais chier ! tonnai-je en lui assénant d'autres coups de pied.

Même si j'avais l'air brave, je sentais les larmes me monter aux yeux. Je revis le visage de Simon, les mouches de cadavre et son visage se déconstruire. La vue que j'avais eue en ouvrant les yeux, avec son visage qui me fixait pendant que je dormais, me donnait la chair de poule. Il était réellement taré et j'en avais marre qu'il soit après moi !

Tremblante, j'essuyai les larmes qui coulaient sur mes joues sans que je les retienne. Je venais de réussir à me défendre contre un démon, un démon puissant, et je ne me sentais pas mieux.

Je restai assise sur le sofa, à contempler le corps inerte d'Ayzen. Je savais qu'il allait reprendre ses esprits – même si son cou avait fait un tour sur lui-même comme Regan, la petite fille dans l'*Exorciste* –, mais je ne savais pas combien de temps cela allait prendre. Même si c'était bête et risqué, je voulais l'affronter et mettre un terme à son petit jeu une bonne fois pour toutes. Oui, j'allais même tenter de m'excuser pour ce que je lui avais fait. Du moins, pour avoir donné à sa mère ce qu'elle voulait, risquant ainsi la vie de tous, plutôt que la mienne. J'avais même une entente à lui proposer, pour qu'il tire un trait sur moi. C'est pourquoi je n'avais pas peur de lui en ce moment, ce que j'avais à lui proposer serait si alléchant qu'il ne pourrait pas refuser de faire la paix avec moi.

J'avais pris soin d'aller chercher mon livre à dessin et comme j'étais fatiguée et que je ne voulais pas forcer mes yeux, j'avais emporté mes lunettes – que je portais uniquement à l'occasion la nuit quand je faisais des croquis – au salon pour les poser sur mon nez le temps de dessiner les traits d'Ayzen. Inconscient, l'air serein comme maintenant, il semblait pourtant gentil. Jamais on ne pourrait croire qu'il avait tué sa mère et sa tante Monia ainsi que ses enfants. Je trouvais aussi que c'était du pur gâchis qu'un gars aussi canon que lui soit aussi détraqué.

Alors pour passer le temps, je repliai mes jambes contre moi, posai mon livre sous mes yeux et fit son portrait. Il avait des airs de l'acteur Daniel Sharman. Je traçai ses cheveux vénitiens brun doré, un peu bouclés. Sa mâchoire carrée, ses épaules larges et même si ses paupières étaient fermées, je me souvenais parfaitement de ses yeux bleu clair. Comme il avait été tué enfant et revenu à la vie avec un sang qui n'était pas humain, sa peau crayeuse laissait transparaître ce sang sombre qui se cachait sous sa peau. À quelques endroits, ses veines ressortaient, surtout au niveau du cou, du visage et des bras.

J'entendais le vent dehors. Les arbres dansaient durant la nuit et lorsque je jetai un œil par l'une des grandes fenêtres du salon, je vis un corbeau passer rapidement. Je restai silencieuse, mais retirai lentement mes lunettes pour venir les déposer sur la table à côté du sofa en étirant un peu le bras. Je vis la silhouette de River dans la salle à manger, il était figé avec le regard dans ma direction.

Je me sentis comme une gamine prise en flagrant délit. Gênée, je refermai mon livre pour qu'il ne voie pas ce que j'étais en train de faire et me levai.

— Avant de paniquer, laisse-moi t'expliquer.

— Pourquoi tu ne m'as pas appelé ?

— Je… attends, je t'explique.

— Il t'a fait du mal…

— Non, regarde, je vais bien.

— Tu vas… bien ? Madison, tu as des marques bleues et rouges autour du cou et c'est quoi ce bandage plein de sang à la main ?!

Cette fois, il vint vers moi, sans enjamber son frère, il passa tout simplement à travers comme le ferait un esprit et à ce moment, tout près de moi, je perçus ses traits remplis d'inquiétude. Il s'empara de mon poignet et avec son autre main, il déroula mon bandage souillé. En examinant ma blessure, il sembla constater que je n'avais pas besoin de soins.

— Tu dois aller à l'hôpital ! T'as besoin de points de suture !

Oups, bon, je m'étais trompée, il constatait que j'avais besoin de soins, finalement. Mais ce n'était pas nécessaire. Il exagérait.

— Mais non. La plaie est superficielle. Tu vois, les saignements ont arrêté.

— Madison, je peux savoir pourquoi tu restais là, avec mon frère inconscient dans ton salon et que tu ne m'as pas appelé ? !

— Bah… euh… en fait, je me suis très bien défendue quand il a décidé de me rendre visite, tu le vois bien. Sauf, ne te fâche pas, mais j'ai pensé négocier avec lui lorsqu'il ouvrira les yeux.

— Négocier ?! Négocier quoi, Madison ?! s'emporta soudainement River.

Son ton avait grimpé dans les décibels.

Mal à l'aise, je tournai la tête pour regarder dehors, le temps de trouver les bons mots, mais il attrapa mon menton d'une main et me força à le regarder.

— Y a rien à négocier avec mon frère ! Si tu tentes quelque chose, il aura toujours un pas d'avance sur toi ! Il ne tiendra pas ses promesses ! Il va te manipuler comme un vulgaire pantin ! T'es trop naïve pour lui !

— Ce que j'ai à lui offrir, River, le tiendra à carreau, je te le jure.

— Tu comptes négocier quoi ?!

— Sa liberté.

— Putain, mais tu fais quoi là ?!

— Je vais m'excuser auprès de lui, pour la vie qu'il a menée à cause de moi, je vais ensuite lui proposer de le libérer, comme je compte faire avec toi. Je ne sais pas encore comment, mais lui, il ne le sait pas, ça. Il se tiendra tranquille avec moi. Je pourrai mener une vie calme le temps que je répare tout ça. Que vous ne restiez pas là où vous êtes.

River éclata d'un rire si sinistre qui me fit tressaillir.

— T'as aucune idée à quel jeu t'es en train de jouer, Madison Sawyer ! s'énerva-t-il encore plus. Si tu libères Ayzen, il se mettra à tuer des innocents ! Là où il est, il ne peut faire de mal à personne, car il ne peut pas les toucher, sauf toi. Si tu libères ce monstre enfermé depuis des années, tu auras le sang de victimes sur les mains et là, tu ne te le pardonneras pas ! Tu ne connais pas Ayzen, Madison ! Moi, si ! La pire erreur que tu puisses faire dans ta vie est de libérer ce psychopathe ! Et tu penses un instant que si tu lui révèles que tu peux le libérer, il te laissera tranquille ?! Nan ! Il ne va pas te lâcher ! Tu vas devenir sa pire obsession ! Parce que là, sa haine va se transformer en un désir, le désir d'avoir ce que tu as pour lui, il va devenir incontrôlable. T'as… t'es…

River jeta un œil derrière lui en ayant entendu un bruit que moi je n'avais pas perçu, et on découvrit tous les deux que son frère avait disparu.

Lorsque River se retourna vers moi, son visage me fit froid dans le dos. J'avais fait une bêtise et je me sentais devenir petite tout à coup.

Il secoua doucement la tête de manière déçue en me regardant et laissa tomber ses yeux vers le sol pour réfléchir un moment sans affronter mon regard.

— Je suis désolée, dis-je d'une voix lasse. Je pensais que c'était une bonne idée. S'il est comme ça, après tout c'est parce qu'il est malheureux à cause de moi et j'ai cru bon…

— Il n'est pas malheureux, Madison ! Ne le prends pas en pitié !

Il pinça les lèvres, l'air furieux, me regarda de haut en bas et me tourna le dos en me lançant :

— Tu devrais aller dormir ! Je monte la garde !

— Ça va ! T'énerve pas ! ripostai-je.

Il se retourna vivement et fonça dans ma direction.

— Que je m'énerve pas, putain ! Je t'avais dit que tu ne pouvais pas me sortir d'où je suis sans contacter Satan. Non seulement tu m'écoutes pas, parce que t'as toujours dans l'idée de le faire, mais tu comptes sortir mon frère ! Tu vois même pas l'ampleur des dommages et ça me rend dingue !

Je sentais qu'il n'y avait pas que cela qui l'énervait à l'instant. Il était agité et je l'examinai minutieusement, ses gestuels et ses yeux remplis d'incertitudes et de… peur ?

— Quoi d'autre ?

— Comment ça, quoi d'autre ?! tonna River.

— Quoi d'autre t'inquiète ?

— Rien ! Pourquoi tu dis ça ?!

— Je le sens. J'ai toujours ressenti les émotions des gens, tu sais. Je sens qu'il y a autre chose que tu ne me dis pas.

Il mordilla sa lèvre et de manière brève, ses yeux avaient regardé mon livre sur le sofa. Il passa ses deux mains sur son visage.

— Dis-moi, River.

— Tu vas te foutre de moi.

— Pas du tout. Dis-moi ce qui t'inquiète.

— Je te l'ai déjà dit, le mal coule dans tes veines…, balance-t-il en me regardant avec mépris.

— Euh… je suis pas certaine de comprendre.

— J'ai peur que…

Il soupira et semblait vraiment embêté et énervé.

— T'as peur de quoi ?

— Génétiquement, le mal t'attire, Madison. J'ai peur que… j'ai peur que tu veuilles provoquer mon frère parce que ses jeux te plaisent et qu'au final, il ne te laisse pas indifférente. Tu te souviens quand je t'ai dit que Simon n'était pas ton genre, car il était trop timide, gentil et pur. Bah, Ayzen serait le genre de mec qui pourrait arriver à t'allumer ! Et juste à y penser, ça me…

River me tourna le dos une fois de plus et prit sa tête entre ses mains, comme si des images le rendaient fou. À l'instant, lorsqu'il se retourna vers moi, ses doigts s'enfonçaient dans son cou et du sang s'évacua et coula sur ses phalanges, ses jointures et sur ses bras !

— River, qu'est-ce qui se passe ?!

Son corps tomba brutalement sur le dos et il commença à convulser ! Un sang opaque se déversa de sa bouche et l'empêchait de respirer. Par réflexe, je me jetai à genoux à ses côtés et tentai de l'aider !

— Merde ! Je fais quoi ?! Qu'est-ce qui se passe ?!

River roula sur le côté et une main s'étira comme s'il voulait qu'une personne revienne vers lui, mais je ne la voyais pas. Soudain, je restai de marbre. J'analysai la scène sous mes yeux. River avait enlevé sa main de sur sa gorge et je vis une énorme lacération profonde.

Il était en train de revivre son meurtre… il voyait sa mère s'en aller.

Je regardai tout autour de moi et je ne voyais pas ce que lui voyait.

En me rapprochant, alors qu'il convulsait violemment, je posai une main sur son front et caressai doucement ses cheveux pour tenter de lui montrer que j'étais là, avec lui, et qu'il devait se concentrer sur mon toucher plutôt que la douleur ou les images qui affluaient dans sa tête. Il ne me voyait plus. Ses yeux étaient noirs, son corps si blanc et froid que je ressentais plus cette froideur que l'électricité qui percutaient mes doigts quand je le touchais.

— River, tu m'entends ? Si tu entends ma voix, concentre-toi sur elle.

Il s'étouffait, manquait d'air, et je ne pouvais pas faire autrement que de laisser couler les larmes sur mes joues. J'étais impuissante et j'avais le sentiment d'être présente le jour où il avait perdu la vie. C'était horrible !

Je le tournai vers moi, pris sa tête sur mes genoux et

tout ce que je pouvais faire, c'était attendre que ça passe. Je sentais ce vertige s'emparer de moi, m'avertissant que j'étais en contact avec le monde des morts et que c'était contre nature. Mais je ne voulais pas relâcher River, il commençait doucement à se détendre. Les spasmes se calmaient.

— Je suis désolée, River… Sache que je tiens à toi et c'est pourquoi je dois te faire sortir de là. Tu ne peux continuer à vivre ça encore et encore. Et devoir toujours tenir nos distances… c'est insupportable.

Son corps tout entier devint raide et froid comme un bloc de glace. L'ombre dans ses yeux disparut, il fixait mon débardeur et plus aucun signe de vie ne se manifestait. Il était mort, comme quand il avait douze ans…

Je caressai ses cheveux noirs de jais tout en le serrant contre moi, du mieux que je pouvais, mais je me sentais faiblir. En regardant son visage, je vis une larme rouler et tomber sur moi. Avant de mourir, il avait versé une larme de douleur ou de tristesse.

Sentant ma tête vaciller, je pris la décision de m'écarter. Je pris un coussin du sofa et le glissai sous sa tête. J'étais sous le choc de voir son cadavre dans mon salon. Mes yeux étaient écarquillés et mon souffle défaillant. Inquiète, je m'étendis sur le sofa, repliai mes jambes contre moi, et j'allais garder un œil sur lui jusqu'à ce qu'il reprenne vie…

— Je t'aime River, susurrai-je.

Chapitre 36

Une odeur de café flottait dans l'air. Je pouvais entendre le crépitement des bûches de bois qui brûlaient dans le foyer et sentir la chaleur qui se dégageait dans la pièce. J'ouvris doucement les paupières et entrevis ma mère dans la cuisine, posant un bol de gruau santé et une bouteille de lait juste à côté. Encore endormie, je m'assis sur le sofa et frottai mes yeux qui peinaient à s'ajuster à ce soleil agressif qui traversait les fenêtres.

— T'as dessiné tard, hier? commença ma mère. Tu t'es endormie dans le salon.

River n'était plus là, ni au sol, ni même dans la pièce. Il était parti et sans doute, il avait voulu me laisser dormir. Je regrettai de m'être endormie, car je voulais savoir comment il allait. Après l'avoir vu tomber et saigner à blanc, je me doutais bien qu'il n'avait pas envie d'en parler ou qu'il ne se sentait pas bien et qu'il voulait être seul. Peut-être même qu'il aurait préféré que je ne sois pas témoin de cela.

Je me levai péniblement, pris la peine de m'étirer un peu et marchai en traînant les pieds jusqu'à la table. Je versai le lait dans mon bol pour ensuite me diriger vers la cafetière pour me faire une tasse.

Une fois assise au bout de la table avec mon café, à contempler mon bol, je remarquai que ma mère me jaugeait.

— Quelque chose qui va pas ?

— Il faut qu'on parle. Et puis… qu'est-ce que tu as à la main ? Tu t'es blessée ?

Oh... merde. Je faufilai ma main sous la table. J'avais aussi oublié l'histoire des assiettes.

— Oh non, petite blessure mineure. Je me suis coupée avec une feuille à dessin. J'ai mis de la pommade, t'inquiète pas.

— T'aurais pas des explications à me donner ?

Je pris une gorgée de mon café, mais il me brûlait les lèvres.

— Ma vaisselle disparaît mystérieusement, puis je reviens à l'aube pour découvrir que ta fenêtre de chambre est fracassée. Tu m'expliques ?

— Euh ouais, les… les oiseaux, ris-je bêtement.

— Les… oiseaux ?

Elle posa les mains sur les hanches et son regard devint de plus en plus suspicieux.

— Oui, tu sais, pff, depuis qu'on a lavé les vitres, ils ne voient plus du tout la fenêtre. Plusieurs l'ont percutée dernièrement. Alors cette nuit, probablement que l'un d'eux a…

— Madison !

Je pris une bouchée de mes céréales pour avoir la bouche pleine et ainsi ne pas pouvoir lui répondre.

— Tu vas aussi me dire que les oiseaux sont venus dans la cuisine, ont ouvert les armoires et volé presque toute ma vaisselle ?!

Je haussai les épaules tout en mâchant.

— Ça m'a coûté cher de racheter ce qui me manquait. Je ne gagne pas beaucoup de sous je te signale, Madison. Le but est de rénover, pas de tout casser ! Là, je vais te poser une question, et je veux que tu me répondes honnêtement.

— Oui, réussis-je à dire.

Je m'emparai ensuite en vitesse de ma tasse de café pour boire, me laissant du temps pour répondre.

— Joues-tu avec de la magie noire ?

J'avais oublié que le café était brûlant, du coup, en entendant cette question et en voulant avaler rapidement, je m'étouffai dans une quinte de toux !

Entre deux tentatives de reprendre mon souffle, je balbutiai :

— Quoiii ? Mais non !

— Ne me mens pas ! T'as essayé des trucs et voilà les répercussions.

Après tout, il aurait été plus simple de lui dire tout simplement oui, que j'avais tenté des trucs, et que j'avais fracassé la fenêtre et brisé sa vaisselle pour m'en débarrasser par la suite. C'était cent fois mieux que de lui dire que je me battais avec Ayzen et que je l'avais catapulté par ma fenêtre de chambre ou que le mort que je fréquentais avait détruit ses assiettes pour faire peur à Jackson qui était entré par effraction pour s'en prendre à moi.

Après avoir arrêté de tousser, le visage cramoisi et les yeux brillants, je lui offris la réponse la plus sensée :

— Oui… je suis désolée. Je vais payer pour tout ça. Et, ça ne se reproduira plus jamais. J'étais curieuse d'essayer des choses, d'en savoir plus sur moi.

Elle semblait contrariée.

— Je sais que je ne peux pas t'en empêcher, mais t'en dissuader, oui, alors je t'en supplie, Madison ne joue pas avec le feu. Ne renoue pas avec tes gènes des Sawyer. De ce côté… du côté de ton père… c'est beaucoup plus sombre que tu le penses. C'est dangereux de jouer avec tes dons. Je préfère que tu ne t'y intéresses pas, que ce soit comme avant qu'on arrive ici. Fais tes études, ensuite on vend et on part. Je ne veux plus de magie, compris ?

— Je comprends. Mais tu dois aussi comprendre que ça

fait partie de moi.

— Je suis partie de Keeper parce que je ne voulais pas de ça pour toi. Je voulais que tu vives une vie normale. Ne gâche pas tout.

— On est parties de Keeper parce qu'on n'avait pas le choix, maman.

— Je n'ai pas envie d'en parler. Jusqu'à nouvel ordre, tu n'utiliseras aucune magie. La magie noire que tu possèdes va t'engouffrer dans un mode de vie que tu dois éviter. Tu imagines si tu causes des dommages? Ou si quelqu'un meurt par ta faute? Si quelqu'un voit tes dons? Je n'ai pas envie qu'on t'enferme comme une bête de foire et que tu finisses dans des labos pour découvrir comment tu possèdes des pouvoirs.

— Oui, chef, lui dis-je avec un sourire pour qu'elle se détende un peu et qu'elle change d'humeur.

Mais surtout pour qu'elle me laisse tranquille. Je venais à peine de découvrir mes pouvoirs, je n'allais quand même pas m'en priver. Cependant, elle n'était pas obligée de le savoir.

Ma mère alla dans le salon jeter un œil à mon livre pendant que je finissais de manger. Je m'attendais à une nouvelle critique, comme «Tout le temps que tu as mis sur ces dessins, ne devrais-tu pas le passer sur tes devoirs?» ou encore «Rêve à ton avenir au lieu de rêver à des personnages fictifs», mais elle lâcha plutôt :

— Tu as presque terminé?! Wow… impressionnant.

Elle venait vraiment de dire cela? Maintenant qu'elle voyait le résultat prendre forme et non plus que des petits croquis, elle prenait un peu plus connaissance de mes talents? Elle se mit à lire quelques passages.

— Le personnage principal, c'est toi? Elle te ressemble tellement. Et l'ange déchu, pourquoi on ne voit jamais son visage? Il est toujours caché dans l'ombre ou de dos, ou sous une autre apparence.

— C'est son ange gardien. Elle n'est pas censée le voir.

— Il n'est pas vraiment son ange gardien ; si on lit son point de vue, il souhaite la tuer. Il dit qu'il a le devoir de le faire.

— Je sais, mais… l'ange peut encore changer d'idée. Surtout s'il tombe amoureux d'elle.

— Les hommes ne changent pas, Madison. Même par amour. Et puis, tu l'as écrit selon le point de vue de l'ange, il est forcé de le faire. C'est glauque ton histoire.

Elle referma le livre et la nanoseconde où j'avais senti qu'elle s'intéressait à ce que je faisais disparut en fumée.

— Sinon, tes études, ça se passe comment ?

— Bien… ce sont presque toutes des matières que j'ai déjà vues à Dawson City. Niveau académique, je suis en avance sur les autres.

— Tu t'es fait des amis ?

— Hum… pas encore.

— Il faut que tu t'intègres un peu. Que tu te fasses des amis. À mon boulot, cette nuit, on m'a parlé du célèbre bal de l'hiver qui aura lieu vendredi soir à Iden Earl. Durant ce bal, ils récoltent des fonds pour les enfants malades de l'hôpital de l'Alaska.

— C'est super. Je savais pas qu'ils soutenaient une cause.

— Oui, et je pense sincèrement que tu devrais y aller. D'abord pour la cause et pour t'intégrer. Rien de mieux que de participer à une activité caritative pour faire des rencontres et je crois que ça va te faire du bien une soirée comme celle-là.

— Je… je sais pas trop. Et tu as oublié que Penny vient à la maison pour le week-end. Son vol atterrit en soirée.

— Oui, j'ai parlé avec la mère de Penny, elle m'a téléphoné. Je vais partir du boulot et aller la chercher vers vingt-trois heures. La soirée au lycée est de vingt et une heures à deux heures du matin. Dès que j'ai Penny avec moi, je passe te prendre. Mais je dois retourner au boulot après. Une infirmière me remplace exceptionnellement pour trois heures, pas plus. J'ai juste assez de temps.

— On ne se voit presque plus. Je suis chanceuse si je te croise le matin ou après mes cours si tu ne dors pas avant de repartir au boulot.

— Je sais, Madison. Et pire encore, je ne serai pas là du week-end. Comme je suis la nouvelle, j'ai hérité des heures d'achalandage du week-end, alors je vais faire beaucoup d'heures supplémentaires. Mais ensuite, dès le lundi, j'ai congé durant quatre jours. On en profitera pour avancer les rénovations ici et on va pouvoir passer un peu de temps ensemble. D'accord ?

— Ouais…

Je hochai la tête tout en jouant avec ma cuillère dans mon bol.

— Je vais prendre un bain et aller dormir. J'ai apporté des salades de chez Ony's Tapass en ville, elles sont super bonnes. Si tu as faim en revenant du lycée ou ce soir, sers-toi, elles sont dans le frigo.

Elle monta l'escalier et j'allai déposer mon bol dans l'évier avant de m'adosser contre ce dernier.

L'heure m'indiquait qu'il me restait juste assez de temps pour aller me changer et partir pour le lycée.

***

Mon premier cours de la journée était sport et l'entraîneur avait annoncé que comme la météo annonçait anormalement froid aujourd'hui, on allait à la piscine intérieure du lycée faire des longueurs. Habituellement, d'après ce que j'avais entendu, il y avait des matchs de crosse et sinon on allait à la patinoire extérieure l'hiver pour pratiquer le hockey. Beaucoup de sport de contact, et du coup, l'entraîneur avait pour habitude de faire des équipes de fille séparées des garçons. D'après ce que j'entendais du groupe en avant de moi, elles préféraient de loin aller à la piscine. Je suivais loin derrière : une Asiatique que je ne connaissais pas et

Laurel, car je ne savais pas où était le vestiaire des filles. À plusieurs reprises, cette dernière se retourna pour me fusiller du regard. Je pouvais les entendre papoter sur moi. Je me demandais même où était Jackson ce matin. Je ne l'avais vu nulle part. Il allait bien resurgir à un moment ou un autre pour me dire qu'il savait que j'étais entrée dans sa maison et avais repris ce qui m'appartenait.

Ce que je trouvais encore plus bizarre était que Laurel avait aussi la piscine ce matin. Depuis quand il mettait deux groupes en même temps sur l'horaire ? Elle avait un an de plus que moi, on n'avait jamais les mêmes cours. Peut-être qu'exceptionnellement, aujourd'hui, il y avait deux groupes à la piscine. Je sentais que la journée n'allait pas être de tout repos. Même si j'avais l'air renfermée, fragile et sans amis à leurs yeux, je gardais ma fierté et un air confiant. J'offris un sourire à Laurel lorsqu'elle m'observa à nouveau juste avant de rentrer dans les vestiaires, pour lui montrer qu'elle ne me faisait pas peur.

La pièce était humide, remplie de casiers, de douches et de cabinets de toilette au fond. J'allai loin des filles, et me trouvai un casier près des douches. J'en avais marre de les entendre rire. Cela dit, ce que je trouvais étrange était qu'au bout d'une minute ou deux, je n'entendis plus rien. J'étais complètement seule dans les vestiaires. J'ouvris mon sac avec le maillot noir une pièce que j'avais été chercher au secrétariat à mon nom. Tous les élèves en avaient un avec le symbole et l'emblème du lycée dessus. Il était dans un sac plastique comme les articles vendus en Chine, neuf, mais à première vue, un peu trop grand pour moi. J'étais menue, pas très grande, j'avais de petits seins et je me sentais dans un corps de gamine si je me comparais à celui des autres filles ici. Mais je ne m'en plaignais pas, je m'aimais comme j'étais.

Je me dépêchai de me changer. Après tout, j'étais peut-être en retard, d'où le fait que les autres n'étaient plus là et qu'en arrivant, il n'y avait personne. J'étais si en retard que cela ?!

Une fois complètement nue, j'essayai d'enfiler ce maillot en passant une jambe. Mon sang se glaça lorsque des voix surgirent ! Des rires et des agitations. Mon cœur s'emballa. D'emblée, je tentai de passer ma jambe, mais mon pied avait du mal à prendre l'équilibre. La seconde suivante, je songeai qu'il valait mieux trouver une serviette et laisser tomber le maillot ! Je n'avais pas de serviette dans mon sac !

Merde ! Merde ! Mais où elles étaient les fichues serviettes ! En dernier recours, je me penchai pour attraper mon jean, mais la botte d'un type se posa dessus et le fit glisser loin de moi !

Oh merde… on m'avait tendu un piège dans les vestiaires.

Chapitre 37

En me redressant vivement, je fus confrontée à Jackson et sa bande! Ses yeux étaient blancs et sa jugulaire pulsait puissamment dans mon cou. D'une main, il me plaqua contre le casier derrière moi. Je tentai de rouler hors de sa portée, mais son poing frappa le casier près de ma tête pour que je cesse de bouger. Ensuite, il appuya ses mains contre le casier de chaque côté de ma tête.

Je commençai à m'habituer au fait que personne ne voulait de moi à Keeper. Les menaces et les attaques d'Ayzen et de Jackson faisaient partie de mon quotidien à présent. Mais tous les deux n'acceptaient pas que je leur tienne tête et je n'allais pas céder, même s'il allait jusqu'à m'humilier, comme en ce moment.

Un des mecs derrière lui siffla en essayant d'entrevoir mon corps dénudé que Jackson leur cachait avec le sien.

— Ouf! Pas mal, la sorcière!

Jackson ne disait rien, il me foudroyait et son souffle rempli de haine envahissait mon visage. Je me tenais les cuisses serrées, un bras contre ma poitrine et l'autre qui cachait au mieux mon entrejambe.

D'un côté, je me disais que si j'écartais Jackson de moi,

ce que je savais que je pouvais faire, je me retrouverais à découvert. Je n'avais pas envie que les cinq ou six garçons derrière me voient. Je savais aussi qu'ils avaient des forces surnaturelles et j'avouais que je doutais de ma puissance comparativement aux leurs réunies.

— Tu crois qu'elle est vierge, la Sawyer? chuchota en riant un autre derrière. Je me la ferais bien vite fait.

L'angoisse m'empêchait de respirer. Jackson ne me frappait pas et ne faisait rien, alors qu'est-ce qu'il voulait?! Pourquoi il restait là?! Voulant me libérer, je me concentrai, souhaitant qu'il soit catapulté loin de moi. Mais rien ne fonctionnait. Je n'étais pas assez concentrée?! Le type qui s'approchait de nous, tout en me matant, m'empêchait de déconnecter ma tête et mes pensées qui affluaient de toute part. Mais je compris pourquoi je n'arrivais pas à sentir ma puissance et à repousser Jackson. Un léger parfum de magnolia émanait de son sweat. Voilà pourquoi il pressait son corps contre le mien. Son sweat imprégné de magnolia touchait ma peau et donc neutralisait tous mes dons.

Je tentai de le repousser avec mes mains, telle une humaine sans pouvoirs et ce dernier ne bougeait pas d'un centimètre. Pourquoi il me clouait là? Qu'est-ce qu'il faisait?!

La seconde suivante, j'entendis d'autres personnes entrer dans les vestiaires et, lorsque le visage des membres du clan de Jackson qui manquaient et celui du proviseur apparurent, mon cœur fit un saut périlleux dans ma poitrine! Jackson s'écarta enfin, et je me précipitai vers mon pull par terre pour me cacher au mieux!

— Elle est entrée dans les vestiaires des mecs, dit l'un d'eux. En plus, elle n'a même pas de cours avec nous, cette petite! Elle s'est mise à se déshabiller pour nous chauffer!

— Rhabillez-vous, mademoiselle Sawyer, ordonna sévèrement le proviseur. Messieurs, sortez!

Oh, putain de merde! Mon horaire de cours était dans mon casier, et Laurel et Jackson avait dû trouver un moment pour le changer. Laurel m'avait conduite dans les vestiaires des mecs alors que je croyais que c'était celui des filles. Tout cela pour me ridiculiser!

J'étais furieuse! Tellement que je sentais ma poitrine et mon visage devenir pourpres. Mes mains tremblaient. Tout le monde était parti alors j'enfilai à la vitesse de l'éclair mes vêtements. J'avais une envie de meurtre. Je voulais les faire payer! J'attrapai mon sac avant de sortir et fonçai droit vers la sortie où je vis le proviseur qui m'attendait.

— Allez dans mon bureau! Je vous rejoins dans une minute!

Je longeai les couloirs jusqu'à son bureau. Une fois à l'intérieur, je lançai mon sac de sport par terre et m'assis brusquement sur le siège. Je remarquai que les stores des fenêtres étaient tous fermés.

Je bouillais, j'avais même des images de moi brûlant Iden Earl qui envahissaient mon esprit. Je ne pouvais plus tolérer toute cette haine et cette malice autour de moi.

Le proviseur entra et referma derrière lui. Il plaça sa cravate et je le regardai avec un profond dégoût.

— Je peux savoir à quoi vous jouez, Madison ?

— Rien! tonnai-je sèchement.

— Vous pratiquez l'exhibition dans mon lycée?

— Pas du tout! Quelqu'un a changé ma fiche de cours et j'ai cru que j'allais à la piscine aujourd'hui! Je suis même passée au secrétariat chercher mon maillot!

— Pourquoi aller dans les vestiaires des garçons?

— J'ai cru que c'était celui des filles! ripostai-je en le fusillant alors qu'il marchait derrière moi cette fois vers sa bibliothèque, ce qui me rendait nerveuse.

Je ne voulais pas qu'il se promène derrière mon siège. Je jetai un œil au-dessus mon épaule pour le suivre des yeux.

— Oh, allons, ne vous ridiculisez pas. J'ai déjà été jeune moi aussi. Je sais ce qu'on fait parfois pour obtenir du sexe. Mais là, Laurel est venue me voir pour me dire que vous tentiez d'allumer son copain dans les vestiaires. Je ne veux pas de ce genre de choses ici. Je pourrais vous renvoyer sur-le-champ.

En ce moment, mes pensées étaient déconnectées et je sentais que je pouvais faire des ravages. Mon cœur accéléra, je pouvais entendre la puissance et l'adrénaline couler dans mes veines. Il suffisait que je pense à un truc sans détourner mon attention pour qu'il arrive quelque chose. Je voulais faire renverser son bureau par la pensée, mais rapidement, je détournai la tête. Je voulais que le proviseur s'étouffe dans son vomi et meure, mais dès qu'il se mit à tousser, je détournai mon attention. Je ne pouvais pas faire cela. Ma mère avait raison, si je jouais avec la magie noire, j'allais finir par tuer quelqu'un. Et ce n'était pas dans mes intentions. Mais j'étais en colère et j'avais besoin de l'extérioriser.

— Voici ce que je vais faire : vous êtes suspendue des cours pour le reste de la semaine. Je vais aussi discuter avec votre mère de ce qui s'est passé. Pendant votre suspension, vous allez devoir rédiger des excuses et me détailler dans les moindres mots ce qui s'est passé et m'expliquer votre comportement exhibitionniste.

Je pouffai en échappant un rire cette fois. Ce vieux pervers était assurément en érection à l'instant où il me parlait. Il venait de voir une étudiante de seize ans à poil et il voulait que je lui décrive la scène de moi toute nue dans les vestiaires et que je lui parle de mon comportement exhibitionniste ? Et puis quoi encore ?! Il allait se branler sur mon texte ?

En m'entendant rire de manière sarcastique, Daniel Torrance se posa devant moi et appuya les hanches sur son bureau tout en croisant les bras sur son torse. Son ventre proéminent, qui m'indiquait qu'il adorait probablement l'alcool ou qu'il avait un problème de foie, rebondit sous mes yeux. Mais je pensais surtout qu'il voulait que je me retrouve assez près de sa ceinture.

— Vous allez venir me porter votre texte vendredi soir, à mon bureau.

— Mais… vendredi soir ? C'est le bal de l'hiver.

— Oui, et c'est là que vous allez me l'apporter.

En dehors des heures de cours ? Quelque chose me disait que ce n'était pas net.

— Si je suis suspendue, je ne peux pas aller au bal non plus ?

— Vous pouvez y aller, je vous ai dit que vous êtes suspendue des cours. Le bal est un événement caritatif, je ne vous en prive pas. Enfilez une jolie robe, faites-vous belle et profitez de la soirée, mais n'oubliez pas de venir à mon bureau. Sinon, vous ne pouvez pas reprendre les cours le lundi suivant.

Je plissai les yeux avec méfiance.

— Je…

— Ce sera tout, Madison. Prenez vos effets et partez.

Je bouillais à l'intérieur, littéralement. Tellement, que j'avais mal au cœur et je me sentais fiévreuse. Je regagnai la sortie avec un goût amer d'injustice. Mais surtout, ce proviseur n'aurait pas ce qu'il voulait !

Chapitre 38

Je ne voulais pas retourner tout de suite chez moi, ma mère avait besoin de dormir et je ne voulais pas l'inquiéter du fait que je n'étais pas au lycée aujourd'hui. Si le proviseur comptait l'appeler, elle n'aurait pas le message avant de se réveiller, soit ce soir. Je comptais bien prendre son téléphone et supprimer ce message avant qu'elle en prenne connaissance. Déjà qu'elle pensait que je commençais à partir à la dérive avec ma curiosité sur mes dons, mes soudaines blessures qui la rendaient perplexe et les bris dans la maison, je n'allais pas en plus devoir m'expliquer sur le fait que j'en étais arrivée à me faire renvoyer de mes cours. Surtout pour exhibition ! Ce qui était complètement faux. De plus, je n'avais jamais été expulsée de mes cours, c'était clair que ma mère n'allait pas digérer cet écart de conduite de ma part, même si j'étais innocente dans cette affaire. Ce serait la goutte d'eau de trop pour elle.

Je marchai au bord de la route principale et passai devant ce fameux Raven Bar, ce lieu où j'avais rêvé que je m'y trouvais avec Penny, qu'on buvait, qu'on s'amusait et puis une fois dehors, son corps était tombé violemment sur le toit d'une voiture. Je me rappelais avoir vu deux types, un qui m'étranglait et l'autre devant moi qui m'observait. Il avait de grandes ailes noires et portait un capuchon, on ne voyait pas son visage, exactement comme dans mon livre. C'était un cauchemar monté de toutes pièces par Ayzen ; néanmoins, je devais avouer que ça semblait réel. Il était doué pour donner des visions. J'avais vraiment cru que j'allais mourir.

Le Raven Bar ressemblait à ces endroits perdus au bord d'une route où les camionneurs de longues routes s'arrêtaient pour se désaltérer et où les motards avaient marqué leur territoire. Bien qu'on soit le matin, il y avait déjà quelques Harley garées devant. C'était un petit bâtiment en bois rond pas très bien entretenu. À quelques pas de là, je commençai à voir l'épicerie, une minuscule pharmacie et la librairie. Là où j'allai passer le reste de la journée. Jackson, Laurel ou même Mery Saul ne pourraient pas venir m'embêter cette fois. J'allais donc pouvoir profiter un peu du village sans me sentir menacée par qui que ce soit. Mais je restais prudente quant à Ayzen. Qui sait ce qu'il me réservait encore celui-là. Surtout qu'il avait vu que je savais me défendre à présent. Allait-il frapper plus fort la prochaine fois ? Probablement.

En entrant dans le Umber Wood, Books & Coffee, je fus submergée par la bonne odeur de croissants et de café. C'était une dame, d'environ soixante ans, qui était derrière le comptoir-caisse. Malgré les rides, je pouvais découvrir que ses traits ressemblaient drôlement à ceux de Mery.

— Bonjour, me dit-elle avec un sourire radieux en mettant des croissants dans le présentoir vitré.

— Bonjour…

J'approchai de la caisse pour lui en commander un, surtout qu'il venait de sortir du four, ainsi qu'un expresso et payai. Ensuite, elle s'activa. Elle avait l'air tellement gentille, un visage rempli de sagesse.

— Allez vous asseoir, ma chère, je vous l'apporte à votre table dès que c'est prêt.

— D'accord, très bien, c'est gentil.

Je pris la même table que la dernière fois, celle près de la fenêtre. J'ouvris mon sac et durant ce temps, je repris mon livre à dessin pour terminer le personnage d'Ayzen. Dans mon histoire, Ayzen était un démon qui voulait tuer l'ange déchu, car ce dernier se résignait à faire ce pour quoi il était venu sur terre, soit tuer la fille. Cela commençait à ressembler à une BD plus qu'à un roman graphique. J'avais fait tellement d'images. Il me restait à peine une page et j'avais terminé. Enfin presque, il me restait à trouver le nom de l'ange déchu. Il fallait aussi que je révèle son visage à la fin de la BD. Tout était fait à la main, rien à l'ordinateur, c'était l'original, il n'y avait qu'une copie, alors si je perdais ce bouquin, ce serait une catastrophe.

La dame posa une petite assiette avec le croissant et mon mug avec un expresso fumant à l'intérieur. Elle se pencha pour voir mon dessin et son expression s'illumina :

— Oh, bonté divine, c'est magnifique! Vous avez beaucoup de talent.

— Oh euh… merci.

— Il y a longtemps que je n'avais pas vu un talent comme celui-ci, commenta-t-elle. La dernière qui avait autant de talent, c'était Ludivine Sawyer, et avant cela, Annabelle Sawyer.

— Vous… vous les connaissiez? Et… Annabelle, qui est-elle?

— Oh, Annabelle, c'était la mère de Ludivine. La pauvre, on a retrouvé son corps au bord de la rivière sous le pont Hush Falls dans la réserve. Je l'ai connue brièvement, car elle n'allait au village que pour faire ses courses et passait rapidement commander des pâtisseries ici. Annabelle était si gentille, elle avait mon âge. Mais… Ludivine, assise là où tu es aujourd'hui, enfant, elle dessinait aussi pendant que sa mère venait parler un peu avec moi. Ses dessins étaient de qualité et exceptionnels pour une si petite fille, mais c'était gorgé d'horreur, de sang et de meurtres. J'ai toujours su qu'il y avait quelque chose en Ludivine de pas sain. Elle avait toujours les sourcils froncés, à nous menacer du regard. Elle ne parlait à personne. Même quand je lui adressais la parole, elle ne répondait pas. J'ai même pensé que c'était sa fille, à l'âge adulte, qui avait tué sa mère. Ludivine avait un frère, je… je ne me rappelle plus trop de son nom, mais il est mort récemment.

— Mikeol Sawyer.

— Oui, exactement! Il était adorable lui. Quelques personnes disent avoir aperçu Mikeol venir faire des courses à l'occasion, mais que son état de santé était fragile. Le pauvre. Ça n'a pas dû être facile de vivre avec Ludivine.

Je venais d'apprendre que le nom de ma grand-mère était Annabelle, et juste cela, ça me faisait plaisir à entendre. Je ne sentais pas le besoin de lui dire que j'étais la fille de Mikeol, mais une question me brûlait les lèvres, alors je la lui posai :

— Sans indiscrétion, est-vous de la famille de Mery Saul?

— Oui, je suis la grand-mère de Mery. Elle est mon portrait exact de mon jeune temps. Vous êtes amies?

— Euh… oui, non. En fait, j'ai pas eu l'occasion vraiment d'échanger avec elle.

— Je dois dire que je m'inquiète pour elle.

La dame fronça les sourcils et son regard se perdit dans la brume.

— À oui, pourquoi?

— Elle fréquente un groupe de jeunes sauvages depuis quelque temps. Je lui répète qu'ils sont une mauvaise influence, mais elle n'en fait qu'à sa tête. Ce Jackson Cunningham a une réputation de voyou. Petit, il faisait du grabuge, brisait des biens publics. Toujours en colère, le gamin. Il a déjà été arrêté par son propre père, après avoir tapé sur sa petite amie de l'époque. Il avait treize ans. Jackson a été relâché le lendemain. J'aime pas que Mery commence à fréquenter cette bande. Ils sortent la nuit et je ne sais pas ce qu'ils font. Toi, tu sembles être une bonne petite fille, ce serait bien qu'elle passe du temps avec une amie.

Je trouvais cela flatteur, cependant elle faisait bien de s'inquiéter pour sa petite-fille puisque d'après ce que j'avais entendu chez Jackson, ce dernier comptait en faire l'une des leurs. La petite Mery humaine allait bientôt devenir une bête qui se transformerait lorsque son alpha le lui ordonnerait. Une bête destinée à me tuer… Il allait en transformer encore combien comme cela? Il était vraiment malade. Je pouvais comprendre ses motivations, mais il avait dépassé largement l'entêtement pour arriver à la folie.

— Je vous laisse tranquille, ma petite, continuez vos œuvres, je vais finir mon présentoir. J'espère vous revoir souvent ici.

— Merci, j'y compte bien, lui dis-je en lui offrant un sourire.

***

En revenant chez moi plus tard, je réussis à effacer le message du proviseur juste avant que ma mère se lève et se prépare pour aller au boulot. Je ne savais pas encore comment j'allais lui faire avaler que j'allais au lycée tous les jours alors que j'étais renvoyée; je devrais faire semblant de partir tous les matins. Et si je ne fournissais pas de texte sur l'incident à Daniel Torrance vendredi soir, je n'allais pas pouvoir revenir en cours lundi prochain.

— T'as pris mon ordinateur portable?

— Oui, ça te dérange pas j'espère? J'ai un texte à faire et à imprimer pour vendredi.

— Non, c'est bon. Je pars bientôt, ne te couche pas trop tard et mange, s'il te plaît.

— Oui.

Ma mère referma la porte de ma chambre. J'étais assise devant ma table à dessin, le PC ouvert avec le programme Word et cette feuille toujours blanche devant moi avec le curseur qui clignotait, attendant que je tape un premier mot. Cela faisait déjà dix minutes que je me rongeais les ongles en cherchant quoi écrire pour Daniel. Je n'y arrivais pas puisque les seules idées qui me venaient en tête étaient pour l'envoyer chier. Tout près de moi, je pouvais voir l'énorme planche de bois que ma mère avait clouée plus tôt, faute de moyens de faire réparer la vitre. C'était hideux et j'avais horreur de ne plus voir à l'extérieur.

Comme je n'étais pas concentrée, je détournai plutôt mon attention sur le bouquin *Malicious Witches* sur mon lit.

Je me levai pour aller le feuilleter. Jackson ou les autres de sa bande avaient déchiré quelques pages. Je les tournai encore et encore jusqu'à ce ma curiosité m'amène exactement là où je cherchais des réponses… L'information y était. Je pouvais y lire :

Invoquer Satan

Tous ceux qui ne sont pas dignes d'invoquer Satan le paieront du prix du sang. Que les conséquences s'en suivent.

Instructions à respecter dans l'ordre. Si l'une des directives n'est pas respectée, Satan ne viendra pas. Si vous transgressez les règles, Satan vous punira.

Étape numéro 1 : établir un premier contact avec les ténèbres.

Pour ce faire, vous devez utiliser du sel de table et créer un pentacle satanique comme sur l'image présentée avec l'étoile occulte de magie noire. Ensuite, il vous faut entrer en contact avec les cinq démons protecteurs de l'enfer. Pour les inviter, vous allez dessiner avec le sel la première lettre de leur prénom au bout de chaque pointe de l'étoile. Cinq pointes pour les cinq démons protecteurs.

Reillion
Zeid
Husrian
Lescer
Jaeid

Vous devez suivre l'ordre exact, soit R, Z, H, L, J.

Ils vous demanderont pourquoi vous voulez invoquer Satan, vous devez avoir de bonnes raisons, autrement, si votre geste est une plaisanterie ou une perte de temps, Reillion a ordre de vous tuer sur-le-champ. Si votre demande est acceptée, Reillion fera une entaille dans la peau de votre main avec une lame pour que votre sang éteigne la bougie qui sera au centre du cercle satanique. À ce moment précis, les démons auront disparu.

Étape numéro 2 : Vous allez devoir attendre que Satan se manifeste. S'il ne vient pas après un délai de deux minutes, c'est qu'à ses yeux, vous n'est pas digne de l'invoquer. Il faudra alors payer ce refus, qui est la vie d'un être cher.

En revanche, si Satan se manifeste, c'est que vous l'intéressez ; si tel est votre cas, voici les règlements à respecter :

- Veillez à ne jamais regarder Satan dans les yeux. Toujours garder la tête baissée ou les yeux fermés.

- Veillez à lui porter le plus grand des respects.

- Le convoquer valide automatiquement toute entente avec lui ; il ne saura tolérer aucun refus.

- Tout désistement conduira à votre mort.

- Dès qu'une entente est en cours, vous avez vingt-quatre heures pour remettre ce qui appartient à Satan. Le délai passé, il vous tuera.

Attention

Satan est généreux, mais n'oubliez pas que ce qu'il demande est souvent cher payé. Lorsqu'on le contacte, il faut être prêt à devoir sacrifier beaucoup pour obtenir une faveur de lui. Ne soyez pas surpris, il connaît tout de vous, allant jusqu'à vos peurs, vos désirs les plus secrets. Il prend un malin plaisir à trouver ce qui serait le plus difficile pour vous de faire. Il vous poussera au-delà de vos limites, de vos valeurs et même de vos capacités.

Lorsque le marché est conclu, vous pouvez effacer le cercle satanique. Vous n'avez plus besoin de l'invoquer, il saura vous trouver, le moment venu.

Jusque-là, tout ne me semblait pas si mal. Si on ne prenait pas compte que la plupart des consignes non respectées donnaient la mort. Bien entendu, j'étais sarcastique…

La question était plutôt : étais-je prête à tenter le coup pour River ?

Bien sûr que oui. Mais je redoutais l'échange que j'allais devoir faire pour obtenir la libération de River. C'était peut-être égoïste de vouloir l'avoir près de moi, de souhaiter pouvoir le toucher, l'embrasser sans limites, mais c'était surtout pour qu'il puisse vivre à nouveau parmi nous, sans être de l'autre côté, au froid et à mourir de faim et à ressentir sa mort à plusieurs reprises. River était quelqu'un de bien. C'était triste de le voir coincé ainsi. Surtout après l'enfance qu'il avait vécue, il ne méritait pas de rester en enfer jusqu'à l'éternité. C'était aussi ma faute s'il était là, je voulais être cette personne qui le libérerait, qui lui offrirait la vie qu'il aurait dû vivre.

— Qu'est-ce que tu fais ?

Livre en main, je levai les yeux et découvris River, couché sur mon lit, contemplant le plafond.

Merde, encore une fois, je ne l'avais pas entendu arriver.

Je refermai aussitôt le bouquin. Je savais qu'il était contre et ne me laisserait pas invoquer Satan.

— T'es là toi! Je t'ai pas revu depuis que t'es… enfin… comment tu te sens?

— Super bien. Tu regardes pour apprendre des nouveaux sorts?

— Euh, ouais.

— Sur quoi?

— Arf, rien d'intéressant et ne change pas de sujet. Tu sais que je me suis inquiétée? Je t'ai vu… littéralement en train de mourir. C'était…

— Ça va, t'inquiète pas. Tout est rentré dans l'ordre. Je vais bien. Ça arrive parfois lorsque mes émotions surgissent. On dirait que l'enfer nous punit lorsqu'on est émotif. À l'occasion comme ça, sans prévenir, on est replongé au moment de notre mort. J'ai toujours pensé que c'était pour nous punir, comme un châtiment, ou nous conditionner.

— Vous conditionner à quoi?

— Tirer un trait sur l'humanité. C'est un endroit où les pleurs et les émotions sont interdits et finissent par être éradiqués de l'âme.

Je repensai à la petite panique qu'il avait faite juste avant qu'il soit frappé par les souvenirs de sa mort : il était en train de me dire qu'il avait peur que je développe des sentiments pour Ayzen, car il était exactement le genre de type pour qui mes gènes allaient craquer. Mais il avait tort, Ayzen était un grand malade et il me donnait envie de gerber rien qu'à l'idée de l'embrasser ou d'éprouver quoi que ce soit pour lui.

Ce qui commençait surtout à m'inquiéter était le fait que si River avait des sentiments pour moi, alors il allait être régulièrement puni par l'enfer? Chaque fois qu'il éprouverait des émotions trop fortes, il y avait un risque de souffrir?

— Je suis désolée.

Il se redressa, appuyant son dos contre la tête de lit, croisa les bras sur son torse et me contempla.

— Pourquoi ?

— J'aurais dû te rassurer quant à Ayzen. Autrement, tu ne te serais pas mis à t'emballer et…

— Hé…, chuchota River. Hé… ce n'est aucunement ta faute. C'est moi qui me suis emporté. Je sais pas ce que je me suis imaginé. T'as pas à te sentir mal de quoi que ce soit.

— Est-ce que le fait que t'as… que t'as des sentiments pour moi risque d'augmenter la torture que cet endroit te fait subir ?

— Oui, Madison. Mais je gère, d'accord ?

— Tu es sûr ? Je m'inquiète.

— T'en fais pas. Je ne sors pas souvent mes émotions. J'ai eu un écart hier soir, j'ai ressenti de la jalousie, de la peine, de la colère et j'ai paniqué à l'idée de te perdre, je sais pas pourquoi, mais ça ne se reproduira plus.

— Je tiens à préciser que je ne veux plus jamais que tu t'en fasses pour ce truc de génétique qui me rend attirée par le mal. La Madison d'aujourd'hui… c'est toi qu'elle veut.

J'avais réussi à lui décrocher un adorable sourire en coin.

— Sinon, tu as fini ton livre et tes dessins ?

— Il me manque encore quelques retouches à faire. Le visage de l'ange et son nom.

— Tu vas l'envoyer à un éditeur ?

— Non, je crois pas. C'est pas assez bien pour être publié.

— Madison, t'es brillante et tellement douée. Ça me peine de te voir si modeste envers tes œuvres. T'as un PC derrière toi, alors cherche une maison d'édition et envoie une copie de ton livre.

— Personne ne veut d'une BD faite par une gamine.

— T'es vraiment bornée, toi. Madison, tu n'attends que ça, une opportunité comme celle-là. Tu veux passer ta vie à faire des dessins et non pas être aux urgences d'un hôpital ? Alors, fais-le.

— Pas tout de suite, je…

— Fais-le ! T'as rien à perdre ! Tu vas faire des photocopies de ta BD et trouver quelques maisons d'édition qui te plaisent et tu vas leur envoyer.

— Tu vas me forcer ? lui dis-je, amusée.

— Oh que oui… et je te conseille de faire ce que je te dis, Madison Sawyer. Sinon tu auras droit à la colère d'un démon.

— J'ai peur…, murmurai-je en souriant.

Il mordilla sa lèvre tout en essayant de garder son sérieux avec son air ténébreux.

— Si tu envoies ton ouvrage à un éditeur, je promets de prendre le contrôle d'un de tes rêves pour te donner ce que tu attends de moi…

— Quoi ? Mais… qu'est-ce que tu veux dire ?! J'attends rien de toi.

— Tu sais ce que je veux dire…

Quoi ? Il voulait entrer dans ma tête pendant que je dormais pour… créer un rêve… oh, mon dieu, quel genre de rêve ? Houla ! J'avais chaud d'un coup. Je détournai le regard, pas question qu'il perçoive l'éclat qui traversait mes yeux et ma soudaine timidité.

Je me levai, mine de rien, et allai vers ma penderie pour vérifier si j'avais un truc à porter ce vendredi, au bal de l'hiver. Fallait que je pense à autre chose qu'un rêve où River m'offrirait enfin un vrai contact physique. Je n'avais pas pensé à ça avant. Dans mes rêves, on pouvait se toucher, longtemps, sans effet secondaire, ce qui veut dire sans aucun vertige, et lui, sans avoir à saigner abondamment du nez.

— Penses-y, Madison.

— Mouais…, dis-je les joues en feu.

— Qu'est-ce que tu fais ?

— Je… je cherche une robe pour le bal d'hiver de vendredi. Iden Earl soutient la cause des enfants malades à l'hôpital de l'Alaska où ma mère travaille, je vais y aller. Même si je suis seule et que je risque de m'ennuyer. Je serai sans aucun doute la plus moche, je n'ai rien d'adéquat à me mettre.

Je n'avais aucune robe, la honte. Ce n'était pas vraiment mon truc. Je ne faisais pas les boutiques et je n'avais aucun goût quant aux couleurs qui m'allaient. Donc, c'était clair que je n'allais pas aller en acheter une. Ma mère en avait quelques-unes, j'allais peut-être devoir lui en emprunter une, même si elles étaient un peu trop grandes pour moi. De légers ajustements et j'étais certaine que cela irait. De toute manière, j'y allais seule, et j'allais probablement passer mon temps dans un coin à regarder les gens s'amuser.

Découragée, je soupirai.

— Je vais être une fois de plus la risée du lycée. Ce qui aurait été bien si tu m'avais laissée conclure un pacte avec Satan pour que tu reviennes parmi nous, c'est que tu aurais pu m'accompagner. J'aurais pu danser avec toi, boire un coup, rigoler, tu vois ? Comme des gens normaux… Je suis certaine que t'es canon dans un costard ! J'aimerais tellement pouvoir te faire sortir et passer du temps de qualité avec toi… et… d'intimité…

Je me retournai pour voir son expression, mais je fus surprise de constater qu'il avait disparu.

— Oh, c'est sympa, hein ! Aussitôt qu'une fille parle de bal, le mec se barre.

Ou c'était parce que j'avais parlé encore d'invoquer Satan et il ne voulait pas du tout revenir sur le sujet. C'était pourquoi il avait choisi de s'enfuir.

Je jetai un coup d'œil à mon PC ouvert sur ma table et soudain, l'idée que River vienne se faufiler dans mon rêve cette nuit en échange de l'envoi de mon ouvrage aux maisons d'édition, me faisait envie. Il savait exactement comment me convaincre. C'était absolument tentant. Je lâchai ma penderie et me rapprochai de mon PC, fis ouvrir une page Web et, le cœur battant, je partis à la recherche d'éditeurs potentiels.

Chapitre 39

J'avais écrit un truc bien nul pour le proviseur. Mais il allait devoir l'accepter, puisque c'était impossible pour moi de faire mieux. J'accusais le couple démoniaque, formé de Jackson et Laurel, de m'avoir fait un sale coup dans les vestiaires. Ensuite, j'avais sauté à la douche, mangé un peu et, en revenant à l'ordinateur, j'avais eu le temps de trouver deux maisons d'édition qui s'intéressaient à mon genre de BD. Le problème était que ces maisons étaient très réputées et n'avaient que des auteurs de renoms et des célébrités. Dans la demande d'envoi, il était stipulé qu'ils ne prenaient pas de nouveaux auteurs pour le moment, donc j'avais tenté de glisser un extrait de la BD via l'adresse courriel du directeur responsable du marketing et pour l'autre éditeur, j'avais envoyé l'extrait via le formulaire de demande pour «dessinateur et graphiste». Une de ces maisons était à Los Angeles et l'autre à Boston, au Massachusetts. Aucune des deux n'allait me répondre ou donner suite, puisque non seulement je n'avais envoyé qu'un extrait de la BD, mais je n'avais pas rempli et respecté leurs critères. Mais la bonne nouvelle était que je pouvais dire à River que j'avais fait ce qu'il m'avait demandé. Et je pourrais avoir ce fichu rêve même si j'avouais que je ne savais pas trop à quoi il pensait exactement. Il y avait quelque chose d'angoissant d'une certaine manière, puisque peu importe ce qui pourrait se passer, pendant que je dormais, si River s'amusait à manipuler mon esprit, je ne pourrais pas fuir. J'allais être entièrement à sa merci…

C'était intimidant. Je n'aimais pas l'idée qu'on prenne possession de mon esprit comme aimait bien le faire Ayzen. Mais River, c'était différent. Je lui faisais confiance.

Néanmoins, je ne savais pas pourquoi je stressais avec ça, je pouvais dormir tranquille cette nuit, car je l'avais appelé à plusieurs reprises et il n'était jamais revenu. Normalement, je n'avais qu'à dire son nom et il surgissait de nulle part. Ce n'était plus le cas. Je commençais réellement à me demander pourquoi il était parti si vite. Avais-je dit quelque chose qui ne fallait pas ?

Assurément. Et je m'en voulais.

J'éteignis la lampe sur ma table de chevet et m'emmaillotai sous ma couette. Cependant, pas le temps de m'endormir qu'un bruit agaçant m'interpella. On aurait dit que quelque chose cognait sans cesse. Ma mère était partie, alors impossible que ce soit elle. Il était vingt-trois heures et même si j'avais sommeil, je poussai ma couette et me levai pour aller voir d'où ce bruit provenait.

Je longeai le couloir tout en suivant la source du bruit. Il venait d'en bas des marches. Je fus stupéfaite de voir que la porte en bas de l'escalier était grande ouverte et que c'était le vent qui faisait ce bruit en cognant la porte contre le mur du hall d'entrée.

Lentement, je descendis, balayai des yeux les alentours pour voir si personne n'était dans la maison et refermai discrètement la porte pour la verrouiller ensuite. En me retournant vers l'escalier, je sursautai en voyant la silhouette de River dans l'ombre.

— Merde ! Faut vraiment que t'arrêtes de faire ça ! C'est

glauque ! Je suis certaine que ça t'amuse en plus.

— J'aime te surprendre.

— T'aimes me faire peur, surtout.

— C'est pas ma faute si ma tête te fait peur. Tu veux que je prenne une autre apparence ?

Je souris malicieusement.

— Pourquoi pas ? T'as des pouvoirs, utilise-les. Montre-moi de quoi t'es capable.

River souriait, mais il avait un air démoniaque. Et son côté maléfique me plaisait.

— Je peux être tout ce que tu veux, Madison. Demande et je te montre.

— Sérieux ?

Il hocha la tête.

— Très bien, mais… promets-moi de ne pas me faire peur.

— Promis. Je serai sage…

Je léchai ma lèvre inférieure avant de la mordre pour contenir mon excitation. Je trouvais cela fou de pouvoir lui demander ce que je voulais.

— OK, alors, tu peux vraiment prendre l'apparence de tout ? Hum… disons par exemple que je dis, Jackson, serais-tu…

Je n'avais même pas terminé ma phrase que je vis des bosses danser sous la peau de River, sur son cou, ses bras et son visage. Il fit craquer sa mâchoire et fit une étrange torsion du cou ! Sa tête se mit à chahuter violemment. Ses épaules se disloquèrent, tout comme tous les os de son corps. La forme de son nez changea, ensuite ses yeux et tous les autres traits physiques, pour laisser place à une vision assez horrifique, celle de voir River être devenu… Jackson en quelques secondes à peine.

— Oh, c'est pas vrai…

J'entrouvris la bouche, abasourdie. Il était son portrait identique, dans les moindres détails. Pas moyen de savoir que c'était une copie. À cet instant, mon cœur accéléra, croyant me retrouver réellement en face de Jackson.

Jackson, enfin, River, fit un pas dans ma direction et je levai une main vers lui pour ne pas qu'il avance vers moi.

— Hé ! T'as promis de ne pas jouer à me faire peur ! Je déteste ce mec ! J'en ai des frissons ! C'était juste pour plaisanter que j'avais dit son nom.

Jackson souriait de manière vicieuse.

Oh le salaud ! Il prenait plaisir à m'énerver.

— Je t'en prie, c'est flippant. Essaie plutôt autre chose.

La seconde suivante, le même processus s'enclencha à nouveau. Sa tête chahutait dans tous les sens, c'était digne d'un film d'horreur paranormal, comme s'il était possédé, j'étais sûre à un moment que j'allais l'entendre parler avec une voix d'esprit maléfique et que ses yeux allaient virer dans leur orbite. Je ne vis pas la seconde où Jackson disparut en fumée, littéralement. Je tressaillis en voyant un corbeau surgir droit vers moi ! Je me penchai pour l'éviter, mais il s'était posé sur mon bras et je le relevai pour le tenir loin de mon visage. Il croassa si fort que je fis un saut chaque fois.

— Je préfère ça à Jackson, dis-je en l'observant. J'avoue que t'es mignon comme ça. C'est hallucinant de voir tes transformations de si près…

River reprit son apparence en une nanoseconde. La seule chose que je sentis était un coup de vent qui fit voler mes cheveux de mes épaules. Il se tenait juste devant moi, avec ce rictus me donnait chaque fois envie de l'embrasser. Je restai sur place, à le contempler avec admiration. Lui, il regardait mes lèvres et je sentis mon pouls accélérer. Il semblait n'avoir qu'une seule envie. Mais avant de l'embrasser, je lui demandai une dernière chose :

— Montre-moi tes yeux…

Il ne fit que cligner une fois des paupières pour que je puisse voir apparaître cette encre noire qui envahissait ses yeux, ne laissant qu'un sombre miroir de l'enfer. Une sorte de puits sans fond où l'on se perdait une fois qu'on le fixait. Il vit que cela me plaisait.

River rompit le fin espace qu'il y avait entre nous. Je ne comprenais pas pourquoi je ne ressentais pas d'effet indésirable ni de vertige.

Il posa doucement une main sur ma joue et juste après, je le regardai poser ses lèvres contre les miennes. Elles étaient douces, tendres, il embrassait divinement bien. Je lui retournai son baiser, me laissant aller à son envie qui faisait augmenter ma fièvre. J'échappai un frémissement lorsque je sentis qu'il mordillait ma lèvre inférieure avant de laisser une traînée de baisers sur mon menton, ma mâchoire puis en descendant vers mon cou. Ses doigts délicats écartèrent une mèche qui recouvrait mon oreille pour mieux dévorer mon cou.

— Pourquoi il n'y a plus cette barrière entre nous? soufflai-je tout en gardant les yeux fermés.

Il ne répondait pas.

Hé merde, je compris aussitôt, c'était un rêve!

Quand j'étais sous ma couette tantôt, je m'étais endormie. En me levant pour aller voir le bruit de la porte qui cognait, c'était le début du rêve de River, en réalité je dormais à cet instant même. Comment j'avais pu louper cela? Moi qui pensais qu'il m'embrassait pour vrai. Ça semblait si réel… c'était tellement bon. Finalement, à bien y penser, c'était une bonne chose que ce soit un rêve… cela voulait dire que je n'avais plus à faire attention?!

Mes doigts agrippèrent son sweat noir pour le tirer encore plus près de moi. Cette fois, je l'embrassai avec passion, ardeur et avidité. Il comprit que je savais que je rêvais et que je voulais en profiter. Cela le fit rire, car je sentis ses lèvres sourire entre nos baisers. Je reculai de quelques pas, vers le salon, tout en tirant River vers moi sans pour autant cesser de nous embrasser. Je le traînai sur le sofa en me laissant tomber vers l'arrière.

River se retrouva au-dessus de moi sur le sofa. Il sentait le magnolia, ce parfum envoûtant que j'aimais tant. Maintenant qu'il était sur moi, je trouvais qu'il était intimidant, ses épaules étaient larges, sa silhouette, imposante. Je plongeai mes doigts à travers sa tignasse ébouriffée lorsqu'il replongea son visage dans le creux de mon cou. Son souffle était chaud, sa respiration haletante. Je n'avais jamais ressenti autant d'attirance pour quelqu'un, c'en était douloureux. Il allait me rendre folle. J'adorais tout de lui. Impossible de se passer d'un mec comme lui. Attirant à un point tel qu'il devenait ma drogue. Il fallait que je sois dans ses bras, sinon il manquait quelque chose à ma vie.

Ses doigts agrippèrent l'élastique de mon pantalon de pyjama autour de mes hanches pour pouvoir me le retirer. En me retrouvant en débardeur et en culotte sous les yeux de River, mes joues virèrent au rouge, mais bizarrement, ma nervosité s'estompait. Je me sentais bien.

Il embrassa chaque partie de mon corps qui se dévoilait lorsqu'il retira ma culotte. Normalement, j'aurais été pétrifiée, j'avais toujours été pudique, mais là, j'avais une confiance inouïe en lui et après tout, ce n'était qu'un rêve. Rien de tout cela ne se passait pour de vrai, alors je pouvais le laisser faire tout ce qu'il voulait, j'étais sûre que cela allait me plaire.

Lorsqu'il releva la tête pour ancrer son regard dans le mien, je vis des milliers de veines noires ressortir de sous sa peau. Elles serpentaient comme si elles étaient vivantes. C'était comme voir en direct l'enfer couler dans ses veines. Ses mains en étaient couvertes, tout comme son visage et son cou. Ses yeux étaient toujours aussi sombres. Je tirai sur le bas de son sweat pour le lui retirer et il m'aida pour ensuite le laisser tomber par terre.

Je pouvais ressentir chacun de ses touchers, ses baisers, les palpitations de mon cœur qui se déchaînaient et même son souffle rauque contre mon visage. Dans l'ombre, je vis le corps de River, c'était une merveille ! Encore, le mot était faible. Ses bras étaient découpés et semblaient tellement forts, son torse était ferme; du bout des doigts, je touchai les vaisseaux sanguins qui pompaient dans son cou et suivis un chemin qui descendit sur son torse, couleur un peu morbide, je devais l'avouer. Sa peau était crayeuse, ses cernes toujours aussi mauves. Mais rien de cela ne me déplaisait, bien au contraire. J'étais loin d'être nécrophile, attirée par les morts jusqu'à avoir une relation sexuelle avec eux, hein! Mais oui, River avait ce physique de garçon mort revenu à la vie et pourtant, il m'attirait à un point où je ne maîtrisais plus toutes les émotions qui parcouraient mon corps.

Je profitai de chaque instant pour le toucher alors que j'en avais la chance. Même que mes doigts tentaient de rejoindre sa ceinture pour la défaire, mais il me devança. Il retira sa ceinture, déboutonna son jean noir, positionna son bras sous ma nuque pour garder un appui au-dessus de moi et je sentis sa main glisser entre nous et je compris ce qu'il s'apprêtait à faire.

Il allait me faire l'amour. Dans ce rêve. Là, tout de suite.

Comme il dirigeait tout, il pouvait donc savoir ce que je ressentais? Voire même maîtriser ce que je devais ressentir?

À travers mes songes, j'échappai un frémissement de surprise en découvrant que River se faufilait en moi!

Je n'avais jamais ressenti cela avec Simon quand j'avais perdu ma virginité et toutes les autres fois où on l'avait fait. Cette fois, c'était différent : puissant et enivrant.

River enfouit son visage dans le creux de mon cou et siffla contre mon oreille :

— Enfer… aussi délicieux sois-tu… Merci pour ce cadeau exquis.

Son haleine brûlante me fit frissonner sur tout le corps.

Soudain, quelque chose n'allait pas. River avait un bug, un peu comme s'il se préparait à se transformer…

— River?! À quoi tu joues?!

Je voulais qu'il me regarde, mais il semblait ne pas

s'en rendre compte, ou même m'entendre. Il n'était plus mentalement avec moi dans le rêve. Je le voyais, mais il était inactif.

— River!

Puis, je sursautai en sentant ses os se fracturer, je pouvais voir ses omoplates se disloquer! J'étais incapable de le repousser. Ce fut lorsqu'il releva enfin la tête la minute suivante que je vis un nouveau visage… et ce n'était plus celui de River!

Je me mis à hurler comme jamais ! À un tel point que je sentis que je criais assurément dans mon lit pendant que je dormais ! En dehors même de mon sommeil ! Je voulais que River sache que quelque chose n'allait pas dans mon rêve !

Ayzen était sur moi, arborant un sourire salace au visage !

— J'ai viré River de ton rêve. Continue de prendre ton pied, Madison…, chantonna-t-il.

Il se mit à rire.

Je hurlai une seconde fois en le frappant et en essayant de sortir de ce cauchemar et surtout de ne plus sentir son corps contre le mien.

Je vociférai le nom de River, mais Ayzen plaqua une main contre ma bouche ! J'avais beau me débattre, comme ce n'était pas moi qui maîtrisais mon esprit dans ce rêve, je n'avais aucun pouvoir et cela, c'était l'un des trucs les plus épouvantables que je pouvais ressentir ! J'étais dans un état de vulnérabilité. Pas de force, pas de pouvoir, à moitié nue, mon ennemi profitant de la situation pleinement. J'avais envie de pleurer de rage !

Je hurlai à nouveau le nom de River à travers la main de son frère contre mes lèvres ! Soudain, je vis qu'Ayzen disparaissait telle une fumée noire ! Il s'était littéralement évaporé ! Je voulus fuir, roulant hors du sofa, mais d'un seul coup, j'ouvris les paupières !

Je sursautai en m'asseyant précipitamment, le souffle défaillant. Je n'étais plus sur le sofa et prise dans ce rêve, mais dans la réalité, dans mon lit ! Je venais enfin de me réveiller !

Je voyais sous mes yeux River propulser Ayzen contre ma commode et lorsqu'il s'effondra par terre, River le frappa violemment à plusieurs reprises ! Ayzen absorba les coups sans mal, même qu'il gloussait.

Par réflexe, je décidai d'aller l'aider, mais avant, je vérifiai par précaution si je portais des vêtements sous ma couette ; par chance, j'avais mon pantalon de pyjama et un débardeur. Je mis le pied à terre.

— Tu m'avais pas dit qu'elle était bonne, beugla Ayzen. Je comprends mieux pourquoi elle t'intéresse ! Tu profites, mon petit veinard ! Je crois que je vais attendre avant de la tuer et prolonger encore un peu le plaisir entre elle et moi. Si tu vois ce que je veux dire !

Même s'il était en sang, avec ce liquide noir éclaboussé partout sur son visage, Ayzen s'esclaffa de plus belle.

Avant même que je lève ma main dans sa direction pour user de mes dons, souhaitant qu'il s'étouffe en s'étranglant sans même que je le touche, il fut plus rapide que moi et arriva à me balayer du chemin avec un simple geste de la main !

Je me retrouvai à planer jusqu'à ce que mon dos percute la porte de ma chambre ! Le coup fut si brutal que j'en perdis mon souffle et m'écroulai au sol.

Aussi rapide que l'éclair, je me retrouvai tirée dans les airs, mon dos plaqué contre la porte, mes pieds ne touchant pas le sol et incapable de respirer ! Comme si quelqu'un me soulevait par la gorge. Mais les deux étaient loin de moi et occupés à se battre. Ayzen réussissait à me faire souffrir même alors qu'il était occupé avec son frère.

Avec difficulté, je grinçai des dents tout en essayant de souffler quelques mots à peine compréhensibles :

— J… j'ai… une pro. Proposition, à te fai… faire… Ayzen !

Il se sentit interpellé, j'avais capté son attention ; malgré le fait qu'il se faisait casser la gueule, il arriva à faire une clef de bras à son frère pour le clouer au sol le temps de me relâcher d'un simple geste d'une main.

— Quoi ? Qu'est-ce que t'as dit ?! beugla-t-il.

— N… non ! cracha River plaqué au sol de force. Ne fais pas ça, Madison !

J'étais tombée à genoux lorsqu'il m'avait relâchée et je savais que c'était la seule solution pour qu'il me laisse vivre ma vie. Je ne le faisais pas de gaieté de cœur, mais je n'avais plus le choix ! Je n'avais pas d'autre solution !

Je toussai dans une quinte de toux le temps de retrouver une voix claire et non écorchée.

— Je… je connais un moyen de te faire sortir de l'enfer…, dis-je d'une voix que je ne reconnaissais pas tant elle était douloureuse.

— Madison, non ! tonna avec colère River en se débattant, mais Ayzen était tellement captivé qu'il usa de toute sa force pour maintenir River par terre, même si cela n'allait pas durer, car River était bien plus fort que son frère et il allait reprendre le dessus sous peu.

Je me relevai doucement pour le regarder dans les yeux.

— Ayzen… C'est ma faute si t'es coincé. Je prends le blâme. Je te fais sortir, si tu me laisses tranquille. Tu n'éprouveras plus aucune rancœur contre moi si je te libère. Plus d'illusion d'horreur, plus d'intrusion dans mes rêves.

En proie à une telle fureur à cause de ce que je venais de faire, River comprima toute sa force, se libéra et, une fois sur pied, il donna un coup si brutal à son frère que la tête d'Ayzen se détacha du corps comme s'il avait utilisé un sabre bien tranchant!

J'eus à peine le temps de voir sa tête voler dans ma chambre, son corps tomber par terre, qu'Ayzen avait complètement disparu. Comment on pouvait être assez fort pour détacher la tête d'un corps avec un seul coup?!

River chargea vers moi, je l'avais rarement vu si en colère contre moi.

— Pourquoi t'as fait ça?!

Une bouffée de rage monta en moi et je répondis sur le même ton et même encore plus en furie que lui :

— Tu m'as toujours dit que tu étais là pour me protéger de lui! Comment ça se fait qu'il a réussi à rentrer dans ce rêve alors que c'était toi qui le contrôlais? Comment il a pu échapper à ta surveillance?! Et ce, de nombreuses fois?! Tu ne me protèges pas, River! Il est plus malin que toi! Tu ne te rends pas compte de ce qu'il me fait vivre! J'en peux plus! Ça va trop loin! Merde! Je… je l'ai senti prendre ta place! Tu comprends ça! Je me sens… je me sens violée! Mal! Souillée! Honteuse! Gênée! Et tu sais quoi?! Je ne compte plus sur toi! Je me débrouille seule maintenant! Marchander sa liberté est la meilleure chose que je puisse faire! Et tu vas arrêter de m'empêcher de conclure une entente avec ton frère!

Je me retournai pour attraper la poignée de la porte et m'éloigner de lui alors que j'étais énervée, mais il attrapa mon bras et d'un mouvement vif, il plaqua mon dos contre le cadre de la porte!

— T'as pensé une minute à tous les meurtres que tu auras sur la conscience?! Je t'en ai déjà parlé! Chaque tête qui tombera tous les jours où il sera libre, ça, tu auras du mal à le vivre, crois-moi! Tu vas pas contacter Satan pour lui! Je te l'interdis!

— Sinon quoi?! Hein?! Tu vas me faire quoi, River?!

Tu vas utiliser ta force pour me maîtriser ?! Et maintenant, lâche-moi ! Je commence à avoir la tête qui tourne ! Si t'es jaloux de lui, t'as qu'à accepter que je te libère aussi !

Je vis le liquide noir sortir d'une narine de River et couler abondamment sur son sweat. Comme je me sentais étourdie, je tentai de rouler hors de sa portée pour mettre de la distance, mais il me fit une barrière en mettant ses bras de chaque côté de mon corps, alors je ne me gênai pas pour le repousser et enlever une de ses barrières. Ce refus de rester près de lui l'énervait encore plus, cette fois, ses doigts saisirent férocement ma mâchoire et il tourna ma tête vers lui !

— C'est vraiment ça que tu penses de moi, Madison ?! Je te mets en garde, je te protège tous les jours, je tiens à toi plus que tu ne peux l'imaginer et toi tu me balances des trucs pareils ? Que je suis jaloux ?! Contrairement à moi, Ayzen est assez égoïste pour sortir de l'enfer en se réjouissant déjà de tuer des gens alors que moi, c'est exactement ça que je veux éviter !

— T'es un démon, forcément, tu vas tuer des gens toi aussi si je te libère.

— Non ! Je ne suis pas comme Ayzen ! Il n'a aucun contrôle ! Tuer est amusant pour lui ! Il a tellement de rage en lui qu'il ne va faire qu'une bouchée de Keeper. Je n'ai aucun motif de tuer qui que ce soit, moi ! Je pensais que tu me connaissais mieux que ça ! Même métamorphe, je devais me nourrir de cœurs et j'ai toujours eu du mal à tuer quoi que ce soit de vivant ! Et ne commence pas à t'imaginer que je serai capable de te faire du mal, de te maîtriser avec ma force pour te forcer à quoi que ce soit ! Je préfère sentir la lame du couteau de ma mère me trancher la gorge chaque seconde de ma vie sans fin plutôt que d'imaginer une chose pareille ! L'interdiction de libérer mon frère est purement et simplement pour t'éviter des ennuis ! Je ne fais pas ça pour mal faire ! Je comprends que tu veux te libérer de lui en lui offrant ce qui le rendrait heureux, mais fais-moi confiance, la suite des choses s'annonce catastrophique, tu t'en voudras toute ta vie!

Je me sentais tellement faiblir que mes genoux lâchèrent. River me rattrapa avant que je tombe et en me soulevant, il vint me déposer sur mon lit pour ensuite s'écarter de moi. Il détestait devoir prendre ses distances. Je vis qu'il avait une migraine puisqu'il prit sa tête entre ses mains après avoir essuyé le sang qui coulait sur ses lèvres, qui provenait de son nez.

— Je suis désolée. Je ne sais juste plus quoi faire. J'ai… j'ai paniqué. Quand, quand j'ai vu son visage au-dessus de moi dans le rêve, je…

— Madison, stop! fit-il en me tournant le dos comme s'il ne voulait pas savoir ce que son frère faisait quand il avait pris possession du rêve à sa place.

— Je ne veux plus vivre ça, tu comprends? J'essaie de trouver une solution. Tu n'en as pas non plus. Et ça ne peut pas continuer.

— Je vais le tuer.

River se retourna vers moi, ses yeux étaient redevenus entièrement noirs, ses veines ressortaient monstrueusement. Il faisait peur à présent.

— Tu viens de le faire. Sa tête a fait un vol plané, je te signale.

— Nan, tu le sais, il ne peut pas mourir. Je pourrais le tuer des milliards de fois, il revient toujours.

— Mouais, je sais bien. C'est dommage.

Je me sentais déjà un peu mieux. Le vertige avait disparu. River prit une place au bout de mon lit, restant à distance.

— Merci.

— Pourquoi?

— Bah, pour ton intention avec le rêve.

Il passa une main dans ses cheveux ébouriffés et emmêlés.

Son visage reprenait peu à peu son apparence plus humaine.

— Tu veux rire ? C'était une erreur. Tu ne me feras plus jamais confiance. J'ai pas assuré. J'ai pas su te protéger et j'ai pas vu venir Ayzen. Je m'en veux. Je suis un connard. J'aurai dû le savoir que lorsque je prends le contrôle de ton esprit pendant que tu dors, je dois être concentré et je deviens vulnérable moi aussi, puisque Ayzen peut s'en prendre à moi, comme tu l'as vu, parce que j'étais occupé avec toi.

— Oublie le moment où Ayzen est venu tout interrompre. Tu m'as offert la possibilité d'être près de toi ! Ce que dans la vraie vie je ne peux pas ! J'étais bien dans tes bras. Et j'aimerais y rester. J'aurais adoré passer la nuit entière à…

— À faire l'amour ? déclara River avant moi avec un sourire légèrement triste.

J'étais assise dans le lit et je tirai sur une plume blanche qui était coincée dans la couture de ma couette remplie de plumes d'oie.

— J'ai vraiment des sentiments pour toi, River. Tellement que je commence à perdre la notion de ma vie. Je deviens moins rationnelle, plus téméraire. Je m'abandonne complètement à toi. T'as aucune idée de l'effet que tu me fais. Ne mets surtout pas une croix sur ce que tu m'as offert. En plus, ça semblait si réel…

C'était assez ironique de trouver qu'il semblait tellement doué au pieu, puisqu'il était puceau, forcément. Il savait y faire. Il savait où embrasser, où toucher, ses coups de bassin me revinrent soudainement à l'esprit et je me sentis rougir ; et une marée de frissons traversa mon corps. Il venait de m'offrir un aperçu de ce que je pouvais avoir avec lui et je voulais plus. Je le voulais tout entier.

— Tant mieux alors, c'est ce que je souhaitais.

— Tu sais bien que ce serait mieux si c'était en vrai. Je sais que tu le souhaites aussi, mais t'as pas à avoir peur de ce que Satan pourrait me demander. Laisse-moi gérer cela.

— Madison, il faut se contenter de ça. C'est pourquoi j'ai voulu que tu ressentes tout comme si c'était la réalité, pour que les rêves puissent te satisfaire du mieux que je peux.

Il ne voulait vraiment pas que je le libère! Il avait pensé à tout. Le rêve avait servi principalement à me montrer qu'on pouvait s'aimer et avoir ce genre de contact physique d'où il était, pour que j'abandonne l'idée de le sortir de l'enfer.

Chapitre 41

Les journées passèrent et le vendredi soir arriva. Il fallait que je me prépare pour le bal d'hiver même si je n'en avais pas tellement envie. Ma mère attendait dans la cuisine pour m'y conduire, puis par la suite, aller bosser. Elle avait accepté de me prêter l'une de ses tenues, quelque chose de bien basique : une robe cocktail couleur prune. Elle l'avait un peu ajustée pour qu'elle soit à ma taille.

Après avoir sauté dans la douche, je terminai d'arranger mes cheveux devant le miroir de ma chambre. J'essayai de dompter un peu ma tignasse. Je les laissai libres et un peu ondulés. Je n'avais pas envie d'en faire des tonnes. Même chose pour le maquillage, je mis un peu de mascara et posai la touche finale avec un rouge sang sur les lèvres, celui de Laurel, que j'avais pris dans les toilettes au lycée. Mais en regardant la robe prune sur le dossier de ma chaise de bureau, je compris que cela n'allait pas du tout : ma robe et le maquillage. Je savais qu'il ne fallait pas me laisser me préparer toute seule, j'allais être moche.

Tant pis. Il n'y avait personne à impressionner. Je n'y allais que pour la cause des enfants malades et pour donner mon texte à Daniel. Pour être certaine de ne pas l'oublier, je le roulai et le glissai dans la poche de mon long manteau caban noir, suspendu au crochet derrière ma porte de chambre.

Je sentis un courant d'air passer derrière moi. Aussitôt, je me retournai!

— River, c'est toi?

On ne s'était pas vraiment parlé depuis notre dispute au sujet de son frère, alors j'étais sur mes gardes, observant chaque recoin de ma chambre. Ayzen allait assurément se manifester une fois de plus tôt ou tard, après m'avoir entendue parler d'une proposition.

Mais il semblait n'y avoir personne. Sauf, un truc : il y avait un vêtement sur mon lit qu'il n'y avait pas une minute plus tôt. Je me rapprochai prudemment et une fois devant, je vis qu'il s'agissait…

Je portai mes mains contre ma bouche, voulant étouffer ma stupeur. Je n'avais jamais vu un truc aussi magnifique. La robe déposée sur ma couette blanche était sublime! Il y avait une note sur celle-ci :

«Ce dark blue, pour mettre tes yeux en valeur. Sache qu'aucune autre ne peut égaler la beauté d'une Sawyer. Il te faut quelque chose à porter digne de ce nom.»

— Oh, Seigneur…, échappai-je.

Oups, c'est vrai, River m'avait dit d'arrêter de dire Seigneur. Il devait me regarder dans l'ombre, ou peu importe où il était en ce moment, et je savais qu'il m'observait, alors je repris :

— Désolée, je devrais plutôt dire : Oh, enfer… aussi délicieux sois-tu… Merci pour ce cadeau exquis!

Je souriais, sachant qu'il m'avait déjà murmuré cela à l'oreille. Un frisson me parcourut le corps en me remémorant les images de mon rêve…

Il était le mec qui me faisait découvrir l'attirance, l'envie, la déchéance, la dépendance, puisque je devenais accro à lui, au point où j'étais prête à sacrifier quelque chose pour le libérer. Ce genre d'attitude ne me ressemblait pas du tout!

Bien qu'il fut adorable et gentil comme mec, River faisait ressortir la part d'ombre en moi. Celle qui m'enlevait le pouvoir de raisonner convenablement. Était-ce ça, tomber amoureuse? Ou alors c'était parce qu'il était un démon et moi une sataniste, et ma personnalité était en train de changer. Il semblait faire ressortir la Sawyer en moi que je ne connaissais pas.

Comment expliquer que je pouvais souhaiter du mal à quelqu'un en échange d'avoir River? Ça, ce n'était pas la Madison que je connaissais. Cette part d'ombre en moi prenait de plus en plus de place.

Je caressai le tissu du bout des doigts. La robe était bleu foncé comme mes yeux, presque noire. Le haut comportait des manches, mais le tout était en dentelle mi-transparente. La broderie cachait plusieurs endroits, y compris au niveau des seins, juste assez pour camoufler l'essentiel. En revanche, elle était ouverte, en décolleté plongeant. Alors je n'allais pas porter de soutien-gorge. Le haut tenait grâce aux manches remontées au niveau des épaules. La dentelle finissait aux hanches. Le bas était formé de plusieurs voiles délicats qui tombaient jusqu'au sol. La robe était longue et légère. C'était un look d'enfer pour un bal d'hiver. J'étais bouche bée.

Ce cadeau de River était une merveille. Où est-ce qu'il avait dégoté cette robe? Il ne pouvait rien acheter dans une boutique, alors je restai incrédule. Mais enfin, peu importe, je me fichais bien d'où et comment il se l'était procurée. Je voyais juste qu'il ne voulait plus être en froid avec moi. Mais ce n'était pas à lui de se faire pardonner, mais à moi.

Je décidai de la mettre tout de suite. Je ne savais pas vraiment s'il m'épiait, s'il restait invisible, mais si c'était le cas, il allait me voir l'enfiler et je crois vraiment que cela allait lui faire plaisir.

J'enlevai ma serviette de douche, libérant ma peau nue. Je harponnai la robe et marchai vers le grand miroir. J'enfilai lentement le vêtement en faisant attention pour ne pas abîmer la dentelle. Une fois en place, je constatai qu'à partir du haut de la cuisse, la robe était fendue, ce qui donnait un look échancré le long de la jambe droite.

Je fus estomaquée de voir mon reflet dans la glace. C'était à ma taille. Ce style excentrique avait un dosage parfait entre : un effet sexy, mais à la fois élégant. C'était divin pour les yeux. Pour la première fois, je me trouvais vraiment belle. River était attentionné, protecteur, il était une perle rare et je lui avais fait de la peine plusieurs fois. Il ne méritait pas cela. Je ne respectais pas ses désirs quant à sa libération qu'il ne voulait pas. Je m'en voulais. Comment il pouvait être tombé amoureux d'une fille bête comme moi?

Je plaçai un peu mes cheveux charbonneux, tout en les laissant tomber sur mon épaule gauche pour libérer celle de droite. Je ne voulais pas porter de bijoux, ce n'était pas un mariage ni un grand bal de fin d'année, mais juste une soirée d'hiver où les gens enfilaient des tenues élégantes. Il ne fallait pas en faire des tonnes, déjà que la robe, à elle seule, allait assurément m'attirer des ennuis. Je pensais déjà à tous ces regards sur moi qui allaient me juger en la trouvant trop osée. J'allais passer de la fille moche qui ne porte qu'un jean et des pulls à celle qui se croit assez belle pour porter une robe digne des Oscars. Mais je m'en fichais bien de ce qu'ils pouvaient dire sur moi. Loin de moi l'idée de rester longtemps.

J'allais peut-être un peu en profiter pour faire payer à Jackson et Laurel ce qu'ils m'avaient fait, alors je tenais à être présente. Bien sûr, rien de bien méchant, juste assez pour leur laisser savoir que je ne me laisserais plus intimider par eux.

— Oh bon sang, ce que t'es belle! s'écria ma mère, sous le choc en ouvrant la porte. Elle sort d'où cette robe?!

Elle se rapprocha vivement et tenta de chercher l'étiquette pour voir le prix, mais il n'y en avait pas.

— Ça t'a coûté combien? Tu n'aimais pas la mienne?!

— Si, si… mais elle est d'occase, t'en fais pas.

— Elle est neuve, Madison.

— Oh, je sais pas trop. C'est un cadeau.

Elle écarquilla les yeux dans le miroir pendant que je m'observais dans celui-ci.

— Dis-moi que tu n'as pas commencé la prostitution! Il n'y a qu'un homme bien riche qui peut payer une telle chose!

— Mais non maman. Sois sans crainte, ta fille ne fait pas de prostitution en échange de cadeau. Pourquoi tu penses à une idée pareille?!

— Mais… sinon, c'est quoi la raison? Explique-moi?

— C'est un garçon, soupirai-je, sentant qu'elle allait déjà me bombarder de questions.

— Un garçon?! Qui?! Je… je le connais? Il a quel âge? Tu… tu n'étais pas avec Simon?

En disant cela, elle regarda le cadre photo avec Simon et moi que j'avais conservé sur un de mes bureaux.

— Non, c'est terminé. Et puis, avec cette distance entre nous, ça n'aurait jamais marché lui et moi.

— Dis pas de sottise. C'est le garçon le plus attentionné et dévoué que je connaisse. Il est parfait pour toi. Simon t'attendra toujours, même si tu es loin de lui et que cela prend deux ans avant de te ravoir auprès de lui. Vous avez un bel avenir ensemble, Madison. Il fait des études d'ingénierie et de conception de jeux vidéo. Il va avoir un bon salaire et toi en médecine, vous allez vivre heureux!

— Mouais, mais… non.

— Comment ça, non? Madison, peu importe le garçon qui te plaît, ici, dis-toi que lui, il n'en vaut pas la peine, on repart pour Dawson dans moins de deux ans. Vous ne pourrez plus être ensemble. Alors si tu laisses Simon pour un autre, tu n'auras plus personne quand on va revenir à Dawson. Tu veux être seule?!

— Arrête, s'il te plaît. Tu t'énerves pour rien là.

Je savais qu'elle adorait Simon comme futur gendre, mais de là à s'énerver comme si l'avenir qu'elle avait tracé pour moi venait de s'effacer et qu'elle venait de perdre tous ses repères… Si elle savait qu'en ce moment j'avais plutôt dans l'idée d'abandonner mes études à Dawson et de rester à Keeper, vivre dans cette maison toute pourrie, cherchant un moyen de faire sortir un démon de l'enfer, pour pouvoir l'aimer sans condition, elle allait faire une crise cardiaque.

— Il s'appelle comment, celui qui t'a offert cette robe trop décolletée ?

Oh, parce que maintenant elle trouvait la robe trop décolletée, alors que d'après sa réaction en entrant, elle avait l'air conquise.

— Je vais pas te le dire, parce que là tout de suite, t'es pas ouverte à la discussion, je sens des reproches. Je suis prête, on peut partir ? C'est l'heure.

Elle soupira avec animosité. Je pris mon long manteau avec le texte roulé dans une des poches et descendis, prête à aller au lycée. Il ne restait plus que ma mère se décide à venir me reconduire.

Chapitre 42

Arrivé sur les lieux, je fus émerveillée par le décor d'Iden Earl. Au pied de chaque arbre autour du lycée se trouvait un projeteur bleu céleste qui éclairait vers le haut. Ce qui donnait un reflet et des lueurs sublimes aux branches noires et gelées par le froid avec un petit givre. Depuis l'intérieur du 4x4 de ma mère, je pouvais entendre les vibrations de la musique qui était diffusée à l'intérieur de l'établissement. On aurait dit un remix d'*Alive* de Sia.

C'était déjà le crépuscule, la lune scintillait tout comme les nombreuses étoiles dans le ciel. Il y avait des étudiants ici et là, qui entraient et sortaient. Quelques-uns sortaient de leur voiture sur le parking et une fumée s'échappait des fenêtres. L'un d'eux semblait fumer de l'herbe. D'autres en profitaient pour rigoler et boire de l'alcool avant d'entrer dans le gymnase, là où la consommation était interdite.

— Je viens te chercher dès que j'ai Penny avec moi. Elle va m'appeler quand son avion va atterrir. Ensuite, je viens te chercher et je te reconduis à la maison. Mais je vais devoir retourner au boulot pour le reste de la nuit.

— Oui, je sais.

— Tu as l'argent que je t'ai donné ?

— Oui, le 50 est dans mon bustier.

— Bien. Et euh… il est ici ?

— Qui ?

— Le garçon qui te plaît ? Il t'accompagne ce soir, je présume. Il t'a offert une robe. Tu ne veux pas prendre quelques secondes pour me le présenter ?

J'entrouvris la bouche, ne sachant pas comment répondre à cela. Elle ne pourrait pas le voir même si je voulais le lui présenter.

— Malheureusement, non, il n'est pas venu ce soir. Il ne pouvait pas.

— Oh… OK. Et… tu as une amie, quelqu'un à l'intérieur pour passer une bonne soirée ?

Je souris en regardant le parking à travers la fenêtre.

— Tu sais maman, c'est qu'une soirée, je suis indépendante, je vais survivre, même si je n'ai pas de cavalier ou des tonnes d'amis.

Je posai la main sur la portière, prête à sortir, mais ma mère posa sa main sur mon avant-bras.

Je me retournai. Elle avait l'air inquiète.

— Je t'aime, Madison.

— Mais moi aussi, maman. Qu'est-ce que t'as ?

— Est-ce que tu es heureuse ? Est-ce que j'ai fait une erreur en t'emmenant à Keeper ? Je t'en prie, dis-moi. Plus les jours passent, plus je te sens… différente et un peu froide.

Ma mère n'avait pas fait d'erreur en venant ici, même si je croyais le contraire en arrivant. Mais il avait manqué quelque chose à ma vie, quelque chose qui me définissait. Il m'avait manqué Keeper et mes gènes. J'avais compris que la vie à Dawson City s'arrêtait là pour moi. J'étais tombée amoureuse de River et… je sentais que je déconnais et que ma vie ne serait plus jamais la même et cela me faisait un peu peur. Je pressentais que les choses allaient mal tourner. Et ma mère ne comprendrait jamais mon revirement, cela annonçait qu'à mes dix-huit ans, sa route et la mienne allaient se séparer. Car elle retournerait à Dawson, mais sans moi. Et à cet instant, je voulus lui dire, puisqu'elle sentait que je cachais quelque chose. Mes yeux se remplirent de larmes et je pris une respiration tremblante avant de lui offrir un sourire rassurant. Je posai ma main sur la sienne.

— Ne t'en fais pas pour moi. Je suis heureuse.

Elle hocha la tête et me fit un sourire, mais je voyais bien qu'elle semblait peu convaincue.

— Allez, amuse-toi bien. Passe une bonne soirée. Garde ton téléphone dans la poche de ton manteau et vérifie souvent si je t'ai appelée pour te dire que j'arrive bientôt pour te chercher.

— Oui.

J'ouvris la portière et dès que je la refermai une fois dehors, je regardai ma mère s'en aller. Je sentais déjà des yeux me brûler le dos. Hors de question pour moi de jeter un œil derrière, alors je refermai les pans de mon manteau, attrapai le bas de ma robe qui touchait le sol et marchai jusqu'à l'entrée principale.

Lorsque j'arrivai à l'intérieur du lycée, je vis une dame à une table, dans le couloir, juste avant d'entrer dans le gymnase. Elle y inscrivit mon nom comme donatrice et je déposai le billet de 50 dans une petite boîte. Elle me remercia et me laissa passer après avoir pris mon manteau pour le mettre sur un cintre prévu à cet effet dans un des vestiaires.

En traversant les deux portes battantes, je fus projetée dans un décor magnifique ! Des projecteurs bleus éclairaient tous les murs, donnant une ambiance glaciale à la pièce. Des milliers de minuscules étincelles blanches semblaient tomber du plafond, cela venait de lumières en forme de glaçon suspendu, qui donnaient l'illusion que des flocons tombaient. C'était délicat, mais sublime. Un DJ occupait une petite scène tout au fond. La musique qui se diffusait à présent était *Close Enough To Kill* d'Emily Browning. Ce n'est qu'au moment où je repérai Jackson avec Laurel dans ses bras, dans la foulée, que je fus happée par tous ces yeux rivés sur moi. Ma tenue était trop vulgaire, je le savais, mais elle plaisait à River, alors j'assumai de la porter. Et à cette pensée, je me sentais déjà plus en confiance. Je restai devant les portes battantes, ajustai la traîne de ma robe prise dans un de mes talons et lorsque je relevai les yeux pour voir si Jackson était encore en train de me fusiller et que je constatai que c'était encore le cas, je lui envoyai un sourire malicieux, lui promettant que j'allais me venger.

Il le comprit aussitôt.

On aurait dit qu'il s'y était préparé. Tout en serrant la mâchoire, il écarta Laurel et commença à chuchoter dans l'oreille de plusieurs de ses potes, comme si eux aussi, ils tramaient quelque chose. Je me dirigeai vers les boissons tout en les espionnant subtilement. Plusieurs personnes entouraient cette longue table où on trouvait de la nourriture et des trucs à boire. Il y avait des cookies blancs en forme de flocon, des verres avec du givre dessus, on pouvait les remplir de punch bleu. À croire que ce bal d'hiver voulait préparer les humains de Keeper au dur froid hivernal qui allait arriver d'ici les prochains jours. Tout ce qu'il y avait sur la table était glacé. D'autres yeux me contemplaient lorsque j'attrapai un verre. Je fus surprise de voir nul autre que Jackson venir à mes côtés. Il avait fait vite. Les autres qui étaient là pour manger partirent, comme s'ils pouvaient sentir que Jackson allait s'énerver contre moi. Est-ce que tout le lycée me détestait ? Est-ce que tout le lycée savait pour l'histoire des vestiaires ? J'avais une réputation alors ? J'étais celle qui avait tenté de séduire Jackson. Tout le monde aimait ce couple, alors j'étais non seulement la nouvelle que personne ne voulait connaître, mais désormais : le cafard d'Iden Earl, cet insecte qu'on voudrait écraser pour avoir tenté de se faufiler entre Jackson et Laurel, qui était si populaire. Alors que je n'avais rien fait de cela.

Jackson ne me regarda pas, il prit un truc à manger et

l'engloutit d'une seule bouchée telle une bête affamée. Il était si près de moi que son bras frôla à plusieurs reprises le mien alors que j'attendais pour prendre du punch, mais la dame qui remplissait les verres était partie.

Jackson portait un costard et une cravate noirs agencés à une chemise blanche en dessous. C'était la première fois que je le voyais aussi élégant. Il avait presque l'air d'un gentleman et sympa. Presque.

Je ne voulais pas rester là, à attendre près de lui. Alors je déposai mon verre et, en me retournant, Jackson attrapa mon coude pour me retourner vivement face à lui ! Sa main me faisait mal ! Ses doigts s'enfonçaient dans ma peau avec force.

— Lâche-moi ! tonnai-je en serrant les dents. Ou tu le regretteras !

Il gardait son flegme habituel, continuant de mâcher sa nourriture et gardant ce stupide sourire à la con sur son visage.

— Ton heure est venue, Sawyer.

Je tirai sur mon bras pour me libérer alors que des regards nous toisaient avec curiosité. Même Laurel, mais elle, elle souriait comme si elle connaissait mon destin de ce soir et cela semblait la rendre heureuse.

— Ça y est, on y est, répondis-je, tu as réuni ta meute et vous êtes prêts à me déchiqueter ? Dis-moi, tu feras ça où, dans les toilettes quand j'irai me rafraîchir ? Ou... vous allez me traîner de force dans la forêt ? Sache une chose, Jack-sooon... si tu t'en prends à moi, aucun de vous ne survivra... c'est plutôt moi qui ai été patiente avec toi. Je t'ai laissé bien des chances de me laisser tranquille... Si j'étais toi, à partir de maintenant, je surveillerais mes arrières.

Je lui fis un clin d'œil rempli d'assurance.

Jackson souriait, mais je savais bien qu'il se forçait pour ne pas perdre la face, puisqu'il ne s'attendait pas à ce revirement.

— T'es pas assez forte, on est plus nombreux.

— C'est ce qu'on verra..., lui relançai-je.

— C'est dommage que tu sois aussi belle ce soir, parce que l'image que j'ai de toi dans ma tête au moment où on te tuera me montre ta robe souillée de sang, et ta tête enterrée à plus de quatre cents mètres de ton corps. Profite de ta soirée, tes minutes sont comptées, ma jolie.

Jackson prit le verre que j'avais remis sur la table, le trempa dans le punch bleu pour le remplir et me le donna brusquement, et des gouttes tombèrent sur mon buste. En pivotant, ses chaussures cirées couinèrent contre le marbre, il alla retrouver Laurel. Je continuai de l'observer tout en fronçant les sourcils, sentant mon cœur battre un peu plus fort.

OK, c'était ce soir, donc. Ils se préparaient tous à me tuer.

Jackson s'esclaffait avec sa meute, je doutais que Mery soit parmi eux, d'après ce que je voyais de sa peau à découvert en portant sa robe gold, elle ne semblait pas avoir de morsure. À moins d'en avoir une sur une cuisse, le ventre ou les fesses, je ne voyais pas où Jackson aurait pu la mordre.

Par la suite, je vis mon ennemi demander quelque chose au DJ et ce dernier hocha la tête pour ensuite mettre une chanson, mais pas n'importe laquelle : *The Wolf* de Siamés. Il se retourna pour voir ma réaction et son sourire s'élargit de manière démoniaque, comme s'il rêvait de me trancher la gorge tout de suite. Je pouvais à l'instant traduire les paroles de la chanson qui disait « tu peux courir, mais tu ne peux pas te cacher ».

Un garçon du lycée, Nyl Grant, un blondinet, grand et vraiment mignon, qui était dans mon cours d'anglais, s'approcha et tendit la main dans ma direction :

— Je peux t'inviter à danser ?

Je jetai un œil autour de lui, pour vérifier s'il n'était pas complice avec Jackson pour se foutre de ma gueule, mais cela me semblait sécuritaire. J'acceptai en posant ma main dans la sienne. Tout sourire, il me dirigea vers la flopée de gens qui dansaient. La musique était entraînante à présent, Nyl avait réussi à me faire sourire et à me montrer que je pouvais m'amuser durant la soirée. De plus, rien qu'à l'idée de penser que j'allais voir Penny bientôt, cela me redonnait toute ma joie que Jackson tentait de m'enlever à chaque instant. Comme en ce moment, sa meute ne supportait pas que je m'amuse alors qu'ils cherchaient à me faire peur, puis à me voir fuir, et une fois à l'extérieur, ils allaient s'en prendre à moi, dans un endroit où il n'y aurait pas de témoin.

Je dansai sans me soucier d'eux, durant une bonne demi-heure, jusqu'à ce que la musique se transforme en slow ; c'était une musique hyper clichée, comme on trouvait dans plusieurs télés série d'ados de Netflix lors de bal de fin d'année. Rien de mieux que *The Night We Met* de Lord Huron.

Nyl me rapprocha de lui, enlaça ses doigts aux miens et son autre main s'enroula autour de ma taille. Mon visage était près de son épaule, juste assez pour voir derrière lui, le couple maudit qui continuait de me regarder pour être certain de capter le moment où j'allais partir. À cet instant, je pensai à River… À rien d'autre que lui. Je rêvai de le serrer dans mes bras comme avec Nyl. Même que j'aimais imaginer que c'était lui, que j'étais ici avec lui. J'appuyai ma tête dans le creux de son épaule pour me rapprocher encore plus. Je fermai les paupières, et le visage de celui dont j'étais tombée amoureuse surgissait. Je voyais son sourire et à quel point il était humble de vouloir rester en enfer pour l'éternité pour être certain que je ne sacrifiasse rien pour lui. Il fallait dire que la dernière personne qu'il avait connue ayant fait un pacte avec Satan s'était avérée la pire chose de toute sa vie. Je comprendrais que par expérience, il veuille que je ne tente rien. Alors j'allais abandonner l'idée même si cela me fendait le cœur en deux.

— Tu es la plus belle du lycée, Madison. Et ce soir, tu épates tous les mecs. Moi le premier, chuchota Nyl près de mon oreille.

— Euh… merci…

Je restai collée contre lui, sans relever le visage pour le regarder en face.

— Je n'ai jamais eu le courage de venir te parler. J'étais trop intimidé. Et je ne suis pas le seul.

Enfin, la musique changea pour quelque chose de plus entraînant. Je pus m'écarter, lui offrir un sourire et Nyl me fit signe de me retourner.

Derrière moi, près des portes plus loin, je vis Daniel Torrance qui me faisait signe de venir vers lui.

— Je crois que le proviseur veut te voir. Tu reviens me voir après ?

— Ouais, ouais, je vais revenir dans une minute.

Me voyant partir, la meute m'observait minutieusement. Si je sortais du gymnase, ils allaient rester à l'affût et peut-être même m'attendre quelque part. Je commençais à redouter ce moment et même à douter de mes dons. Allais-je savoir les maîtriser ? Qu'allait-il se passer ? Je ne voulais tuer personne, alors j'allais devoir trouver une façon de les empêcher de foncer sur moi et de me prendre en joue.

Je rejoignis Daniel, en costard noir où son ventre rond et proéminent ressortait du veston.

— Heureux de vous revoir, Madison. Vous avez ce que je vous ai demandé ?

— Oui, dans mon manteau.

— Parfait, allez le chercher et déposez-le sur mon bureau.

Chapitre 43

Après avoir récupéré ma feuille dans la poche de mon manteau au vestiaire, j'allai du côté des toilettes où il n'y avait personne et m'accrochai au comptoir du lavabo pour prendre le temps de respirer. Je sentais une nervosité m'envahir rien qu'à l'idée d'aller dans son bureau. Il n'allait jamais accepter ce torchon que j'avais écrit et il allait sans doute me virer du lycée ou Dieu sait quoi d'autre.

J'ouvris le robinet pour laisser couler l'eau sur mes mains pour ensuite tamponner ma nuque pour me rafraîchir. En relevant la tête pour faire face au miroir, je vis le reflet d'une personne derrière moi. En me retournant rapidement, je découvris que c'était River.

Wow ! J'eus le souffle coupé à le voir vêtu d'un costard noir et d'une cravate bleu nuit satinée contre sa chemise noire d'encre. Je ne l'avais jamais vu aussi éblouissant, aussi beau : je croyais que c'était impossible de l'être plus qu'il ne l'était déjà. Mon cœur palpitait si fort que c'en était douloureux. Ses cheveux étaient restés négligés, tombant un peu sur son front. À des endroits, c'était un peu de travers comme s'il venait de se réveiller d'une longue sieste – dont il n'avait pas besoin bien entendu –, mais il était carrément sexy ! Avant même que j'ouvre la bouche pour le complimenter, River me devança :

— T'es magnifique, Madison. Je suis ébloui par tant de beauté.

— J'allais dire la même chose pour toi… tu es…

— Vu que tu étais élégante ce soir, je ne voulais pas que tu me voies en jean déchiré et en sweat. Mais même si tu me vois en costard, je n'égale pas ta splendeur. Déesse de l'enfer, t'as l'air d'une reine dans cette robe.

— Déesse de l'enfer ? C'est comme ça que tu m'appelles ?

Je pouffai, à la fois flattée et gênée.

— Pourquoi de l'enfer ?

— Oh, parce que crois-moi, quand on te regarde, les pensées qu'un homme peut avoir ne sont pas très saines… Il y a des tas de choses que je rêverais de te faire, mais on doit garder nos distances, alors tu es pour moi la déesse de l'enfer, car tu me fais souffrir de par ta beauté.

Je pris un papier pour m'essuyer les mains tout en souriant de manière timide. C'était gênant de porter la robe qu'il avait dégotée pour moi et de sentir ses yeux brûlants me dévorer du regard. Être attirée par quelqu'un, sentir la tension augmenter de jour en jour sans pouvoir apaiser ce désir était de la torture. Pouvoir le toucher vaguement, garder nos distances, c'était définitivement un supplice autant pour lui que pour moi.

Pour faire baisser la fièvre un peu et qu'il cesse de me fixer avec autant d'ardeur, je décidai de changer la discussion.

— Et que me vaut cette visite-surprise de ta part à Iden Earl ? Et ce, dans les toilettes ?

— Je m'inquiète pour toi.

— À propos de quoi ?

Je suivis son regard qui fixait ma feuille sur le comptoir à côté de moi.

— Euh, mouais, j'ai, c'est compliqué à expliquer, River. En gros, je devais rédiger une lettre d'excuse et qui explique un incident qui s'est passé, sinon je suis renvoyée du lycée. Je ne pourrai pas revenir lundi prochain. Je dois aller justement au bureau du proviseur pour la lui remettre. C'est rien de grave, t'inquiète.

— Si je suis là, c'est pour t'en empêcher.

Je fronçai les sourcils.

— Quoi? Qu'est-ce que tu racontes? Je viens de te dire que je serai virée. Je sais pas si tu as lu cette lettre d'une quelconque manière, mais je te rassure, je… l'histoire où je me suis mise nue pour Jackson, c'est… c'est pas ce que tu crois. Et justement, j'essaie d'expliquer dans ces lignes que…

— Oui, j'ai lu cette lettre, que tu as écrite et laissée dans ta chambre aujourd'hui, me coupe-t-il. Je me suis permis de la lire, elle semblait te perturber durant la journée et je voulais découvrir pourquoi. Je m'y suis intéressé de plus près, à cette histoire et à cette amertume que tu avais contre ton proviseur, on ressent un profond dégoût pour lui dans ta lettre. Je suis arrivé au lycée en début de soirée, j'ai observé dans l'ombre Daniel dans son bureau, parce que je sentais quelque chose de pas normal. Et j'ai bien fait. Ne t'approche pas de lui, Madison.

— Écoute, je n'ai vraiment pas le choix. C'est un pervers, je le sais, je le sens, je l'ai vu. Mais ce papier va m'empêcher d'être expulsée. T'as rien à craindre pour moi. Regarde, j'y vais tout de suite, je reviens en un clin d'œil.

Il ne disait rien, il ne faisait que me fixer avec un drôle d'air tout en serrant les dents.

— Tu t'en fais toujours beaucoup pour moi. Je t'assure, tout va bien se passer. Fais-moi confiance. Je vais te le prouver.

Je sortis des toilettes pour ensuite me faufiler à travers quelques personnes qui flânaient dans un corridor. Je me dirigeai lentement vers le bureau du proviseur. Je savais que River me suivait, mais peu importaient les mauvais sentiments qu'il ressentait à l'égard de Daniel, je n'avais aucune autre solution pour récupérer ma place au lycée. Moi aussi je le sentais, ce truc pas net, son aura autour de lui qui n'inspirait pas confiance. Et j'avais été témoin de ce qu'il avait fait endurer à l'autre pauvre étudiante qu'on n'avait pas revue au lycée depuis.

Le couloir vers son bureau était assez éloigné du gymnase, il était tout près de la cafétéria. Lorsque j'arrivai face à son bureau, tous les stores des fenêtres étaient fermés. Du couloir, je ne pouvais pas voir à l'intérieur. Feuille en main, je posai ma main sur la poignée jusqu'à ce que je sente celle de River se poser sur la mienne, laissant un léger picotement contre ma peau.

— Je vais être plus clair et cru, si tu entres dans son bureau… tu seras violée par cet homme.

Mon cœur fit un bond dans la poitrine.

— Madison, j'ai découvert des choses en l'épiant dans son bureau ce soir. J'ai vu des choses que je n'aurais jamais dû voir.

— Des choses ?!

— Il garde un ordinateur portable dans un tiroir sous clef et quand je l'ai vu l'utiliser, il est allé visionner les vidéos des filles qui passent à son bureau. Il cache une caméra dans sa bibliothèque, d'après ce que j'ai vu, quatre étudiantes ont subi des abus de plusieurs natures et deux autres ont été violées impunément. Il abuse des étudiantes et visionne en boucle ses agressions, un des dossiers vides était nommé Madison.

Une furie traversa le regard de River. Il soupira lourdement tout en baissant la tête. Quelques secondes s'écoulèrent avant qu'il reprenne :

— Les victimes ne parlent pas puisque ses menaces sont convaincantes, je l'ai entendu dans les enregistrements. Il est doué pour la manipulation. Pourquoi tu penses qu'il te fait venir ce soir, alors que la musique du gymnase étouffe tous les bruits du lycée ? Si tu cries à l'aide, personne ne t'entendra, d'ici. Alors maintenant, tu vas jeter ce papier et tu vas sortir de cet établissement. Rien à foutre que tu sois renvoyée d'Iden Earl. Je ne le laisserai pas te toucher. Le seul moyen de le faire tomber serait de récupérer son ordinateur. Ainsi, avec les preuves, il sera condamné et tu pourras ensuite reprendre tes cours. On verra plus tard comment procéder. Tu ne peux pas appeler les flics, ils n'ont pas de mandat pour fouiller son bureau. Ça peut prendre du temps, et Daniel aura le temps de s'en débarrasser. Le mieux serait de trouver un moyen de lui prendre. Mais sois gentille, pour le moment, ne reste pas ici.

— D'accord, mais tu sais, je peux me défendre. Même s'il le voulait, je ne le laisserais pas me toucher non plus. À quoi servent des dons si je ne peux pas me protéger avec ?

— Si tu utilises tes pouvoirs, Madison, et qu'il le découvre, j'ai peur qu'on t'enferme. Je ne sais pas où la société pourrait t'envoyer si quelqu'un venait à être témoin de tes dons. Je ne veux pas prendre le risque qu'il t'agresse et que t'aies pas d'autre choix que d'user de tes pouvoirs. Tu dois rester discrète sur ce que tu es. C'est le seul moyen de vivre en sécurité.

— Très bien… Alors, je rentre. C'est le mieux, je crois.

— Non, t'es trop belle pour retourner chez toi et enlever cette sublime robe qui épouse les merveilles de ton corps.

Il décrocha un sourire en coin adorable et terriblement sexy tout en détaillant mon corps et en arrêtant particulièrement au niveau de mon buste devant lequel il se lécha les lèvres.

— Hé, en bon gentleman, tu dois regarder les yeux d'une nana quand tu lui parles.

— T'adores ça quand je te déshabille du regard.

Je m'éclaircis la gorge et détournai les yeux pour lui lancer :

— Alors, dis-moi, où allons-nous ?

River me tendit son coude et j'enroulai mon bras autour et commençai à le suivre. Il se dirigeait vers la sortie de secours. Du coin de l'œil, je pouvais apercevoir au loin dans un autre corridor que Daniel Torrance s'en venait vers son bureau. Alors nous accélérâmes le pas avant qu'il ne me voie.

J'essayai de garder mes distances bien que je le touche, mais le vertige était présent.

Je poussai la porte qui menait dans la cour du lycée, loin de tous les regards, et une fois à l'extérieur, on avait évité Daniel de justesse.

Je fus surprise de voir qu'il commençait à neiger. De minuscules flocons tombaient du ciel, lentement et délicatement. Les projecteurs bleus autour du lycée faisaient scintiller les flocons. Un givre blanc immaculé tapissait le sol. La température était fraîche, j'avais froid, mais pas assez pour grelotter ou vouloir rentrer tout de suite.

— Ça fait un moment que je veux te faire une surprise, et je pense que ce soir, vu qu'on est élégants tous les deux, c'est peut-être le moment idéal. J'ai hésité longtemps, par peur de ta réaction. Mais je pense que tu es prête.

— Prête ? Et… une surprise ? Je n'ai pas besoin d'être gâtée, River. Juste être avec toi ça me fait du bien.

— Non, je sais, mais ça, c'est important. Très important que je te l'offre. La seule chose que j'appréhende, c'est ta réaction. J'espère ne pas faire une bêtise.

River me montra l'échelle qui montait sur le toit du lycée. Comme j'y étais déjà allée, je ne redoutais pas de grimper. Mais c'était quoi cette surprise si mystérieuse ? À cet instant, il avait disparu. Sachant qu'il m'attendait déjà là-haut, j'agrippai les barreaux de métal gelé, posai ma chaussure à talon – que je n'avais pas l'habitude de porter – et tentai de grimper sans m'empêtrer dans la traîne de ma robe. Ce qui était tout un défi en soi !

Je n'espérais qu'une chose à ce moment : que la meute qui me cherchait sans doute ne renifle pas mon odeur jusqu'ici. Il ne leur faudrait que quelques minutes avant de découvrir que je n'étais plus dans le lycée pour commencer à faire une ronde à l'extérieur.

Chapitre 44

De là-haut, il faisait un peu plus froid, mais il n'y avait aucun vent. River m'attendait, se tenant dos à moi, tout près du bord, comme s'il allait tomber. Il semblait nerveux et je n'avais aucune idée du pourquoi. Lorsqu'il se retourna lentement, je pus lire la crainte qu'il ressentait.

— Tu es prête ? susurra-t-il d'une voix calme.

— Hum… je crois que oui. Ton incertitude me donne un peu le trac, je t'avoue. Je me demande bien de quoi il s'agit.

— Je suis un peu nerveux, oui. Parce qu'il y a longtemps que je n'ai pas fait ça pour toi… Ça me rend un peu… nostalgique.

Sa voix tremblait à présent.

— Ne deviens pas trop émotif, j'ai pas envie que l'enfer te punisse d'avoir trop d'humanité ou un moment de faiblesse.

Une buée s'échappa de mes lèvres lorsque je parlais. River souriait à présent.

— Ça va, je gère. Bon, avant tout, je vais te demander de fermer les yeux.

— Quoi ? Sérieusement ?

Je pouffai nerveusement. C'était quoi cette surprise

qui demandait que le moment soit parfait? Je ne savais pas si c'était le froid ou tout simplement la nervosité qui commençait à me faire grelotter.

— Obéis, Madison, fit-il en me lançant un clin d'œil aguicheur.

Je pris une grande respiration, sourire aux lèvres, et fermai les paupières.

— Très bien. Ne les ouvre pas tant que je ne te l'aurai pas dicté. Peu importe ce que tu entends.

Ce que j'entends?! Bordel, c'était intrigant tout cela!

— Madison, je veux t'entendre le dire.

— Oui, désolée. Oui, promis, je n'ouvre pas les yeux tant que tu ne l'as pas décidé.

— Bien.

Je dirais qu'à partir de ce moment, une longue et interminable minute s'écoula. Jusqu'à ce que River jura doucement, puis grogna. La seconde suivante, j'entendis un craquement qui fît naître une chair de poule le long de mon échine. Il était en train de se fracturer la colonne vertébrale, ou la nuque, ce n'était pas très clair. Mais je compris qu'il se métamorphosait. Cela semblait lui demander de l'énergie, voire même être douloureux. Pourtant, il s'était toujours transformé sans mal. Enfin, je n'avais jamais su s'il souffrait ou s'il avait de la douleur lorsqu'il se métamorphosait. Les paupières toujours fermées, j'essayai de découvrir ce que c'était. Il avait dit :

« Il y a longtemps que je n'ai pas fait ça pour toi… »

Soudain, il y eut un bruit de déchirement, comme s'il brisait son veston, et la seconde suivante, il poussa un frémissement de douleur. Je voulus ouvrir les yeux, mais me ravisai aussitôt. J'essayai plutôt de me concentrer sur le son de la musique que je pouvais entendre sur le toit, traversant les épais murs du bâtiment. C'était *Breathe* de CUTTS. La chanson représentait drôlement le moment que je vivais avec lui. D'après ce que je pouvais traduire, les paroles nous représentaient bien.

Je sentais un flocon se poser sur le bout de mon nez et fondre aussitôt. J'en sentais aussi sur mes cils du côté droit.

Au bout d'un moment, River fut enfin prêt. Je sentais qu'il avait pris ses distances. Il devait être encore près du gouffre alors que moi je me tenais au centre du toit.

— Ouvre les yeux maintenant, Madison…, souffla-t-il d'une voix salace.

Je soufflai un coup, laissant la fumée s'échapper, fit glisser mes mains sur mes bras pour les réchauffer et, doucement, j'ouvris les paupières…

À travers le voile de mes cils entrouverts, la première chose que je vis était les chaussures de River, puis en remontant les yeux, je découvris qu'il portait toujours son costard. Son physique n'avait pas changé, mais lorsque j'ouvris les yeux entièrement, je fus frappée en plein cœur par ses deux immenses ailes noires d'ange déployées de chaque côté de ses omoplates ! Mon souffle se bloqua. Mon cœur cessa de battre. J'entrouvris la bouche, incapable de dire quoi que ce soit. Ses ailes faisaient au moins deux mètres d'envergure chacune. Elles étaient surdimensionnées, mais d'une beauté inouïe, à un tel point que j'avais l'impression de rêver.

Subitement, mon cœur se mit à accélérer, tellement que je me sentais étourdie ! Je cherchai mon air, je n'arrivais plus à respirer ! La seconde suivante, je fus frappée violemment par des milliers d'images qui défilèrent dans ma tête les unes après les autres ! Je vis River et moi, jeunes, jouer ensemble, j'entendais nos rires. Mes souvenirs revenaient brutalement comme si le ciel me tombait sur la tête. C'en était douloureux.

— Madison ?! s'inquiéta River.

Sa voix n'était qu'un faible murmure, je ne le voyais plus, je ne voyais que ma mémoire me montrer tout ce que j'avais oublié ! Je vis mon père, ma mère qui l'embrassait. Je vis Ludivine m'élever en tant que sorcière, m'expliquer quoi faire et ne pas faire. Je vis même Marissa Marshall, la mère de River, venir dans ma maison, dîner avec mes parents, et ce regard qu'elle avait constamment sur moi, un regard meurtrier. Je me vis dans la forêt, tuant des animaux sans douleur en les endormant, tout ça pour offrir des cœurs à River, qui voulait se laisser mourir et je l'en empêchais.

Ma respiration était si défaillante que je vacillai, étourdie, submergée par trop d'images qui se déversaient en une fraction de seconde. Je retrouvai toutes mes capacités en tant que Sawyer. Je sentis l'énergie en moi, les sorts me revenir, ainsi que la maîtrise de mes dons.

Je me sentis secouée violemment, j'ouvris les paupières, agrippant River par son veston qui était perché au-dessus de moi. Je ne m'étais pas rendu compte que j'étais tombée, dos contre le sol. Je n'avais rien senti.

Son visage dans la pénombre était rempli d'inquiétude. La seule chose qui me perturbait à cet instant était ses énormes ailes qui surgissaient de son dos.

— Madie ! T'es avec moi ?! Tu m'entends ?!

— Je…

— Quoi ?! Dis-moi ! Qu'est-ce que t'as ?! Qu'est-ce qui t'arrive ? Parle-moi !

— Je me souviens…, fus-je capable de bafouiller faiblement.

— De quoi ?! De quoi tu te souviens ?!

Une larme roula sur ma joue. Ma gorge se serra. River avait lui aussi les yeux reluisants. Je ne l'avais jamais vu ému à ce point et j'avais peur que d'une minute à l'autre, les ténèbres s'en prennent à lui. Je ne voulais pas revoir sa gorge se faire trancher sous mes yeux, mais je n'avais pas le choix de lui révéler la vérité :

— De toi.

River retint son souffle. Ses yeux étaient ancrés dans les miens.

— Je me souviens de tout. C'est toi… c'est toi depuis le

début, River. C'est toi que je dessine. C'est toi cet ange dont je suis restée marquée toutes ces années. Parce que, au fond de moi, ma mémoire ne voulait pas t'oublier. C'est pourquoi je suis si fascinée par les corbeaux, parce que quand t'étais petit, tu venais me voir à ma fenêtre de chambre en étant sous forme d'un corbeau. Je me souviens de tout. Je me souviens que je tenais tellement à toi. De l'enfer que t'as vécu dans ce manoir. Du nombre de fois où on s'est réfugiés sous le pont Hush Falls pour échapper à la colère de ta mère. Parfois, tu ne rentrais que la nuit et je ne voulais pas te laisser y retourner. Je te cachais même chez moi, tu dormais dans ma chambre. Je me souviens que la première fois où tu as fait sortir des ailes dans ton dos, c'était parce que j'étais coincée dans la réserve et que je rêvais de sortir de là, je ne pouvais même pas aller au lycée. Le seul moyen que tu avais trouvé de me donner un semblant de liberté était de me prendre dans tes bras et de me faire voler à la cime des arbres. J'entends encore mes hurlements de quand j'étais petite et que j'ai dû partir de Keeper, loin de toi. Ludivine m'avait dit que t'étais mort…

Je n'arrivais pas à retenir toutes les émotions qui me percutaient, elles étaient trop violentes. Mes larmes roulèrent de plus en plus et avec le dos de son index, River essuya une larme sur ma joue.

— Ludivine a bloqué ma mémoire parce que je n'acceptais pas ta mort, que ta mère t'avait tué. Jamais on ne m'a dit que tu avais été ressuscité, et je ne savais pas à ce moment-là qu'en découvrant que t'étais un démon, Ludivine t'avait envoyé en enfer. On nous a séparés.

River prit délicatement mes mains et m'aida à me relever. Une fois sur pied, il chuchota :

— Hé, ne pleure pas. C'est une bonne nouvelle. T'as retrouvé ta mémoire. Et même si tu ne m'avais jamais reconnu, ça m'aurait seulement donné la chance de te conquérir une seconde fois. T'es revenue à Keeper, et c'est la seule chose que je souhaitais durant tout le temps où t'avais disparu.

Je serrai River dans mes bras, enfouissant ma tête contre son épaule. Je me sentais étourdie, mais je ne voulais pas reculer tout de suite. Ses bras m'encerclaient. Il sentit que j'étais glacée, c'est alors que je découvris qu'il nous enveloppa avec ses ailes dignes de Lucifer lui-même. Une chaleur m'envahit aussitôt et je pus me détendre. J'étais bien et pour rien au monde, je ne voulais sortir de ses bras.

— Je t'aime, Madison. Si on ne devait pas prendre nos distances sous peu, je t'emmènerais avec moi, à la cime des arbres, comme lorsqu'on était gamins.

Chapitre 45

Ce que j'avais redouté s'était produit : après m'avoir longuement enlacée et dit qu'il m'aimait, l'enfer avait puni River. Je l'avais vu s'effondrer sur le sol du toit du lycée. Tenant sa gorge à deux mains, il tenta d'empêcher un sang opaque de s'évacuer, j'essayai tant bien que mal de l'aider pour qu'il cesse de souffrir, mais j'étais complètement impuissante. Même si je souhaitais user de mes dons pour absorber sa douleur, pour la lui enlever, rien n'avait fonctionné. L'enfer le punissait et aucune magie ne pouvait contrer ce cercle infernal. Démon de l'enfer, il ne devait pas ressentir d'empathie ou d'émotion humaine. River allait en souffrir tant et aussi longtemps qu'il n'éprouverait plus rien. Son âme avait été vendue à Satan par sa mère, alors ce dernier façonnait River comme il le faisait sans doute avec chacun de ses démons : en les convertissant. Cela semblait avoir bien fonctionné avec Ayzen, qui était purement un monstre.

River avait fini par disparaître et en attendant le moment qu'il réapparaisse, que ce soit durant la nuit ou le lendemain, je jetai un œil sur l'écran de mon téléphone pour voir le message de ma mère qui m'indiquait qu'elle venait me chercher d'ici dix minutes. J'étais arrivée autour de vingt-deux heures, il n'était que vingt-trois heures trente, je n'avais pas l'impression d'être restée à Iden Earl qu'une heure et demie. Le bal allait durer encore jusqu'à deux heures du matin. Mais ce serait sans moi. De plus, après avoir récupéré tous mes pouvoirs, je me sentais… différente. Enfin une personne entière, où les morceaux manquants s'étaient remis à leur place. Je me souvenais exactement comment utiliser mes dons, je n'avais plus besoin d'instructions. Je sentais ma force s'être décuplée avec les années, mais je l'avais laissée dormir en moi parce que je ne savais pas comment maîtriser cette flamme dangereuse qui animait mon cœur, attendant mes ordres. Même les sorts que j'avais appris étant plus jeune m'étaient revenus.

En ressortant des vestiaires avec mon long manteau noir et mon téléphone à la main, je pianotai un message pour ma mère. J'entendais mes talons claquer contre le marbre et laisser un écho lorsque je longeai le couloir pour m'éloigner de la fête. Je voulais surtout trouver une sortie loin de tous, une porte où personne ne me verrait partir, pour ainsi éviter la meute. C'était risqué de passer par la porte principale. Alors d'un pas pressé, j'allai vers une sortie sur le côté du bâtiment. Je devais traverser la pièce immense où se trouvaient de nombreuses rangées de casiers. Il faisait sombre. Mais les murs étaient vitrés et quelques rayons bleus des projecteurs extérieurs offraient juste assez de lueurs pour que je visse mon chemin. Cela dit, je me sentais étouffée par tous ces casiers. Ils étaient hauts et les rangées interminables. C'était presque un labyrinthe.

À l'instant, juste derrière moi, une porte de casier claqua ! Je me retournai vivement et pointai la lumière de mon téléphone pour voir qui c'était.

Personne.

Mon cœur commençait à pomper un peu plus fort. Une douce adrénaline coula dans mes veines et me laissa sur mes gardes.

Un rire féminin se promena quelque part. Comme si la personne courait dans les rangées.

C'était peine perdue. Trop tard, la meute était déjà là.

Cette fois, c'était un rire masculin, qui semblait provenir de la rangée de casiers d'à côté, qui m'interpella. Puis, quelqu'un donna un violent coup dans une des portes en métal! J'accélérai le pas jusqu'à la sortie, mais stoppai net une fois devant : je fus choquée de voir des chaînes qui bloquaient les deux portes battantes! Ils avaient tout planifié et ce qu'ils voulaient, c'était de m'encercler telle une proie ne pouvant fuir pour mieux me tuer.

Cela dit, une chose en moi était claire : je le sentais, j'étais bien plus forte qu'eux. En revanche, je ne voulais pas les tuer. Je n'étais pas une meurtrière. Mais j'étais consciente maintenant de ma force et je savais exactement comment la maîtriser. Qu'ils aient été cinquante contre moi, personne ne pouvait me faire de mal. En recouvrant ma mémoire, je me sentais un peu moins… humaine. Je sentais à présent cette part d'ombre qui coulait dans mes veines et qui faisait partie de moi, qui me murmurait à l'oreille que je pouvais être très dangereuse. Ma personnalité, qui j'étais vraiment, pouvait se montrer stoïque et parfois même sans aucune empathie. Ce qui était très différent de la fille que j'étais devenue après avoir perdu l'accès à mes souvenirs.

Je marchais lentement, sans crainte, entre une rangée de casiers tout en plaquant mes ongles contre ceux-ci pour laisser un bruit grinçant partir en écho. Un bruit que les loups détestaient… Je cherchais à les provoquer. À les appeler, voulant qu'ils se montrent et qu'ils cessent de se cacher. Qu'ils m'affrontent une bonne fois pour toutes!

Je lâchai d'une voix remplie d'aisance et fermeté :

— N'aie pas peur, Jackson. Montre-moi la bête que tu es…

La surface de ma peau frissonnait comme si des ondes électriques se préparaient à charger une énergie puissante servant à me défendre, mais aussi à décupler mes sens. Mon ouïe était plus sensible, mes muscles, plus raides, mon cœur et ses battements inhumains étaient la machine qui allumait les pouvoirs de la lignée dans mon sang.

— Quand j'étais petite, j'ai eu la chance de voir de vrais chiens de l'enfer. J'étais la seule à les voir. Ces bêtes monstrueuses, destinées à chasser les âmes insoumises en enfer qui refusaient de se convertir en démons, je les voyais se faire déchiqueter jusqu'à ce qu'elles partent en poussière. Montre-moi quel genre de bête tu es, Jackson. Montre-moi ce que ma tante Ludivine t'a fait… Je suis certaine que tu es magnifique. Tu devrais apprécier ta malédiction comme un cadeau…

Je me tenais au milieu d'une rangée. Loin derrière moi, j'entendis un grognement.

Je souris.

Jackson se montrait enfin. Je me retournai doucement, l'air décontracté, mais mon regard était si ancré dans le sien que je ne clignai pas une fois des yeux. Évidemment, il n'était pas seul. Au bout de la rangée derrière moi, même si je ne voyais pas, je sentais la présence d'au moins quatre lycanthropes. Laurel apparut aux côtés de son copain loin devant moi. Les autres de la bande devaient monter la garde un peu partout vers les sorties, pour s'assurer que je n'échappe pas à Jackson.

S'il était intelligent, il allait envoyer des membres de sa meute m'attaquer, pour analyser ma force et m'affaiblir, avant de se risquer à me tuer lui-même.

Derrière moi, j'entendis le premier qui se risqua à foncer droit sur moi ! J'écartai la traîne au bas de ma robe pour pouvoir pivoter sans mal. Une fois que je vis ce type courir dans ma direction, je fis valser ma main droite et le sol se mit à trembler jusqu'à ce que des plaques de marbre sous ses pieds se fissurent ! Un de ses pieds s'emboîta dans l'une d'elles et il hurla de douleur. Il resta coincé, incapable de libérer sa cheville de la fissure que j'avais faite dans le sol. Un deuxième tenta sa chance, passant par-dessus les crevasses par terre en choisissant de longer les casiers. D'un soupir exaspéré, j'ouvris les unes après les autres les portes des casiers qui l'assommèrent brutalement. Le regard rempli de rage, il continua sa course, et sa main s'arrêta de justesse, à un centimètre de mon menton, mais je le retins, figé sur place. D'un mouvement de bras, je pris un élan et sans toucher ce type, je le fis valser loin de moi tel un vulgaire sac à ordures ! Il percuta les autres au bout de la rangée.

Je vis deux, puis trois personnes foutre le camp, abandonnant la quête de Jackson. Ils ne voulaient pas se mesurer à moi.

Le mec dont la cheville était prise dans le marbre continua de tirer jusqu'à se faire saigner la jambe et une fois sur pied, en titubant, il s'en alla. Pour que sa meute l'abandonne ainsi, il fallait que Jackson soit un piètre alpha. Car dans le règne animal, les bêtas sont dévoués à l'alpha. Jackson avait assurément les capacités de créer des monstres comme lui, mais il n'avait aucune idée de comment être un alpha respecté.

Je savais que Jackson se rapprochait de moi : j'entendais ses pas et ses os se déboîter et se désarticuler. Mais il avait été plus rapide que je le pensais, puisqu'en me retournant, sa main puissante saisit ma gorge et c'est avec une grande force qu'il plaqua en une fraction de seconde mon corps contre le mur de casiers, laissant un bruit sourd qui bourdonna dans mes oreilles.

La douleur était vive et paralysa quelque seconde mon dos. Je touchais à peine le sol. Ses yeux virèrent dans leur orbite, devenant entièrement blancs. Les muscles sous sa peau dansaient. Son visage se transformait en celui d'une bête sauvage. La transformation s'accéléra et ses bras se changèrent en pattes énormes ! Le reste de son corps avait laissé place à celui d'un loup. Un loup entièrement blanc aux yeux machiavéliques. Sa mâchoire aux dents puissantes claquait juste sous mon nez alors que je tentais de toutes mes forces de l'écarter de mon visage ! Il était fort ! Si je lâchais ma force, ses dents pointues et surdimensionnées allaient lacérer ma peau et ne faire qu'une bouchée de mon crâne, ne laissant que des lambeaux de chair.

Toutes les sources d'énergie autour de moi crépitaient. Les lumières clignotaient au-dessus de moi. Les arbres à l'extérieur se déchaînaient, je pouvais entendre des branches frapper contre les vitres.

Je me retenais pour ne pas tuer Jackson ! Je consumais mes pouvoirs avant de choisir comment j'allais me libérer. Parce que la seule envie qui me venait à l'instant était d'enfoncer mes doigts dans ses yeux et de les lui arracher. De faire ensuite tomber les rangées de casiers sur lui, écrasant son corps en fracturant tous ses os pour éviter qu'il puisse se relever. La Sawyer en moi disait de le tuer, mais la Madison en moi tentait de trouver une autre solution.

Un peu plus loin de nous, Laurel tenta de se transformer en louve pour venir aider Jackson, mais avant même qu'elle puisse entamer sa transformation, je lui jetai un sort pour la garder à distance. Elle porta rapidement ses mains contre sa gorge, se sentant étouffer. Jackson se retourna vivement pour jeter un œil à Laurel, il vit qu'elle se noyait, de l'eau débordait de sa bouche, sa copine était incapable de respirer. S'il n'allait pas l'aider, elle allait mourir. Mais ce salaud préféra retourner son attention vers moi plutôt que d'aller l'aider !

Mon idée n'avait pas fonctionné !

Les genoux de Laurel frappèrent le sol, elle s'écroula alors que mon sort remplissait ses poumons d'eau et allait la noyer jusqu'à ce que mort s'ensuive !

J'eus une idée simple, mais efficace pour qu'il me lâche : derrière Jackson, j'ouvris un casier et, de toutes mes forces, j'utilisai mes pouvoirs pour catapulter le corps de la bête dans le casier ! La seconde suivante, je fermai la porte et la coinçai pour que personne ne l'ouvre tant qu'il n'aurait pas repris sa forme normale et que je sois loin d'ici!

Je courus vers la sortie et en passant près de Laurel, je m'arrêtai, me penchai et touchai doucement sa joue, levant le sort que je lui avais jeté. Peu à peu, ses poumons se remplirent d'air et son teint qui devenait blanc reprit des couleurs.

— Il ne te mérite pas. Il était prêt à te laisser mourir pour assouvir sa vengeance. Je crois que tu mérites mieux que lui et une seconde chance.

J'entendais les coups violents provenant du casier que Jackson essayait de défoncer pour sortir, mais il n'allait pas y arriver.

Laurel se releva péniblement, et elle choisit de partir loin d'ici. Je lui avais fait comprendre, par un simple regard, que si elle retentait le coup avec Jackson de vouloir me tuer, je n'allais pas lui donner une chance supplémentaire de s'en sortir en vie. C'était une menace silencieuse, cependant elle l'avait bien comprise.

Sans plus attendre, je harponnai les chaînes qui bloquaient l'accès aux portes de sortie et tentai de déverrouiller le cadenas. Mais je n'y arrivais pas, puisque Jackson avait trempé les chaînes dans de l'essence de magnolia. Le petit malin.

De ce fait, je dus retourner à l'entrée principale. Le téléphone dans la poche de mon manteau vibra et rapidement, je vérifiai de qui il s'agissait : c'était Penny!

Je glissai mon téléphone dans la poche de mon manteau, attrapai le bas de la robe à deux mains et commençai à courir vers l'entrée principale. Je pouvais entendre encore et encore les déferlements de colère et les coups de Jackson coincé dans le casier. Mais je me fichais bien de lui.

En arrivant à l'entrée principale, je poussai les portes pour sortir et une fois dehors, je vis la meute qui était sur le terrain, près d'un énorme noyer noir. Ils me foudroyaient tous, sans pour autant oser s'approcher de moi. Mais ils avaient encore un regard qui voulait dire « on sera mieux préparés la prochaine fois. Tu ne pourras pas toujours t'en sortir. »

En détournant le regard vers la rue, je vis le 4x4 de ma mère et Penny, hanche appuyée contre la portière du côté passager, me regarder avec un immense sourire et une joie qui déferlait dans ses yeux. Je m'empressai de la rejoindre tout de suite et la serrai dans mes bras !

Chapitre 46

Dès que Penny traversa le porche de la maison avec moi et qu'on fit signe de la main à ma mère qui s'en allait, elle s'empressa de me dire :

— Putain, on dirait une maison hantée. Tu vis réellement ici depuis que t'es partie ?

— Mouais.

Après avoir enlevé nos manteaux, je tentai de lui offrir un truc à boire, mais la seule chose qui l'intéressait était le pack de bières en haut du frigo. Je m'en emparai et lui tendis une bouteille, qu'elle décapsula dans la seconde. Penny but une énorme gorgée. J'avais oublié combien elle adorait l'alcool. Étonnamment, elle était redevenue blonde. Pas de mèche bleue, pas de tignasse prune ou de vert. Seulement un magnifique blond qui se rapprochait de sa couleur naturelle. Mais elle était toujours vêtue de vêtements punk. Elle portait un jean noir avec une chaîne à la hanche, des bottes militaires noir de jais et un débardeur déchiré blanc à travers lequel on voyait son soutien-gorge rouge. Le côté droit, où elle mettait ses cheveux derrière son oreille, servait à montrer ses nombreux piercings à l'oreille et son tatouage au cou, le symbole anarchiste du A encerclé. Elle avait toujours détesté le gouvernement ou l'idée qu'on eut un maître pour diriger les humains. Elle préférait mettre sa foi sur des dieux, principalement Satan. Elle le vénérait. Penny était légèrement sociopathe ; vivre en société n'était pas dans ses plans de vie.

Bien qu'elle fut bisexuelle, il ne s'était jamais rien passé entre nous. On était plus comme des sœurs de cœur.

Penny portait sa fidèle ombre à paupière noire fumée qui rendait ses yeux hypnotiques et un peu inquiétants, assortie à son rouge à lèvres mauve Byzantium.

Elle avait englouti déjà plus de la moitié de sa bière alors que j'en étais à ma première gorgée. Je laissai Penny inspecter les lieux, se promener dans le séjour puis fixer longuement l'escalier. Comme si elle avait deviné qu'il s'était passé des trucs ici.

Elle finit par se tourner vers moi.

— Merde, qu'est-ce que j'ai manqué ? Il semble s'en être passé des choses. En plus, t'as un truc…

— Un truc ?

— Mouais, dans tes yeux, ton attitude, t'as un truc de changé. T'as l'air moins… je ne sais pas. T'as l'air plus confiante. T'as des yeux méchants, remplis de malice.

Elle s'esclaffa pour ensuite prendre une nouvelle gorgée.

— Je n'ai pas le regard rempli de malice ! Qu'est-ce que tu racontes ?! dis-je en riant. Mais c'est vrai que j'ai plusieurs choses à te raconter.

— Oh, ça je le sais, Madie. Je ne serais pas surprise que tu me dises que les recherches que j'ai faites sur toi, ce n'était pas du bidon. Tu arrives à me confirmer que t'es une Sawyer, sorcière satanique, dernière descendante de la lignée de Hamélias Sawyer ?

Je ne savais pas si lui répondre un oui direct n'allait pas plutôt la faire rire.

— Oh, Madison…, chantonna Penny avec un sourire en coin. T'as pas besoin de me répondre, je lis en toi comme un livre ouvert. Tu sais ce que cela signifie ?

J'avouai que sur le coup, je ne comprenais pas où elle voulait en venir… Je la regardai marcher vers l'entrée, fouiller dans la valise qu'elle avait emportée et sortir un jeu Ouija. Elle le secoua tout en m'offrant un énorme sourire.

— Je veux voir tes dons ! Et après on discutera.

— Non, attends, tu plaisantes ? Je vais pas jouer à Ouija !

— Oh si, et tu vas contacter un mort. Je ne sais pas, disons, ton père, ou encore… oh, tiens, pourquoi pas Hamélias Sawyer, ton ancêtre ?

— Quoi ?! Non, mais t'es complètement folle ?!

Quoique je comptais déjà faire bien pire : dès que j'avais vu River revivre encore une fois sa mort sur le toit d'Iden Earl, je m'étais juré que c'était la dernière fois. Que dès ce soir, dès que Penny s'endormirait, j'allais convoquer Satan pour sortir River de l'enfer. Comme j'avais récupéré tous mes souvenirs, il était hors de question que je le laisse là ! Je l'aimais plus que ma propre vie. River était et, même enfant je le savais, le seul pour qui mon cœur battrait. Je ne laisserais pas l'enfer le convertir et effacer le peu de choses qui restait de bon en lui. Je ne le laisserais pas pourrir là, dans un monde froid et où il se sentait seul, sans avoir tenté quelque chose. Je n'arrivais pas à croire que j'avais abandonné l'idée au début de la soirée. Surtout que maintenant, je n'avais plus peur de Satan, parce que bien qu'on dise qu'il ne faut pas le regarder, moi je me souvenais l'avoir vu… J'avais déjà vu Satan : un homme distingué, beau, immortel, puissant, un regard magnétisant et une voix enjôleuse. Est-ce que j'étais damnée de l'avoir déjà regardé dans les yeux ? Aucune idée. Peu importe, il ne s'était rien passé lorsque cela s'était produit.

C'était à l'époque où j'étais dans la cave du manoir Bayerish et où j'avais donné les indications à Marissa pour invoquer Satan. Après avoir marchandé avec elle, Satan en personne était venu vers moi, se présentant d'abord sous une brume noire assez effrayante. Une fois avec une apparence humaine, il avait murmuré, et je n'entendais que l'écho se promener dans la pièce, il disait qu'il tenait aux Sawyer comme ses propres filles. Détestant ce que Marissa m'avait fait, il m'offrit un souhait. Au lieu de choisir d'être libérée et de retourner dans l'immédiat chez moi, j'avais choisi la mort de Marissa. Je voulais qu'elle meure. Alors si Ayzen avait tué sa mère, c'était en quelque sorte un acte prémédité poussé par Satan, provenant de mon désir de vengeance…

C'était moi qui avais fait tuer Marissa… Et si Ayzen avait assassiné toute sa famille le même jour et les enfants, je commençais à penser que c'était ma faute. Parce que lorsque Satan faisait un cadeau, c'était souvent empoisonné… Il m'avait donné la mort de Marissa, mais il avait pris la vie des autres, celle des enfants, en se servant d'Ayzen.

Ce secret revenu me hanter en récupérant ma mémoire devait rester caché. Il ne fallait pas que River ou Ayzen le sachent. Quoique River était satisfait que sa mère soit morte, peu importait ce qui s'en suivait ou du malheur qui s'était abattu sur lui. Mais tout de même, je n'allais le révéler à personne.

— Euh, Madie ? T'as l'air troublée. Si tu ne veux pas jouer à Ouija, oublie ça, on va plutôt s'asseoir et discuter. On a tellement de choses à se raconter.

— Non, t'as raison. Tu veux qu'on invoque les morts, alors faisons-le. Mais j'ai mieux que Ouija. Je vais t'en mettre plein la vue !

— Hein ?!

Sa mâchoire se décrocha. Je pouvais voir l'excitation la consumer.

— Tu voulais savoir qui était le mec qui me plaisait? Eh bien attention, ça risque de choquer, mais… il est mort. Il s'appelle River Bayerish, c'était un métamorphe, oui ceux qui voulaient détruire les Sawyer à une certaine époque. Mais il s'avère que j'ai récupéré tous mes souvenirs et River et moi, depuis qu'on est jeunes, on est des âmes sœurs. Le seul moyen de le faire revenir parmi le monde des vivants est de contacter Satan et sache que je sais exactement comment. Et tu sais quoi ? Tu m'assisteras.

Cette fois, comme je le pressentais, elle écarquilla les yeux et fit semblant de perdre connaissance en se laissant tomber sur le sofa. Elle expira un énorme soupir de jouissance.

— Si tu dis ça juste pour me faire plaisir, je te tue, Madie !

— Si tu veux savoir si c'est la vérité, alors qu'est-ce qu'on attend pour tenter le coup ?

Elle se redressa vivement et cette fois, elle me fusilla du regard.

— Hé ! River Bayerish ?! Je t'avais pas dit de te tenir loin des métamorphes ?!

— Il est différent. Il ne me veut aucun mal.

D'un air suspicieux, elle inspecta autour d'elle, comme si elle cherchait la présence de River qu'elle ne pouvait voir.

— Il est là, en ce moment ?

— Euh… non.

— Il est canon ?

Je pris une grande respiration et juste à penser à sa beauté, mes joues virèrent au rouge.

— Houla, c'est chaud… Il est sexe à ce point ?!

— Écoute, et si je te le présentais ? Tu pourrais juger par toi-même. Je suis certaine qu'il te plairait. Il est parfait, ce mec. Enfin, moi je le trouve parfait.

— Avant qu'on se lance dans la quête d'invoquer mon futur mari, Satan, et qu'on ramène à la vie le… cadavre qui te sert de petit copain, je voudrais qu'on parle et que tu m'expliques tout depuis le début. J'ai besoin de savoir si t'es complètement folle ou si t'es lucide.

***

Durant la demi-heure qui passa, je déballai tout à ma meilleure amie. Sur le coup, elle était un peu sous le choc, c'était plus de révélations que ce à quoi elle s'attendait. C'était aussi plus fou que tout ce qu'elle s'était imaginé avant d'atterrir ici. L'existence de ma tante Ludivine et ce qu'elle avait fait à la mère de Jackson, et que c'était lui qui était pris avec la malédiction à présent, était une chose à laquelle elle n'aurait pas cru. Elle était surtout choquée du nombre de fois où Ayzen et Jackson avaient menacé ma vie. Elle me répéta plusieurs fois que j'étais complètement débile d'être restée. Même si elle savait que je restais pour reprendre ma place ici et pour River. Évidemment, Penny ne souhaitait pas que je reste ici après mes dix-huit ans. Elle voulait plus que je libère River et que je puisse enfin revenir vivre à Dawson. Aussi, pour que je reste loin de mes deux ennemis : Ayzen et Jackson. Je lui laissai croire que c'était possible, même si c'était la première fois que je n'étais pas totalement honnête avec elle.

Je lui fis lire la partie dans le livre avec les indications pour invoquer Satan ; elle dut le lire trois fois d'un air fasciné et obnubilé. Je crois même qu'elle était plus excitée que moi à l'idée de faire cela ce soir. Elle avait rêvé de ce moment depuis si longtemps, celui d'un jour le voir et sentir qu'il existait réellement. Mais elle fut déçue de découvrir qu'elle n'avait pas le droit de le regarder. Je n'avais pas eu de conséquence dans le passé, peut-être parce que j'étais une Sawyer, néanmoins, je ne voulais pas que Penny s'y risque, alors je voulais qu'elle s'en tienne aux directives. C'était moi qui allais tout faire, mais s'il advenait que Satan vienne et qu'elle le voie, je voulais qu'elle garde la tête baissée même si son cœur brûlait d'amour pour ce personnage démoniaque.

Première étape, avec du sel, nous traçames un pentacle satanique avec l'étoile occulte de magie noire sur le parquet du salon en poussant un peu le sofa. J'avais placé une chandelle au centre et nous l'avions allumée. Ensuite, au bout de chaque pointe d'étoile, nous inscrivîmes avec du sel la première lettre du nom des cinq démons protecteurs de l'enfer. Et dans le livre, il était inscrit qu'il fallait les écrire dans l'ordre, soit : R, Z, H, L,J pour :

Reillion

Zeid

Hussian

Lescer

Jaeid

Le trac venait à moi petit à petit. Je n'avais pas dix chances de faire ceci, alors j'espérais faire tout correctement. Je pensais à River sur le toit qui avait vécu pour la centième, pire, la millième fois sa mort. Déjà que sa mère l'avait assassiné froidement avec un couteau sur la gorge, il n'avait pas besoin de ressentir cela encore et encore. C'était de la torture, purement. Je ne pouvais accepter cela sans rien faire alors que j'avais les pouvoirs de lui offrir la liberté et qu'il cessât de souffrir. J'étais prête à ce qu'il m'en veuille, qu'il ne me pardonne pas. Ma décision était prise : cette nuit, River allait sortir de l'enfer…

Chapitre 47

Dans le séjour, toutes les lumières étaient éteintes. Les lueurs de la bougie allumée au centre du pentacle étaient la seule source de lumière acceptée pour l'étape numéro un : celle d'établir un premier contact avec les ténèbres, pour ensuite voir apparaître les cinq démons qui bloquaient l'accès à toute personne de contacter Satan. Penny se tenait à distance, assise sur l'avant-dernière marche de l'escalier face à l'entrée avec une cigarette à la main. Elle avait un œil sur moi dans le salon, mais n'allait pas être considérée comme une personne qui invoquerait Satan, ça ne serait que moi. Cela dit, elle m'aidait à vérifier que tout était conforme. Le livre sur ses genoux, elle me répétait les étapes à ne pas franchir.

— Très bien, commença Penny, tu vas devoir te placer au centre du pentacle, la bougie allumée doit se trouver proche de tes pieds. Il y a une notice tout en bas de la page qui dit que si tu fais tomber la bougie, ou si elle s'éteint subitement par accident, le lien avec les ténèbres sera rompu, donc fais attention, surtout avec la traîne de ta robe, tu pourrais la renverser. Il n'y a qu'un seul moyen de l'éteindre une fois qu'elle sera allumée et c'est avec une goutte de ton sang.

C'est la règle, et toute règle non respectée, Satan te punira.

— Oui, ça… je m'en souviens. D'ailleurs, la moindre chose que je ferai qui ne serait pas correcte me portera malheur, dis-je avec ironie en entrant dans le cercle pour me positionner au centre tout en tenant le bas de ma robe pour éviter de détruire le pentacle.

Je gardais ma robe encombrante malgré moi, pour en quelque sorte plaire à River lorsqu'il sortirait de l'enfer. Quoi de mieux que de rester élégante et sexy, et c'était son cadeau, alors je me devais de la porter toute la soirée, pas seulement une heure.

— T'es sûre que t'es prête, Madie ? Une fois que ce sera enclenché, dès que tu ouvres la porte sur les ténèbres, il n'y a aucun moyen de faire marche arrière.

— Oui, je suis prête. Et puis, je dois me montrer forte et déterminée, ne montrer aucune hésitation. Satan déteste les faibles et il pourrait chercher mes faiblesses pour s'en servir contre moi. Je ne dois pas faillir.

Sans savoir pourquoi ni comment, je savais que Penny était en sécurité même si j'invoquais Satan à environ cinq mètres d'elle. Était-ce parce que mon amie était une fervente admiratrice des enfers et qu'on disait toujours que Satan adorait être vénéré ? Il confrontait plutôt le genre de personne qui ne s'agenouillait pas devant lui. Il adorait jouer et torturer les faibles. Je ne craignais pas du tout pour la vie de Penny. Et même si j'aurais dû, je le savais, tout simplement. Je faisais confiance à l'intuition que j'avais.

— Je dois dire une incantation, quelque chose ?

— Oui, toutes les incantations sont à la dernière page, donne-moi une minute. Ah voilà, je l'ai, tiens !

Penny se rapprocha et me donna le livre ouvert à la dernière page et retourna s'asseoir dans l'escalier avec un petit air légèrement niais qui évoquait son euphorie.

— OK, Penny… C'est parti…

Je pris une grande inspiration et soudain, je me dis que j'avais intérêt à faire vite avant que River revienne et ne voie ce que j'étais en train de faire. Il allait m'en empêcher, je le sentais. Livre en main, je lus rapidement la phrase et vis qu'il y avait un espace vide entre quelques mots – servant à y ajouter le nom de celui qui invoque. Je me lançai :

— Par les pouvoirs des ténèbres et les dons qui me sont conférés, moi, Madison Sawyer, j'ouvre la porte de l'enfer et...

Tout à coup, je vis une apparition ! Une femme, se tenant devant la table de la cuisine dans l'autre pièce. J'arrêtai l'incantation pour observer ce fantôme... Une femme vêtue d'une robe blanche, sale, ensevelie de terre, des cheveux blonds emmêlés avec des feuilles mortes prises dans les nœuds. Un asticot lui dévorant la lèvre inférieure. Son regard fixait le vide. Sa peau n'était pas que blanche, elle virait au bleu et vert. C'était un cadavre en décomposition. Le cadavre de ma tante, Ludivine Sawyer...

Elle flottait sans toucher le sol, même ses cheveux planaient contre la gravité. On aurait dit des milliers de serpents blancs et jaunes qui bougeaient autour de son crâne. Elle n'avait presque plus de peau autour de sa clavicule, ce n'était que des os à cet endroit. Elle se mit à parler, sa voix n'était qu'un écho dans la maison, mais sa bouche, pourtant, ne bougeait pas. Comme si elle me parlait par la pensée.

— Ne fais pas ça ! m'ordonna Ludivine. Il n'est pas trop tard pour détruire le cercle et tout arrêter !

— Madison ? Tu ne dois pas t'arrêter, continue l'incantation ! commenta Penny, qui elle ne voyait pas Ludivine près de la table de cuisine et n'avait pas entendu sa voix non plus qui traversait les murs avec effroi.

Je remis aussitôt le nez dans le livre pour reprendre là où j'en étais, mais Ludivine grinça des dents et siffla rageusement de manière hostile dans ma direction.

— J'ai donné mon âme à Satan pour qu'il retienne ces

deux hybrides mi-métamorphes et mi-démons loin des innocents, pour qu'ils ne fassent plus de mal ! Si tu libères l'un d'eux, tu seras une honte pour la famille ! La lignée des Sawyer te reniera à tout jamais !

Je plissai les yeux avec méfiance.

— Après ce que t'as fait à la mère de Jackson Cunningham… le monstre, c'est… toi.

Je foudroyai Ludivine alors que Penny se leva doucement et tenta de chercher à qui je parlais. Elle avait l'air soudainement un peu médusée, comme si elle était dans une maison hantée, restant à l'affût d'une apparition quelconque.

Je repris d'un ton encore plus amer envers Ludivine :

— Je connais ton histoire. Tu étais l'amante du shérif Cunningham, il t'avait caché qu'il avait déjà une femme et quand tu l'as découvert, tu l'as tuée, même si elle était enceinte, tout ça pour avoir cet homme à toi toute seule. Tu étais jalouse et t'as toujours été complètement folle. Dans ta folie, tu as laissé une malédiction au bébé qui a survécu. Mais ça, tu le savais. Jackson est aujourd'hui un monstre créé par toi qui se multiplie et qui menace ma vie. À cause de toi. Ensuite, tu m'as privée de mes souvenirs… Tu m'as volé une partie de ma vie, m'enlevant aussi l'accès à une partie importante de mes dons. Tu m'as envoyée vivre ailleurs avec ma mère, m'éloignant de mon père, démolissant la relation que mes parents avaient ensemble. Tu m'avais dit que River était mort, mais aussi caché qu'en revenant à la vie, tu lui as fait du mal… Il souffre et tu t'en fiches ! Aujourd'hui, tu n'as plus aucun pouvoir. T'as plus aucun pouvoir sur moi. Je suis la dernière Sawyer et je te demande de partir !

J'avais élevé le ton. Mais Ludivine restait de marbre. Alors en hurlant de toutes mes forces cette fois, et en usant de mes pouvoirs, j'élevai mes mains dans sa direction, j'ouvris la bouche et tonnai puissamment :

— Ludivine Sawyer, par les pouvoirs des ténèbres et les

dons qui me sont conférés, je te bannis à jamais de chez moi !

Ma voix porta si loin que je vis Ludivine être poussée comme si une marée l'avait emportée !

Elle avait disparu.

Plus aucun signe d'elle. J'étais ébranlée de l'avoir revue et d'avoir dû la bannir pour toujours. C'était ma famille, cependant avec les souvenirs que je gardais d'elle, je ne pouvais pas lui pardonner ni la laisser m'empêcher de libérer River.

Je jetai un œil à Penny qui me contemplait avec curiosité. Elle avait l'air de se demander ce qui se passait. Je lui envoyai un sourire rassurant pour qu'elle ne s'inquiète pas. Je repris mon calme et malgré mes yeux qui devenaient lustrés, je baissai la tête et repris là où je m'étais arrêtée :

— Par les pouvoirs des ténèbres et les dons qui me sont conférés, moi, Madison Sawyer, ouvre la porte de l'enfer pour que Satan vienne à moi.

Je répétai quatre fois cette phrase en fermant les paupières, jusqu'à ce que je sente plusieurs courants d'air froid, voire glacial, former une bulle autour de moi. Une odeur de soufre s'évapora dans l'air. Les fenêtres craquèrent comme si le vent faisait pression sur elles. Je sentis à nouveau un vertige qui me confirma que des démons se tenaient tout près. J'inspirai et expirai plusieurs fois d'affilée. Une longue minute passa, jusqu'à ce que le silence fût. Je ne voulais pas ouvrir les paupières, ne sachant pas ce que j'allais voir. Mais ce sont cinq voix diaboliques qui me firent sursauter. Les cinq parlaient en murmurant, avec précision, et tous en même temps :

— Madison Sawyer, dernière descendante d'Hamélias, si tu te sens digne d'invoquer Satan, il faut nous convaincre pour pouvoir plaider ta demande.

À cet instant, j'ouvris très lentement les yeux. La présence des cinq démons autour de moi était oppressante, à un tel point que je sentais qu'ils pouvaient tout savoir sur moi. Qu'ils analysaient mon pouls et ma gestuelle pour déceler un possible mensonge ou pour sonder mes intentions. C'était comme avoir des radars braqués sur soi. Le moindre faux pas, et j'allais mourir dans la seconde. Ma confiance en moi fut brutalement rompue. Je ne me sentais pas à la hauteur.

C'était, sans surprise, cinq hommes, même si je ne voyais que des masques noirs et qu'ils avaient remonté la capuche de leur cape noir corbeau sur leur tête. On aurait dit des membres d'une secte et que j'étais le sacrifice qui allait passer au bûcher.

— Euh…, réussis-je à articuler d'une voix chevrotante, et bien, j'aimerais aider une personne et j'ai besoin de l'aide de…

— Vous mentez, Madison Sawyer! firent les cinq dans un unisson si parfait qu'ils me firent tressaillir.

Leurs voix sonnaient comme un reproche et me firent froid dans le dos.

Moi, mentir? Je n'avais pas menti.

— Je…

— Votre requête est pernicieuse, reprirent les cinq voix d'un ton démoniaque. Vous voulez libérer un démon.

— Oui, c'est exact.

Je soupirai, ma voix tremblait. Les démons protecteurs de l'enfer semblaient me prévenir que c'était le genre de choses qui ne se demandait pas, ce qui me fit douter de mon plan de plus en plus.

Celui devant moi, où je vis le R sous ses pieds, avança d'un pas. C'était Reillion. Son pas fut si lourd que le sol trembla. Là, c'était tout mon corps qui sanglotait. Il portait un masque noir avec un bec de corbeau, je voyais la peau de son cou avec des veines qui pompaient une sorte d'encre, exactement comme River.

— Comme vos intentions sont mauvaises, votre demande

risque de plaire à Satan... Libérer un démon occasionnera des morts et vous le savez. Vous voulez libérer ce démon pour soulager votre conscience, sa douleur, sa souffrance, mais vous le faites aussi avec égoïsme, car vous connaissez les risques, mais vous êtes prête à les prendre si c'est pour avoir l'élu de votre cœur près de vous. Nous plaiderons en votre faveur auprès de Satan. Ce sera à lui de choisir s'il vient à vous ou non.

Ce démon saisit mon poignet avec sa main gantée et de l'autre, il brandit un couteau affûté. En retournant ma paume de main vers le haut, Reillion fit une entaille profonde et vive, assez pour m'arracher une grimace! Sous mes yeux, je vis aussitôt un flot de sang opaque et, par réflexe, je refermai mon poing.

À l'unisson, les cinq démons me commandèrent de me mettre à genoux, et ils le firent d'une voix tyrannique. Je fléchis maladroitement les genoux, sans faire tomber la bougie juste devant moi.

La seconde suivante, un courant d'air glacial traversa la pièce et les cinq démons disparurent. Mon cœur battait à cent mille à l'heure. Mon sang s'accumulait dans ma main et débordait entre mes phalanges.

— Madison, me lança Penny debout dans les marches, le regard braqué sur moi. Éteins la bougie avec une goutte de ton sang! Maintenant!

Je la regardai, le regard pétrifié, le corps tremblant et la main sanglante paralysée, ayant peur. Oui, cette fois j'avais peur. Ce n'était pas un jeu.

— Madison! Ne déconne pas! Si tu ne respectes pas les règles, tu seras punie! À la moindre hésitation, Satan te tue! Vas-y!

Un frisson de la mort parcourut mon corps entier. Malgré mes tremblements, je virai ma paume de main vers le bas, laissant une goutte de sang tomber de manière gracieuse et, soudain, mon sang éteignit la flamme de la bougie...

Chapitre 48

Je me retrouvai totalement dans le noir. Je jetai un œil à mon amie qui, toujours dans l'escalier, avait fermé les yeux, vénérant les règles de l'enfer à la lettre.

Pourtant, il ne se passa absolument rien. Je balayai des yeux la pièce dans l'obscurité, toujours à genoux dans le pentacle, ma main cessant peu à peu de saigner. Par contre, la douleur était présente.

Dehors, il n'y avait plus aucun vent, les arbres ne bougeaient plus. On aurait pu entendre une mouche voler. Les battements de mon cœur bourdonnaient dans ma tête.

Satan n'allait pas venir. J'avais échoué quelque part ou alors, mon cas ne l'intéressait pas. Je n'avais pas grand-chose à lui offrir. Aussi, j'étais plutôt ennuyante comme fille, alors ce n'était pas avec moi qu'il allait s'amuser.

Je sursautai en sentant le foyer s'allumer violemment derrière moi ! Je jetai un œil rapide au-dessus de mon épaule pour y voir que des flammes agressives en jaillissaient. Pourtant, il n'y avait pas de bûches, alors comment les flammes pouvaient-elles s'alimenter ? Une chaleur imminente engouffra la pièce. Je compris que c'était peut-être le moment de fermer les yeux, parce que finalement, il allait peut-être bien venir à moi…

En me privant de ma vue, la seule chose qui passait en boucle dans ma tête était la notice « attention » dans le livre, que j'avais mémorisée plus tôt.

« Attention

Satan est généreux, mais n'oubliez pas que ce qu'il demande est souvent cher payé. Lorsqu'on le contacte, il faut être prêt à devoir sacrifier beaucoup pour obtenir une faveur de lui. Ne soyez pas surpris, il connaît tout de vous, allant jusqu'à vos peurs, vos désirs les plus secrets. Il prend un malin plaisir à trouver ce qui serait le plus difficile pour vous de faire. Il vous poussera au-delà de vos limites, de vos valeurs et même de vos capacités.

Lorsque le marché est conclu, vous pouvez effacer le cercle satanique. Vous n'avez plus besoin de l'invoquer, il saura vous trouver, le moment venu. »

Je ne m'étais pas rendu compte que je chuchotais nerveusement ce passage. Pour éviter d'ouvrir les yeux par imprudence, je baissai la tête.

Une odeur de brûlé flottait dans le salon. Le premier son que je fus capable de distinguer était des pas qui firent craquer le parquet du salon jusque sous mes genoux ; ils étaient lents et calculés. Quelqu'un approchait. J'essayai de me souvenir à quoi il ressemblait jadis, mais mon souvenir devint flou et je fus incapable soudainement de m'en rappeler. Je savais pourquoi : Satan pouvait se montrer sous n'importe quelle apparence, et il ne fallait pas avoir une image précise de lui. C'était lui-même en ce moment qui détruisait l'image que j'avais eue de lui quand j'étais enfant, même si je l'avais aperçu brièvement.

— Ma… di… son…

Ce chuchotement fit naître une marée de frissons dans mon dos malgré le foyer qui, par la chaleur que dégageaient ses flammes à un mètre de moi, me brûlait presque la peau.

Sa voix cinglante résonnait exactement comme le diable lui-même et en un seul mot, je percevais sa personnalité à travers son timbre de voix. Il était puissant, effrayant, cruel, exigeant et surtout, il voulait me faire savoir sa domination. Je le sentais stoïque, arrogant et à la fois charmeur, mais surtout, manipulateur. Il allait me conduire à ma perte si je ne me montrais pas digne de le convoquer.

— Relève la tête, fit-il d'un ton dur.

Quoi ? Je ne pouvais le regarder. Peu importe, je devais faire ce qu'il me disait ! Je relevai doucement la tête en gardant les paupières fermées.

— Ouvre les yeux et regarde-moi.

Je pouvais sentir mon cœur lui-même trembler, ce qui ne m'était jamais arrivé. Qu'allait-il se passer ?! Il voulait que je le regarde pour enfreindre une des règles et voir si j'étais loyale à lui ou aux règles ? Oh bordel ! Comment savoir si c'était un piège ou un test ?!

Les murs se mirent à trembler autour de moi, je pouvais entendre des cadres tomber, un vase éclater, le plancher sous moi craquer, comme si un tremblement de terre allait d'une seconde à l'autre ouvrir le sol sous moi pour me faire tomber dans un gouffre mortel. La chaleur ardente dans la pièce me brûlait presque le corps entier. En sentant que le plancher se fissurait littéralement sous mes genoux, je pris le risque : j'ouvris brusquement les yeux !

La première chose que je vis était effroyable, il y avait des flammes partout autour de lui, comme s'il les maîtrisait, mais elles ne brûlaient pas la maison… je n'avais jamais rien vu de tel. Ses yeux braqués sur moi étaient noirs, mais ses iris étaient d'un rouge sang. Un regard qui me pétrifiait sur place. Ma respiration défaillait. Mon corps était raide, ne voulant faire aucun geste.

Satan se présentait à moi sous la forme d'un homme, vêtu d'un costard et de chaussures bien cirées, portant des gants de cuir et arborant un demi-sourire salace au visage. Il avait une tignasse noire comme les ténèbres, mais même s'il était beau sous cette forme, ce n'était que pour mieux charmer et manipuler. Ce qui m'effrayait le plus était que j'avais la sensation qu'il pouvait me pulvériser uniquement par ses yeux qui étaient braqués sur moi, sans cligner des paupières. Le bruit des flammes près de lui était terrifiant. Il pouvait marcher dedans sans se brûler, mais moi, si je m'en approchais, je n'allais pas y survivre.

Une sueur froide roula le long de mon échine, je sentis sa trajectoire sous ma robe.

— Comme tu lui ressembles…

Je pinçai les lèvres, tentant de dompter ma lèvre inférieure qui tremblotait pour ne pas lui montrer que j'avais peur. Je me décidai à reprendre ma confiance en moi tout de suite. J'étais en train de faillir et je ne voulais pas.

— Relève-toi, Madison.

Il me fit signe d'une main de me redresser. Ou plutôt sa main m'indiquait un ordre. Je me dressai alors devant lui, dos droit, tête levée en guise de confiance et un regard quelque peu présomptueux.

— Tu as grandi, évoqua Satan.

Je vis ses iris rouges détailler mon corps pour appuyer ses propos.

— Tu es ma… toute… dernière… sorcière, sourit-il avec une fierté dans le regard qui me laissait présager que j'allais avoir des ennuis. Et je dois dire qu'à quelques jours de tes dix-sept ans, tu es devenue le portrait d'Hamélias.

Moi, le portrait d'Hamélias ?

— Je sais exactement ce que tu souhaites, mais je veux que tu me formules ta demande officielle.

J'avais du mal à déglutir, mais je m'empressai de demander fermement et de manière décidée ma requête :

— Libérer River Bayerish de l'enfer.

Il sourit de manière satanique.

— Toujours aussi amoureuse de ce métamorphe… Tu te doutes bien que c'est un de mes premiers hybrides, maintenant ?

— Oui.

— Les hybrides sont imprévisibles et durs à maîtriser. Ils sont plus sanguinaires que mes démons ordinaires. J'ai déjà quelques démons sur terre qui tuent sans se faire voir. Ils possèdent le corps d'un humain pour ensuite commettre des séries de meurtres sans révéler leur existence. Tu es consciente qu'un hybride n'aura pas besoin de posséder un corps, il pourra se changer et prendre l'apparence de tout ce qu'il veut. Les métamorphes ont aussi toujours maîtrisé l'art de la manipulation. Si je le libère, il pourrait bien profiter des bienfaits de la vie, il pourrait te briser le cœur. Tu crois que tu lui suffiras ?

— River profitera de cette liberté convenablement. Je lui fais confiance.

— Certes, il est ton âme sœur. Mais depuis des décennies les métamorphes et les sorcières, dès l'âge de la majorité, sont génétiquement programmés à s'entretuer pour qu'un seul sexe dominant survive. Soit les sorcières, soit les métamorphes. Pour le moment tu es la seule survivante, donc tu es le sexe dominant. Si je le libère, vous allez chercher à vous confronter et à vous tuer. Tu n'y peux rien. C'est peut-être bien la raison pour laquelle River ne veut pas sortir.

River et moi n'allions jamais nous affronter. Alors je n'avais pas peur de lui. Je n'avais pas envie de lui faire du mal et il ne me voulait aucun mal non plus. Par contre, je n'étais pas étonnée de voir Ayzen souhaiter ma mort.

— Faites-le sortir, lui relançai-je. Annulez l'entente que vous avez eue avec ma tante Ludivine. Libérez River.

— Très bien, Madison. Tu es audacieuse et ça me plaît.

Je savais que là, c'était le moment de lui demander ce qu'il attendait de moi en retour.

— Que dois-je faire en échange de la libération de River ?

— Cette nuit, tu vas tuer une personne. Tu vas déverser son sang. Je veux qu'il éclabousse sur toi, sur les murs, partout ! Ainsi, tu vas me montrer ton allégeance, tu vas reconnecter avec le côté obscur de tes gènes. Reviens dans mes rangs, Madison, comme chaque Sawyer qui a été sur terre.

— Euh… Non merci, je passe mon tour.

Eh merde ! J'avais oublié que le refus n'était pas toléré ! J'avais répondu trop vite ! Je portai une main contre ma bouche, regrettant aussitôt mes mots.

— Je… je veux dire, oui ! Oui, je vais… tuer… quelqu'un…

Oui ? J'allais vraiment assassiner une personne cette nuit ?! Quoi ? Non !

— Doutant de toi, contrairement aux vingt-quatre heures que je donne habituellement, tu n'auras que trois heures pour accomplir ta tâche. Je veux que tu prennes une vie. Si tu échoues, Madison Sawyer, je tuerai ta mère, ta précieuse amie, et ce, sous tes yeux pour te tuer par la suite. Tu brûleras dans les flammes de l'enfer.

— Je…, soufflai-je en sanglotant.

Mais je n'eus pas le temps de dire quoi que ce soit, puisqu'il était parti. C'était le silence total. Plus aucune vision de flammes dans la maison. Penny, la tête penchée, attendait mon signal pour lui affirmer si oui ou non l'invocation avait fonctionné. Elle n'avait rien vu du tout.

À cet instant, j'entendis un étrange et sinistre coup de tambour ! Ce son me percuta le corps et fit fermer mes yeux sans que je le veuille ! Quelque chose se passait. Une adrénaline coulait dans mes veines. Je sentais une énergie traverser chacune de mes extrémités. Le bruit de tambour avait enclenché quelque chose chez moi et annonçait que le compte à rebours de trois heures avait commencé. Mon cœur se mit à palpiter si brutalement que je crus qu'il allait exploser dans ma poitrine ! Lorsqu'il donna un dernier coup violent et anormal, mon corps chancela devant l'impact !

Au moment d'ouvrir les yeux, je sentais que je n'avais

plus du tout le contrôle de mon être… J'étais là, tout au fond de moi, mais l'ordre de Satan me poussait à faire ce qu'il attendait de moi. Que je le veuille ou non, mon corps obéissait au commandement.

En me relevant, mon expression restait neutre.

Est-ce que j'allais tuer Penny ? Non ! Je me sentais dirigée, tel un pantin.

En m'approchant de Penny, cette dernière finit par relever la tête et m'observa en écarquillant les yeux. Il était évident que quelque chose dans mon regard l'avait effrayée.

Elle s'agrippa à la rampe pour se dresser devant moi et m'examiner, mais n'eut pas le temps de dire quoi que ce soit que je soulevai ma main et en soufflant dans ma paume, une poussière virevolta sur son visage et juste après, elle s'effondra dans l'escalier.

Je l'avais littéralement endormie ! Oh putain !

Enfin, pas intentionnellement. On aurait dit que la partie sombre en moi me manipulait. J'observai le corps de mon amie qui glissait doucement jusqu'au plancher à mes pieds.

Maintenant qu'elle n'avait plus à s'en faire pour moi, je pivotai sur mes pieds nus, saisis le sweat noir de River que j'avais toujours et l'enfilai par-dessus ma robe. Il sentait encore divinement bon le magnolia, son parfum envoûtant.

Ma main avait cessé de saigner, alors je ne pris pas la peine de me faire de bandage. J'allai plutôt dans la cuisine et, en me dirigeant vers le porte-couteau sur le comptoir près du four, j'en pris un au hasard. Il était long, pointu, mais bien acéré.

En prenant soin de fourrer l'arme blanche dans la poche avant du sweat, je me rendis vers la sortie. Après avoir ouvert la porte, je contemplai cette neige qui tombait, et sans comprendre pourquoi, en mettant un pied nu dehors, je ne sentis pas le froid.

Je savais ce que j'avais à faire et devais le faire. Alors je refermai la porte derrière moi, tirai sur le bas de ma traîne, et c'est sans chaussures que je déambulai dans la forêt sans jamais souffrir du givre sous la plante de mes pieds. Je me dirigeai vers Iden Earl et je ne pouvais pas faire marche arrière.

Chapitre 49

Le couteau bien dissimulé dans la grande poche du sweat, j'arrivai à Iden Earl. La fête battait son plein. Après avoir traversé la rue pour me rapprocher, j'entendis des étudiants qui, près d'une bagnole, rirent parce que je marchais pieds nus. Après avoir traversé la forêt, la traîne de ma robe était fichue. À quelques endroits, elle était déchirée et ce n'était plus que des lambeaux de tissus. Des feuilles mortes restaient coincées dans la traîne imbibée de terre et d'eau. Tout en ignorant la bande de connards qui semblait fumer du cannabis, je me dirigeai vers le côté du bâtiment, là où se trouvait le parking réservé aux employés. J'y étais attirée, comme si là se trouvait exactement ce que je cherchais. Une fois loin du parking avec les étudiants et là où ils ne pouvaient plus me voir, un sourire s'afficha sur mon visage en voyant le proviseur refermer le coffre de sa voiture. Il ne restait plus que sa voiture dans le parking réservé sur le côté d'Iden Earl.

— Madison, tiens ! Te voilà ! Je t'ai cherchée. Tu n'étais pas dans mon bureau. Où est la feuille que tu dois me remettre pour pouvoir réintégrer mon lycée ?

Je me rapprochai de lui, offrant un air aguicheur tout en

usant de mouvements séducteurs.

— Et si on allait dans votre bureau pour en discuter, monsieur Torrance ? lui proposai-je avec un petit sourire mielleux.

Il resta figé quelques instants. Puis, satisfait, il hocha la tête. Il lécha doucement ses lèvres en me regardant. Il sortit rapidement les clefs de la porte qui était sur le côté du bâtiment et me fit signe de le suivre. Son excitation était à son comble.

Une fois qu'il eut ouvert la porte, je passai devant pour moi-même aller vers son bureau. Une fois dans la pièce, je pris une place, non pas sur le siège habituel, mais je posai plutôt mes fesses sur le coin de son bureau en merisier. Daniel Torrance referma la porte derrière lui et tira sur le store, s'assurant qu'il était bel et bien fermé.

— Mets-toi à l'aise, tu peux retirer ton pull. Tu vas avoir chaud. Ensuite, montre-moi ta feuille, qu'on regarde ça ensemble.

Au lieu de l'écouter, j'écartai doucement les jambes et remontai lentement ma robe. Le proviseur était hypnotisé et ne s'attendait pas à autant d'audace de ma part. Ceci semblait grandement lui faciliter la tâche.

— Et si je vous montrais plutôt un de mes talents ?

Je levai mon index et lui ordonnai de se rapprocher de moi.

Il tira sur sa cravate pour ensuite l'enlever et la laisser tomber par terre. Tout en s'approchant de moi, il ancra ses yeux dans les miens et une fois tout près, il posa sa main sur mon genou à découvert et la fit glisser ensuite jusqu'à l'intérieur de mes cuisses.

— Qu'est-ce qui vous plaît chez une fille ? murmurai-je près de son oreille.

— Je les aime surtout… vierges. Si tu me dis que tu l'es, je serai l'homme le plus heureux du monde. Tu obtiendras tout de moi, Madison. Je peux t'offrir un avenir. C'est bien que tu sois là ce soir. Je savais que tu avais besoin de faveurs et je suis celui qui peut t'aider dans ton parcours scolaire. Il suffit que tu sois sage avec moi et que tu combles mes besoins.

— J'ai un secret…, susurrai-je à mon tour à son oreille.

— Lequel ?

— Je suis vierge…

Lorsque ses yeux trouvèrent les miens, je sentis à quel point il ne se contenait plus. Je le vis s'empresser de défaire sa ceinture, baisser sa braguette et il avait dans l'idée de me prendre sur son bureau quoi qu'il arrive. L'une de ses mains saisit ma nuque, alors que l'autre était occupée à baisser son froc. Je pus voir l'érection qu'il avait et je lui lançai :

— Ça va saigner…

— Oui, s'empressa-t-il de répondre. Mais je te promets, ça ne te fera pas mal. Tu vas aimer. Allez, laisse-toi faire.

À la seconde où il plaqua son corps contre le mien, je faufilai ma main entre nous pour enrouler mes doigts autour du manche du couteau et lentement, je le sortis de la poche de mon sweat. Les images de River déferlèrent dans ma tête, celles où on s'embrasse, celles où on était jeunes, j'entendais nos rires, notre complicité, j'entrevoyais un futur avec lui. Je voulais le récupérer. Je voulais l'avoir près de moi.

J'écartai le couteau, le brandissant en direction de la jugulaire du proviseur. Pendant qu'il m'embrassait dans le cou, je pris une grande respiration et la seconde après, tout se déroula si vite que je ne savais plus ce qui était en train de se passer ! Ma main poignarda le cou de Daniel à plusieurs reprises ! Assez pour que du sang gicle partout sur mon visage, sur mon sweat ! Sa gorge déversait du sang tel un robinet ouvert à flot ! Mais j'étais incapable de m'arrêter !

Son corps pris de soubresauts violents finit par succomber à l'attaque. Il était si lourd que j'avais du mal à l'écarter de sur moi ! En relevant les yeux au-dessus de l'épaule de Daniel, je vis ce que je redoutais le plus !

— River !

Dans ses yeux, je vis pour la première fois une frayeur ! Choqué par mon geste, il disparut telle une brume et je me retrouvai seule !

— River ! hurlai-je. Attends !

Je repoussai férocement le proviseur et son corps lourd tomba par terre !

La lame dans ma main était ensanglantée, tout comme mes mains. Soudain, le même bruit de tambours sinistre que j'avais entendu résonna à nouveau !

— Ça veut dire quoi ?! J'ai réussi ?! J'ai tué quelqu'un ! m'emportai-je m'approchant de mon meurtre.

Maintenant que je n'étais plus dirigée par les ordres de Satan, je pris conscience de la gravité de ce que je venais de faire ! Je laissai tomber le couteau au sol et, en sanglotant, je tentai d'appeler River.

— Reviens, je t'en prie !

En proie à la panique et au délire, je commençai à balancer tout ce qui se trouvait sur le bureau du proviseur ! Je démolissais tout ce qui se trouvait devant moi ! Je pris le siège et le jetai contre l'une des fenêtres, mais elle ne se fracassait pas !

— River, ne m'en veux pas, je t'en supplie ! Reviens !

Des larmes envahissaient mon visage, j'étais incapable de maîtriser toutes les émotions qui déferlaient en moi en si peu de temps, je me sentis aussitôt étourdie et c'est en vacillant que je trouvai rapidement la poubelle pour vider mon estomac ! Les images de ma main qui poignardait la gorge et la clavicule du proviseur me terrorisaient ! Je venais de tuer quelqu'un ! J'avais tout vu sans être en mesure de retenir mes gestes !

Je gerbai une deuxième fois et une troisième fois, jusqu'à ce que mon ventre se calme. Ma tête tournait comme si j'avais bu des litres d'alcool et que je me trouvais sur un bateau en haute mer. La pire des sensations du monde.

Assise par terre, je m'étendis, dos contre le sol.

— River, sanglotai-je, pardonne-moi... Je sais que tu ne voulais pas que je fasse ça... Je pensais que malgré toi, tu serais heureux que je te libère. En revanche, je ne voulais pas que tu me voies comme ça...

Sans me soucier si quelqu'un allait finir par venir dans le bureau du proviseur et découvrir mon meurtre, je restai étendue par terre, contemplant le plafond où il y avait des gouttelettes de sang. J'espérais que ce carnage suffirait à Satan pour offrir la liberté à River. Et puis au diable s'il ne me le pardonnait jamais, il ne voulait pas que je contacte Satan pour éviter qu'il ne m'arrive malheur. J'étais prête à être enfermée dans un hôpital psychiatrique ou en prison. C'était à cause de moi que la mère de River en était arrivée à trancher la gorge de son fils. Je voulais réparer mes torts.

Étendue à côté du corps sans vie de Daniel Torrance, je ne me m'étais pas rendu compte que j'avais perdu connaissance. Je le découvris en ouvrant les paupières et en voyant l'heure. Il était quatre heures du matin.

Quoi?! J'étais restée tout ce temps allongée à côté de ce corps qui baignait dans son sang?! Et personne n'était venu ici? Une plante était toujours devant la porte. Elle était tombée quand je m'étais emportée et que j'avais tout saccagé dans la pièce. Personne n'avait ouvert cette porte. Le bal était terminé. Tous les étudiants étaient rentrés. Je devais me dépêcher de faire de même avant l'aube. Il fallait que je me lave et que je me change avant que ma mère n'arrive et que Penny ouvre les yeux et découvre que je l'avais endormie au pied de l'escalier. Comment allais-je leur cacher que j'avais commis un meurtre?

Tremblante, je me retournai; une de mes mains trempait dans une flaque de sang. Je me relevai péniblement avec une de ces migraines. La bonne nouvelle était que je pouvais sortir du lycée, il n'y avait plus personne. Je poussai la plante et ouvris la porte. Je jetai un dernier coup d'œil au proviseur et un haut-le-cœur me monta dans la gorge.

Dans le couloir, c'était le silence absolu. Plus de musique, plus personne à l'horizon. Même Jackson semblait être sorti du casier et être parti depuis un bon moment avec sa meute.

Je traînai des pieds dans le couloir, marchant jusqu'à l'entrée principale. Mais lorsque j'arrivai à celle-ci, je tournai la tête vers un couloir, celui qui menait au gymnase, et fronçai les sourcils. Quelque chose me semblait étrange…

Je laissai la sortie et marchai plutôt vers le gymnase…

Une fois devant les deux portes battantes fermées, j'hésitai à les ouvrir. Je sentais une mauvaise énergie. Les larmes séchées sur mon visage me collaient à la peau. J'essuyai mes mains tachées de sang avant de pousser les deux portes.

La vue qui se présenta à moi était encore pire que celle qui se trouvait dans le bureau du proviseur. Sous mes yeux… il y avait là une vingtaine d'étudiants gisant dans une mare de sang…

— Quoi ? Non… qu'est-ce qui s'est passé ?

Avec prudence, je m'approchai d'un des corps pour voir ce qui était arrivé et je fus estomaquée de découvrir qu'à chacun d'eux il manquait un organe… Il manquait leur cœur…

— Non… non, non, non !

Mes mains agrippèrent le bas de ma robe. D'emblée, je fis pivoter mes pieds contre le sol froid et me mis à courir ! Je détalai jusqu'à la sortie, poussant les portes brusquement, m'extirpant à l'extérieur !

Chapitre 50

Je courus sans m'arrêter dans la forêt ! Il faisait si sombre que je ne savais plus trop le chemin qu'il fallait que j'emprunte pour revenir chez moi. J'avais mal aux pieds, j'étais frigorifiée. La neige avait laissé un léger tapis blanc partout au sol.

J'avais crié le nom de River à plusieurs reprises, mais aucun signe de lui. Mes pensées n'étaient plus claires. Satan n'était pas venu à moi pour me dire si notre pacte était terminé, si j'avais fait ce qu'il fallait ou encore me dire s'il avait libéré River. Les étudiants massacrés dans le gymnase avec leur cœur arraché, c'était l'œuvre de qui ? Jackson ? River ? River était libre et il tuait ? Le tueur… c'était Ayzen, pourtant. Je ne comprenais pas.

En m'agrippant aux arbres pour tenter de garder l'équilibre alors que mon énergie baissait, je finis par apercevoir le vieux pont Hush Falls qui tombait en ruine. Là où passait un train à une époque lointaine. Je m'étais écartée du chemin pour revenir à la maison. Mais je décidai d'aller sur le pont, m'asseoir un peu. À vrai dire, j'avais peur de rentrer et de voir Penny. Tout de suite, elle saurait que j'avais commis un acte irréparable. Même si dans ma tête Daniel méritait la souffrance, cela n'empêchait pas que moi, j'avais assassiné une personne et que par mon imprudence il y avait eu d'autres morts dans le lycée. C'était sûr que c'était à cause de moi, mais je ne savais exactement ce qui s'était passé.

C'était toujours le crépuscule dans les bois, j'avais du mal à voir devant moi et ne pas trébucher contre des racines. Cependant, j'aperçus une personne qui se tenait debout sur la rambarde du pont.

Oh bon sang!

C'était lui! C'était River!

J'accélérai le pas pour le rejoindre. Était-il réellement vivant?! Juste à l'idée d'imaginer que cela avait fonctionné, mes yeux se remplirent d'eau. Néanmoins, j'avais peur de sa réaction et de ce qu'il allait me dire.

Vêtu de noir – bottes, jean, t-shirt –, River me contempla lorsque je m'approchai de lui une fois sur le pont. Son expression était insondable. Mais quelque chose avait changé, sa peau était beaucoup moins critique. Il avait meilleure mine, enfin, je devais faire abstraction de tout ce sang qu'il avait sur lui et sur son menton. Un sang qui me confirmait qu'il avait eu besoin de se nourrir. Que le métamorphe en lui avait toujours besoin de cœurs pour fonctionner. Mais… River dans sa vie n'avait jamais fait de mal à personne. Loin de moi l'idée de lui faire la morale à l'instant, il m'avait vu séduire et poignarder mon proviseur.

La rambarde n'était déjà pas très solide, alors lorsqu'il bougea un peu, j'avais peur qu'elle cède et qu'il tombe, maintenant qu'il n'était plus un fantôme. Mais je ne voyais pas pourquoi j'étais nerveuse qu'il se blesse puisqu'il était un démon, impérativement immortel, à moins que Satan lui-même le tue et le transforme en poussière.

— J'aurais dû te prévenir. Je m'excuse.

Il ne disait rien, il ne faisait que me lorgner.

— Après avoir retrouvé la mémoire et mes souvenirs de toi, ma décision était prise. Je ne voulais plus te voir souffrir. Je n'allais pas te laisser alors que moi j'allais vivre ma vie! Je t'aime, River, et j'espère de tout mon cœur qu'un jour tu puisses accepter et comprendre pourquoi je l'ai fait. Quand tu m'as vue tuer Daniel Torrance… tu as vu cette part d'ombre en moi dont tu m'avais déjà parlé. Et cette chose en moi a considérablement augmenté lorsque j'ai eu l'ordre de Satan de tuer une personne pour te libérer. J'étais prête à tout pour que tu reviennes parmi les vivants.

Il ne disait toujours rien, ce qui m'inquiétait. Je voulais vraiment qu'il dise quelque chose.

River détendit son corps et fixa un point invisible devant lui. Sans crier gare, il se laissa tomber dans le vide !

Le pont Hush Falls faisait plus de quarante mètres de haut et il n'y avait plus le ruisseau tout en bas, ce n'était qu'un sol rocheux tapissé de neige !

— River ! scandai-je en me jetant en avant en tentant de le retenir, mais il me glissa entre les doigts.

C'est en m'agrippant au bord et en jetant un œil en bas que je ne vis aucune trace de lui ! En une seule fraction de seconde, il surgit derrière moi, faisant battre ses ailes puissantes qui firent virevolter mes cheveux et me firent reculer jusqu'à ce que mon dos heurte la rambarde. River s'était laissé tomber pour passer sous le pont et me faire sursauter en apparaissant derrière moi, comme il le faisait lorsqu'on était enfant. Mon cœur battait la chamade, j'en eus le souffle coupé. Ses ailes en plumes de corbeau étaient surdimensionnées, magnifiques, éblouissantes. Sa prestance était intimidante. Cela dit, j'avais envie de pleurer tellement il était beau, et surtout parce que je prenais conscience un peu plus chaque minute que c'était réel ! River était devant moi et vivant, sorti de l'enfer, plus puissant que jamais ! J'avais réussi. Seulement, bien qu'il soit revenu parmi les vivants et que désormais tout le monde pouvait le voir et qu'il pouvait toucher les gens et même les tuer, je constatai une différence dans son regard. Il n'avait plus la même étincelle dans les yeux. Celle que je voyais à présent ne m'inspirait pas confiance.

— Le massacre à Iden Earl, est-ce que c'est toi ?

Il se mit à rire et ses ailes déployées se rétractèrent, pour se détendre dans son dos sans pour autant les faire disparaître.

— Sais-tu au moins combien d'années j'ai souffert de faim ? Il fallait que je reprenne des forces.

Il prit une grande respiration en fermant les yeux et lorsqu'il les rouvrit, il m'examina avec un certain mépris :

— Madison…. Madison… ma belle, Madison…, chantonna-t-il. J'attendais ce moment depuis… si… longtemps.

Je fronçai les sourcils.

— Quoi ?

— Oh, Madison, t'es tellement bête et naïve que j'ai presque de la peine pour toi.

L'expression sur mon visage changea, passant de l'affection pour lui à la méfiance. Durant un instant, je m'étais dit que c'était assurément Ayzen qui avait pris l'apparence de River, mais impossible, puisque seul River était sorti de l'enfer et le type devant moi étant bien vivant. C'était River.

On se regarda dans le blanc des yeux un long moment, comme s'il attendait que je comprisse.

— Qu'est-ce qui se passe, River ?

— Il se passe que tu as fait exactement tout ce que j'attendais de toi…

J'entrouvris la bouche, incapable de dire quoi que ce soit. Mes yeux devinrent lustrés. J'attendais qu'il poursuive, contemplant ses lèvres pour ne manquer aucune de ses révélations qui semblaient m'annoncer une trahison douloureuse…

— La lettre qui était avec le testament de ton père venait de moi. C'est moi qui t'ai forcée à revenir à Keeper, Madison.

— Pourquoi ?

— Pourquoi ? Parce qu'être enfermé en enfer c'est pire ce que tout ce tu peux imaginer ! Ce que tu crois savoir et avoir vu de moi en enfer n'est rien à côté de ce que j'ai vécu ! La faim est constante et si forte qu'elle te fait perdre la tête !

Un métamorphe a besoin de consommer régulièrement des cœurs pour survivre, et en enfer on a toujours ce besoin, mais on ne peut l'assouvir ! Chaque jour de ma putain de vie, je me fais trancher la gorge par ma mère ! Chaque jour j'ai envie de vengeance et de tuer et je ne peux toucher personne ! Sachant que je ne pourrais jamais sortir de là, j'ai passé des années à vous haïr, toi et ta famille ! J'ai hanté la maison de ton père… jusqu'à ce qu'il se suicide. Je devais le pousser à le faire ! Tu sais pourquoi ? Parce qu'un jour, j'ai compris que la seule manière de sortir de l'enfer était de te retrouver… Tu étais ma seule et dernière clef, Madison. La seule à pouvoir invoquer Satan pour moi ! Et comme ton père n'allait jamais te faire revenir, la seule solution qui restait était de le tourmenter jusqu'à ce qu'il mette fin à ses jours, pour ensuite écrire une jolie lettre qui serait accompagnée de son testament. Parce que le seul en mesure de te retrouver était le notaire de ton père. Il était temps que tu reviennes à Keeper, Madison. Ayzen et moi t'attendions avec impatience.

— C'est à cause de… toi que mon père est mort ? Et, Ayzen… et toi ? River, qu'est-ce qui t'arrive, je… tu voulais sortir de l'enfer ? Mais… c'est ce que je t'ai offert !

— Tu l'as fait parce que t'étais amoureuse de moi. J'ai dû reconquérir ton cœur pour que tu sois assez aveuglée par l'amour pour tout risquer pour moi. Quand t'es revenue à Keeper et que j'ai découvert avec effroi que tu ne me reconnaissais pas, j'ai tout de suite pensé que tu n'allais me servir à rien du tout ! Parce qu'aucune Sawyer ne contacterait Satan pour libérer un démon qu'elle ne connaît même pas. Alors j'ai dû… te… manipuler.

J'espérais que ce soit un mauvais rêve, mais je fus confrontée à la réalité et rien d'autre…

Il avait dit cela avec une telle fierté et un regard si narquois qu'il me donna envie de gerber.

Il fit un pas puis un deuxième dans ma direction, jusqu'à ce que son visage soit à quelques centimètres de moi. Ses lèvres frôlaient presque les miennes. Il dégageait une chaleur ardente contrairement au froid auquel j'étais habituée. Je n'avais plus ce vertige en étant à proximité. Cette barrière entre nous n'existait plus. Ma poitrine se soulevait puissamment, tentant de reprendre mon souffle. Il me fusillait du regard avant de chuchoter tendrement :

— Tu sais pourtant que les métamorphes maîtrisent l'art de la manipulation. Les Sawyer seront toujours plus faibles que nous, parce que votre plus grande faiblesse est votre cœur lorsqu'il tombe amoureux.

— Pourquoi avoir passé tant de temps à me protéger alors ?

Il s'esclaffa à nouveau.

— T'as rien compris ! Chaque fois qu'Ayzen t'a attaquée, c'était moi qui le lui avait demandé ! Les cauchemars, les apparitions et la violence physique ! Comment attendrir le cœur d'une fille si ce n'est pas en la sauvant chaque fois qu'elle est en danger ?! Comment te faire tomber amoureuse de moi autrement que d'être celui dont tu dépendais le plus ?! T'as cru que j'étais ton ange gardien ! Mais en fait, chaque fois que mon frère t'a fait du mal, je n'étais pas loin et je regardais la scène, attendant le bon moment pour intervenir, et petit à petit, j'ai gagné ton cœur et ta confiance.

— Arrête… je t'en prie…

Une larme roula sur ma joue et en brandissant son index, River l'essuya.

— Oh… ça me fend le cœur de t'avouer que je n'ai aucun sentiment pour toi. Mais… les signes étaient là. Il ne faut jamais faire confiance à un démon… et plus encore, les métamorphes sont les maîtres de la manipulation. T'as été si naïve que t'as pas su voir la vérité derrière chaque chose. Ce n'était pas Ayzen qui avait massacré sa famille. Celui qui est revenu au manoir le premier et qui s'est armé d'un couteau pour poignarder tout le monde y compris les enfants, c'était moi. Mais fallait que tu ne le saches pas tout de suite. Sinon, je ne crois pas que t'aurais été amoureuse de moi et que t'aurais invoqué Satan, prête à tout lui donner pour moi.

— Alors tout était faux… et les moments où tu voulais que je récupère mes pouvoirs, tu ne pensais qu'à toi.

— Oui, augmenter ta force pour être digne de convoquer Satan et te donner confiance en toi a été assez ennuyant. Pour une Sawyer, à mes yeux, tu es la plus faible d'entre toutes.

River recula, mes larmes m'empêchaient de bien voir devant moi, sa silhouette était embrumée.

— Et le clou du spectacle, c'est qu'en ce moment, tu portes mon sweat trempé dans l'essence de magnolia. Ce qui va t'empêcher, à l'instant, de te défendre puisqu'il neutralise tes pouvoirs. Au revoir… Madison Sawyer… Je n'ai plus besoin de toi, maintenant.

La seule chose que je sentis la seconde suivante était qu'il me donnait un coup de pied dans le ventre, si puissant que mon dos passa à travers la rambarde qui céda sous l'impact!

À ce moment-là, je savais que j'étais en train de tomber en bas du pont, mais le moment me semblait être au ralenti, car j'eus le temps de sentir mon cœur se briser en mille morceaux. Puis, je revis tous les moments passés avec lui, qui se transformèrent en trahison, mes cauchemars, les attaques, les fois où Ayzen m'avait fait du mal, alors que River se délectait de la scène. Je vis ensuite une image de ma mère qui pleurait dès qu'elle apprendrait ma mort, je vis mon père se pendre dans la forêt à cause des hantises de River et son frère dans la maison… Je vis Penny, je voulais la serrer une dernière fois dans mes bras. Les images qui défilaient à une vitesse phénoménale me montrèrent moi, qui dessinais la finale de mon livre. L'ange déchu avait choisi de sauver la fille. Alors que dans mon monde à moi, celui que j'aimais souhaitait ma mort… J'aurais aimé que ça se finisse comme dans mon livre à dessin… mais un autre destin m'attendait.

Au moment où mon dos percuta le sol rocheux, l'impact fut si brutal que je sentis mes poumons exploser et le derrière de mon crâne se fendre. Je ne pouvais plus bouger. Il ne restait que mes yeux ouverts sur ce ciel étoilé et la beauté de cette neige blanche scintillante qui tombait au-dessus de moi. Des flocons se déposaient délicatement sur mon visage. Je ne sentais même pas le froid. Pourtant, je décelais le sang qui s'évacuait de ma tête quelque part sous mes cheveux.

J'étais en train de mourir…

Mais le plus douloureux encore était que River me fasse ceci à l'endroit même où on était tombés amoureux quand on était jeunes… Comment une histoire pareille entre nous pouvait ne laisser aucune marque d'amour de sa part ? Lorsque sa mère avait vendu son âme à Satan et qu'il avait trouvé la mort, ce n'était plus River. Ce démon n'avait que son apparence. Mais son âme était noire comme les ténèbres… Il m'avait bernée sur tout sans que je voie venir quoi que ce soit…

Mon corps devint de plus en plus engourdi, ma tête résonnait comme si elle voulait m'avertir que mon esprit était en train de s'éteindre et qu'il ne me restait plus beaucoup de temps. J'avais envie que ma mère me trouve. J'avais envie de crier son nom et de lui dire que j'avais commis une erreur et que je voulais qu'elle me pardonne. J'avais joué avec les ténèbres en convoquant Satan, qui lui-même m'avait avertie de faire attention à River… Et j'avais été trop bête, trop aveuglée par l'amour…

Les dernières larmes de mon corps roulèrent sur mon visage. Petit à petit, mon cœur ralentissait. Je continuai de contempler le ciel avec cette neige d'un blanc immaculé qui tombait. La dernière douleur que je sentis fut le moment où mes poumons prirent une dernière respiration avant de céder, n'offrant plus aucun signe de vie…

RIVER

Épilogue

Lorsque Satan m'a sorti de l'enfer, il s'avérait que j'étais dans le lycée… Je n'avais pas eu le temps d'apparaître ailleurs. Une seconde avant, je voyais Madison tuer le proviseur et la seconde suivante, j'étais dans le couloir, bien vivant, et tout le monde pouvait me voir…

À ce moment précis, j'étais obsédé par deux choses : la faim incessante et… trouver la meute, surtout Jackson. En gros, j'avais envie de tuer, et maintenant…

Je déambulai dans les couloirs, mes Timberland noires laissaient des traces de boue derrière moi. Fier de revenir parmi les vivants et surtout de pouvoir enfin me nourrir, je passai une main dans ma tignasse et offrit un sourire salace au premier groupe de filles que je croisai. Elles étaient tellement sexy. J'avais aussi envie de sexe, mais… ma faim prédominait sur tout. En m'approchant de plus en plus d'une mêlée de lycéens, tous se retournèrent pour me lorgner : les filles avaient les yeux brillants de désir en me voyant, mais les mecs se montraient méfiants, se demandant qui j'étais et d'où je sortais. Contrairement aux autres, je portais un jean et un t-shirt tous deux noirs et déchirés.

Il ne restait plus beaucoup de monde, peut-être une vingtaine, car la petite fête allait bientôt se terminer et la plupart étaient partis.

Un type marchait vers moi pour aller en direction de la sortie vers le parking, et je ne pus faire autrement que de le fusiller. Son regard aussi était braqué sur moi, il devait sentir l'odeur des ténèbres… parce que lui était… un loup. Exactement ce que je cherchais à l'instant. Et ça tombait bien, j'avais faim !

Lorsqu'il passa juste à côté de moi, il ne vit pas venir ma main qui plongea si violemment dans ton torse que par-dessus le son de la musique, le bruit des fractures de ses côtes résonnait ! Des hurlements s'élevèrent à l'unisson près de nous. Les yeux du lycanthrope virèrent au blanc et en tirant de toutes mes forces, j'arrachai à main nue son cœur pour ensuite pousser son corps sans vie par terre.

Je sentis un voile noir recouvrir ma vue, et les veines de tout mon corps ressortir et danser sous ma peau. Les lycéens me regardèrent manger le cœur de ce mec avec une frayeur dans leurs yeux. La musique s'était arrêtée… puis, ce fut le silence.

Après avoir laissé tomber un boyau d'artère principale que je n'allais pas manger, une horde de cris et des agitations se déclenchèrent. Tout le monde courait partout et dans tous les sens. D'un simple geste de la main, je verrouillai toutes les portes, personne n'avait d'issue.

Tous ces gens m'avaient vu, il fallait faire le ménage pour ne laisser aucun témoin. Et cela tombait bien, parce que je mourais de faim et rien ne l'apaisait.

Lorsque je sortis par les portes principales après avoir laissé un massacre derrière moi, j'essuyai mon visage ensanglanté en prenant le bas de mon t-shirt. J'essuyai également mes mains sur mon jean pour n'alarmer personne si je croisais des humains en me baladant dans le village de Keeper. Mais à cette heure-là, il n'y avait plus personne. Durant une bonne partie du reste de la nuit, j'avais cherché et traqué Jackson Cunningham. Plus jamais il n'allait faire du mal à la fille que j'aimais. Plus jamais il n'allait poser la main sur elle ou encore oser la menacer. Madison ne se défendait pas trop mal face à la meute, mais ce n'était pas assez, moi je voulais qu'il meure. C'était l'une des choses que je m'étais promis de faire dès que j'allais sortir de l'enfer, juste après avoir mangé, tuer le proviseur en lui arrachant la tête. Mais Madison m'avait devancé sur ce coup.

Bon sang qu'elle était sexy avec ce couteau à la main ! J'avais envie de foncer droit sur elle, de l'embrasser ardemment, de la déshabiller avec empressement et de lui faire l'amour dans la seconde. Mais en sortant de l'enfer, mes obsessions avaient pris le dessus. Je ne pensais qu'à me nourrir et à tuer. Je n'étais pas certain que Madison m'aimerait ainsi. Je n'étais plus un gamin de douze ans comme dans son souvenir, des cœurs de corbeaux ou de lièvres ne me suffiraient pas ! Il m'en fallait plus et surtout, il me fallait des cœurs humains et rien d'autre pour gagner en puissance.

Après avoir été sur la ferme de Jackson et avoir observé sa maison, décelant qu'il n'était pas là non plus, j'avais suivi une piste qui me menait à une station à essence à plus de deux kilomètres de là. Il n'y avait personne sur place, mais je sentais l'odeur d'un lycanthrope qui se cachait dans les toilettes. Comme si Jackson savait que sa meute était attaquée et qu'il avait rejoint un pote ici, qui était commis dans cette station et lui permettait de rester caché dans ce bâtiment. Je n'allais pas entrer, car il y avait des caméras et je ne voulais pas être filmé. Alors j'étais resté longtemps dans l'ombre du parking sur le côté de la bâtisse, dos appuyé contre le mur de briques. Même si j'avais hâte de retrouver Madison et de pouvoir enfin l'embrasser et la toucher aussi longtemps que je le voulais, je souhaitais régler le cas de Jackson avant.

Je vis mon frère Ayzen sortir de la forêt et venir vers moi. Oui, mon frère, bien vivant comme moi… Cela n'allait pas plaire à Madison… Et c'était ma faute, en fait, tout était ma faute… j'avais tout planifié depuis le début. En faisant d'Ayzen l'ennemi numéro un de Madison, on savait qu'elle finirait par en avoir si peur, que lors du pacte avec Satan, ce dernier libérerait mon frère. Pourquoi on le savait ? Parce que Satan donne toujours un cadeau empoisonné. Toujours ! Un pacte vient avec un cadeau. Et je commençais à connaître son petit jeu, à force de le voir manigancer des choses en enfer. Les cadeaux qu'offrait Satan se basaient toujours sur la peur. Dans le cas de Madison, elle avait peur d'Ayzen, comme on le prévoyait, et donc pour prendre un malin plaisir à la regarder se démener avec deux hybrides, Satan avait jugé bon de libérer Ayzen de l'enfer. Tout s'était passé exactement comme je le voulais. Après tout, passer autant de temps en enfer avec ses pensées néfastes, on en vient à placer ses pions exactement là où ils ne peuvent faillir...

— T'en as chopé combien de petites bêtes poilues ? me demanda-t-il.

— Cinq lycanthropes au lycée. Leurs cadavres reposent sagement sur le sol d'Iden Earl. Les autres sont des victimes qui n'étaient pas au bon moment au bon endroit. Je crois bien déceler la présence d'un autre lycanthrope dans les chiottes ici, répondis-je en lui montrant que je parlais du bâtiment juste derrière moi. Et pas n'importe lequel, Jackson Cunningham en personne... J'ai hâte de lui montrer que Madison a un petit copain et de lui faire savoir que ce gentil copain va lui arracher la mâchoire.

— Toi, son petit copain ? rétorqua Ayzen. Arrête... En passant, je viens de voir Madison.

— Quoi ?! Elle t'a vu ?

Putain ! Le con ! Je ne voulais pas qu'elle voie Ayzen tout de suite, elle allait se demander pourquoi il était sorti, alors que moi elle ne m'avait pas encore vu ! Elle devait être en état de choc !

— Ouais, elle a bien vu que j'étais sorti de l'enfer et j'en ai profité pour tout lui avouer. T'aurais dû voir sa tête, c'était à mourir de rire !

— Lui... avouer ? Lui avouer quoi, Ayzen ?!

— Mouais... je voulais faire une blague en prenant ton apparence. J'ai mis la totale, quoi : les ailes d'ange déchu qu'elle aime tant, je lui ai fait le petit tour de passe-passe que tu lui faisais quand t'étais gamin, je me suis laissé tomber en bas du pont Hush Falls pour la convaincre que c'était toi, car un moment elle semblait douter. Mais comme tu as tué toute notre famille et que je t'ai promis un jour de me venger, bah j'ai choisi que c'était ça, ma vengeance, de prendre ton apparence et de remettre les pendules à l'heure, de lui laisser savoir que jamais… un métamorphe serait amoureux d'une sorcière. Jamais. J'ai parlé du plan, de comment tu l'as manipulée. Commençant par le suicide de son père jusqu'à l'avoir utilisée pour obtenir tous tes désirs pour la jeter ensuite. Tu aurais dû vraiment voir son expression se décomposer… Tu lui as littéralement brisé le cœur, mon frère. C'était euphorique !

Ayzen s'esclaffa.

— T'as pas… fait ça ?! grognai-je en serrant des dents.

Je le pris par le col de son t-shirt et le reculai contre le mur de briques !

— Je ne voulais rien lui révéler ! Qu'est-ce que t'as fait ? Elle va me haïr ! Comme t'avais mon apparence, elle pense que c'est moi !

— Mais tu t'en fiches de la sorcière ! me rembarra mon frère. T'es libre maintenant ! Tu peux te faire toutes les nanas du monde ! Vous ne pouvez pas être ensemble, tout vous oppose, vous êtes prédestinés à vous haïr et à vous affronter, alors passe à autre chose, de toute manière c'est trop tard.

— Trop tard ? Trop tard pour quoi, Ayzen ?!

— Euh, mouais… ça, c'est… j'avais oublié cette partie… Il y a juste… un tout petit détail.

— Lequel ?!

— En découvrant qu'elle avait été utilisée et que tu ne l'aimais pas, bla, bla, bla, elle s'est mise à pleurer à chaudes larmes et elle a comme… Comment je pourrais dire ça ? Elle a sauté.

— Sau… té ?!

— Hum… ouaip. Sauté en bas du pont Hush Falls, il y a

de ça environ plusieurs… minutes.

— Quoi ?! soufflai-je, le souffle court. Ayzen, je t'en conjure, mon frère, ne déconne pas !

— Mais je… je ne déconne pas. Loin de moi l'idée satanique de remuer le fer dans la plaie, mais je ne crois pas qu'elle ait… survécu.

J'eus l'impression de ressentir un coup de poignard dans le cœur. Tout mon être était souffrant.

— Non ! Non, ça ne devait pas se passer comme ça ! Ayzen ! Qu'est-ce que t'as fait ?!

Sans plus attendre, je détalai à toute vitesse dans la forêt, me dirigeant vers le pont Hush Falls ! Je ne savais pas dans quel état j'allais la retrouver ni pourquoi je voulais voir cela, mais je ne pouvais pas accepter. Je devais voir si Ayzen plaisantait ou non. Madison ne pouvait pas être morte par ma faute… Non. Impossible.

En arrivant sur les lieux, je n'arrivai pas à croire ce que je voyais ! Je jurai et lâchai un cri de colère qui résonna dans les bois. Son corps, échoué en bas du pont, étendu dans la neige, entouré d'une mare de sang. Je continuai de courir jusqu'à elle, me laissai glisser sur une plaque de glace et une fois que je percutai son corps, je m'empressai de relever sa tête pour examiner l'étendue des dégâts !

— Puissantes sont les ténèbres, ne me faites pas ça !

Je secouai un peu Madison, espérant qu'elle se réveille. N'obtenant aucune réaction, j'écartai de son visage une mèche noire de jais de ses cheveux et appuyai ma main sur sa jugulaire.

Rien.

Pas de pouls, pas de souffle, je n'entendais même pas les battements de son cœur… Je jetai un œil là-haut, analysant la hauteur de sa chute.

Si je n'avais pas été obsédé par la faim, j'aurais commencé par être avec elle et non par traquer et tuer la meute. Elle ne se serait jamais suicidée ! Rien de tout cela ne serait arrivé ! J'avais grave merdé ! J'avais merdé sur tout !

Je me haïssais ! Je me maudissais ! Je détestais ce que j'étais devenu la nuit où ma mère m'avait tranché la gorge et qu'elle avait jeté mon âme en enfer !

— Pardonne-moi ! Ce n'est pas ce que j'ai voulu ! Je ne voulais pas que ça se passe comme ça ! Madison ! Réveille-toi, je t'en supplie ! La dernière image que tu gardes de moi est que je me suis servi de toi... c'est vrai, mais c'était Ayzen qui t'a tout balancé et il a omis de te dire une chose... c'est que je suis réellement amoureux de toi, ça, il n'y a aucun doute. Je t'aime, Madison.

Animé par une furie, je serrai les dents jusqu'à que je sente que j'allais les casser. J'expulsai un cri de souffrance et rempli de douleur qui fit fuir quelques corbeaux dans les arbres de la forêt. L'écho effroyable avec un timbre démoniaque de ma voix continuait de résonner dans les bois.

À cet instant, je sentis une présence venir vers moi.

— Tu le savais depuis longtemps, River, que vous ne pourriez jamais être ensemble. Tu as été conçu pour éliminer les sorcières. Comment je le sais ? C'est moi qui aie créé les tout premiers métamorphes en 1729. Je voulais que la lignée des Sawyer prenne fin, elle n'aurait jamais dû voir le jour. Mais au fil du temps, j'ai pris un malin plaisir à voir les hommes et les femmes s'entretuer. Je cherchais encore à savoir quelle lignée est la plus puissante. Aujourd'hui, j'ai ma réponse. Les Bayerish ont enfin mis un terme aux sorcières. Vous en avez mis du temps. C'est vrai que le fait que les ténèbres vivent en toi désormais, faisant de toi un hybride, mi-métamorphe, mi-démon, t'a rendu plus puissant. Je préfère cette nouvelle version de créature, celle que tu es. Mais il y a encore du travail à faire. J'ai des projets pour toi.

Je ne relevai pas la tête, même en entendant cette voix que j'avais assez entendue en enfer. Comme j'étais un des premiers hybrides, celui-ci me surveillait souvent de près. Contrairement à ses autres démons, mon frère et moi étions les deux seuls à garder un peu d'humanité, ce qui n'était pas normal. Et Satan avait tenté de nous l'enlever, mais il n'y était toujours pas arrivé, même s'il nous torturait en enfer, nous affamait et tentait de faire sortir le plus mauvais en nous, je continuais de lui tenir tête, de souffrir sans jamais pour autant éteindre les sentiments humains qu'il me restait encore…

— Elle t'affaiblissait, reprit Satan. Ne me fais pas regretter d'avoir accepté ta libération, j'aurais pu le lui refuser, parce que tu es trop instable pour être parmi les vivants. Seuls les démons parfaits et asservis entièrement à moi sont dignes de vivre parmi les vivants et me servir en tuant. Tu es loin de le mériter. Le carnage que tu as fait à Iden Earl, tu as oublié que le lycée est sous surveillance caméra ? Votre existence doit rester secrète aux humains. Tu as fait ça pour elle et je ne veux plus que cela se reproduise. Maintenant qu'elle est morte, je crois que tu as une chance de faire tes preuves. Je te laisse une chance et je ne fais jamais ça.

Ouais, il me conservait uniquement parce qu'il voulait étudier un de ses premiers hybrides sur Terre. Si j'avais été un démon bien normal à ses yeux et que j'avais été autant imprudent que cette nuit, ses cinq démons protecteurs de l'enfer m'auraient pourchassé et liquidé.

Je m'écartai doucement de Madison, faisant attention en relâchant sa tête et me relevai pour me retrouver face à face avec Satan. Il était vêtu de noir, sa peau était crayeuse, ses yeux noirs aux iris rouge sang me contemplaient. Il avait ce fichu rictus à la commissure de ses lèvres.

— Renvoie-moi en enfer.

— Tu n'es pas sérieux ?

— Tu l'as dit toi-même, je ne suis pas prêt en tant que démon, pas assez asservi, pas assez démuni de mes émotions, trop instable. La souffrance en enfer aide à me convertir, avec les années, la souffrance finira par éteindre le peu d'humanité qu'il reste en moi. Ce n'est pas exactement ça que tu attends de moi, de toute manière ? Alors, fais-moi souffrir comme jamais… offre-moi une vie de misère en enfer jusqu'à ce que je sois ton démon parfait et l'hybride que tu attends de moi : sans humanité et sans scrupule, asservi à toi pour l'éternité, mais en échange, redonne-lui la vie!

— Oh, tu es prêt à souffrir par amour? N'es-tu donc pas sorti de l'enfer en manipulant Madison parce que justement, tu ne voulais plus souffrir? Tu veux déjà y retourner?

Je le foudroyai.

— Ma souffrance n'a plus d'importance pour moi. Elle ne devait pas trouver la mort, malgré tout ce que je lui ai fait.

— La souffrance en enfer ne te convertit pas, River. La torture n'a jamais eu aucun effet sur toi. Tu m'as toujours résisté. Affamé, torturé, tu revois ta mort chaque fois que tu éprouves des émotions, et toujours encore, tu ne te soumets toujours pas à moi. Cette part d'humanité qui ne veut pas disparaître me pose problème, et tu le sais. Un retour en enfer ne me donnera pas ce que j'attends de toi.

— Trouve un moyen de la faire disparaître, cette part de bonté qui reste en moi. Je n'en ai plus rien à foutre. Je ne résisterai plus à la garder. Je suis prêt à tout essayer. Mon asservissement total, sans résister, contre sa vie. C'est ce que je demande.

Il mit un long moment avant de répondre. Je savais qu'à travers chaque entente avec Satan, ce dernier glissait un cadeau empoisonné, alors je le guettai avec méfiance, tentant de découvrir ses pensées malicieuses. Il tirait toujours profit sur tout.

— Voilà ce qui va se passer, décréta-t-il. Je ne te renvoie pas en enfer, ça n'a aucun impact sur toi. On va essayer autre chose comme forme de torture pour éteindre cette minuscule part de lumière qui reste en toi pour effacer à tout jamais cette faiblesse qui te reste, qui sont les émotions et la capacité d'aimer…

— Je suis prêt à tout.

— Et si ton enfer était plutôt sur Terre, River?

— Quoi?! Comment ça?

— Si je ramène Madison à la vie, cette fille va toujours

garder allumée cette étincelle d'humanité en toi. Alors voici ce qui va se passer. Dès que son cœur se remettra à battre, il deviendra… le seul et unique cœur que tu peux consommer… il t'obsédera à un point tel que tu voudras la tuer. Ta faim grandira tous les jours de ton éternelle existence tant que tu n'auras pas pris son cœur. Ta souffrance sera de résister à l'envie de la tuer. Au lieu de l'aimer, tu vas finir par la haïr pour la souffrance qu'elle te procure. Ta souffrance sera ta faim dévastatrice et incontrôlable. Ta souffrance de t'éloigner à tout jamais d'elle, si tu tiens à ce qu'elle vive. Ainsi, je suis certain que tu resteras loin d'elle. Madison est la dernière personne sur Terre qui te rattache à ton humanité. Si je t'éloigne d'elle pour toujours, j'ai espoir que cette étincelle en toi finira par s'éteindre. Les hybrides sont non seulement destinés à être plus forts qu'un démon, mais ton côté métamorphe qui excelle dans la manipulation peut faire de toi un de mes meilleurs asservis. Tu ne le comprends pas tout de suite, mais avec le temps, tu peux obtenir une place importante dans mes rangs. Tu vas vivre éternellement, River, alors à toi de choisir de passer tout ce temps à souffrir ou à prospérer. Alors, commence par t'éloigner d'elle, car si tu te risques à revenir auprès de cette fille, ton instinct l'emportera. Surtout que le cœur de Madison sera le seul que tu pourras ingérer. Tu auras beau tuer et en consommer chaque jour, rien n'apaisera ta faim. Au contraire… elle augmentera.

— Pourquoi faire ça ?! Je vais finir par la tuer. Tu sais que je l'aime et que quoi qu'il se passe, je vais assurément chercher à me rapprocher d'elle.

— Et bien, justement, c'est ton défi, et un test pour moi. Je pourrai évaluer à quel point tu l'aimes. Si tu l'aimes vraiment, tu vas rester loin pour ne pas risquer sa vie. En revanche, si un jour il advient que tu dévores son cœur… je saurai que tu n'as enfin… plus d'humanité en toi pour avoir tué ton seul et… unique amour. Et ce jour-là, tu seras enfin l'hybride que j'attendais…

Sourire aux lèvres, Satan se pencha vers Madison. Voyant qu'il approchait une main de son visage pour caresser sa joue, j'eus un réflexe de protection pour qu'il ne pose pas ses mains sur elle ! Je bondis et sautai sur lui, mais rencontrai plutôt le sol rocheux ! Ce dernier disparut telle une brume noire qui s'estompa dans l'air !

La bonne nouvelle était que Madison allait pouvoir vivre, ainsi j'allais réparer mes erreurs. La mauvaise nouvelle était que j'allais devoir disparaître à tout jamais de sa vie parce que Satan allait faire du cœur de celle que j'aime ma seule et unique obsession, me poussant à la tuer moi-même…

Je le détestais au plus profond de moi. Il n'avait jamais accepté l'amour qu'il y avait entre elle et moi. On aurait presque dit qu'il en était jaloux. Il n'arrivait pas à faire de nous des ennemis comme il se devait entre les métamorphes et les sorcières. Madison et moi étions une exception. Pourquoi ? Je n'en savais rien. Mais il voulait nous séparer. Et il avait réussi, parce que désormais elle et moi, allions être des ennemis. Déjà, en se réveillant, j'étais celui qui l'avait trahie et utilisée. Et de mon côté, elle ne serait plus qu'un cœur que je voudrais dévorer.

En pliant les genoux, je pris et soulevai la seule personne pour qui mon cœur acceptait toutes les souffrances du monde pour la voir respirer à nouveau, dans mes bras. Elle était légère comme une plume. Elle portait mon sweat noir qui sentait le magnolia à cause de moi. Si je l'avais vue se laisser tomber en bas du pont Hush Falls, j'aurais déployé mes ailes et je l'aurais empêchée de faire ça en la rattrapant.

Je voulais la mettre au chaud, confortablement dans son lit. Pour qu'à son réveil, elle puisse être près de sa mère et de sa meilleure amie. Je devais lui dire au revoir. Je n'allais quand même pas lui dire que j'allais disparaître parce que ma mission était désormais de voir à quel point je l'aimais pour garder mes distances malgré le fait que la seule chose qui pourrait apaiser ma faim incontrôlable était de la tuer. Non… j'allais juste partir sans rien dire et avant qu'elle ouvre les yeux. C'était déjà trop dur de la quitter alors qu'elle me détestait déjà. Mais d'un autre côté, c'était aussi une bonne chose, elle ne chercherait pas à me retrouver en utilisant un sort de localisation ou autre magie pour revenir vers moi. Elle devait garder ses distances, je ne voulais pas lui faire du mal. Surtout que je ne connaissais pas le niveau d'intensité d'effet, que son cœur allait avoir sur moi. Mais connaissant Satan, il n'avait pas l'intention de me rendre la tâche facile.

Avant de partir de Keeper sans y revenir, je devais aller à Iden Earl, nettoyer et enlever toutes les preuves du passage de Madison dans le bureau du proviseur pour qu'elle ne soit pas accusée de meurtre et qu'elle puisse vivre sa vie paisible désormais. J'avais aussi des caméras à retirer et des enregistrements à détruire pour préserver l'existence des démons parmi les vivants.

En arrivant chez elle, je découvris Penny endormie sur le sol. Je montai l'escalier avec Madison dans mes bras et rejoignis sa chambre, où je donnai un coup dans la porte avec ma botte pour ensuite la déposer doucement dans son lit. J'installai une couverture chaude sur elle, écartai une mèche de ses cheveux et imprimai les traits de son visage à jamais.

Une lumière rouge attira mon attention : sur sa table à dessin, l'imprimante clignotait, indiquant un fax reçu depuis un moment. Intrigué, j'allai jeter un coup d'œil. En prenant la feuille de papier qu'elle avait reçue à l'heure où elle était arrivée au bal de l'hiver, je découvris que c'était un contrat d'édition…

Oh putain… Je savais qu'elle avait un avenir dans ce qu'elle voulait vraiment faire. Je vis son livre à dessins qui reposait sur la table, et avec curiosité, je tournai la page jusqu'à la fin pour découvrir la finale. Et… j'eus un choc qui m'ébranla en voyant que l'ange déchu qui devait tuer la fille dont il est tombé amoureux avait choisi de l'aimer et non de la tuer. En faisant ce choix, il avait perdu ses ailes et tous ses pouvoirs, mais ça ne lui importait pas. Quand je pensais à moi, j'étais loin d'être l'ange qu'elle espérait. Je n'étais rien d'autre qu'un démon maudit qui s'était servi d'elle et qui demain n'aurait plus qu'une envie, celle de lui arracher le cœur.

Je revins lentement vers son lit, près d'elle. Je déposai son livre à dessin sur sa table de chevet et le contrat de la maison d'édition à Boston par-dessus pour qu'elle le voie dès le réveil.

Je pris une grande respiration et en me penchant, je déposai un long, tendre et… dernier baiser sur ses lèvres.

Je fléchis les genoux pour contempler son visage qui était tourné vers moi, ses paupières toujours fermées, mais j'espérais qu'elle entendrait ces mots :

— Je t'aimerai… toujours. Ne pense pas un seul instant que je ne t'ai pas aimée… Peut-être qu'un jour, le sort sera rompu et qu'on pourra de nouveau être ensemble. Mais si ce n'est pas le cas, sache que même si Satan veut que je te tue, je ne te ferai aucun mal. Je ne poserai jamais la main sur toi.

L'aube allait se lever d'ici quelques minutes. Un doux et léger bruit attira mon attention : un premier battement de cœur… Celui de Madison. J'étais heureux, mais… ça ne durerait pas. Je sentis dans l'immédiat la souffrance me submerger. Un voile noir engloutit mes yeux. Toutes les veines de mon corps surgirent sous ma peau et dansèrent vigoureusement. J'étais obnubilé par son cœur et la seule chose à laquelle je pensais était de plonger ma main dans sa poitrine, pour sentir entre mes doigts son cœur palpitant et sanglant. Je me vis subitement le lui arracher !

Puis, les battements de son cœur s'accélérèrent et commencèrent à me rendre complètement fou ! Je bondis sur mes pieds, reculai de plusieurs pas.

Je ne pouvais pas rester une minute de plus !

Je la regardai une dernière fois… et juste avant qu'elle n'ouvre les yeux, je pris la fuite…

À suivre…

Restez en contact avec l'auteure
et partagez vos impressions !

www.facebook.com/C.Havendean
www.facebook.com/SomberJann

Vous avez aimé...
Vous aimerez aussi, de la même auteure :
Isaac Cole, Kurt's Secret
et Les Somber Jann.

À venir : Monster's

éditions EDI LIGNE

Printed by Amazon Italia Logistica S.r.l.
Torrazza Piemonte (TO), Italy

35917172R00218